品味无限不循环的人生

临安变

余威 —— 著

图书在版编目（CIP）数据

临安变 / 余威著. —重庆：重庆出版社，2021.11
ISBN 978-7-229-16132-3

Ⅰ.①临… Ⅱ.①余… Ⅲ.①长篇小说—中国—当代 Ⅳ.①I247.5

中国版本图书馆CIP数据核字（2021）第210374号

临安变

余威 著

出　品：华章同人
出版监制：徐宪江　秦　琥
责任编辑：王昌凤
责任印制：杨　宁　白　珂
营销编辑：史青苗　刘晓艳
封面设计：乐　翁

重庆出版集团
重庆出版社　出版
（重庆市南岸区南滨路162号1幢）
北京联兴盛业印刷股份有限公司　印刷
重庆出版集团图书发行有限公司　发行
邮购电话：010-85869375
全国新华书店经销

开本：880mm×1230mm　1/32　印张：12.5　字数：226千
2022年1月第1版　2023年2月第3次印刷
定价：48.00元

如有印装质量问题，请致电023-61520678

版权所有，侵权必究

目录

楔子 / 1

第一章　被掳 / 9

第二章　内禅 / 34

第三章　无脸女尸 / 59

第四章　开山建桥 / 98

第五章　逃跑 / 131

第六章　受伤 / 162

第七章　接近真相 / 192

第八章　黑白探 / 221

第九章　账本 / 253

第十章　女儿身 / 288

第十一章　重逢 / 324

第十二章　抉择 / 363

楔子

自从朝廷偏安江南以来，这里的夜便常常会下起雨。不过，俗语说"雷声大雨点小"，今晚的雨不像雨，如蛛丝缥缈细长，悄悄地从云层里伸进临安城、西子湖和四维山水之中，把所及之处如提线木偶一般牢牢控在手中。

一辆破马车从南山路上疾驰而过，随着雷电的闪亮忽现忽隐，看得出它是向西去的。赶车人鲍老汉不停地抹着脸，才能确保自己看清前路，可不要一个弹指，脸上又会结上一层水珠。雨水夹杂着汗液顺着脖子往下流，前襟黏腻地贴在他瘦瘪的胸脯上。

"我说……前路附近有兵家校场，搞不好可要碰鼻头的，凭我……我肯定吃不落啊。"鲍老汉抹了把脸，却没有把脸上的愁容抹掉。

"好好赶你的车，你该担心的是能不能在天亮前赶到飞来峰。"鲍老汉没有完全听见车里人的厉斥声，因为十步外真的就站着一位军士，正示意他停车。"鲍老汉！你没听见我说话吗？车怎么还停下了？"

鲍老汉直冒虚汗，不敢回答。军士上前控住缰绳，问道："车内何人？"

军士问出一句，见车内没有及时回答，便要掀帘。就在这时，从帘子后探出一张堆满笑的脸，一对鼠眼左右打量了一番，确定只有一位军士，便说道："这位军爷，家中小女风寒严重，已七日未见好转，我听说灵隐寺拙庵禅师有一味药专治仲夏风寒，所以才连夜去求，还望军爷通融通融。"

"临安城内药局不说成百也有数十家，为何偏偏要去灵隐寺？"军士走近两步，抖了抖肩，盔甲铮铮作响。鲍老汉惊得战栗起来，脸抹得更快了。

那对鼠眼又转了两圈，从怀里掏出十两银锭，双手奉上："我家住城外，现在城门关了，大人行个方便吧，小女的病情经不起耽搁的。"

军士接过银锭掂了掂，脸上露出了一丝笑意。"今晚城外驻军演练，谅你也不敢使什么幺蛾子，走……"军士话还没说完，却瞥见车舆背面的木板缝里隐隐沁出血来，看样子还是新鲜的。军士斜了一眼神色慌张的车夫，顿时起了疑心，马上拔出佩剑大喊一声："不许走！竟敢在你军爷面前作妖！"此时马还没有跑起来，鲍老汉条件反射般拉住了缰绳。

"鲍老汉，快走，否则我宰了你！"马车内的声音虽然轻，但却像是来自地狱的号令。鲍老汉左右不是，大叫着："我就说要碰鼻头、碰鼻头的嘛，现在好了，上扎头了吧！"抱怨完，他索性弃车逃走了。军士抢过缰绳，剑指着帘子说道："里面到底是什么人？"

帘子后面再次钻出那个脑袋，还是笑着："小女风寒变肺痨，已经开始咳血了。嘿嘿……嗯……嘿嘿。"

"可我怎么没听见咳声，光看见血了。"

"大人是不信啊？"

"少废话，我要验人。"

一对鼠眼瞪住军士，依旧笑着："当真？那好，我抱小女出来见你。"不一会儿，鼠眼就抱着一个着女装的人从车里出来，脸上却盖着红盖头。

"掀开盖头！"

"小女见不得风啊。"

军士不耐烦地用剑一挑，盖头便飞了出去，露出一张脸来，分不清男女，却是一张骇人的血脸——脸皮和五官尽被割去，只剩下一副惨白的牙齿，一对努鼓鼓的眼球和一头被鲜血浸染得黏腻无比的长发。军士吓得丢了佩剑，慌忙从腰间解下号角准备发信号。

"嗖……"

马车的帘子轻轻一抖，破帘飞出一支弩箭。这支弩箭从军士右眼进，后脑出，箭头上挂着丝丝脑髓。军士瞬间一命呜呼。

鼠眼跳下车检查了一番，走到马车旁笑着说："大哥弩术好生了得！"

3

车内的人没有顺着鼠眼的话说下去，只是问道："那个憨子可已经把钱都给你了？"

"都给了，二百两会子票，在我怀里揣着呢。"说罢，鼠眼从军士身上拿回那十两银锭，在手里掂了掂，朝军士啐了口唾沫。"这就是大宋的兵，一张脸都能吓破胆。"

车内的刺客探出头来看了一眼，只见这刺客颧骨凸起，左眉被一条深长的刀疤取代，整张脸看上去左右失衡，扭曲歪斜，影影绰绰间倒像是专收人命的恶鬼。"今晚驻军演练，要是继续赶路只怕凶多吉少。依我看，就把尸体就近抛到西湖里，个中原因到时再跟那憨子解释……对了，扒掉她的衣服。"

鼠眼先是一愣，而后立马谄媚道："大哥真是照顾小弟，知道小弟我只要是杀了女人，不管是肥瘦高矮老少，都要尝一尝味道……"

"呸！你这恶心的钻洞鼠，就不怕烂了命根子！我是怕有人从衣着上认出她来，才叫你扒了她的衣服。早一日查清她的身份，咱们就多一分危险！"

"是是是，大哥想得真周到。"鼠眼边干边说，"这脸也剐了，衣也扒了，明天就是有人发现尸体也认不出了……嘿，胸还软乎着呢。"

"抓紧干活儿，当兵的还在路边躺着呢，此地不宜久留。"

一道闪电把西子湖照得如同白昼，鼠眼身躯一震，抬头望望天，将赤裸的女尸丢进西湖。

"轰……"

雷声从西子湖上滚滚向前,掠过北内重华宫,穿过御街,震得瓦片咯咯作响,直至南内所在的凤凰山脚,雷声依旧轰鸣如初,震得大内红墙之外的水道泛起圈圈涟漪。响雷过后,一支穿着黑色犀皮官靴的队伍出现在和宁门前,脚步杂乱,踩得积水哑哑作响。着紫袍、红袍的文武百官们顾不上撑伞,沿着道路两侧火把的方向一路低头潜行,蛛丝般的雨水落在他们的乌纱帽上,长长的帽翅吸饱了雨水,仍旧倔强地抖动着,抖动时甩下的水珠又落在旁边官员的脸上、身上或者领口里。

为首的是留正、赵汝愚和余端礼三人。留正和赵汝愚,一位是丞相,一位是枢密使,均是朝廷的一品重臣,对掌着朝廷的文、武大权。余端礼的官阶比留正、赵汝愚要低半级,但因他是六部之首吏部的尚书,又兼任副枢密使,特殊的政军地位,让他与留、赵二人并排而行。此时,三人都把官袍的前摆提在手中,步子迈得极快。余端礼的岁数比其他两位稍长,前两日刚过完六十大寿,人老先老腿,他的腿脚僵硬,走起来像个木偶人。不过比起腿脚不便这个硬伤,他的体力更是不济,大口喘气的声音就像是城西金银作坊里的破风箱。可即使他已如此年老体弱,今晚的劲头却不比留正和赵汝愚差,一路过来都不曾落后半步。后面的一干高官紧咬着三人的步伐,时不时用袖子抹去脸上的雨水,双腿把官袍下摆踢得飞起,略显狼狈。这些高官们均锁着眉、红着眼,队伍之中偶尔还传出啜泣的声音,有年纪稍长的官员憋不住哀号了几声,又马上用袖子捂住自己的嘴巴。

南内和宁门红叉子外的将士从未见过这样的场景,明明不是上朝之日,但是从丞相、枢密使到一些品级稍低的朝臣悉数到场,他一过眼便知是六列一十八行,共一百零八人,一人不少。更奇怪的是,他明明没有收到皇帝今日要上朝的通知。这个时辰,不管是谁,只要是没有提前接到大内的放行通知,就算是北内的太上皇来了也不能进。将士赶忙行礼询问道:"各位相公,下官不曾接到今日要上早朝的消息,莫不是大家记错了日子?"这位将士话一说出口便后悔了,哪有每个人都记错了上朝的日子的,说不准是皇帝的内侍忘了把上朝的消息传出来了。

赵汝愚瞪着守门的将士,挺了挺身子,将士腰弯得更深了。"赵大人,下官虽不明就里,但想来必定事关重大,待下官派人去通报确认……"话音未落,赵汝愚突然上前一把夺了他的长枪,朝他劈头盖脸地打去。不管是守门的将士,还是身后的百官,都被赵汝愚的举动震住了,赵枢密使今日为何这般暴躁?

赵汝愚这么做只有一个意图,那便是硬闯和宁门!

"通报?确认?你还知道事关重大?知道还不滚开?混账!混账!……"赵汝愚每骂一句,就往将士身上狠狠地打一下,事发突然,这个将士毫无准备地挨了几下打,便头脑发昏"扑通"一声跪倒在地。身后百官无一人劝解,反倒是在赵汝愚的骂声中鱼贯而入。其他守门的将士见枢密使发这么大火都不敢再上前阻拦,他们清楚地察觉到大臣们神情异样,似有大事发生,纷纷侧身让道。

留正穿过和宁门，停住想了想，又退回到大门的界限之外，叫住打得起劲的赵汝愚："枢密使，枢密使，哎呀赵大人！差不多就得了……"

余端礼见留正突然往回走，便立马收住了脚步。脚步收得急，余端礼险些朝前扑倒。众人见状也都停下了脚步。这一停，余端礼想学着留正退到和宁门外却是不行了，他的双腿比刚才更硬，像灌了铅似的抬不起来，只能扭着脖子，轻声地喊着留正："哎？丞相大人，共进退，共进退哇！"为官之人分得最清楚的就是界限，和宁门里一步和外一步，虽然距离不远，但意义却完全不一样。此时，打头的三人，有两个人在和宁门之外，一人在和宁门之内，其他人互相看看，进也不是，退也不是，索性站在原地，寸步不敢移动。

赵汝愚早就听见了留正的喊话，可他不愿意搭理，又重重地打了将士两下，这才丢下长枪，看了眼百官的队伍，又看了眼将士，嘀咕了一句："软骨头，都是软骨头！"此时，雷声大作，随着赵汝愚和留正回到自己的位置，这支庞大的队伍才又再次向大内移动起来。

南内的主人、南宋的第三位天子赵惇被雷声惊醒，从龙榻的凉帐里探出头喊道："什么时辰了？"门外的内侍立刻回答道："回禀皇上，大宋绍熙五年六月二十八日寅时。"赵惇揉揉眼睛轻声说道："皇后，我刚才梦见太上皇了，他责怪我怎么这么久也不去看他老人家……"赵惇话音刚落，从凉帐里伸出一只女人的手，将他揽了进去。这只手的动作看似轻巧，却有一股令皇帝都无

7

法反抗的力量。

"这雷声打得响啊,像不像太上皇的责骂?"

"皇帝连睡觉都要梦着太上皇,可谓是孝感动天,老天都哭了。你听,雨还不小,老天流泪了……"凉帐里传出的喃喃细语渐渐被雷雨声吞没了。

第一章
被掳

余不扬被雷声惊扰得一夜未眠。见太阳升起,他就再也躺不住了,便起身透过衢州行馆的窗户朝外面看去,早市刚开张,夜市还未歇——衢州行馆对面是一家宅子酒店,店小二一边打着哈欠把一位宿醉的客人送出门,一边又忙不迭招呼着来吃早食的客人。目之所及,早已没有昨晚的景象,取而代之的是更明亮、更清晰、更空旷的街道巷陌。也许,只有那个宿醉的客人才是今早与昨晚唯一的关联。

余不扬重重地叹了一口气,伸长脖子想一眼看尽这偌大的临安,这陌生的京城。若是哪个巷子拐角处突然出现一个人影,余不扬的眼神便会情不自禁地聚焦过去,而后又慢慢暗淡下来,失望地继续看向下一处。他在找人,可他找得越勤,就失望越多,涨红的双眼满是失落与自责,凝重的神色给原本就刚毅的面容增添了几分冷峻。他扬起拳头狠狠地打在窗台上,震得格子窗摇摇欲坠——怪只怪自己当初思前顾后,打得不够坚决,杀得不够狠心。

临安城方圆七十里，城区南北长东西狭，设水陆城门十八座，北接大运河，南通钱塘江，城区街河并行，前朝后市，设十五个厢、八十八个坊。城内南部为官署集中地，城北多文教衙署，城东多官营作坊与匠人铺舍，城西多王府后宅。临安府下属南北二县，南为钱塘县辖地，北为仁和县辖地。御街南起皇城北门和宁门，经朝天门，至城北大理寺，又把南北二县连成一体。以御街为中心的地区，便是京城乃至整个大宋的经济中心。不过，昨晚还熙熙攘攘的御街，此时也终于消停了些。

相比街道，清晨的水道则热闹得多。城内自西向东有西河、小市河、大河、茅山河，和街道一样，河道同样从各个方向伸出条条支线，形成了通达四方的水路网络。一艘艘货船自如穿行着，御街上所有店家一切日用所需均由货船从城外经水门转输送达。

船家孩子早早起来做活，在船头唱起了杭曲小调——"武林门外鱼担儿，艮山门外丝篮儿，凤山门外跑马儿，清泰门外盐担儿，望江门外菜担儿，候潮门外酒坛儿，庆春门外粪担儿，清波门外柴担儿，涌金门外划船儿，钱塘门外香篮儿。"

今天的临安城，一切照旧，根本没有因为余不扬的心事而发生丝毫变化。他将铁腰带围在腰上重重地抽紧，强行装作若无其事地走出了房间。

"余小弟好早，今天又要上哪玩儿去？咦……怎么不见在水侄女？"衢州行馆的掌柜霍吉在柜台后修着自己的胡子，随口问起昨天和余不扬一起入住的余在水。

"哦，她……一早就出门吃早食去了，我正要去寻她……寻她……"

霍吉用余光瞟了一眼余不扬，嘟囔道："跟她爹一个德行，冒冒失失的，初来乍到哪有一个人就这么跑出去的，还是个姑娘家呢，等她回来我要好好跟她说道说道。"

余不扬竭力掩盖自己尴尬的神情，马上岔开话题问道："霍掌柜，你可知临安城中的张四郎？"

"张四郎？这城中的张姓公子该和我的胡子一样多吧？哈哈……也不知道你问的是哪家的张四郎，怎么，才来临安城一天就认识新朋友了？"

余不扬摇摇头，他现在没有心情和霍吉闲聊："那么临安府中可有张四郎？昨天下午有一乘临安府的轿子煞是霸道，穿过人群也不知减速避让，害得游人险些落水。"

"临安府的张四郎？噢！你说的是'四郎一声叹，娇娘不思饭'的张本吧？你这么说我就知道了，我告诉你啊，这张四郎是北瓦的说书人，本名叫张本，艺名叫张四郎，说的是痴女情郎的话本，听者多为临安少女娇娘。尤其临安府尹的女儿陈韶仪，特别迷他，传闻陈韶仪公然宣称非张本不嫁。你昨天遇上的，定是她又邀请张本去她在西湖边的私宅说书去了。哎……你说说，这个说书的不知道使了什么道，让这些个有钱夫人又是送金送银，又是投怀送抱。不扬小弟，这临安城啊，没有你见不到，只有你想不到……哎？客官，你是打火还是打铺？哦，常住啊……不扬啊，我就不招呼你了，今日记得早些回来……"

余不扬点点头，迈着步子往外走去，衢州行馆嘈杂的声音渐渐远去。他抬头望向余在水的房间，窗户紧闭，其实是没有打开过——她昨晚根本就没回来。

余不扬和余在水是昨天一早到的临安，不同的是，昨天他和余在水两人结伴逛了一天的临安城，而今天却只剩下他一个人。

他顶着细雨，抹了一把脸，思绪回到了昨天早晨他在登云山烂柯寺内用清泉抹脸的舒畅时分。

与今日的细雨绵绵不同，昨天一早朝日便从钱塘江的滚滚潮浪里浮映而出，仲夏清晨的清凉感很快便被一扫而尽。好像经过潮浪一晚上的洗濯，今晨的阳光特别利落刺眼，此时正穿过西湖腾腾跃起的雾霭，洒落在登云山烂柯寺的僧侣寝院里。西侧的格子门缓缓打开，一位少年跃步来到院中。他衣着朴实，头戴抹额，身穿窄布袍，腰系铁腰带，脚穿一双半新不旧的乌皮皂靴，轻盈矫健。他对正在打扫卫生的小沙弥颔首示意后，便径直往东边的登云台去了。

登云台乃烂柯寺内绝好的观景台，站在这里可以俯瞰整个西子湖和临安城。

此时，正是卯时三刻，四围青山披上了亮眼的金色，山丘环绕之中涵着碧翠西子湖，金光粼粼，甚是秀美。湖边金碧楼台相间，栋宇高低好似钱塘涌波，就像是马远笔下的一幅着色山水。这幅壮美的山水图东面却没有山，取而代之的是鳞鳞万瓦，屋宇充满，那就是地上最美丽华贵的天城临安府——此时好似一个还没睡醒的襁褓小儿偏安依偎在西子湖和钱塘江的环抱之中。

初见临安城，任谁都会被这样的景色震撼，而少年想到目之所及均是日后要为之奋斗的地方，不免神往心醉起来。

"你在那儿傻笑什么呢？莫不是又发现了什么好东西只想一个人悄摸着欣赏？"在阳光的照映下，裹着对襟褙子的余在水正朝余不扬走来，一对秀罗弓躲在青色长裙里面忽现忽没，玲珑可爱。她身材娇小，五官秀气，在流苏髻的衬托下更显江南女子的灵动。

余不扬是两浙路衢州开化县人，余在水是他哥哥余不弃的独女。虽说他们是叔侄关系，但余不扬只长她两岁，二人私底下多以兄妹相处。

余不扬嘴角微微上扬："昨夜睡得可好？"

"晚上睡得好，早晨就不行了。那小和尚'唰唰'地扫着地，声音听着恼人，煞是讨厌。"

"小声点，可别让师父们听见。"余不扬把余在水拉到一旁，轻声斥道，"得亏方丈是本州人，好心留宿了我们一晚，要不然昨晚连个落脚的地方都没有呢。出门在外可不比家里，千万不要……"

"千万不要不懂礼数，千万不要不懂规矩，千万不要冒冒失失，对不对？你现在说话越来越像我爹了。"余在水抢在前头把话说出来，还白了他一眼。

余在水没工夫听叔叔的说教,眼神早已被山下的美景吸引,只消一盏茶工夫,她便重新活泛起来:"那就是临安城?爹爹说抵得上十个衢州信安郡那么大,可是真的?"余在水双眼闪着光。

见余不扬点头,余在水又说:"不知你听说了没有,住在坊门街的沈家千金去年来临安游玩时被一位大官人相中,就住在西湖边的哪一套大宅子里……清明出门踏青的时候,那些大户人家的千金都在传这件事呢,啧啧,瞧她们一个个那羡慕的样子。你说我有没有沈家千金这样的好运气呢?也让她们羡慕羡慕我。"余在水说话的神色并没有在羡慕那位沈家千金,更像是沾沾自喜于自己即将步入达显之门。去年大概也是这个时候,余在水认识了一位从临安到衢州公干的高官,听哥哥说是朝廷派来整饬厢军的节度使。是不是真的节度使?相貌如何?这些余不扬一概不知,不过余在水和这位节度使定了私情他是确定的。此次临安之行,余在水非要跟来其实是瞒着父母想和那位节度使幽会来着。

"不扬,你说我的那位郎君在西湖边是不是也有几套宅邸?自从他离开衢州,我每时每刻心里都想着他,你知道吗?他也想着我呢。我们每个月都要通书信,他说了,他说今年年底等他办完大事就娶我。你说能是什么大事?就不能先发个草帖过来,把亲事给定了?不过大丈夫志存高远,我又岂能催嫁心切?《鹊桥仙》这首词里说得好,'两情若是久长时,又岂在朝朝暮暮',你说我说得对吗?上个月,当我得知你要来临安的时候,我就决定跟来,给他一个惊喜,他就住在朝天门旁的李宅,哦对了,他叫李孝友。"余在水谈起这件事的时候没有一丝杂念，喜悦之情更是溢于言表，纯真得让余不扬眉头微皱，心中浮起一丝忧虑。

这几日在赶路的时候，他总觉得此行过于仓促，又过于巧合，冥冥之中似乎有一只看不见的大手在背后推着自己，不容置疑考虑，只顾着埋头上路。上个月，哥哥突然接到来自临安的一封书信，信上说武学有个陪练的差事正巧缺人，哥哥想都没想就让自己来了。这确是一个好差事，既能旁听学武，又能结交贵友，可为以后入仕打好基础。可这样的好事怎么会轻易落到了自己头上？想到这儿，余不扬叹了一口气，临安城这么大，又在帝辇之下，遍地达官豪商，三教九流就如这登云山的小径一样错综复杂，想要站稳脚跟可不是一件易事。

道别了方丈，二人便下了山。登云山东边有御马营驻军，是军事重地，戒备森严。想要进城最省心的办法是往西走，可路途却不近，需绕西湖走上一圈。不过这倒也没什么，距离武学报到的日子还有两天，正好可以好好游赏西湖。想到这儿，余不扬才放松下来。

二人到西湖边时，已是将近吃午饭的时间。打扮新潮的游人不论男女头上都插着鲜嫩的花，身上的衣服早就换成了轻薄的夏装，在暖风的拂动下，裙袂飘飘，煞是风流优雅。相比之下，叔侄二人的打扮就显得乡里乡气了些。不知道是不是因为太在意别人的目光，余不扬这一路上总感觉有人盯着他们看，指指点点，犹如芒刺在背，甚是不自在。

仲夏时节，都城居民们趁着早晚凉爽的光景，好好享受出游的乐趣。他们从涌金门出，云集西湖之畔，苏堤、赵堤俨然成了"人堤"。湖里的情况也不比路上好到哪里去，水面船楫鳞次栉比，行舟缓慢。都说西湖四周共有四百五十余处景点，可目光所及竟都被游人塞得满满当当，哪还分得清哪是什么景点。余不扬和余在水随着人流慢悠悠地往前走着，二人生平第一次见到这般热闹场面，东瞧西望，到处都觉新鲜。西湖有"销金窟"之称，丝毫不假，才半天工夫余在水买头饰罗巾、零嘴吃食就已花去小半贯。

二人从苏堤三贤堂乘舟到断桥，行至一半，竟有商家泛舟水上叫卖鱼羹，舟上飘扬的锦旗上写着"宋嫂鱼羹"四个字。余在水嚷嚷着要吃，余不扬早闻宋嫂鱼羹大名，也想尝尝，便要了两碗。果然鲜香润口，便一股脑儿喝了个精光。

好不容易上了白堤，可断桥却难以置足。余在水心急，强行跨步上桥，没想到此时桥上的人却像海潮回流一般突然开始倒退，没站稳的她被挤了一个趔趄，眼看就要跌进西湖里。

"在水！"余不扬大喊着，伸手便要去抓，奈何身前尽站着人，手长莫及，这可如何是好！正在这千钧一发之际，忽见一条细长的鞭子灵巧地从人群中穿过，缠在余在水纤腰上。弹指间，余在水失衡悬空了的身体，竟被硬生生地拉了回来。

余不扬钻上前去接住了余在水，环视一圈，却不见救人者身影。

"让一让，让一让，张四郎借道，大家让一让！"在一短袍少年的叫喊声中，一顶花檐子从桥上横冲直撞而下，众人急于避让，纷纷逃下桥来。

"什么张四郎、张五娘的？这断桥难道是你一人家的？要是害本姑娘跌受伤，我可要你们伺候！"余在水怒气未消，见花檐子从眼前经过，忍不住破口大骂。众人惊讶地看向余在水，心里暗暗惊叹这个姑娘的脾气。不过，当他们看清楚骂人者的穿着，便都会意地笑了——虽穿着扮相不差，但都不是时下最新潮的样式，一看就知是乡下人。城里人骂张四郎那叫有勇气，乡下人骂张四郎那就是无知者无畏，跟勇气无关了。

"这位小嫂，你可知道轿中是何人？"一位白袍醉士摇头晃脑，笑吟吟地问道。

"何人也不能这样，当西湖是他家的后院吗？"

"哈哈，小嫂还是回乡下去吧。你没看见花檐子挂着的木牌上写着'陈府'二字吗？这是临安府尹的轿子啊。西湖呀，就跟他家后院差不多。方才你这番话要是传到府中人耳里，定是吃不了兜着走。"

"那我要是跌到湖中怎么办？难道府尹就能为所欲为？"余在水见大家不帮衬着自己，反而还带有戏弄之意，鼻子一酸哭了起来。

"可爱，可爱……你自己要跌入湖中，那是你自己的事，府尹能不能为所欲为那是他的事儿，有谁知道呢？这位小嫂，你说我说得对不对啊？"醉士唱着词骑上黑驴离开，"著酒行行满袂风，销魂都在夕阳中……"围观人群见没有热闹看，就都散了。

余在水鼓着腮帮子，怨余不扬："你在干吗？怎么不帮帮我！"说完便要挥手责打，腰间却传来一阵刺痛，只能罢休。她想到刚才的事情怪谁都不合适，只能怪自己没有注意，气得一阵跺脚，又流下泪来。

"在水你别生气，我觉得刚才那位先生说得对，我们初来乍到，要是惹上了临安府，那这临安城就算再大，也没有我俩立足之地了。还是低调行事为妙啊。"

"你怎么也……哼！你没听见他刚才叫我什么小嫂，分明是嫌我穿着土气，这要是在信安，我非让爹爹剁他两根手指不可。"余在水朝着醉士离开的方向愤愤道。

"又乱发什么脾气？山外有山人外有人，何况这是临安。你只知大哥是仙霞关厢军都头，你可知这都头上面还有兵马使、军使、指挥使，更不用说厢军只是地方军队……"

"好了，好了，谁要听你的破道理？临行前爹爹都跟我交代过了，我只是受不了这口气。哼，好好的心情都被败光了。"说罢便一个人径直往前走去，显然又是赌气了。余不扬不紧不慢地在后面跟着，略带警惕地环顾四周。刚才余在水险些落入水中之时，竟有一根鞭子从人群中蹿出，他是谁？是那个白袍醉士还是另有他人？不管施救者是何人，定是跟踪已久了。若只是路过，刚才那千钧一发之际就不可能这么快出鞭救人。难怪刚才一直觉得有人看着自己。余不扬想不明白,心情不由得沉重起来,眼前的美景香花也变得黯然失色。最近他只要有心事,心绪就开始乱飘,就像是随风而去的柳絮,怎么抓也抓不住。越是这样,余不扬就越烦躁,可越是烦躁,思绪就飘得更快了。

十岁那年,开化县爆发民乱,以雷五为首的匪民杀了当知县的父亲和一直本分的母亲。那时在衢州信安郡任职的余不弃主动请缨,带兵回乡成功剿匪却负了重伤,不能再生育。余在水作为独女从小娇生惯养,纵使娇蛮任性,余不弃夫妻也从不会有半句厉言。父母双亡以后,余不弃就把余不扬接到信安郡的家里生活,长兄如父,甚至比父亲还要好。余不扬知道,虽然这次立足临安是个凑巧的机会,但也是哥哥苦心打点关系多年,花了很大力气才争取到的,自己纵使有一百个不愿意,也不能误了哥哥的一片好心。

"你又开始瞎担心了?"余在水不知什么时候走到余不扬并排,见他闷闷不乐,便安慰道,"你从小天资聪慧,十岁便可帮着爷爷断案,十三岁就能上街擒贼,十八岁就已经是闻名信安的游侠。纵使这临安城能人异士再多,像你这样的也是凤毛麟角啦。爹爹说过,在信安,千万别惹姓余的。"余在水说着掏出随身携带的小镜子照了起来,不管是对自己的姿色还是家世,她都充满自信。

余不扬微微一笑:"那是在信安。"

"你说什么?"余在水佯装生气。

"那是在信安。不过,论姿色来说,纵使这临安城千金小姐再多,像你这样的也是凤毛麟角啦。"余不扬故意学着余在水刚才说话的样子倒回来夸了她。

余在水脸色一下子好看多了。"这还差不多。话说回来,你也别担心我是个累赘,等我见到了孝友你就用不着管我了。"

"什么叫用不着管你,难不成你就此嫁给李什么……李孝友了?"

"那更好了,没准啊……我家孝友还能拔擢你呢。"余在水双手甩到背后,一脸憧憬。

"这话要是被你娘听见,少不了一顿数落。"余不扬一贯对刁蛮任性的侄女没有什么办法,只有把管她管得最严格的嫂子搬出来了。

"听就听见吧,我迟早要嫁人的。我娘啊,就是刀子嘴豆腐心,我要真寻见了夫家她开心还来不及呢!你也是一样啊,迟早也会找个姑娘成亲,哎?倒不如一并在临安找了吧?"

"你当是逛菜市买菜呢?成亲可不是挑蒜苗葱头。再说了,我来临安是为了长本事,情情爱爱的那些……我,我不懂,也没兴趣。"

余不扬随便回答了几句便继续往前走去。行近钱塘门,花影渐暗,月华初升,车马游人争门而入,依旧是挤。余不扬心里暗暗感叹:这都城居民的生活如此自由自在,随心所欲,估计连老庄二圣都比不上吧。

临安的落脚地定在清和坊的衢州行馆,一来这是官属行馆,不会看人下菜碟、欺负外地人，二来这里的掌柜霍吉是哥哥余不弃的好友，住着更踏实。一入店，余不扬便先支付了一月的租金，又另外给余在水在隔壁开了一间房。二人安置好行李才发觉饥肠辘辘，便询问掌柜霍吉哪里可以买晚食。霍吉是余不弃的旧友，对待他的弟弟及女儿自然是客客气气的："余小弟，这临安可不像信安，你别看现在已是戌时三刻，但夜市才刚刚开始热闹哩！你出门往东走，过井亭桥，穿过寿安坊，便到了御街。那儿啊，只有你想不到的，没有你买不到的东西。天南地北的美味，你想吃什么都有！"

"真的？霍掌柜不会是消遣我们吧？"余在水将信将疑地探着脑袋问道。也难怪，这霍吉长得白白胖胖，脸上却留了八字胡，看上去确实不像个稳重人。

霍吉拨弄着自己的八字胡，眉毛一挑，道："你这孩子，我和你爹从扎满头髻那会儿就在一起玩儿了，算起来应该也是你叔父辈的了，骗你作甚？"霍吉乐呵着张罗生意去了，二人便不再去探究霍吉的话是真是假，迈着步子就出门去了。

刚来到寿安坊附近，便看见夜空中映着御街的煌煌灯火，听见了潮水一般的叫卖声，一浪高过一浪。余在水再也耐不住性子，拉起余不扬的手朝御街奔去，刚到巷口，便惊得站在原地动弹不得——沿街店铺林立，无空闲之屋，门前红纱栀子灯和招牌灯箱竞相争辉。街上人山人海，万头攒动，商客混杂，比肩接踵。大店的门首皆设有朱绿五彩装饰的欢门，华贵醒目；小店虽没有这么气派的欢门，但也有伙计在门口卖力地吆喝。御街两侧多是酒楼茶肆、珠宝作坊、勾栏瓦子，街上亦有杂技、傀儡戏表演。反正二人所见，是未曾想象之繁华。

"夜市现在还这么热闹，白天该是个什么景象啊！"余不扬暗暗感叹，站定了好一会儿才回过神来。

余在水激动地手指前方叫着："在来的路上，我听人说临安最美味的食物就数羊肉了。羊肉店里最有名的就是李七儿肥羊店，你看，那不就是了嘛。"

二人一拍即合，入店坐定后点了炙羊排、羊杂羹、山煮羊，样样美味。山煮羊特别软烂清口，连骨头都能嚼着吃。炙羊排就更不用说了，外酥里嫩，口感丰富。听店小二介绍，炙羊排所用的香料是泉州运来的，属外邦舶来品。余不扬咬了一口，那叫一个唇齿留香，回味无穷啊。

当二人正沉浸在美食果腹、大快朵颐之时，十五六个人从门外冲了进来。为首的是一个身穿白色右衽宽袖长袍的矮胖少年，手执拂尘，头戴碧纶巾，一副道士打扮。后面跟着的是身穿黑衣的打手，各个怒目圆睁。

"乡蛮子在那儿！"一个声音刚落，黑衣打手便把余不扬二人团团围住。余不扬见情况不对，站立戒备，与少年对视了一眼，问道："这位相公，你们是不是认错人了？"

一个高壮的黑衣人上前一步指着余在水大声道："就是她！"

少年拂尘往前一挥，轻轻搭在手上，用轻佻的眼神看着余在水，说道："长得挺标致，就是稚嫩了一些，还辨不清楚好歹，连张四郎都敢骂,你可知他是何许人?"

听少年这么一说,二人瞬间明白是怎么一回事了。余在水见这阵仗暗暗在心里叫苦,嘴上却不饶半句:"什么何许人,张四郎不姓张难不成姓何、姓许吗?我可不管他有几个姓,但凡事都得讲一个理字,他的轿子在断桥上横冲直撞的,竟然还主动找上门讨骂来了……"

余不扬赶忙把余在水拉到一旁,叉手向前,欠身说道:"我和兄女初到临安,不识临安府的金轿,也不识张四郎这位公子,言语上多有得罪。另外,兄女不过是因为避轿险些跌入湖中才说了气话的,事出有因,还请相公海涵。"

"海涵?张四郎听见你的污言秽语心情受损,茶饭不思,今天必须捉她去当面道歉。"少年说完,两个黑衣人便擒住了余在水的两只胳膊,余在水害怕地大叫:"放开你们的狗爪子!你们当真是无法无天了……报官,快,报官啊!"店内客人见两边冲突在即,纷纷躲到墙角旮旯去了,大家指指点点,心中略有不安。此时,肥羊店东北角有个身穿赭袍的官人反而一脸轻松,他微笑着把腰间的长鞭解下放在凳子上,又给自己斟满了一杯酒,好似在看戏。

"不扬,救我啊!"

余不扬双手捏拳,仍然隐忍不发:"我们也想诚心道歉,倒不如让我们自己走去。"

"你当是逛花市庙会呢?想得美,带走!"少年拂尘一撒,走出了人群。黑衣人把余在水往上一提,准备拎她出去。

"慢着！"余不扬伸手拿住其中一个黑衣人的胳膊，露出了同样坚决的表情，"聪明的就赶紧放她下地，我不想惹事。"

黑衣人拧着身子想要摆脱却发现自己丝毫动弹不得。边上的其他黑衣人见状便要来擒他，余不扬瞅准时机，向后踢出一脚，踹到了上前的黑衣人的腹部，那家伙急退了几步，一屁股栽倒在地，捂着肚子哇哇大叫。其他黑衣人眼看同伴被打，便都一窝蜂冲了上来。余不扬只能放开擒住余在水的黑衣人，左右开弓对付起来。不容余不扬细想，五六只拳头已直奔他的面门而来，他随手捏住一只，顺势弯腰躲过其他拳头，而后起身往上一提，只听"咔"的一声，黑衣人便捂着肩膀在地上打滚起来。解决了一个，余不扬又快速打出十几拳，"砰砰"作响，拳拳见肉，几个弹指的工夫又倒下两个。

可对方人多势众，余不扬依旧被围在中间，而余在水已经被两个黑衣人拎出了包围圈。余不扬心急，匍地来了一圈扫堂腿，放倒了二人，可空位马上又被其他黑衣人补上，依旧出不了包围圈。他一狠心，拳脚并用，击打的全是脸部，一时间黑衣人齿飞血溅。一盏茶工夫，那些黑衣人都伤得不轻，大家你看看我，我看看你，再也不敢上前了。此时，余在水已经被黑衣人掳走不知去向。余不扬心里着急，他试探地向前一步，黑衣人就惊地纷纷后退。正当余不扬准备拿下一个黑衣人审问时，门外传来"临安府巡检，聚众滋事者一律抓捕关押！"黑衣人闻声夺门而逃。

余不扬下意识心中一颤，但马上又恢复了斗志——今天就算是天子的帝辇挡在门口，也要把余在水救回来。余不扬刚冲出门，恰好看到这些穿着公服的临安府巡检正"目送"黑衣人逃走，看巡检们的样子好像并不想管这档子事。可当他们看到余不扬出来的时候，就马上换了一种神情，好似饿狼猎食。站在队伍最前面的军头一看就是老江湖，只见他开口道："他们见了我都像鸟兽一样散去，你怎还敢握拳与我相对？来啊，兄弟们，把这贼配军给我拿下。"

"慢着！我不是贼配军！"余不扬戟指怒目，贼配军是最难听的骂人言语，他一个出身清白、马上就要成为武学陪练的人怎么听得过耳。"那些黑衣人掳走了我的侄女，你们眼看着他们逃走也不阻拦，反倒是要来抓我？"这些巡检显然有意刁难余不扬，他本想好好怒骂一番，但又不想因为与巡检继续纠缠而耽误了救人的时机，还是隐忍住了。

为首的军头脸色发窘，干咳了两声，一下子没想出反驳余不扬的话。身边的小巡检也不好意思举刀相对，微微收势，在军头耳边小声嘀咕道："钟大人，这鸟人他……他妈的说得有点道理啊，要不咱们睁……睁一只眼、闭……哎呀，闭一只眼，把他当个屁放了得了。"

钟卫心中不爽，这种事情哪轮得到他这个小东西插嘴，于是往小巡检屁股上踹了一脚，压着声音骂道："你才他妈的是个屁哩，舌头捋不直的东西，难不成脑子也是搭牢的？刚才那群黑衣人是谁你看不出来吗？那个白胖公子哥儿你总认出来是谁了吧！"

小巡检可怜巴巴地看着自己的上司，头点得像小鸡啄米。"看出来了，那群家伙惹不得，招惹他们就是引火自焚。不过，要抓的话就应该一……一起抓才对，头儿，你看看……看看这么多人瞧着呢。万一有人说我们看人下菜碟，再去登闻鼓院告我们一状，那就真的吃不了……哎呀，兜着走了。"

钟卫不耐烦地瞪了小巡检一眼，又环视了一圈，大多数人像看热闹似的等着临安府巡检怎么处置这件事，脸上多是一副轻蔑的神情。他抖抖肩膀，重新振作起来，心想不能让这些老百姓看扁了自己，自顾自喊道："识相的就抓紧束手就擒，随我们去巡检司将刚才那些黑衣人的下落老老实实地交代出来，老子要将你们一网打尽。"

余不扬到底还是嫩了些，一脸纳闷，心想这老军头是不是老糊涂了，竟然误以为自己和那些黑衣人是一伙的，忙解释道："你误会了，我……"

钟卫连忙打断："哎呀！什么误会不误会的？有什么话到了司里再说，来呀，给我拿下。"

小巡检重新提刀说道："不……不……不……"

钟卫的无名火一下子蹿上了天灵盖，狠狠地朝小巡检脸上抡了一巴掌。"不你妈的头！你是巡检使我是巡检使！一个小结巴，话还挺多！你不嫌累，我听着都累。"

小巡检捂着脸，眼泪在眼眶里打转。"我是说，不，不，不错啊，哎呀，这样也要挨打……"小巡检很懊恼，朝自己另一边脸打了一下。

余不扬见今天巡检使是铁定不会放过自己了,心中苦恼不已。跟他们打?那就是跟官府打,万一伤了巡检使,那自己就算再有道理也是有罪的;逃跑?他可是信安郡有头有脸的游侠,逃跑绝对不是他的风格。余不扬心中快速地盘算着:方才这些巡检根本没有阻拦黑衣人的意思,显然是觉得招惹不起。眼下他们被路人围观着下不来台,肯定不会善罢甘休,事到如今唯有跟他们走一趟衙门了。想到这儿,他的拳头慢慢地软了下来,冷眼看着小心围上来的巡检们,突然双手往身后一背,说道:"不用上铐,我跟你们走一趟。"

围观的人群发出了一阵沉闷的叹气声,扫兴而散。方才那位坐在东北角的官人双手抱胸,略有所思地注视着余不扬离开的背影。

跟随着巡检使,一路上越发冷清安静,余不扬的内心犯起了嘀咕,这巡检使不会和那些黑衣人是一伙儿的吧?或者甚至就不是公人?余不扬有这样的担心不是没有道理,来临安第一天发生的这些事情就够让他没有安全感的了。不过他悬着的心很快就放下了,因为他看到了写着巡检司字样的灯笼挂在不太高大的门庭上,这就到了?司内班房、衙堂都是一些老旧低矮的房子,围墙也霉迹斑驳,再看房子内的陈设,都是一些简单实用的必需品,完全配不上临安巡检司的名头,甚至连开化县衙都不如。一进院子,钟卫就开腔了:"把这贼配军押入牢房等候发落。"

余不扬双肘一擎，顶开扣住他手臂的两个巡检，上前理论道："大人，但凡办案惩戒都离不开实事求是、依法依规，你既不审问也不查证就把我丢进牢房，于情于理都说不通吧？"

钟卫摆摆手，不屑道："像你这样的人我见多了，来这儿的都说自己是良人。再说了，巡检司办案还有你插嘴的份吗？这儿啊，老子说了算！"他眼光扫过小结巴，小结巴身体一颤，被打过的半边脸现在还火辣辣地疼，连忙补充道："就是，这个地方我们巡检使大人说了算。"

余不扬嗤笑了一声："唯上司是从，我看就是一群酒囊饭袋。"

"你说什么？"小结巴不服气地顶了上来，可他足足比余不扬矮了两个头，只能昂着头。余不扬低头冷笑着，这一对比，好像小结巴才是那个处于劣势的人。意识到这一点，他又往后退了两步。

"我说你是酒囊饭袋！你们放走黑衣人不去抓，反而来抓我，就是欺软怕硬。我让你们抓来了，你们又不继续调查，不就是酒囊饭袋吗？刚才在御街上，你说要将他们一网打尽的，好，我现在告诉你们那群黑衣人到底是什么身份，你们倒是去抓来看看。"

"你……你真知道他们的身份？"小结巴略显底气不足地问。

余不扬被小结巴这么一问，才意识到自己根本不知道对方的来路，心里只是猜测他们跟一个叫什么张四郎的，或者临安府有关系，但不能确定。他嗓子像卡了颗桃核，一下子答不出话来："当……当然知道了。"

钟卫回过身来大笑着："哈哈，你小子倒是勇气可嘉，竟敢在老子的地盘摆起龙门阵。你要是真知道他们的身份就不会在这里问我了，不知天高地厚的东西。"他尽量以一种很轻松的语调说话，眼神却不断打量着余不扬，最后趁其不备，使出一招击腹别臂，一下子就把余不扬按在身下了。钟卫的出击非常突然，加上手段刁钻，劲头也够足，一旦被擒住纵使是大罗神仙下凡也挣脱不开。"愣着干吗，还不快去拿铐。"

小结巴和一众巡检喜出望外，赶忙给余不扬上了铐，一个个围在余不扬周围乱嚷嚷，好像要把他生吞活剥了一样。余不扬被他们推着走，回头和钟卫理论："钟大人，我真的是无辜的，不信的话我有证明，对了，我有证明！"

钟卫哪里有心思管余不扬说的话，进了衙堂煮起了茶。倒是小结巴闲来无事多嘴道："你有什么证明？亮出来给爷爷们瞧瞧。"

余不扬用下巴指了指自己的衣襟说："在怀兜里，你自己掏。"

小巡检饶有兴致地伸手在余不扬怀里一顿乱搅，最后拿出了一封信件，上面写着"武学学录司"。

"哦？是个武学生？"

余不扬迟疑了一会儿，点点头。钟卫听闻院子里突然安静下来，便提高声量问道："这又是唱的哪一出啊？"

"钟大人，这小子还是个武学生呢。身上带着学录司的信件。"

"哦？拿进来我瞧瞧。"

小结巴一路小跑着进衙堂，把信件呈给钟卫。钟卫放下茶杯，用手指蘸了口水，坏笑着看着小结巴，捭开了信封。"要真是个武学生，就吓唬吓唬他，关他一晚再给放了，武学的曹学正跟我是好友，交人的时候让学正大人日后好好管教，别再出来给老子添乱。"

"是，是，是……钟大人说的是，年轻人是需要多规矩规矩。"

钟卫瞥了一眼小结巴，嗤笑一声："切，你他妈还说别人，要是再管不住自己的嘴，小心我……"钟卫盯着信件的眼睛突然一鼓，噌地站了起来。

"怎么了，大人。莫非这封信是假的？那小子敢伪造学籍？"

钟卫瞪了小结巴一眼，骂道："闭嘴！"说罢，他把信件靠近烛火仔仔细细地审视了一遍，边看边嘀咕："怪了，怪了，这小子是哪路神仙啊？"小结巴察觉不妙，不敢搭腔，只是在一旁干看着。"学录司是掌管学生招录的司业，他们发的信落款一般是学录使的名字和印子，可……可这封信的落款竟然是枢密院的大印，只有枢密使赵大人和副枢密使余大人才能签发。余大人！"钟卫突然想到了什么，瞪圆了眼睛。

"大人是说，这封信是余大人签发的？那还真……真就怪了。学录只是区区八品小官，余大人是从一品的大员，朝廷重……重臣，这两个……"小结巴用手一高一低地比画着，"这俩差得远呢，余大人怎么会在这个信上签字呢？"

钟卫狠狠地瞪了小结巴一眼，小结巴的话让同为八品官员的他心生不爽:"就你懂,八品是芝麻绿豆大的小官吧?"

"哎?这……小的不是那个意思,那八品在小的看来也是天……天一般大的官啦。"

"行了行了。快,去问那小子姓甚名谁,户籍哪里。"

小结巴接到命令后跑出去,旋即又跑了进来,面露愠色:"那小子说……说他叫余不扬,户籍是浙江衢州。有路引为证。"说罢,还把余不扬的路引递给钟卫。钟卫将余不扬的信件和路引放在一起比对起来,不一会儿就拍起大腿来苦叫道:"他妈的……这小子跟余大人同户籍地,同姓氏,搞不好是一家人啊……"钟卫一下子慌了神,连忙疾步来到院里恭恭敬敬地把信件和路引交还给余不扬。

余不扬见钟卫和小结巴的神情异样,反而丈二和尚摸不着头脑了。"钟大人,没事了?"

"没事了,没事了,都是误会嘛。你可以走了。"说完还恭敬地做了一个"请"的手势。

余不扬前后翻看着信件和路引,心里嘀咕起来:这两个普普通通的纸件竟然这么好使?又问道:"真没事了?钟大人若是要审问查证尽管做,我身正不怕影子歪,问心无愧。"

"哎呀,瞧你说的,都调查清楚了,你确实是个良人,这就是个误会。"

"调查清楚了?我侄女的下落也都调查清楚了吗?"余不扬没明白钟卫的意思,竟突然兴奋起来。

"这……本官只是说你是良人这件事调查清楚了,你侄女的

31

事,还需要假以时日,就是……你看看他们,就像你说的都是些酒囊饭袋,哪有这么快嘛……"

"那些黑衣人的身份你总知道吧?"

"我,这个本官也不是很清楚啊,嘿嘿,不是很清楚。还需要调查嘛。你别着急,等我一调查清楚就去抓捕。"钟卫虽然算不上个聪明人,但凭着多年的巡检历练,话不能乱说这点经验还是有的。眼前这个人身份不明,又好似有点来头,万一他去找那些黑衣人的麻烦,再闹出其他什么幺蛾子,岂不是又在自讨苦吃?节外生枝的事情他钟卫是坚决不会做的。

"不对啊,你刚才说话的语气分明是知道那些黑衣人的身份,既然查清楚我不是坏人,就应该去抓他们来啊。他们当着你的面把人给掳走了啊,怎么能如此无动于衷?你们可是巡检啊。"

余不扬的这些话很刺耳,钟卫听了心里很不是滋味,但他什么也做不了,因为自己无论如何也不能去抓那些黑衣人。

"若是不敢去抓的话,哪怕把他们的身份告诉我也行!只要知道他们是谁,我也能……"

钟卫慌忙打断道:"那就更不行了,你一个平民老百姓怎么能行巡检之事呢?何况……他们的身份我也不能肯定,不肯定的事怎么好乱说呢?"越说脸色越窘迫。

"巡检?哼,你们还算是巡检吗?黑白不分、事实不查,你们算什么狗屁巡检。"余不扬越说越气,竟忘了自己的处境。钟卫实在忍无可忍,拔出佩剑指着余不扬骂道:"识相的就快走,我们是巡检没错,你说我们是狗屁巡检也没错。呵呵,我若是全部都按章办事,你既然来了巡检司,还能这么轻易离开吗?"钟卫别过头:"你若是想走就别再跟我说什么大话了,有本事啊,就自己去查。"

余不扬被钟卫的话噎住了,心里暗忖这钟卫可真不要脸,竟然说出这样毫无责任心的话来。不过,他肯定是一个多一事不如少一事的主儿,不然也不会看了信件和路引就把他给放了。自己现在也算是半个武学的人,若是真要处罚起来,到时候巡检司肯定还要跟武学那边报备,也是个麻烦事儿。如今的官员不都大多如此吗?都只求当个太平官。

余不扬双手重重地往下一垂,失望透顶:"那我可以走了吗?"

"可以,完全可以,早就可以走了。"钟卫又做了个"请"的手势。

余不扬莫名其妙地看着这些巡检,把信件和路引揣进怀兜,愤愤而去。

钟卫看着余不扬离去的背影,用手背擦了擦额头上的汗珠,对着手下们骂道:"以后都给我精明着点,眼睛一个个的都放亮些,不要什么菩萨都往庙里请!他妈的……巡检这口饭可不是这么好吃的。"手下的这群巡检在一旁听了钟卫和余不扬的对话,都没了心气——明明这些事都是钟卫自己惹的,现在反倒骂起他们来。没人愿意搭理这个专拣软柿子捏的长官,都支支吾吾地各自散去了。

33

第二章
内禅

绍熙五年，六月二十八日，寅时。

太上皇躺在重华宫的床榻上，身上盖着薄薄的绸缎被子，任凭雷声在头顶的琉璃瓦上轰鸣，狂风掀动门窗长帘。曾经贵为天子的他励精图治，政治清明，百姓富裕，太平安乐，大宋大有中兴的气象。如今他重病卧床已有半年，皇帝儿子从不曾过宫探望，放眼整个大宋朝，晚年如此凄凉的除了他还有其他人吗？

卧病在床，他常常回想，他自己之所以会有如此凄凉的晚年光景，多拜李凤娘这个女人所赐。李氏生于高宗绍兴十五年，姿容艳丽，面相大贵，道士皇甫坦看了她的面相，惊讶地说："此女当母仪天下。"当时的太上皇高宗信以为真，命太子赵惇聘李凤娘为妃。后来，赵惇成为皇帝，李凤娘摸透皇帝的性格懦弱，于是通过种种手段渐渐地控制了皇帝，皇帝因此还犯起了疯病。从而朝政权力被骄恣凶悍的李凤娘操控。李凤娘控制了皇帝和朝政大权以后，就处处顶撞自己和太上皇后，还讽刺他不是高宗亲生子，嘲笑太上皇后不是自己原配妻子。要不是太师史浩认为立后不久便废后实在过于草率，坚决反对，他非废了李凤娘不可。

李凤娘醉心于玩弄权术，没有把心思放在相夫教子上。李凤娘的皇孙赵扩不光长得像她，连行事作风也越来越像她。一想到大宋江山要交到李凤娘儿子的手上，他就不安起来，便想立吴兴郡王为太子。凭李凤娘的性子，怎么能容忍这样的事情发生？于是一再挑拨他与皇帝儿子之间的关系，直至父子决裂。往常，太上皇每每想到这儿，便会痛心大叫，可今夜太上皇的寝宫里倒是异常安静，安静得连老内侍都打起了瞌睡。

"内侍大人，例行检查的时辰到了。"太医院当班的太医背着药箱，轻轻地拍醒了老内侍。老内侍一脸不悦，太上皇和自己好不容易睡个安稳觉却还要做例行检查，不过这是重华宫的规矩，不能逾越，于是便领着太医悄悄地进去了。

太上皇的卧室内虽然安静但并不昏暗，东南西北四角共有明烛八盏，这样的亮度正好不会打扰太上皇睡眠，也能让例行检查的太医看清状况。两人走到太上皇的帷帐旁，老内侍在一旁伺候着，太医掀开帷帐进去查看，刚钻进去半个身子旋即退了出来，用惊恐的眼神看着老内侍。老内侍回以询问的表情，太医轻轻摇了摇头，又钻进帷帐，过了一会儿从帷帐里出来，没有了刚才蹑手蹑脚的小心谨慎，凑到老内侍耳边嘀咕了一句。老内侍听完，身子猛地向后一挺，推开太医钻进帷帐，只见太上皇静静地躺在龙榻上，双目微睁，嘴巴半张着，好似有话要说却没说出口，有人要见却没见到。老内侍跪到榻前，试探性地呼叫道："太上皇，太上皇……"太上皇没有应答，脸上的表情丝毫没有变化。老内侍两声太上皇喊完，眼泪就止不住地流了下来，他伸出颤抖的双手去握太上皇的手，是僵硬而又冰冷的。老内侍确定太医说的是真的——太上皇的生命走到了尽头。

在一声"太上皇晏驾啦"的哀号声后，两匹快马自重华宫夺门而出，一匹往当朝丞相留正府上跑去，一匹往枢密使赵汝愚府上跑去，而后重华宫又重归一片冷寂。

留正和赵汝愚是最先得知太上皇晏驾消息的高层官员，他们又派出信使连夜前往各个朝官家中，请他们立即到进奏院商议此事。朝官们都清楚，既然两位宰执安排在进奏院会面，那么意图很明确，便是要将此事禀告给皇上，让尽孝不够的皇上好好履行最后的人子之责，避免被天下人所不齿。果不其然，同朝多年的默契很快就让他们达成了共识，那便是禀告皇上，由皇上亲自执丧。

随后，这才有了赵汝愚棒打和宁门守卫事件发生。一百零八位朝官进了大内以后，皇上的内侍们不像守卫那般死板，马上就有人瞧出了有大事发生，便一刻也不敢耽误地去通知皇上上朝。赵汝愚与留正、余端礼联袂上殿把太上皇晏驾的消息呈给皇上。一时间皇帝沉默，百官哀立，垂拱殿内没有一丁点儿声响。朝官们有的注视着皇上表情的变化，有的低头揣测圣意，有的则闭眼祈祷，所有人都在等候皇上裁定。没想到皇上什么也没说，突然丢下奏折起身往回走。朝官们急了，如潮水般涌到皇帝的身边。

"皇上请留步，恳请皇上出宫为太上皇执丧，尽人子之责，抚满朝文武、天下百姓之悲痛。"第一个上前提出要求的是赵汝愚，他既是枢密使又是宗室子弟，于情于理他都应该第一个站出来要求皇上处理好家事。可是皇上并没有停下脚步之意，就像是没听见赵汝愚的话似的继续往后宫方向走去。

留正也急了，冲上前去跟在皇上的身后说道："陛下与太上皇不睦虽是家事，但也是事关天下的大事，太上皇晏驾的消息是藏不住的，愿陛下正面以待，速回渊鉴，追悟前非，渐收人心，庶保国祚。"留正一直以直言敢谏闻名，没想到这次竟然直接以"庶保国祚"吓唬皇上。终于，皇上停了下来，转身正面对着留正，双眼看似有神又似傻瞪着，气势看似愤怒又似赌气："你愿寡人正面以待，寡人便与你正面以待，你接着说！"

皇上的话出乎所有人意料，留正更是不知如何回答，只是怔怔地盯着皇上。随后，皇上表情慢慢放松下来，细声细语道："多日不见，爱卿两鬓又新添了几许白发，想必是公务劳累，还是早些回去歇着吧。寡人没睡好，也要去睡个回笼觉。说来也怪，昨晚雨不大雷声却大得吓人，哎？想必诸位爱卿都是被雷声吵得睡不着觉吧？那就都早些回去歇着吧，啊？"

留正呆呆地看着皇上，不知圣意，更不敢随便搭话。去年，皇上突然准备重用曾经被自己揭发受贿并降职的姜特立，这让留正既生气又警惕，在城外范村待罪，说是待罪实则是跟皇上置气。皇上与丞相二人赌气了一百四十余天后，最终皇上妥协派人召他回朝理政，又下旨姜特立不必持诏入朝陛见，留正这才回朝。所以，当皇上突然这么说的时候，留正担心皇上是不是话里有话。不过，接下来的事情表明留正多虑了，因为皇上突然毫无征兆地转身往后宫跑去，惊得内侍慌忙跟上，留下惊呆了的百官。

其实，大家都知道皇上这两年病了，只是没想到已经病成这般模样了——面对自己父亲的死讯竟然无动于衷。这样的人别说不像皇上了，甚至称不上是人了。不过即使这样，他现在仍旧是大宋天子，一切都是他说了算。

皇上要退朝就像钱塘江要退潮一般，没有人能拦得住。原本信誓旦旦的官员没有达到预期的目的，心中不免有些失落，但更多的是凄凉。退朝的百官队伍行走在垂拱殿至和宁门的路上一言不发，一出了和宁门，有的官员进了三省六部，有的进了五府太庙直接开始了一天的工作，有的穿过六部桥出城或回家。直至留正、赵汝愚、余端礼三人行至朝天门附近才陡然发觉，身后早已空无一人，一百零八人的队伍最后只剩下他们三个伫立在青灰色的雨幕之中。

余端礼两手一拍，惊道："哎呀！这……这些人成何体统，哪有就这样不告而别的？治丧之事还悬而未决呢！这可如何是好啊？"

赵汝愚愤愤不平地瞪着身后的雨幕："这些软骨头，遇事就想着一逃了之，全然不顾人臣之责！"

相比余端礼和赵汝愚，留正的表现倒显得平静，他提了提被雨水浸湿而变得沉重的朝服，说道："二位大人不必动气，太上皇晏驾这件事，皇上不理睬，百官亦不敢轻为，便只有落到我们身上了。话说回来，只要我们三人同心，不管发生什么，都会为皇上料理得当的。你们说是这样吗？"

赵汝愚看着眼前这位心平气和的丞相大人，总觉得不能过分相信他，亦不能过分乐观。留正就算再位高权重，但也做出过因为与皇上朝政意见不合而到村郊躲避这种事，在他赵汝愚看来，留正更像一个畏难任性的老头儿。

三位年纪不轻的股肱之臣淋了一早上的雨，默契地移步到进奏院内议事。赵汝愚喝了一口姜茶抢过话头说道："太上皇因何而驾鹤西去想必大家心里都很清楚吧？皇上久居后宫、疏离朝政，把太上皇苦心经营的'乾淳之治'毁伤大半。要说皇上没有社稷之才也就算了，可偏偏一损俱损，连身为人子最基本的孝心也没有。太上皇重病在床，皇上却踏春游园，太上皇一次次期许皇上前往重华尽孝，等来的却只有一次次失望。今天没有外人，我就把话说明白了吧，不管是江山社稷还是皇族家事，走到今天这一步，李皇后无论如何也脱不了干系！"

留正知道赵汝愚的脾气，话说到这个份儿上对他来说已算克制。他抬眼看向余端礼，只见他双目微闭、不置可否，便也没有插嘴，任由赵汝愚说下去。

"李皇后性情彪悍，以卑劣手段控制皇上图谋擅政，为了一己私欲把朝政搞得乌烟瘴气，除了李家亲信之外，其他大臣都颇有微词。不仅如此,她置母仪天下之职责于不顾,挑拨太上皇和皇上之间的关系,让他们父子徒生嫌隙、互不来往,你们看看,皇上连执丧这样的大事都不愿意做了!"说到这里,赵汝愚清清嗓子,用力地看向其他两位同事,提高声音说道:"我们有责任、有义务替太上皇,替大宋江山改变这样的局面。太上皇跟我说过,眼下只有一个办法能救大宋,那就是内禅!"格子窗外天光猛地一亮,而后一记沉雷,声如战鼓擂鸣。

留正清了清嗓子:"太上皇的意见固然重要,但如今百姓之天子,江山之皇帝不是他啊。太上皇的意志并不能代表朝廷的意志。"

"今年是绍熙五年,皇帝在位才第五个年头,况且还有一大半时间是不理朝政的,本就根基未稳,与南渡后开创'乾淳之治'的太上皇比,谁更能代表朝廷的意志呢?谁更符合江山社稷的意志呢?谁在大臣中的声望更高呢?"赵汝愚虽说得在理,但却过于直白,留正和余端礼不约而同地用余光扫视左右,生怕隔墙有耳。

"我只是担心内禅会让朝局动荡,金人居北南望,外患未除又徒生内忧,恐怕内禅不是一个好的选择。"

"养痈成患,自生祸殃。朝廷病了,丞相大人竟然不想治病,反而养病?难道不知道养病如养虎这个道理吗?"

见留正和赵汝愚各执己见,余端礼缓缓开口安抚道:"两位大人,朝廷之病源于皇上之病,皇上现在精神常有错乱,疯病也间歇发作,已然是个独夫,失去了君王之道,于江山社稷不利。况且，内禅之制并非本朝独创，徽宗、高宗亦有之，在这样的情况下尊崇祖宗之制我想也是理所应当的。"

见余端礼也复议内禅，留正心中稍有不悦："朝廷之病源于皇上之病，等皇上的病好了，朝廷也就能恢复正常了。"

"可皇上的病又怎么会好呢？皇上是因为生性懦弱猜疑才被工于心计的皇后控制，慢慢被逼疯了啊。内禅，其实质是为了让朝政摆脱皇后的控制，早日回归正轨。"余端礼舒缓了语气继续道，"丞相大人，您也是忠良之臣，试问您在范村待罪之时心中是否有困惑、有不满？是不是也想着早日改变朝廷之病状？我们要抓住内禅这个机会啊，不能再让范村待罪这样的事情重演了。"

余端礼比留正和赵汝愚年长几岁，积淀自然更深，确实更会劝人，范村待罪的经历是留正心中永远不会愈合的伤疤，而余端礼揭开得恰到好处。于是留正想到，去年六月西蜀将领吴挺病死，皇上在他上奏多次之后仍不派人入蜀收复兵权，蜀军长期无主恐易造反，而蜀乃大宋之命门，蜀失而天下亡矣！这件事一直是他这个丞相的心头病，可至今仍旧悬而未决，多半有皇后插手的原因。不光这一件事，皇帝登基不久便开始患病，此后李皇后擅政，大肆敛财，收拢人心，到时候像自己这样的忠良之臣无端受害也未可知。还有半个月前，他领着百官劝说皇上到重华宫问疾探望，结果却被皇上逼到浙江亭待罪，一跪就是三天，那种身心的双重煎熬到现在依旧刻骨铭心。

赵汝愚见留正有所触动，便趁热打铁道："所以，内禅宜早不宜迟,我看最适宜定在二十八日之后,太上皇的禫祭仪式那天。禫祭之日,是除去丧服的日子,不出意外那天除了皇上和皇后不会到场以外,大宋所有的上层人物都要去太上皇的棺椁前与他进行最后的道别,时机最好。那日若是太上皇有在天之灵,看到内禅顺利进行便也瞑目了。"

余端礼一口气喝光了姜茶,说道:"我完全支持赵大人的意见,内禅宜早不宜迟,早一日内禅成功,朝政就早一日回归到正常轨道之上。只是……内禅成功与否关键在立储这件事上,立储人选至关重要,若立储人选名正言顺又能得到朝臣支持,那么内禅便是水到渠成的事情。若立储人选不合群臣之意,恐怕会节外生枝。不知两位大人有什么看法?"这个余端礼,两边既不帮衬也不得罪,只是一味地摆事实讲道理,说得留正频频点头,慢慢接受了内禅的建议,可赵汝愚却急了。

"依太上皇之意内禅,自然是要依太上皇之意立储的。太上皇认为吴兴郡王赵挺早慧老成,有贤君的潜质。反观皇子嘉王赵扩却不那么聪慧,脾气秉性又多遗传皇后,恐不是储君人选。"

留正微微张开的口闭上了,思考了片刻说道:"太上皇之意固然重要,但无论是吴兴郡王还是皇子嘉王都是比皇上更好的人选,我认为对于太上皇的遗愿不必过于迷信和执着,完成内禅才是关乎江山社稷、百姓民生的头等大事。"

"丞相所言极是,但如今朝中上下对皇上皇后颇为忌惮,民间有俗语称龙生龙、凤生凤,只怕嘉王和皇上皇后无异,到那时内禅意义何在?"

"赵大人的意思是偏向于吴兴郡王啰?"

"这并非我一人之偏向,是太上皇的遗愿,也是大多数臣子的心声。"

太上皇一死,内禅就犹如弦上之箭,到了不得不发的时候了。留正和赵汝愚也顾不上顾忌和回避,全然一副打开天窗说亮话的样子。这三人知道,彼此都是支持内禅的,即使意见相左,但谁也不会把今早的这番话与第四个人说。

赵汝愚见留正沉默不语,试探问道:"丞相大人的意见莫不是嘉王殿下?"

"唔……这并不是我的意见,只是立储之事须经过皇上同意,尤其是人选上。若是我们建议立吴兴郡王赵挺为太子,皇上断然是不会同意的。要知道,皇上与太上皇不和很大程度是因为太上皇关于立储的倾向。"

"这就该我们出马了,倘若满朝文武皆推荐吴兴郡王,皇上也不好说什么了。我们三人都是旧臣,太上皇在位期间政事如何,民生如何?皇上在位这几年政事如何,民生如何?我想大家都看在眼里吧,太上皇是明君,他不会看错的。关键在于,我们三人要同心协力。"赵汝愚踌躇满志地说。

"赵大人,你可真敢说啊。"余端礼轻轻地说了一句,不知是赞赏还是警示,三人面面相觑不再言语,却都露出了一副破釜沉舟的表情。看来,今早的谈话还是颇有收获的,至少三个人都站在了内禅的船上，但对于肩负完成太上皇遗愿的赵汝愚来说，他绝不会就此罢休，留正或者余端礼，他必须要拉上一个人上赵挺这艘船。赵汝愚意味深长地看了余端礼一眼，他在心里已经做好了选择。余端礼这位手握朝廷官吏任免大权和一半军权的大人物，在内禅中发挥的作用可能比丞相更大。

此时，天色慢慢转亮，乌云散去，一束束阳光越过凤凰山顶，铺满了朝天门前一带的御街，照得地面上升腾起一股股水汽，缥缈梦幻。三人放眼已经热闹起来的御街，都露出了一副破釜沉舟的表情。

余不扬见天色好转，便从御街上的一家早食店里出来，问了路人北瓦子的方向后便大步前往。

瓦子是军卒、都人暇日娱戏之地，谓其"来时瓦合，去时瓦解"之义，易聚易散之地也。临安城内瓦子有二十余处，以众安桥南的北瓦最大，仅百戏杂剧的演出勾栏就有十三座，演出昼夜不停。而张本就是这北瓦中的第一大红人。

瓦子里不仅有杂货零卖及酒食之地，还有相扑、影戏、傀儡戏、杂剧、唱赚、蹴鞠等表演。午食过后，瓦子消遣娱乐的节目居多，最热闹的勾栏处挂着红绿锦旗，上面写着"相扑"二字。前有数百看客，挥手喊叫，不时爆发出阵阵叫好声，原来正在表演男女混合相扑比赛。那女子四十岁出头的样子，体态丰腴，袒胸露乳，只穿着一条大裆绿短裤，踏步提拳，迎战对面一瘦弱男子。相扑角力中,那男子全然不是女子的对手,数次被她的丰乳肥臀压在身下,场面淫秽劣俗,看客却像千层饼一样,一层一层地往前贴。

北瓦之内,名角如星,受到临安城内大官家、大豪绅喜爱的也不在少数,却只有张本一人有专属勾栏,即使没有演出,其他艺人也不能使用。张本今日说的是《碾玉观音》,话本相传是绝世佳人苏小小的鬼魂所作,甚是凄美催泪。距演出还有半个时辰,购票的人已经排起了长队,队伍中多是家境殷实的闲妇,个个打扮得花枝招展,好似来会情郎的。余不扬跟在队伍里,从穿着打扮和相貌气质都不像一个有如此情致的人,妇人们交头接耳,议论纷纷,传出阵阵窃笑。余不扬只觉自己耳根发烫,手足无措,但除了厚着脸皮也没有其他办法。张本的票价奇贵,即使是后排座位竟也要一两银子,抵得上寻常人家半个月的生活开销。余不扬心有不舍,但为了找到余在水,只能咬牙买下一张票。也难怪有人说瓦子是士庶放荡不羁之所,子弟流连破坏之门。

余不扬坐定后,堂倌端上来煮好的茶,演出就开始了。张本身穿淡粉长袍,头戴小帽,帽旁插着一花骨朵出现在台上,他体态修长,相貌清秀,气质阴柔,余不扬最看不惯这样的男人。张本来到台前,鞠上一躬,带着钱塘腔调,如和风细雨一般说了起来:"各位娘子,昨日小生也出城赏花去了,但今日勾栏之景色,我看比西湖边的娇艳万花还要美上一万倍。"妇人们连连娇羞回应,气氛瞬间活泛起来。"我在苏堤上摘了一个最娇嫩的花骨朵戴在头上,期待它能开出最美的花。花骨朵还没开,最美的花儿们我已经见着了……这个花骨朵就丢了吧。"这最美的花儿，说的正是台下坐着的妖艳妇人们。张本说完，伸手拿下花骨朵随手往座位方向一抛，妇人们纷纷起身去抢。抢到的妇人如获至宝，惹来其他人的声声叹息和羡嫉。

余不扬如坐针毡，浑身不自在，觉得自己与此情此景格格不入，终于意识到方才买票时妇人们眼神异样的缘由了，只好自顾自往肚里灌茶水。不消一会儿，便觉内急难忍。

厕屋在勾栏的西面，余不扬只想在里面多待一会儿，免得耳朵受罪。他抬眼观察，从方位判断出后台和厕屋仅有一堵矮墙相隔。余不扬心中一喜——躲进后台等张本，既不用再听那情情爱爱的辣耳之谈，又可以在没人注意的时候截住他，实在是两全其美。

张本讲完了今天的话本，和往常一样被观众要求返场继续讲，但他今天心情不好，头也没回地拒绝了。即使是这样，前台还有许多女观众不愿离去，痴痴地呼唤着四郎。这多情的张本今天好像是铁了心一般，对她们的呼唤充耳不闻，脸色也难看到了极点。仆人黄小标从来没有见过张本这样，只是不远不近地跟着，见张本走进后台，他心想自己既没有哄人的本事，长得也讨人嫌，还是候在门外等着妥当，免得被无故责骂。

张本脱下粉袍，换上白衫，用湿毛巾抹了把脸就自顾自唱起词来："春花秋月何时了？往事知多少。小楼昨夜又东风，故国不堪回首月明中。雕栏玉砌应犹在，只是朱颜改。问君能有几多愁？恰似一江春水向东流……"

唱着唱着，张本只觉得自己这心里越唱越闷，越唱越难受："哎……偏安江南，纵使有万般美景良辰，也是虚设啊。哎，我也罢，来这消遣享乐的人也罢，真不应该在瓦子里消耗光阴啊。要我说，好儿女就该投军戍边去，马革裹尸还……啊……"张本忽觉背心一阵刺痛，大叫一声，刚要回头，就被余不扬按在妆台上。

"别喊，我这短刀可是昨晚刚磨的，只要稍稍一使劲，它便会'嗞溜'一下滑进你的胸膛，再把你的心脏切成两半给小爷我下酒。"余不扬凑近张本的耳边，说到一半，忽闻到张本身上一股胭脂味，又躲开了些。

"壮士……有话好说，你要是来寻财的，妆台左边的抽屉里有五十两白银……哦，还有一百两会子票。你要是受了哪家姑娘委托，专程来掳我去府中说书的，那大可不必动刀子……我跟你去便是了……好不好？"

"张本啊张本，你不光娘儿们唧唧的，还挺臭不要脸的！我问你，昨天下午你是不是坐着陈府的轿子路过断桥？"余不扬本来就憋着一股气，见张本还把自己当成了他的仰慕者，更是气不打一处来，便把短刀往里推了推，张本的白衫上瞬间渗出一片血迹。

"是我，是我，昨天下午我确实坐着陈府的花檐子打断桥经过，那是陈姑娘要请我去她府中说书来着。壮士问这个……你莫不是陈姑娘的家人？哎呀，你听我解释，我早就和陈姑娘说过，要听书就来瓦子里，要不容易被别人误会……"

余不扬见张本话匣子一打开就跟放鞭炮似的"啪啪啪"响个

不停，心里一气，朝他腰间打了一拳。张本闷叫了一声，疼得说不出话来。

"哼！身上一点硬肉都没有，跟个女人似的。你可知道，昨天你那轿子差点儿害得一姑娘掉到湖里去？"

"不知道。"

"那你可听见，那个姑娘气得随口骂了你几句？"

"没听见。"

余不扬不信："你怎么会没听见？昨天夜里，那姑娘被几个黑衣人掳去了，为首的有个矮胖公子哥儿，说是为你报仇。你要是没听见她骂你，人家又怎么说是为你报仇？"

"这……我是真没听见啊。"

余不扬把短刀移到了他的脖子上，咬着牙说："跟小爷我这耍嘴皮子呢？说！那个姑娘被掳到哪里去了？"

"壮士息怒啊，容我理理思绪。"张本一下子明白了，昨晚陈韶仪确实押了一个年轻姑娘过来说是要给他赔礼道歉，而且押人过来的时候，陈韶仪是穿着男装的，也难怪这位壮士会把陈韶仪认成公子哥儿了。

"别嘀咕了，快说！"

"昨晚临安府陈姑娘，哦，陈韶仪。她确实押了一个年轻姑娘说要给我赔罪，难道那位姑娘就是你的娘子？你家娘子骂我的话，我是真没听见，也许是旁人听见告诉陈姑娘了，陈姑娘又……又很是在乎我的感受，所以就……把你家娘子掳去给我赔罪了。"

"赔罪？她何罪之有啊？"

"哎哟，说错嘴了，说错嘴了。"

"你还说什么旁人？你少把责任往别人身上推，旁人能有机会跟府尹的女儿学嘴吗？定是你说的！"

"你怎么就不信我呢？要是我说的，我就被天打五雷轰，不得好死。说是让她给我赔礼道歉，可我一没听见她骂我，二来这无故把人掳来也是犯了律法的，我说不必了，赶紧把你家娘子送回去。谁知你家娘子……她也挺泼辣的，当场骂了我几句，还把陈姑娘也一并骂了。她竟然敢骂陈姑娘被猪亲过，脸跟猪头一个样儿。陈姑娘一气之下就吩咐人把她押走了。"

"押走了？押到哪里去了？"

"这我可不敢说啊。"张本有些慌张，自顾自嘀咕起来，"也不知道陈姑娘她是说笑的还是说真的，不好说啊。"

"不说是吧？不说我现在就给你把舌头割下来，让你一辈子说不了话，也说不了书。"余不扬说着佯装就要动手。

"我说，我说……在说之前，我可要把话给你说明白了，我从头到尾都很反对陈姑娘的做法，她要是做了什么对不起你娘子的事情，你可别怪在我头上。"

"快说！"

"陈姑娘说，就你长得美是不是，看我不刮烂你的脸再把你扔到西湖里喂鱼。"

"什么？！"余不扬瞪圆了眼睛，表情好像要吃人。

"哎哟，这话不是我说的，我也不赞成她的做法，但是拦不住啊。我今天也正为这件事情犯愁呢，说书也没了心情。你说这陈姑娘，要是真弄出人命来可怎么办呦？"

"仗着她爹是临安府尹就能为所欲为吗？我今天就杀了你替在水报仇！"余不扬说着便要挥刀刺下，张本见这架势，被吓得忽然尖叫起来。他这一叫，把余不扬也叫得愣住了。

"公子！你没事吧？"门外的黄小标关切地问道，也不敢直接推门进来，刚露出半个脑袋，就被张本骂住了："扫兴的东西！我在背词呢，快滚出去！"

"砰……"黄小标重重地关上门，又重重地给自己来了一个大嘴巴子，"嘴贱，活该挨骂。"

余不扬呆呆地看着张本，心想这家伙虽然娘儿们唧唧的，但却没有呼救，算他半条好汉。

张本见余不扬有些迟疑，求生的欲望从心中升腾起来，他也不知道哪来的勇气和力量，一把推开了余不扬说道："愣着干吗？还不快走。这瓦子里的看戏人，有一半是当兵的，你以为杀了我就能活着出去吗？"

余不扬被张本这句话惊醒了，但他马上定了定神，不减凶狠地说："那矮胖公子是谁？"

"他？我从来没有见过他。"张本的眼神稍有躲闪，不过还是被余不扬捕捉到了。

"哼，怕我报官对吗？你不敢说，巡检司的那些人也不敢说，我猜那公子就是陈韶仪！是不是？"

"这……好汉好眼力。"张本心中一惊，随即又觉得自己多虑了。陈韶仪是临安府尹的女儿，就算报了官又能把她怎么样呢。

"哼，府尹的女儿女扮男装当街抓人，滥用私刑，你们都视而不见。今日暂且不跟你论对错，要是那姑娘还活着，就当我今天没来过。要是那姑娘死了，那我还会来寻你，你也活不了！"说罢，余不扬便准备离开，突然想到什么，又返回来把张本从妆台上推开，而后打开妆台左边的抽屉，丢下票根取走了一两碎银子。

"你这说书说的是什么东西！退票！"余不扬厌恶地看了张本一眼，翻过矮墙逃走了。

张本见余不扬消失在自己的视线中，整个人一下子瘫软在了地上，这才感觉到自己背上像被火燎过那样疼，疼得他都快哭了。

不过，张本也算是见过世面的人，马上冷静下来，回想刚才那个刺客虽然长得眉清目秀，但从穿着打扮来看是个乡下人，不过他的身手了得，而且看架势也不像一般的帮闲混子，绝对是个天不怕地不怕的狠角色！他的眼神由弱变强，渐渐刚毅起来，他好像不曾受伤一般站起来，"哗"地打开梳妆台的右边抽屉，拿出止血药和绷带，背对着镜子，自己给自己料理起来，动作和神态跟刚才的软弱害怕完全不同。可当他从镜子里看到自己后背流血的伤疤时，竟突然瞳孔放大，浑身战栗起来，细细的汗珠不停地从额头上沁出，滑腻腻地流过他涂满脂粉的脸庞，洗出一道道沟壑般的妆痕。他的脑海里出现了两具尸体，长刀戳穿了胸膛，银白的刀刃就像是从尸体背上长出来的一根刺,深深地刺进了张本的心里。

"啪!"张本手里的止血药瓶摔到地上,砸得粉碎。

余端礼坐在马车里闭目养神,乌纱帽被他取下抱在怀中,软翅随着马车的摇晃有节奏地抖动着。早晨的一场雨中急行让他原本就老迈羸弱的身体不堪重负。定是受了风寒,从进奏院出来之后脑袋就一直昏昏沉沉的,坐上马车刚出了朝天门就睡着了。马车一路西行,钱塘江的潮声越来越响,余端礼重重地呼了一口气,他醒了,却没有睁开眼睛。

"到哪里了?"

"老爷,过了跨浦桥就是浙江亭了。"

"唔……浙江亭。"余端礼不禁打了个冷战。半个月前,丞相留正率领百官要求皇上立即过宫问疾,看望重病的太上皇,皇上拂袖而起,转向后宫。留正一把拉住了皇帝的衣襟,一路随行,一路进谏,并不见效。留正一气之下跟皇上说:"既然说什么都不听,还要我们这些官干什么,把我们都罢免了吧!"皇帝也很生气,要宰执都退出去。于是,留正领着百官一起退出了城,在浙江亭上待罪,这一跪就是三天。想到这儿,余端礼轻轻地揉着自己的膝盖,叹气道:"唉……年纪大了,折腾不动了。"他看了一眼自己的膝盖,"力不从心哪。"

余端礼自言自语罢,掀开帘子朝窗外看去——浙江亭在钱塘江岸边,是观钱塘江潮最好的地方,此时虽然还没到最佳的观潮时节，但是仍有三三两两的太学生在那儿吟诗作对。一辆大马车过了跨浦桥，径直往浙江亭驶去，余端礼见不是普通马车，便问道："前面那是谁家的马车？"

车夫伸着脖子观察了一番便说："是赵枢密使家的马车。"

"你确定？"

"确定无疑。今早大人去上朝的时候，各家马车都在朝天门进奏院门口停着，咱家的马车刚好和赵枢密使家的停在一起，我还跟赵家的车夫聊天呢。拉车的马一白一黑，轿櫩子上挂一口小铜铃的，整个临安城就他们一家。"

余端礼重新放下帘子，说了句："追上去。"

赵汝愚下车来到浙江亭，几个太学生见到后毕恭毕敬地说了句："学生告退。"便都离开了。赵汝愚轻轻点了点头，自顾自地往围栏走去。他盯着奔涌的浪潮，心中思绪像潮声般杂乱。

"大人，到浙江亭了。"

余端礼坐在马车中，也不急着下车，只是问道："嗯，那几个太学生走了吗？"

"走远了，已经上了跨浦桥。"

"好……"他低吟一声，从马车上慢悠悠地下来，又艰难地迈着双腿朝赵汝愚走去。赵汝愚自顾自看着潮水，竟没有发现余端礼正在慢慢靠近。

"赵枢密使好雅兴。"余端礼轻轻地说了句，眼睛却不朝赵汝愚看，也盯着潮水。

赵汝愚脸色一沉，见是余端礼，脸色又变好了些："若是别人说我好雅兴，我非骂他两句不可。不过，既然是余大人这么说，里面怕是暗藏玄机、一语双关吧？"

"哎呀，赵大人多虑了，你我同在枢密院任职，还需要藏着掖着吗？"二人交谈期间没有眼神交集，只是盯着江水，似乎都在跟江水闲聊。

"你若不是好雅兴，又怎么会来浙江亭观潮呢？"

"余大人这是明知故问啊？我来浙江亭当然不是为了观潮。"

"浙江亭，我大宋自南迁以来，凡被免去职务的官员，或外放到外地任职，或待罪听候发落，都在浙江亭等候，方便命令下达后立即启程出发。赵大人来此不是为观潮，难道是萌生了退意？"

"胡说，内禅之事悬而未决怎能轻易说退？"赵汝愚瞧了一眼余端礼的膝盖，调侃道："难道才过了半个月，余大人的膝盖病就好了？我可听说自从上次咱们待罪浙江亭，你回去以后连躺了三天三夜啊。可今晨你的步子迈得可真是又快又坚定。"

"又叫赵大人看笑话了。不过，这几年来我的身体越发不行倒是真的，不光腿脚发硬行走不便，还有心悸盗汗的毛病，太医院的人说，我这是气血亏损、阴阳两虚的结果。"说完，余端礼重重叹了口气。

赵汝愚看向余端礼，余端礼却看向别处，那样子好似话里有话。赵汝愚心里一沉，欲言又止，想到方才在进奏院余端礼说的话，便开口道："内禅在即，余大人该不会要掀回头潮吧？你我既是同事又是内禅的搭档,如果你临阵脱逃了,难道留我一人与留正共推内禅?搞不好他什么时候又会一逃了之,那到底还要不要内禅了?你我都清楚,内禅这件事开弓没有回头箭,不成功便成仁,要是失败了,你我都得死!"听到"死"这个字,余端礼背筋一抽,身体迅速地颤抖了一下。

皇上自登基以来便开始患病,无法主持朝政,又与太上皇长期失和。今年,太上皇一直重病卧床,皇上也从未过宫问疾,毫无孝心可言。朝政长期空转,皇帝皇威尽失,百官骚动,长此以往,天下危矣。六月二十八日,太上皇晏驾重华宫,皇帝也不执丧,内禅的呼声越来越高,已经到了不可不做的地步。

"赵大人,内禅是你我共同之意,更是文武百官、天下百姓的心声,我余端礼虽然行事谨慎,但在大是大非面前绝对是挺身而出的那一个人。虽然丞相大人对内禅还不够坚定,但丝毫不会影响我对内禅的决心。"

"既然余大人没有退缩之意,刚才在进奏院为何不站在我这一边说话?比如在立储人选上,你更倾向于谁?"

"我不说是因为立储之事我们说了不算。"

"没想到你和留正一样是个老顽固,这说了不算,那说了不算,这也做不了,那也做不了,那还怎么内禅?"

"赵大人听我说一句,执丧、内禅之事没有皇家参与那就是名不正、言不顺,若想要越过皇家遗愿私定立储对象,那便是谋反!"余端礼的话声音虽不大,却盖过了潮声,在赵汝愚心里激起了不小的波动。

赵汝愚暗忖了片刻，说道："执丧、内禅之事唯有太皇太后吴氏可做？"

"没错，太皇太后是高宗朝的皇后，历经三朝，德高望重，只有她在太上皇禫祭仪式上提出内禅才行，名正言顺！若能请得太皇太后主持内禅，则代表着皇家对大臣们行为的认同，让大家免除后顾之忧。而且，在朝政不稳的特殊时期，太后垂帘听政前朝亦有先例，是顾全大局的普遍做法。"

赵汝愚看着余端礼，慢慢露出微笑。"看来余大人不是无话可说，而是在深思熟虑啊。内禅宜早不宜迟，那我们得想办法马上得到太皇太后的支持呀。"

"若皇上一直不肯立储，我们又说服了太皇太后，那不是在给她老人家出难题吗？这事我看不急，待皇上同意立储，再与太皇太后说内禅的事不迟。"

赵汝愚看着滚滚钱江水，深吸一口气，准备进入正题。"余大人既然看得这么通透，肯定对拥立赵挺也有了办法了吧？"

余端礼把脸转向赵汝愚，露出了一个慈眉善目的笑容，干脆利落地说道："没有。"

赵汝愚略有失落。"余大人是根本没有想过要拥立赵挺吧？"

"没错。实不相瞒，我更倾向于拥立皇子嘉王。赵大人想想，如果我们要拥立赵挺，皇上和皇后是绝对不会答应的。我知道你在想什么，你想着说服太皇太后拥立赵挺，然后让太皇太后去说服皇上？"

赵汝愚轻轻地"嗯"了一声，别过头去。这个余端礼，什么事都被他看得一清二楚。

余端礼摇摇头，说道："即使太皇太后能说服得了皇上，她能说服得了皇后吗？"

赵汝愚认同余端礼的顾虑，因为他们都见识过皇后的手段有多厉害。皇上曾经在一次家宴上表示要立嘉王为太子，但是遭到太上皇的反对，太上皇表示要立吴兴郡王赵挺为太子，这引起了皇上的猜忌和皇后的不满。皇后直接向太上皇逼宫，责问太上皇："妾六礼所聘，嘉王，妾亲生也，何为不可？"要求太上皇同意立嘉王为太子，惹得太上皇大怒，宴会不欢而散。

皇后连太上皇都不怕，难道还会怕太皇太后吗？何况如今太上皇都已经晏驾了，如果强行拥立赵挺，凭皇后和李家如今在朝中的实力，发动政变也未可知啊。真到了政变这一步，那内禅就得不偿失了。

"余大人的意思是，为了内禅能够顺利进行，就要最大程度地消除皇上和皇后的不满，非立嘉王不可？"

"赵挺深得太上皇喜爱，自然是有过人之处，但内禅需要的是顺利和平稳，还是折中选择嘉王风险更低一些。"

赵汝愚虽有不悦，但余端礼说的话句句在理，他不好随便发作，继续隐忍说道："余大人所说的风险二字点醒了我，自古以来军权一直是皇权更迭的重要保障，而大宋军权集中在枢密院，掌握在你和我的手中，只要我们齐心协力支持吴兴郡王，他李家实力再强也斗不过我们，内禅怎么可能会有风险？"赵汝愚正式表露出想要拉拢余端礼的意思。

余端礼神情渐渐严肃起来。"赵大人，我们要的是内禅，不是政变。"

"可在某种程度上，内禅就是政变。为了江山社稷，为了大宋国祚，我可以做任何事情，粉身碎骨亦不后退！虽说拥立嘉王不一定就是坏事，也可以改变朝局，削弱李家对朝政的控制，但既然内禅了，我们就应该来一次彻彻底底的革新，让我大宋重回'乾淳之治'的清明盛世。"

余端礼皱眉沉思，踱步到岸边的一块石头上坐下，摇起了双腿来。"这事啊，还得从长计议。"仍旧一副油盐不进的样子。

看来今天是拿不下余端礼了，赵汝愚看向潮水长出了一口气。内禅没有退路可言，拥立储君更没有折中之选，不管余端礼现在怎么想，他赵汝愚下定决心要拉拢的就一定要做到。

第三章
无脸女尸

西湖边映波桥旁，一把大黑伞下。

"看见没，纹理长且直，显然是刀割的。"一个稍胖一些的仵作边用袖子擦着汗边说，两个袖口都是长年累月积下来的暗黄暗黄的汗渍，"什么鬼天气，才六月天就给我晒了这么些油出来，这得吃多少肉才能补回来。"

"难怪你一年到头流汗流油，也没见瘦。"一个身体细长、留着八字胡的仵作回答。

"这话可就说错了，我本来是要瘦的，可每次跟你打赌都是我赢，赢了就有好酒好肉吃。刚才，你猜她是溺死的，我说她是被害死的，看看这脸上刀子留下的印记，我又赢了吧。嗯……我想想，今天得好好宰你一刀，八仙桥的醉鹅馆，我馋那一口好些日子了。"

"你……吃得再补也生不出儿子来，一天天的尽冒虚汗，还是吃得清淡些好。"

"咸吃萝卜淡操心，愿赌服输，你可不许耍赖！"

二人虽然嘴上说着俏皮话，手上的活儿可一点儿也没耽误，他们把尸体盖上白布，放上担架，抬走了。

"二位，慢着！你们是不是有东西落下了？"

瘦仵作听见人喊，便回头张望，只见一个穿着赭袍的人，手上举着一个发簪子正朝这边晃悠。瘦仵作赶忙催促胖仵作放下担架。

"哟，是赵副使，您有何吩咐？"

"哦，我是想告诉你们，有根发簪落在地上了，应该是……她的。"赵副使用发簪指了指担架上的女尸，把发簪塞进瘦仵作的手里。

胖仵作叉着腰，挠着头，一脸不耐烦："不对啊，刚才验尸的时候怎么没见着这根发簪？"

"兴许发簪藏在头发里，没注意吧。你们把她抬起来，发簪就掉下来了，我亲眼看见的，所以才喊住你们。怎么，不信啊？"说着，挺了挺腰，露出了金晃晃的鱼符。

瘦仵作眼睛活，自然是看见了。说道："信，这年头虽然可信的人、可信的事不多，但谁都不信也不能不信赵副使您啊。"瘦仵作接过发簪揣在怀里，想想不对，又把簪子拿出来放在尸体上。这位赵副使点头道别，满意地走了。

"这人谁啊？信他做什么！"胖仵作不满地说。

"他是皇城司的赵副使——赵艮。"

"赵艮？不认识。"

"我看你的脑子都被猪油给蒙住了，你不知道他，肯定知道他老子，知枢密院事赵汝愚赵大人啊！"

胖仵作腿一软，险些跌到地上，那个样子就好像被人从背后揉了一把。

"所以啊，他说咱漏了发簪，肯定是咱漏了。人家这是好心，幸好没去检举我们，不然这个月都得喝西湖水填肚子了。"

北瓦子，张本刚刚结束了说书来到后台。黄小标端来一脸盆热水，把烫好的毛巾交到张本手里，而后在他耳边轻声提醒："相公，临安府陈小姐来了。"张本一顿，把毛巾重重地丢进脸盆里，溅起几朵怒烫的水花。刚才说书的时候不来，结束了才来，这是什么意思？又想单独听书？前几日拜陈韶仪所赐被一个乡下家伙不明不白地打了一顿，险些丧命，现在背上的伤口还隐隐作痛，要不是她携走人家姑娘，连累到自己，也不至于吃这个苦。想到这儿，他气不打一处来，叉着腰道："我正好有事问她，让她来！"

张本话音刚落，陈韶仪就推门进来了："我的好四郎，是谁害你生这么大气呀？说出来，我给你报仇去。"陈韶仪笑着打趣，可张本的脸色并不见好转。陈韶仪郁闷地看向黄小标，黄小标哪敢说话，端起脸盆一溜烟跑出去了。

"我的好四郎，你这是怎么了？"陈韶仪伸手要来拂张本，却被他挡开了。

"怎么了，怎么了，你要是真的关心我，就少来往！"

"少来往？那怎么可能，咱们可是要成亲的。"

张本的脸拧在一起，比苦瓜还皱："你一个姑娘家家的，能不能不要这么轻贱自己？我们要是真的成亲了……哼，我怕自己没命撑到那一天。你可知道前些天我受了袭击，差点丢了性命？都是因为你！"

陈韶仪既纳闷又心疼，想表达自己的关心却又被张本拒绝了。

"你还记得前几日在断桥上骂我的小姑娘吗？"

"记得啊，嘿，我把她收拾得可老实了，嘿嘿。"

"是啊，多亏了你啊！前日后台潜进来一个刺客，不知道是她的什么人，教训了我一番。就在这儿，用刀抵住我的后背，差点儿就没命了。"张本越说嗓门越大。

"都是些不长眼的乡蛮子！简直胆大包天，连我的人都敢动！你别生气，有我在呢，我会帮你的。"陈韶仪拍着胸脯说。

"他不是胆大包天，他是狗急跳墙了。我问你，你是不是害死了那个姑娘？我一直以为你只是脾气不好，性格刁蛮了些，没想到……你的心怎么能这么狠？"

陈韶仪张大嘴巴，像塞着一大块定胜糕："四郎，我没有害死她，你从哪儿听说的？"

"陈大小姐，你自己亲口告诉我的，就不要装了吧！头天晚上说要把她扔进西湖里喂鱼的，第二天官府就在西湖里发现了一具女尸，这都能对上号！偷袭我的那个人估计还不知道西湖里捞起一具女尸的事情，要是知道了，他今天非杀了我报仇不可！"

"那都是气话，我……我就是打了她一顿，后来她被……被另外的人带走了,其他的事我就不知道了。"陈韶仪扭过脸,看着窗外。

"被另外的人带走了,然后另外的人帮你害死了她?那个人也是受你指使吧?"

"我……我不知道,反正不关我的事。"

"陈韶仪,我的千金大小姐!别以为你父亲是临安府尹,你就能为所欲为了,天子犯法尚与庶民同罪,你算什么东西?"张本越说越气,他现在对眼前这个女人讨厌到了极点,生气到把她的身份都丢到了脑后。

"张本!你好大的能耐,敢凶我?我哪里对不起你了,要忍受你这般羞辱?"陈韶仪哭了起来,挥起拳头就往张本身上打去,却还是舍不得用力,"我宠你、养你、捧你,喜欢着你,你张本才变成了名绝临安的张本,要是没有我,你能有今天吗?就算是我杀了那个姑娘,那也是为你出气。我做的一切都是为了你,现在你却跟我说今后不要来往了,说我算什么……我真傻,我做了这么多,在你心里却什么也不是。"陈韶仪说完便扭头跑了出去。她的话就像是一大块冰,砸在张本的身上,又寒又疼。看着她的背影,他想要说些挽留的话,心里却突然觉得空空如也,不知道该说些什么。

以前,每当陈韶仪生张本气的时候,她总会选择去后花园池子旁喂鱼,边喂边骂张本跟这些锦鲤一样,有吃的就聚过来,没吃的任凭她怎么呼唤也不会游到她跟前。今天,她正准备去后花园骂鱼，却看到自己的父亲已经把池子旁的亭子占用了，和他在一起的还有一个武官打扮的人。她从小就被父亲宠溺着，如今满心委屈的她看到父亲便想上前去寻找安慰。那个武官察觉到有人走近，扭头见是陈韶仪，就赶忙起身准备打招呼，不料陈韶仪突然脸一沉就走开了。武官站着，问候的话还没有说出口就吃了闭门羹，一张疤脸尴尬地抖动着，表情既狰狞又猥琐。

陈太奎慌忙起身喊住自己的女儿："韶仪，快过来见过吴大人。"

陈韶仪头也不回地说："爹爹与吴大人有事商量，女儿不便掺和。"说罢，还吩咐边上同行的侍女走得快一些。

陈太奎伸着脖子劝道："吴大人是专程来府上看你的，不要辜负了他的好心好意……"

"娘约了城西作坊里的王老太教我女红，我得赶紧去了。"

"站住！"陈太奎意识到自己说"站住"的时候语气生硬了一些，便换了一种语气继续说道，"哎呀，不差这么一会儿。"

陈韶仪站定后回过头。"爹爹，他吴疤子要看我，我就一定得给他看吗？我看他长得阴阳怪气的，还有一张疤子脸我就瘆得慌。"陈韶仪刚在张本那儿受了气，本就心情不好，一下子就被激怒了。

"放肆……"陈韶仪的话让陈太奎下不了台，也折了吴曦的面子，刚准备发作骂女儿两句的时候，妻子徐氏不知道从哪里冒了出来。

"女儿，你说的这叫个什么话，在外人眼里也没个教养！罚你面壁一个时辰，还不快回房间去！"徐氏假装责骂，实则为女儿开脱。陈韶仪见势转身就走，根本不顾父亲的挽留。徐氏不等陈太奎发作，走到亭子旁给吴曦道了一个万福，又对着陈太奎说："女儿大了就有自己的想法，又不是阿猫阿狗，不要对她呼来唤去。"

"越大越没个礼数，现在连我的话也不听了，真得好好管教管教了。"这话陈太奎是说给吴曦听的，表示自己拿女儿还是有办法的。

"你若真想教育教育她，就别当着外人的面，这样呀她更反着你来呢。不过啊，就怕你真要教育起她来，又说不出个子丑寅卯了。"徐氏的话直得很，马上就拆了他的台，陈太奎听了心里直冒火。别看他在外面是临安府尹，二品大员，实则在家里连两个女眷都拿不定呢。

"什么外人不外人的？吴大人他怎么能叫外人呢？以后可是要变成一家人的。"陈太奎嘟囔着。

徐氏瞥了一眼吴曦，不快地说："我听府里的丫鬟们议论女儿早已有自己的心上人了，若真是这样，那你可要管好女儿，别让她再溜出去私会情郎，不然呀，人家会说我教女无方的。"

陈太奎心火越烧越旺，骂道："女儿都是被你惯坏的，说起话来的臭神态跟你是一模一样。怎么？学会幽会是一件很光彩的事情吗？见人就说这件事，到时候嫁不出去了你养她一辈子啊。"

"瞧你说的，我也没有见人就说。再说了，你不是说吴大人是自己人吗？在自己人面前说这话有什么要紧，吴大人又不会到外头说去。吴大人，我说得对不对？"

吴曦疤脸上的肌肉猛地一抽，随后挤出一丝苦笑说道："陈夫人见外了，韶仪还小，我能理解，我能理解。"

陈太奎实在拿妻子没办法，摆摆手示意让她赶紧走。徐氏意味深长地瞥了吴曦一眼，也不道万福，转身就走了。陈太奎尴尬地拍了拍吴曦的肩膀，示意他坐下。"吴老弟，你别见怪啊，我这浑家甚是泼辣，要说涵养什么的，可能连街对面卖定胜糕的老婆婆都比不了呢。不过你放心，浑家的这个苦头我吃过了，就一定不会让你吃。虽然韶仪性子上有点随她母亲，但年纪也还小，今年才二十岁，我要是真的狠起心来管教，今后也会是个贤良淑德的好姑娘。当然了，真要跟其他大员府里同龄的小姐比起来还是不成熟了些，这都怪我没有管教好，吴老弟心里可不要有疙瘩啊。"

"陈大人说笑了，承蒙您看得起，才愿意把女儿许配给我，我感激还来不及呢。"吴曦话虽说得圆滑，但他盯着池子里枯萎的荷叶，不免露出一丝落魄之意。

"哎？以后休要再说什么看得起看不起的话。你吴家三世建功西陲，屡受奖赏，爵高王侯，在民间有口皆碑，多有传颂。我陈太奎自打识字起，就对你们吴家人敬佩有加，要不是你……要不是你子遂父意来临安谋职，我哪有把女儿许配给你的机会啊。"

好一个"子遂父意"，吴曦的脸又阴沉了下来。"方才大嫂说韶仪早已心有所属，恐怕这桩婚事只是你我二人的一厢情愿罢了。"

"婚姻大事讲的是父母之命，媒妁之言。韶仪平时是胡闹了些，这些我都由着她，可她要许配给谁这件事我可由不得她，必须得听我的。"

吴曦似笑非笑地点点头，看不出他到底开不开心。二人继续在亭子里喝着茶，各自暗忖着心事。过了一会儿，陈太奎屏退了左右，从吴曦对面的位置移到与他并肩而坐，说道："你吴曦乃信王吴璘之孙，定江军节度使吴挺之子，将门之后，日后也定能成为大将之才，为大宋立下赫赫战功。难道你不想接过家门衣钵在西蜀有一番作为吗？"

吴曦吞咽茶水的动作突然停滞，扭过头看着陈太奎，无神的双眼里泛着冷冷的光泽："陈大人何出此言哪？承蒙祖上功德荫护，我才三十出头就当上了濠州团练使，从五品官衔，日后无论是在临安还是其他什么地方都能建功立业，为什么非要去西蜀不可呢？"

"你既然是濠州团练使，为什么不去濠州任职，却还待在临安城里？你不要糊涂哇，虽说你是从五品官衔，以你这个年纪也实属难得，但团练使本就是虚职，亦不在当地任职，自然就不要说什么实权了。你不会被这些表象蒙蔽了双眼，真的以为朝廷会重用你吧？"陈太奎的话像一把尖刀，深深地刺进了吴曦的心脏，他难受得喘不过气来。

"你说得没错，以我的身份，想要朝廷重用很难。我从小就被父亲从成都送到临安侍奉皇上,是父亲誓死效忠大宋,对皇上保证绝无二心。待在临安,既是父命,也是皇命,我怎可违背?陈大人莫不是觉得我吴曦胸无大志,配不上当你的女婿?"

"并非如此,我说这番话并非在低看你。西蜀大地本就是你们吴家世代坚守的基业,那里有吴家的田地和军队,那才是你吴曦的家。去年六月,令尊因为连年南征北战、积劳成疾,不幸身患重病不治而亡。如今,令尊去世已有一年,皇上始终没有派人去接替令尊的位置,你何不趁此机会回到西蜀?子承父业,自古以来就是名正言顺的事情,你难道真的就没想过回西蜀接过掌管一方的大权?"

"吴家人离了西蜀就什么也不是,可西蜀大地上没了吴家人,它照样还是大宋的西蜀。如今,西蜀大权尚未尘埃落定,这些事自有皇上去操心,丞相去操心,都不是你我该操心的事情。是金子在哪里都会发光,我若是非要去西蜀才能发光发亮,那反倒不像是真的金子了。"

陈太奎心有不甘地点点头,说道:"自古忠孝难两全,像你这样既忠君又孝父的人实属难得。你放心,别人不欣赏你,我欣赏你,只要你做了我陈太奎的女婿,也就不必再回什么西蜀了,临安就是你的家。"

吴曦双眼微微泛红,起身对着陈太奎毕恭毕敬地行了个礼,说道:"日后全仰仗陈大人照顾。"吴曦说的这一句不掺半点假意,虽然他身世显赫,可自从他来临安的第一天就处处受人排挤，就因为他"人质"这个身份。若是远在西蜀的父亲做了什么惹恼皇上的事情，他的脑袋就得搬家，是生是死由不得自己。好在父亲吴挺说到做到，把儿子送到临安表忠心，就真的忠心耿耿，直至去年病死也没给别人留下半句口舌。可即使这样，吴曦在临安仍旧小心谨慎、处处低调。他自视为一只流浪异乡的野猫，若是有谁示好于他，他便不惜一切代价依附。陈太奎是最器重他的临安高官，还愿意把自己的独女许配给他。若他有朝一日真能成为陈太奎的女婿，那就真正在临安站稳脚跟了。

吴曦从陈太奎家出来以后，一路回想在临安长大的点点滴滴，可谓事事不顺心，处处受气。越想他的脸色就越阴沉，脸上的疤就越可憎。

以前在西蜀，人人都说他吴曦遗传了祖父吴璘的相貌和才华，性格早熟，举止英武。他自己也自视甚高，胸怀大志。可有一天，父亲吴挺把他喊到身边，问他志向，他说："王侯将相宁有种乎，男儿当……"不等他话说完，就被他爹一脚踢了出去，幼小的身躯在地上翻滚，打翻了火炉，通红的炭火落在他的脸上，留下了深深的疤痕，从此人们叫他"吴疤子"。

而父亲的一句话更是在他心里留下了永远的伤疤，父亲说："你马上就要启程去临安了，记住自己的身份，要雄心壮志来做什么？"父亲说得对，人质要雄心壮志来做什么？父亲去年六月去世，按照礼数，他应该为父亲执丧三年，可还没到一年，朝廷就重新起用他为濠州团练使，他也没有丝毫怨言。听从朝廷之命就是听从父亲之命。

雄心壮志只会让自己死得更快。

余不扬从瓦子里出来的时候，太阳已快下山了。他顾不上肚饿，在李七儿肥羊店附近几家茶食店打听昨晚黑衣人的去向。但这个时候正是茶食店生意最好的时候，没有谁愿意搭理这个没眼力见儿的乡巴佬，都随口应付着把他打发了。余不扬心灰意冷，暗暗骂道这些店家都掉进钱眼儿里了，为了赚钱，一个大活人当着他们的面被人掳走也视而不见。

余不扬在心里骂了几句，"呸"了一口痰。说来也怪，余不扬来到临安之后，就像是拄着拐杖下煤窑——步步倒霉，那一口痰竟不偏不倚地落在一位过路人的皮靴上。

那是一双黑色牛皮靴，拼接处用的是金色蜡线缝制，余不扬虽然没穿过这样的皮靴，但也知道鞋主人绝对不是一般人，于是心里暗暗叫苦不迭。这个时候，他突想起了哥哥余不弃的嘱托：出门在外，遇事一赔笑、二鞠躬、三只管道自己的不是，定能让对方消气三分。况且余在水的教训就在眼前，余不扬赶忙叉手举过头顶，深深地鞠了一躬，不停地道歉，也不敢起身。

"你这个眼睛长裤裆里、满嘴喷脓的乡巴佬，找死是不是？"一个随从模样的人骂骂咧咧地推了他一把，他习惯性两腿一沉，准备抵挡，又担心对方因为推不动他，反而更加恼怒，又马上卸了八分力气，假装往后退了两步，嘴上仍旧说着赔礼道歉的话。

"牛二，别动粗！"穿黑色牛皮靴的人声音不大，却有一种不容反驳的威严。

"老爷，他吐你臭痰，怎么忍得了？"说着还要上前。

"人家不是有心为之，干吗为难人家。"

牛二有些委屈。"这牛皮靴，我早上用油蜡一道一道地擦，这才锃亮锃亮的。我连哈口气都舍不得，这乡巴佬竟敢……"说着扬起手便要打。

"住手！你知道今天我有要事在身，要是耽误了，下次就不带你出门了。"

牛二傻傻憨憨地说："知道了，这几天湖南路安抚朱熹先生回京述职，今天又要回湖南去了，饭后就出发，老爷赶着去给先生送行，耽误不得。"

"知道就好，那还不快走。"

等余不扬抬起头的时候，主仆二人已经走远，折拐进了吴山坊。余不扬心中窃喜之余不免黯然，这兄长的嘱托果然是有效果的，就这么一直鞠着躬、叉着手，事情就解决了，在水若是能遗传一半兄长的谨慎也不至于被人掳走。他踮起脚朝吴山坊方向望了望，想记住二人的相貌，便于以后见着好躲得远一些。尤其是那仆人，走的时候还愤愤不平，下次遇见了肯定还会为难他。可惜余不扬晚了一步，只瞧见二人的后脑勺，主人穿的是紫袍，仆人要比主人高出两头，穿着麻衣麻裤。

余不扬思索起来，方才他一个劲儿在鞠躬道歉的时候，主仆二人对话中好像说到朱熹先生了。这个朱熹他是知道的，是天下一等一的大儒家,学问和才华像开化龙潭水一样深。早年间汪观国法官曾经邀请朱子到包山书院听雨轩内讲课论道,此后几年,朱子和好友吕祖谦又去过包山书院几次。余不弃有幸听过他们的课,常常跟他吹嘘自己得到的"真传",每每这个时候,他就要搬出"你说的书本上都有"这句话来气哥哥,这个时候两人必定要打闹一番才肯罢休。

想到这儿,余不扬重重地叹了口气,侄女余在水下落不明,要是就这么消失了,可怎么跟哥哥交代啊?这朱子先生是个有头有脸的人物,如果他肯出手相帮,没准儿能找到在水。可想到自己与他非亲非故,亦没有师生关系,便只好作罢。余不扬打量了自己一番,暗自发笑: 自己若是西边来的菩萨,朱子也许会给他个面子,可自己却是西边来的乡蛮子,那便如搭上梯子摘月亮,无论如何也高攀不上的。

正当余不扬自顾自天马行空之时,周遭却吵闹了起来。

"听说西湖里捞出来一具无脸女尸,官府正在张榜寻亲呢。"

"西湖年年溺死人,有什么稀奇的。"

"这回不一样,尸体脸都被剐了。"

"大惊小怪,没准是鱼啃的。"

"这鱼光啃脸不啃腔子啊?那腔子上的肉可厚实得多。"

"腔子上的肉腻。"

两个帮闲模样的年轻人手上拿着小报,边看边笑着说闹,好像并不是死了人,而是看了一出戏。余不扬心头一震,突然有一种不祥的预感，慌忙拦住二人问道："两位大哥，刚才你们说西湖里捞起一具无脸女尸，可是真的？"

年长的男子瞥了一眼余不扬，说道："那还有假？官府在朝天门贴了告示，还有，你看小报上不都写了吗？喏，给你。"说完，便回头继续说笑，"又碰上了一个爱热闹的家伙，哈哈。"

余不扬接过那张轻飘飘的小报，头条便是：

无常索命水作墓，无脸女尸浮西湖！

这几个字格外醒目，足以让余不扬一眼就看见，他的心好像被重重打了一拳，气都快喘不上了。余在水啊余在水，你到了水里可是如鱼得水的呀，可别真的是你。

朝天门在御街之上，吴山坊旁。余不扬为了不遇见刚才的主仆二人，只能小心着过去。朝天门一过就是五府太庙和三省六部，这里虽然不是御街上最热闹的地方，但此时也聚集了不少人，他们都是来看告示的。人群中，有人痛心、有人惊奇，更多的人是在议论。余不扬恨不得马上挤进去看个明白，脚却抬不起来，他不敢，甚至不愿意相信西湖里真的捞起一具女尸来。他的眼神穿过朝天门，落到了朱漆明亮的和宁门上，这和宁门后面就是依附在凤凰山上迤逦向上的皇宫大院。

他把目光重新收回到告示和人群上，恍惚之间竟看到了余在水的背影。她的头上戴着琉璃发簪，身上披着紫色的丝巾，这两样东西都是在西湖游玩的时候买的。"在水！"余不扬伸手抓住她的肩膀，她诧异地转过身来，却是另外一张脸。她惊恐又厌烦地看了余不扬一眼，骂了句"浮浪子"，便和女伴一起跑开了。

余不扬在朝天门一直待着，看告示的人来来去去换了一茬又一茬，就是没人来把这告示撕走。无脸女尸一刻无人认定，他的侥幸心理就灭了一分，心也就多揪一分。到了半夜，他和路边卷曲的枯叶已经没有区别，耗尽了生气。他迷迷糊糊地跟着夜市热闹的人流走动，竟走到了钱塘县衙门口。余不扬呆呆地立在那儿，脑子一片空白。

"干什么的？"门吏戳着水火棍问道。

余不扬被这一声喝惊醒，心里也瞬间明亮起来——不如去探个究竟，是在水也好，不是在水也罢，总比这样浑浑噩噩担心着要好。

"麻烦通融通融，我想验尸。"

停尸间在县衙的西北角，一位老吏，佝偻着背，手托油灯走在前面，余不扬在后面跟着。摇曳的火苗把老吏投影在破烂的石灰墙面上，像极了张牙舞爪的鬼影。

"喏，到了。油灯给你……常言道胆小不走夜路，像你这样晚上来验尸的定是个吃雷公屙火闪的好汉，我就不陪你进去了……我年纪大了，毫光太弱……"

停尸房是一间矮旧的茅草屋，中间摆着两张长凳，上面架着一扇门板，女尸就躺在上面。余不扬拿油灯一扫，三五只老鼠便从盖尸布下逃窜出来。余不扬眉头一皱，操起靠在墙边的烂扫帚一通乱赶。余在水最怕老鼠了，刚到临安的那个晚上她在烂柯寺里撞见一只老鼠，害怕的喊声差点把菩萨都给惊醒了。想到这儿，余不扬的鼻子就酸溜溜的。

以前帮着父亲断案，父亲死后又帮着哥哥断案，死尸他见了不少，但掀开盖尸布的那一刻，他心里还是紧了一下。这是一具浮肿透白的女尸，没有一点血丝，尸体吸饱了水，好像随时会胀破开来。那张血脸也被泡得干干净净，伤疤纹路清晰可见。隆起的腹部有一块块紫红色的小伤口，是老鼠啃食后留下的。

余不扬控制住情绪，扫视了几遍，发现她的指甲里有黑色的污垢。余不扬凑近闻了闻，是黑漆。这条线索可以判断她死前有过挣扎，黑漆是从某处家具上抠下来的。但除此之外也没有其他用处，更不能判断眼前的这具无脸女尸是不是余在水。

"验好了没？夜里风大，我这老胳膊老腿被风一吹就疼。"

"验不出，麻烦……"余不扬摇摇头准备出来，却被墙上一道幽暗的绿光吸引了，那是一支琉璃发簪，余在水在西湖边游玩时买的。他脑袋嗡嗡作响，视线也开始迷离，只觉有一只手从后面揪住他的头发，使劲地往后拉，要不是连退两步，绝对会四脚朝天摔在地上。

"验出来了？"老吏伸进半个脑袋，眯着眼问，略带惊喜。

余不扬的声音有些颤抖："我问问，这墙上的发簪可是她的遗物？"

"当然是她的遗物了，一般的遗失物又怎么会放在这里。不过我可提醒你，那琉璃簪子是作坊里做的，都一样，你再看仔细些。"

"错不了,在水嫌这支簪子单调了点,取过一只耳环挂在上面。她的耳环是一条小铜鱼,跟这根簪子上的一模一样。"

老吏走进来,使劲伸直脖子,取过簪子凑到油灯旁看了又看,说:"确实有只小铜鱼,这么说可算是找见家人了,来,登记一下赶紧把人领回家吧。"

余不扬没想到这个老吏如此云淡风轻,自己的悲剧在他人的眼里什么也不算。"我们没有家……我们在临安没有家。"余不扬愣着神。

"玩儿来了?"

"差不多吧,谋生来了。"

"落叶归根,还是领回家吧。"老吏有些不耐烦。

"我们家住衢州,太远了。"余不扬想,要是哥哥嫂嫂看见余在水变成如今的样子,不知道心会碎成几瓣。都怪自己,没有好好保护她,"我想把她埋在临安,不知道老先生有没有办法?"

"城郊荒山野岭多了去了,我可以帮个忙,五两银子。明天再说吧,一早我就去雇车。"

"能不能今晚,这儿有老鼠,她会害怕。"

"你……也行,不过得十两银子。"

余不扬看了眼尸体,嘴角微颤:"行!有劳了。"

钱塘江自城东绕城向南而去,候潮门正临潮水之冲,夜幕之下更显潮声滚滚。从候潮门自东向西走不了几步就是六部桥。途经六部桥的这条路与南北走向的御街交会于三省六部的办公署邸。这便是六部桥桥名的由来。如果朝天门以南是官署重地，那么六部桥以南绝对称得上这一带官署重地的核心，各个路口随处可见的红叉子就是最好的佐证。可就在这官署云集的六部桥南，偏偏有一处不起眼的小院，与周边署邸庄重严肃的风格不同，甚至还常常飘出阵阵清香。这个小院只在门口挂了一个小木牌——万寿香所。

"点茶焚香！"一个管事模样的人朝后院喊了一声。不一会儿，一个奴仆便跑来了。管事的朝堂屋努了努嘴，奴仆欠了个身，轻手轻脚地进去了。

屋内，赵汝愚和赵崀父子面对面坐着。高大的香架在父子两侧静静地伫立着，架子上堆放的全是箱子和油布。奴仆打开其中一个油布包，取出一支香来，蹑手蹑脚地在香炉里点燃。

"我让你考验考验余不扬，这件事办得怎么样了？"赵汝愚呷了一口茶，满意地靠在椅背上欣赏着手中的镶金琉璃茶盏和绿色的茶汤。杯中茶是赵汝愚偶然从狮峰山下一老农手里购得的绿茶，虽然算不上什么名茶，但却香郁异常。

"余不扬，衢州开化人士，父亲是开化原县令余建安，哥哥是仙霞关厢军都头。他武艺高强，我亲眼见他一人对付临安府十多个护卫，竟能占了上风，还重伤了几人，着实不简单。"氤氲沉香缕缕升起，奴仆出去后轻轻地把门关上。赵汝愚缓缓起身，来到香架前，打开了其中一个不起眼的木箱子，里面却不是什么香料而是一个木把手。赵汝愚伸手轻轻一拨，两侧高大的香架从中间一分为二，像城门一样慢慢打开。香架打开后，映入眼帘的是更多更密的木架，木架上的每一个格子上都挂着文武百官的名牌，木格子里放着的均是文书材料。这样的场面，像极了吏部考功司的官员档案房。不过万寿香所绝不是吏部考功司，而是临安黑白司的秘密驻址。而且，这里存放的文书都是考功司没有也不会录入的官员私密信息。

赵汝愚走到挂着李孝友名字的木格子旁站住，取出一份轻薄的文书翻看起来。这个李孝友年纪轻轻便官拜节度使，是皇后亲侄，他虽未娶妻，但去年赴浙西整饬厢军的时候，在衢州认识了一个叫余在水的姑娘，并且私订了终身。从此，二人书信不断，李孝友约定在绍熙五年的年底明媒正娶余在水。而比余在水年长两岁的亲叔叔，正是余不扬。

赵汝愚将李孝友的文书放回格子中，又踱步来到余端礼的格子前，取出一份文书递给赵艮。赵艮翻看了一遍，露出一副恍然大悟的表情。"父亲让我试探余不扬原来是因为他和余端礼之间的这层关系啊。"

"没错。余建安和余端礼是同族兄弟，二人私交甚笃。算起来，余不扬要叫余端礼一声叔父。我叫你考验试探余不扬，目的就是看看他能不能为我所用。只要余不扬站在我们这边，凭他和余端礼的关系，所有人都会相信他和我赵汝愚是一样支持拥立吴兴郡王的。到时候，他不想站在我这边都不行。"

"我之前让你找人假传李孝友口信，把余在水引到临安来，目的就是要让她暂时在临安消失。余不扬知道余在水来临安是为了找谁，一旦余在水消失，余不扬自然会从李孝友身上调查。到时候我们稍微推余不扬一把，让他加入黑白探，发现一些李孝友结党营私、贪污腐败的证据，并在适当的时候公之于众，他余不扬和余端礼站在我们这边就是水到渠成的事情。只是……我说的让余在水消失只是暂时的秘密软禁而已，没有叫你弄出人命来！艮儿，西湖无脸女尸是怎么一回事？"赵艮抬眼惊恐地看向父亲，这才发现一向神情如镜的父亲此时正面带怒色看着自己。

赵艮最怕的就是露出这种表情的父亲，他连忙解释道："西湖无脸女尸不是孩儿所为，不过……孩儿也不确定那具女尸是不是余在水。"

听儿子这么一说，赵汝愚便知事情出了意外，责令儿子把知道的事情都告诉他。赵艮不敢怠慢，忙说道："自打余不扬和余在水二人一入临安府界，孩儿就派人一路跟着。他们下了登云山后，孩儿更是亲自跟着，不曾有半点怠慢。谁知计划赶不上变化，余在水因为在断桥上躲避陈太奎府上轿子不及，险些跌入水中，从而对着陈府的轿子破口大骂。这些话传到了陈韶仪，就是陈太奎女儿的耳中，于是她当天晚上在御街上就差人把余在水掳走了。陈太奎是皇后亲信，又是内禅的潜在阻碍，我怕下面人行事不谨慎反而暴露了我们的目的，所以便没有轻举妄动。谁知……谁知余在水被陈韶仪掳走后就这么失踪了，我派出去十几号人查探此事，一直没有任何收获。"

赵汝愚夺过儿子手中的文书,丢进木格子。"内禅这样的大事不容有丝毫差错,制造余在水失踪还只是第一步,没想到就出现了这么大的失误,接下来我们要怎么拉拢余不扬?"

赵艮害怕父亲的指责,但正因为害怕,所以早就做好了应答的准备。"父亲,对于我们想要的余在水暂时失踪这样的结果,至少目前来看是达成了。父亲不要动怒,还请听孩儿慢慢解释。余在水确实失踪了,虽然余不扬不会马上从李孝友身上开始调查余在水的下落,但至少会从陈韶仪身上开始调查。我们都知道,陈太奎不仅不是一个好官员,而且还是皇后和李家的爪牙。到时候随着调查的深入,余不扬势必会和陈太奎的势力起冲突,我们不光能借机达成拉拢余端礼的目的,甚至还能借助余不扬之手直接获取一些关于皇后插手官员任免、私收官员供奉的证据。"

赵汝愚含着一片茶叶慢慢地咀嚼着,心情慢慢平复下来。他意识到儿子说得没错,调查李孝友和调查陈太奎虽然有区别,但本质上他只是想把余不扬和余端礼树在皇后和李家的对立面。单从这个角度来说,陈太奎也能发挥和李孝友一样的作用。

"只是……现在我们不知道余在水的下落,万一计划进行到关键的时候她突然又出现了,这该怎么办?"

"父亲,虽然我们现在还没有查到余在水的下落,但我们有那么多的黑白探,不需要多少时日一定能发现余在水。所以,孩儿请父亲放心,从现在开始,孩儿有把握不让余在水再次出现在余不扬的面前，不管是死的还是活的。"赵艮坚定地咬了咬腮帮子，毅然决然的态度让赵汝愚欣慰地点了点头。就目前来说，赵汝愚倒非常期望那具西湖的无脸女尸就是余在水，这是成功拉拢余不扬和余端礼最有力的保障。

"那无脸女尸是谁？"

"不知，钱塘县衙那群废物把调查的事撂下了，想要核查，还得他余不扬自己出马。"

"临安啊临安，这半年来，怪事歹事就像钱塘潮，一波未平一波又起……"赵汝愚重重地叹了口气。

父子二人陷入短暂的沉默。赵汝愚走到藏着把手的木箱子旁，轻轻拨回木把手，香架微微一震，慢慢像城门一样合了起来。他拿起香架上的沉香木料凑到鼻前闻了闻，说道："南洋沉香醇香淡雅、久闻不腻，这两年在临安的销量节节攀升，可无商不奸，临安香行总有些奸商以次充好，竟然还有恃无恐。普天之下，不管是官人、商人、男人、女人，都是贱人，只要给他机会，乘势使气、倚势凌人的事谁都会去做。看看临安府，行事越来越张扬了！"

"何止张扬？简直目无律法。不过，谁都知道临安府尹陈太奎是李皇后的人，没人能把他怎么样。"

"哼！他陈太奎不过就是个跳梁小丑罢了，李皇后已经不得人心了……我看，是时候了。"

"父亲，你真的认为单凭我们一己之力组建临安黑白司就能扶正朝纲吗？李皇后彪悍，皇上怯懦，当今天下政事多决定于皇后，这是朝廷百官都知道的事情，谁都无能为力。依我看，朝纲还得乱下去。除非哪天，皇上真的突然就清醒了，那还有得救。可偏偏我们的皇上是个疯子……"

"住口！"赵汝愚一掌拍在案台上，"君君、臣臣、父父、子子，皇上只要一天在位，他就还是我们的皇上，不要再说这些大逆不道的混账话。"

"父亲，你一心想为皇上分忧，创立临安黑白司，广募天下有能力的平民百姓为朝廷效力，借庶民之手，想把这灰暗不堪的朝政划一划界限，分一分黑白，治一治贪污。可我却看不到未来，况且，皇上会不会领你这个情还不知道呢。"

赵汝愚长叹一口气，围着香炉踱着步，说："艮儿，知道我为什么给你取这个名字吗？临安城外的艮山石，石形多样，是上好的假山石。你爷爷说，咱们家在汴京的祖宅，院里就有用艮山石堆砌的假山。现在我只要一看见艮山石，就想起汴京，就想起你爷爷。艮儿，我们是谁？我们是大宋宗室子孙！我是太宗八世孙，你是我儿，我们的身体里流着皇族的血脉！我知道，这几年政事多决于皇后，李氏一家在朝堂上位置越来越高，权力也越来越大。有传闻说皇上疯了，可我宁愿相信他没有疯，只是被皇后蒙蔽了双眼，听不进谏言。这个时候就需要有人站出来，如果我们姓赵的宗室都不站出来，那还有谁会站出来？况且，我是朝廷枢密使，宰执半朝，又岂能袖手旁观？"

"丞相、枢密使一起掌管朝政，这才是朝纲。之前丞相留正天天躲在城外，美其名曰'待罪'，实则就是逃避。现在好不容易丞相回朝了，可面对内禅这样的大事，他和余端礼都不愿意表明态度支持您，这不明摆着害怕引火上身，一个个都想置身事外嘛！"

"留正、余端礼是外姓臣子，自有他们的苦衷。虽然他们暂时没有同意拥立赵挺，但毕竟都赞同了内禅这个决定。内禅这事真要成不了，他们照样逃不了干系。当然，相对于为父我来说，他们确实做得还不够，但谁叫我们姓赵呢？我问你，倘若就让这天下乱下去，到时改朝换姓，诸位先皇、列祖列宗会觉得我们谁是无辜的？记住，倘若真的有那一天，姓赵的子孙都是不肖者！圣人教诲，为而无所求。谁都不知道这件事情的结果会怎么样，那就只管做吧，把结果交给天意。"

赵艮不服气，说道："南内皇宫、北内重华宫，三番五次上演了过宫风波。每逢重阳等时节，抑或太上皇生日，满朝文武谁没有劝过皇上去重华宫请安？可皇上去过一次吗？去年太上皇的生日，皇上只是派了副丞相葛邲率百官去重华宫朝贺。百官走在大内去重华宫的路上，当天我在御街上听见沿途军民指指点点说什么的都有，说得最多的就是咱们的天子是个不孝儿郎。太上皇新年之初得病，到四月的时候开始严重，长达百天，儿子无动于衷，不探望也就算了，甚至连半句问疾之语都没有，这……唉！"

赵汝愚叹了一口气说："太上皇也对我说起过，他想去吴越偏僻之地自泯其迹，恐怕是心凉到了极点。只是，这事不能叫其他人知道，若是再传到皇上耳朵里，恐怕又要犯病。其实……其实创立黑白司是太上皇的意思，一方面整顿朝政，另一方面也是为了遏制李家的势力。"

赵崈说："太上皇有意立吴兴郡王赵抦为太子，而非皇子赵扩，是因为太上皇认为赵扩不慧，而赵抦早慧。这是共识，因为百官之中认为赵抦比皇子赵扩更有能力继位的人也不在少数。父亲，我们是不是该做些什么？"

赵汝愚正色道："不错，在立储这件事上，太上皇的决断是明智的，也得到了一干老臣的支持，我们和黑白司自然也是责无旁贷，但此事还得走一步看一步，虽然如今李皇后不得人心，但她毕竟在位，又实权在握，没那么好惹。太子不是她的儿子而另有其人，她会善罢甘休吗？"

临安城南郊，冷水峪。这里属于凤凰山山系，可一道高高的南城墙又将凤凰山与冷水峪这个地方隔开。因为城墙和凤凰山的遮挡，这里阳光不足，没有乔木，长满了灌木。一个新坟包在绿野之中显得格外惨黄醒目。新坟包旁，还有一个刚掘的葬坑，余不扬正闭着眼睛躺在里头。

琉璃发簪摆放在木板做的墓碑上，铜鱼垂挂而下，在微风的轻拂下，轻轻地叩着墓碑。身心俱疲的余不扬躺在给自己挖的葬坑里睡了大半天，才浑浑噩噩地醒来。余不扬拿起发簪，叹了一口气："在水是哥哥的掌上珠、心头肉，她这一死，我该怎么跟哥哥解释……解释又有什么用，他会原谅我吗？现在对我来说最简单的事情就是去死，一死百了……可我现在去见在水，她肯定会责怪我为什么没有替她报仇，她死不瞑目……无论如何，报了仇再死也不迟，哥哥要杀要剐要断绝兄弟关系我都认了。"

埋葬完余在水，已是来临安的第三天。都说"上有天堂、下有苏杭"，可在余不扬看来，这临安城虽是个华贵的天城，神仙也比不上达官显贵的锦衣玉食，可天城之内也有拖家带口的乞丐，城郊草市之外也有破烂棚户居民。

并不是人人都在过好日子，大多数人生活的路依旧坎坷。对余不扬这个乡下人来说，想要在临安立足，就像翻越高高的南城墙那么难，甚至比这还要难。余不扬从来不是乐天派，这几天他有过各种各样消极的假设，以至于他提前给自己掘好了葬坑。

余不扬边走边想，眼神渐渐犀利起来。要报仇，张本这小子绝对不能放过，而且他性格软弱，便于控制，可以当作钓鱼的诱饵。

临安城热闹依旧，衢州行馆门口行人熙攘，余不扬在街对面呆呆地立着不敢回去。本来在来的路上，他还想了些对付霍吉的说辞，可一看到衢州行馆的招牌他就不自觉地打起了退堂鼓，原来编好的说辞越想越觉得苍白无力，甚至自己也认为不太可信。既然如此，倒不如一走了之。想到这儿，他扭头就要走。

"不扬，你回来了？"是霍吉的声音，"你还要去哪？"霍吉是长辈，他这一声喊，余不扬就定住了，只能硬着头皮迎上去。

"这一天一夜的跑哪儿去了呀？武学的人刚刚来过了，让你别忘记报到，时候不早了，抓紧去吧。咦……在水侄女呢？"

霍吉说出了他心里最不愿意面对的事情，感觉就像是包扎起来的伤口又被人撕开，还撒了一把盐。

"霍掌柜，这里说话不方便，咱们进屋再说。"

霍吉预感有事发生，忐忑又迷惑，便一路跟着余不扬进了他的房间。

"什么！"霍吉的屁股上好像被人扎了针，叫着从椅子上跳起来，"在水失踪了？她跟着你怎么会失踪？偌大的临安城，在水又小，可千万别遭什么不测啊。"

"霍掌柜，我想问问您，临安的官府中可有熟人？可否让官府的人帮我们找找在水？"

"不扬兄弟啊，临安不像信安，这官府的门槛可高着呢，我……我也没什么路子。"霍吉面露难色，"要不这样，不扬你先去武学报到，把差事做起来，熟络以后再去请人帮忙兴许会简单一些。"

"等到那时，黄花菜都凉了……"

"哎，可眼下也没有什么好办法不是嘛，不扬，你还是先去武学当差吧，找在水的事情我会想办法的。"

余不扬最听不得"你应该怎么做""不用你操心"这样的话，况且他心里已经做好了决定。"在水的事情我去办，武学，我不准备去了。"

"说什么疯话！你哥哥为了你能去武学花了多大心思你不是不知道，这件事情没得商量，你也无权自己做决定。你不能由着性子就把不弃辛辛苦苦办成的事给毁了……我看在水的任性有一半是跟你学的！"

余不扬涨红了脸，把憋了很久的心里话像豆子一样倒了出来："兄嫂即我的再生父母，兄嫂呼，应勿缓；兄嫂命，行勿懒。这些年来，我自认为问心无愧。前些日子，哥哥叫我来临安，不知道为什么，我不太想来。心里一直有一个声音在说，要为自己而活，做自己想做的事，活出点不一样来。从那会儿起，我就打定主意，不再做唯而不诺的事情。人生苦短，父亲勤勤恳恳、爱民敬业，最后落得什么下场？远离尘世纷扰，做个世外之人，有何不可？"

"如果你哥也跟你这么想，那他就不用抚养你了，你现在早就是个世外之人，不是人，是饿死鬼！不扬，你敢不敢把刚才的话跟你哥哥再说一遍？"

"有什么不敢的？我说不去了就不去！现在最重要的事就是替在水报仇。"余不扬情之所至，竟脱口而出"报仇"二字。此时店小二正巧从余不扬的门口经过，手中的铜脸盆掉到了地上，"锵"的一声惊得霍吉心中一悸。

"什么报仇？不是说失踪了吗？"霍吉意识到事态的严重性，马上摆出兄长的威严吼道，"在水到底怎么了？！"

事已至此，余不扬卸下了包袱，精气神也泄了个精光。他沿着墙壁慢慢滑到地上，抱着头痛哭起来："在水死了……我对不起她……"

"这……"霍吉的话到了喉咙口，却又像铅球一样重重地落了下去,"这是真的?"

余不扬从怀里掏出小报,丢到霍吉手里,抹了一把泪:"我要替她报仇!霍掌柜你说……我怎么能去武学,我怎么能让在水死不瞑目,那还算是个人吗?"

霍吉草草地看了一眼小报,手不自觉抖起来:"报仇,我看……报官吧。"

"没用,我昨晚去验尸,钱塘县衙一口咬定是悬案,不再查了。况且我怀疑凶手是临安府尹的女儿陈韶仪,报官没用,没准还会招来杀身之祸。"

接着,余不扬把这几天的经历和猜想跟霍吉说了一遍。又说道:"所以报仇这件事只有我去。"

不等霍吉回答,余不扬就突然站起来,迅速整理好行装细软,夺门而出。霍吉慢慢反应过来,呆呆地看着门口只是说了句:"造孽啊……"

陈府内,一道熟悉的声音越过白墙传进院子里,陈韶仪猛地打开闺房的门,侧耳倾听了一会儿,激动地问身旁伺候着的丫鬟:"门外当真是四郎在说书?"

"就是他,要说这张本,那可真是好生有情调,在府门外的湖边说起了《鸳求鸯》,说得那叫一个好,不光引来了路人围观,没想到真的引来了成群的鸳鸯。说到动情处,他还落下几滴泪来,引得围观的人也跟着落泪。小姐若是不信啊,到府门外瞧一瞧,是不是张本，小姐一看便知了。"

陈韶仪早就从门外隐隐约约传进来的声音判断出来，说书的人就是张本，哪里还需要到府门外用眼睛判断？《鸳求鸯》这个话本讲的是西湖里的一只鸳鸟爱上了常常泛舟湖上的美人，抛弃了鸯鸟。最终鸳鸟因为人鸟有别得不到美人的垂爱，回到西湖恳求鸯鸟原谅自己。鸯鸟一直在湖中的巢穴中等着鸳鸟，鸳鸯重归旧好便日日夜夜再也不分开了，永远成双成对生活在一起。陈韶仪知道，张本说这个话本的意思就是在跟自己道歉，想到这儿她恨不得跑出门去将张本迎进家来，不过她还是控制住了自己。

"小翠，给小姐我煮一壶茶，再端两碟干果上来，我倒要好好听听他张本今天能讲几个话本。"

"置办好吃食，我再去将张本请进府来……"

陈韶仪一挥手，说道："不必了，今天就让他在外面说着。"

"张本在府门外说书，您在府内听着，那能听见什么？我去叫他进来，他难道敢不进来吗？"

"听我的，不必那样。隔墙听书，别有一番风味，快去快去，把吃食端上来。"陈韶仪在闺房外的藤椅上坐下，嘴角露出一丝坏笑，"张本啊张本，本小姐可不是鸯鸟那么好哄的，我要让你知道，惹我生气的下场可没有鸳鸟那么幸运。哼！"

临安当红的北瓦第一人在西湖边说起了书，在附近游玩的人都往陈府门口聚集过来，其中不乏张本的仰慕者。渐渐地观看的人声音高过了张本的声音，陈韶仪听不清张本的声音便开始心烦起来,这个时候再听到几句别的姑娘示爱张本的情话,她就再也憋不住了。

"小翠,小翠!开门去把张本叫进来,若是他愿意进来,那便万事大吉。若是他不肯进来,就……就叫府内的衙役把他赶走,不,把他打到湖里去。"小翠早就猜到陈韶仪迟早会将张本请进府内,笑着应承下来。

不消一会儿工夫,门外的声音渐渐低了下去,再过一会儿,张本穿着一身淡绿色的长袍,手上拿着一束茉莉花出现在府门口。话本中,鸳鸟恳求鸯鸟原谅的时候,嘴上就是衔着一朵茉莉花。陈韶仪看着张本的样子,心里再也恨不起来,娇滴滴地骂道:"讨厌鬼,你怎么不用嘴叼着花进来?"

陈府门外的人群散去,断桥旁的残醉酒肆门口却依旧人挤人。

一白袍醉士左手持酒壶,右手握着一根树枝在地上画写着,发觉写得不妥的地方便用鞋履擦去,又重写。围观的人交头接耳,议论蜂起。

"写好了,不改了。纵然你们有更好的意见,也只能烂在肚子里。"白袍醉士灌了一口酒,便摇头晃脑地念起来,"江左咏梅人,梦绕青青路。因向凌风台下看,心事还将与。——忆别庾郎时,又过林逋处。万古西湖寂寞春,惆怅谁能赋。"

醉士读完了词,见大家没什么反应,将手中的树枝一丢,有些恼了:"愣着干吗,鼓掌啊!"

残醉酒肆掌柜的见状赶忙带头起哄:"好词好词,当今天下第一全才,白石道人的这首《卜算子》明天定会传遍整个临安城。"掌柜的话音刚落,人群中有惊叹、有诧异,明白眼前的这位便是和稼轩分鼎当今天下词坛的姜夔,接着便响起了稀稀拉拉的掌声。

人群中也有看不惯姜夔张扬的,一书生模样的人开口挑衅道:"白石道人的词若称天下第二,没人敢称第一,书法亦如此。如果是真的,这首词应高悬于庙堂之上,今日为何落到地上,与游人的脚印为伍,岂不是自降身价?还是说,白石道人自知此首词品相不佳,所以写在地上,只是在消遣娱乐我们罢了?"

此话一出,看热闹的人有的附和,有的窃笑,都来了兴致。姜夔倒也不慌张,只是笑笑:"淳熙年间,高宗御舟经断桥入此酒肆,忽见太学生俞国宝题在这残醉酒肆墙上的醉词。词云:一春长费买花钱,日日醉湖边。玉骢惯识西湖路,骄嘶过、沽酒楼前。红杏香中箫鼓,绿杨影里秋千。暖风十里丽人天,花压鬓云偏。画船载取春归去,余情寄、湖水湖烟。明日再携残酒,来寻陌上花钿。高宗觉得此词甚好,但末句不免酸寒,便提笔在墙上改作'明日重扶残醉'。此乃残醉酒肆招牌的由来。在这酒肆门前,高宗尚且只能写在墙板上,我等一介草民只能写在地上了。"

书生踮脚往里瞧,果然高宗皇帝和俞国宝的笔墨赫然入目,心里一阵羞愧,赶忙钻出人群,灰溜溜地逃了。人群中随即发出了一阵哄笑,姜夔摆摆手,大笑了三声。

余不扬在捞尸地点附近勘验了一圈，无功而返，心中颇为烦恼，对残醉酒肆门前这场文人的嬉闹提不起什么兴趣。可有人却对他有兴趣。

"小兄弟，请留步。"姜夔骑着他那头老驴赶了上来，"三天前我们在断桥上相遇，没想到现在又在桥下遇上了，实属缘分。"

余不扬瞥了姜夔一眼便认出，他就是在断桥上出语调侃在水的那位白袍醉士。余不扬马上警觉起来，他和在水的失踪是否有关系呢？意识到这个问题，他便叉手施礼，但并没有搭话。

姜夔用鞭子指了指余不扬身后的方向，问道："小兄弟是从哪来要到哪去呀？"

"哦……我只是随便转转。"

"那位同行的小嫂呢？"姜夔笑眯眯地问道，双眼眯成了一条缝。

余不扬脸色一沉，稍显不悦。"这位大哥问这个干吗？若没什么事我还要赶着回城。"余不扬佯装抬头看天色，一副着急要走的样子。

"这位小兄弟果然和那位小嫂一样，都是急性子。那日在断桥上，姜某人酒喝多了，说了一些调侃的话还请小兄弟不要往心里去。作为赔罪，我想请小兄弟去丰乐楼对酒当歌，赏花赏月赏西子，如何？"

余不扬觉得莫名其妙，哪有平白无故就请人吃饭喝酒的？便说道:"若姜大哥你只想喝酒买醉,何不叫上刚才那些文人,岂不更有风情?"

"哎……当今文人大多爱喝醋,不爱喝酒。喝惯醋的人浑身酸臭,光跟他们待在一起就想呕了,哪还喝得下去酒哇?以酒交友一直是我姜某人的习惯,况且我们缘分不浅啊……你想想,临安城有一百多万口人,还不算那些来走亲访友、公干闲游的,能见上一面,那就已经是有缘之人了,何况是再次相见?小兄弟赏个脸吧?"

余不扬定神看了看姜夔,姜夔正笑嘻嘻地看着他,一副人畜无害的样子。余不扬回想起他刚才在酒肆前被大家众星拱月的样子,想必也是个有头有脸的人。自己现在正愁没人帮忙,这人却主动凑上来,不正是"得来全不费工夫"吗?

"当真?"

"你看我像是在消遣你吗?"

"承蒙相公看得起在下,那就恭敬不如从命了。"这是个只赚不赔的买卖,余不扬没有道理白白错过。

丰乐楼是临安城的地标性建筑,位于涌金门外的西湖边,是西湖这个大"销金窝"的门面。平时朝士会饮,缙绅士子请客,就在这里。到了饭点儿,湖里的船,岸上的人,便都集聚于此。

姜夔在前面骑着驴,余不扬在后面跟着。兴许是老驴肚子也饿了,步子迈得快,一刻钟的工夫,余不扬就见到了这栋宏伟高阔的酒楼。此时正当入夜时分,天光未暗,可楼内已是灯火通明,人头攒动。余不扬虽然听不见声音,但也知道丰乐楼定是热闹非凡。

穿过朱绿五彩装饰的欢门,便进了大厅,余不扬跟着姜夔穿过主廊,数十个妓女聚集在主廊等待酒客呼唤,她们浓妆艳抹,灯烛之下,望之宛如仙女在人间。大厅只设散座,此时早已座无虚席,拿着妓女名册高声点花牌的有之,叫上两个闲人厮波高谈阔论的有之,听曲喝酒的有之,呼朋引伴的有之。总之,人人手中端着酒,人人脸上挂着笑,一派浮华享乐景象。

"姜大官人。"一声娇滴滴、腻滋滋的声音从楼上飘下来,余不扬抬眼看去,原来是一位娉婷秀媚、秋波滴溜的美艳女子在招呼姜夔。

"哟,美儿,我这两天都挂念着你……"姜夔三步并作两步迎了上去,醉眼朦胧地望着眼前的可人儿。

美儿矫作生气的样子,说:"我听说昨日你给望湖楼的小倩写了一首词,今天又在断桥边地上写了一首词,唯独不给奴家写,你哪里像是想着我、念着我的样子?天下乌鸦哪,都是一般黑,你们男人总爱见异思迁。那小倩哪点比得上我?"说完,还在姜夔的手臂上掐了一把。那一把掐得极为轻巧,美儿却表现出一副下手很重的表情。余不扬感觉自己鸡皮疙瘩掉了一地,可这招对姜夔却很受用,他赶忙求饶,承诺晚上就送美儿一首词。

美儿把二人引向临湖的小包厢,走廊上一个醉酒文人站在凳子上,伏在包厢外的墙上写诗。美儿叫了起来:"哎哟,下来则个?当今皇上就爱待在帷帐之内,不来丰乐楼,写了也没人看。"那文人醉得厉害,被美儿这一声唤,惊了一颤,从凳子上跌了下来,引来一阵笑。

姜夔冷笑了一声,对着余不扬说:"人人都要在丰乐楼的墙上写一首词,为的就是让皇帝、丞相看见,封他个官做做。不过,时不可苟遇,道不可虚行,可不是人人都有俞国宝的好命,也不是每个皇帝都能像高宗那般通达的啊。哎……你瞧瞧这丰乐楼的墙上,到处都是诗词文章,不知道的还以为这儿不是喝酒的,是卖字画的呢。你说,这些渴望被临幸的文人酸不酸?臭不臭?"姜夔笑着笑着,表情就僵住了,眼中闪过一丝忧愁,却又立马笑了起来。

余不扬嘴皮子动了两下,不知怎么回答,倒是美儿心眼活,忙说道:"这些文人又酸又臭,哪像官人这般有风骨。大家都知道信王吴璘之孙吴曦是你的好朋友,不仅家财万贯,朝中势力也了得。曾经想出资为你买官,没想到你却婉言谢绝了。一连好几日,丰乐楼里的文人们都在讨论这件事呢。"

"大家是羡慕我呢,还是骂我傻呢?"

"倒是有一个人骂你傻。不过奴家我第一个要了他好看,你猜我怎么着?给他端了一壶醋,告诉他,别喝酒了,喝醋吧。"二人笑作一团。

西湖笙歌不断,楼内笑语不休,余不扬在某一瞬间甚至觉得自己好像身在蓬莱仙岛。

今晚的饭菜颇讲究,尽管姜夔一再说不差钱,余不扬还是觉得浪费了点。酱香的鱼鲞、腊味的熏肉，搭配新鲜的湖虾和山鸡，再来一味浓郁的羊肉汤，佐以爽口时蔬，余不扬很久没吃得这么丰盛了。随着酒过三巡，二人的话渐渐多起来，也更亲热了，余不扬这才弄清楚，眼前这位枕曲藉糟的酒鬼文人可不简单，精通音律、诗文、书法，有人说他是继苏轼之后又一难得的艺术全才。不过可惜的是，他茕茕孑立半辈子，屡试不第，未能从仕，靠卖字画和朋友接济为生，有了钱就来丰乐楼买醉。

临安城有钱有势的人各有各的乐子，可怜遇坎的人也各有各的不幸。余不扬心中涌起一股同病相怜的感觉，对刚才自己想要利用姜夔而感到内疚，便轻轻"唉"了一声，说："今日能与相公对饮是我的荣幸，刚才在断桥旁对你失礼了，还望见谅。"

"不扬兄弟何处失礼之有啊？凡事无须过于拘泥于小节，这一点上你还真该学学小侄女呢。我现在还记得小侄女指着陈府轿子破口大骂的样子呢，也是真性情。唉……这么好的姑娘说没就没了。没有办法，娇嫩的花骨朵怎敌得了临安的狂风暴雨呢。"

"风暴再强我也要跟它较一较劲，纵使掘地探天，搭上性命我也义无反顾。"余不扬脖子一仰，干掉了杯中酒。姜夔看着眼前这位眼里冒火星的少年，淡淡地说："你可想好了，人不可与天斗，民不能与官斗，这是人世间的道。"

余不扬眼泪在眼眶里打转，说："活着对不起兄嫂，死了没脸面对在水侄女，我只有报仇这一条路。兄长，你能帮我吗？"

姜夔往后一靠，笑了。"你这事儿还得朝廷的人帮助才行，而且必须是长戟高门的大官才行。你别看我认识一些人，有点名气，可在达官显贵眼里就跟个无名小卒差不多，没人把我姜夔当回事儿。"他的眼神突然黯淡下去，好像有人把他心里的灯火掐灭了。

"黄金榜上，偶失龙头望。明代暂遗贤，如何向？未遂风云便，争不恣狂荡。何须论得丧？才子词人，自是白衣卿相！唉……说这些干吗，该给美儿写词去了。"姜夔说着便要起身，但终归还是饮了太多酒，膝盖一软，摔倒在地。余不扬赶忙俯下身子去扶，却看见姜夔的视线死死地盯着黑漆雕花桌脚上的一处掉漆的地方。

余不扬一眼就看出，这里的油漆不是无意中磕掉的——边缘模糊，边界不清，更像是被反复摩擦所形成的，比如说：用指甲抠出来的。而且掉漆处特别的图案——一朵三瓣花，让他更加笃定，这是什么人有意为之的。

余不扬感觉自己的心被一道电光击中，顿时亮堂起来。在水尸体的指甲缝里不就残留了黑漆？

这难道是在水留下的？

在水在丰乐楼遭遇了什么祸害？

可她为什么要留下这样的图案？

难道三瓣花并不是关于她本人的，而是暗示了凶手的信息？

姜夔看了几眼三瓣花的图案，又看了看余不扬，张嘴说了几句话。可姜夔此时已经烂醉如泥，说起话来也含混不清，说着说着就没了声音，竟躺在地上睡着了，鼾声如雷。

第四章
开山建桥

发现三瓣花标记后,余不扬喊来了美儿。美儿回忆起前几天临安府尹陈太奎和他的千金陈韶仪确实来这个包间吃过晚食。席间一直有两个军士在门外把守着。当时包厢里传出了打斗的声音,但谁也不敢进去看,散场的时候,美儿瞄到一眼,有个军士扛着一个麻布袋,她凭直觉就知道里面装着一个人。

余不扬谢过美儿,又嘱托他照顾好姜夔才离开。

今晚,临安城的风好像带了钩子,把都城居民全从家里钩了出来,大街小巷熙熙攘攘的全是人。有二人,一高壮一矮瘦,正手托小报沿街叫卖。

"小报到了!明天朝中事,今日我先知!"

"没错儿,朝廷机要,临安秘事,应有尽有!"

朝廷中有朝报,专供官员阅知当日的社稷大事、人事任免,属朝政通告。而小报就专门载录一些朝报未报之事,深得市井小民的喜爱,甚至有些中下级官员和士大夫也是小报的忠实读者。因为小报所报之事并非凭空杜撰，印售小报的人在朝廷内部往往有许多"内探"提供消息，这也就是为什么叫"朝廷机要，临安秘事"了。在前朝，朝廷常以小报"肆毁时政、传惑天下"为由进行查禁。到了本朝，朝政荒废，小报这档子事儿也管得松，便春风吹又生了。

两人一附一和，一下子就引来了一大批读者，收获颇丰。大家拿着小报三三五五地聚在一起，趁着酒劲儿，议论起来。

"天渐热，北内重华宫却越来越凄冷了。太上皇病重，可床边却无子尽孝……"一个白发苍苍士大夫模样的老者说着说着竟哽咽起来。

"可不是嘛！说起这件事就来气！太上皇孝行感人，德行深厚，没想到自己却落到这么个地步！"

"都在说皇上和太上皇父子之间有嫌隙，这么看来是真的了？"一个年轻文人压着声音问。

"父子之间能有什么嫌隙？何况皇上乃太上皇独子，从来都是父子情深。我看啊，是李皇后在背后捣鬼，挑拨离间二人的感情。"

"没错，我听说啊，这李皇后可是个悍妇，不光皇上怕她，太上皇也拿她没办法，现在看啊，赵家的天下倒像是她李家的了！哼，前些日子，李皇后把她的两个侄子李孝友、李孝纯安排了节度使的官衔。这两个含着金汤匙出生的家伙，毛都没长齐吧？就当了大官，这样让那些戍边的将军们哪还有心思打仗啊？"

"就是！我还听说啊，有一日宫女替皇上洗脸净面，皇上夸宫

99

女双手白嫩柔美，李皇后知道这件事情后大怒，立即命人将那宫女的手砍下拿给皇上看。一次两次还好，可李皇后常常这样吓唬皇上。据说啊，咱们的皇上已经被吓疯了。"

"疯了？这可不能胡说，小心招来杀身之祸。"

"哎呀，他说得没错。我家表舅是太医院的太医，有一回酒喝多了也跟我说了这个事儿，已经没法子治了。"

"疯皇上？那这几年来的出奇事就都好理解了。可如果皇上真的疯了，天下该怎么办？北方连日战火纷飞，要是让夏、金等国知道，那咱们这个小朝廷就危在旦夕了。"老士大夫哭声更响了。

"可不是嘛！"

大家你一言我一语，声音渐响，人也越聚越多。卖小报的二人见势不对，忙劝大家散去。可是已经迟了，临安府巡检已经赶到现场，为首的巡检使喊道："印卖小报，妄议大内，给我拿下！"

"大哥，快跑！"高壮的反应快，拉着矮瘦的就跑了起来。可临安府巡检哪是那么容易对付的？眼下黑地昏天、盗贼蜂起，抓几个盗首贼头已经不算什么稀奇事了。要是能抓到这些卖小报的，稍微添油加醋一番就能给他们定个企图谋反的罪名，再以此向上级讨要官衔和封赏便有名有目，水到渠成了。

刚才，余不扬也在人群里听着，他最先看见巡检过来，以为是来抓自己的，便悄悄地跳上了房顶，想等到风波过去再下来。他在房顶眼瞧着卖小报的二人朝着螺蛳弄跑去有些着急，因为他在屋顶看得清楚，螺蛳弄就是一条死胡同，而且没有支路，进去就是死路一条。余不扬想提醒，却是来不及了。

二人越跑越觉得不对劲，终于还是被截住了。前后的巡检像狼狗看见滴血的鲜牛肉，一个个龇牙咧嘴的好不开心。

"跑呀！哈哈，你们注定是老子的垫脚石、敲门砖，还想跑？快乖乖地给爷过来！"为首的钟卫像狼狗一样吼叫着，想吓住自己的猎物。

两兄弟对视一眼，矮瘦的先说话了："弟弟，你本来在武行干得好好的，是哥哥非拉着你来卖小报，我害了你。你有功夫，我看这房子也不高，我缠住他们，你爬上去吧。"

"哥哥说的什么话？咱们从小没爹没娘，相依为命，我怎么能丢下你？大不了一起去见爹娘。"高壮的拳头一捏，一副以死相搏的样子。

钟卫耍着长刀步步逼近，自信可以把他们生吞活剥……

螺蛳弄，两兄弟徒手对抗装备齐整的巡检，这是以卵击石、九死一生的对垒。

突然，一根竹竿从天而降，落到了两兄弟面前。二人抬眼望去，见到屋顶上有一个黑影，正朝着他们做"上来"的手势。

"他妈的，要逃！快给我拿下他们！"钟卫绝不允许煮熟的鸭子飞掉。

弟弟马上将竹竿推到哥哥怀中："哥哥抱紧啰！上面的兄弟，拉！"余不扬脚踏两根房梁，蹲下马步，一运气，竹竿便在手中

"噌噌"往上升,弹指工夫,就把矮瘦的那位拎到了房顶。

"上面的兄弟,再助我一程!"高壮的话音刚落,腿脚快的几个巡检已经赶到他的身前,手刀"呼呼"地劈了下来。还好,这高壮的不是等闲之辈,三五招格挡闪转后,给自己争取了两个身位的空间。余不扬瞅准时机,将竹竿从他面前挥过,他心领神会,一跃而起只用一只手抓住竹竿。说时迟那时快,在他腾空的一瞬间,手刀又朝他袭来,眼看着一双脚将被砍落。没想到他的双腿向后一撤,躲过了刀锋,随即如灵蛇一般柔韧快速,双腿轻轻一绕,便缠住了三条持刀的手臂,再一使劲,脆生生地把那三条手臂给折断了。而余不扬乘着竹竿的惯性,再度发力,直接将高壮的那位甩上了屋顶。

地上的钟卫气得直跺脚。"废物!饭桶!平日里让你们多练功,尽顾着吃喝嫖赌,快追啊!"巡检们犯了难,大家你看看我,我看看你,没有一个人上得了房顶。

余不扬和高壮的那位对视了一眼,没有言语,不约而同地架起矮瘦的胳膊,在屋顶上飞奔起来。临安城内人口多,房屋甚密,蜂房蚁垤,屋巷错杂,一坊之内屋舍往往连在一起,就算是两屋之间隔着小巷弄堂,凭余不扬和高壮的两位功力,哪怕是抬着头牛犊也能轻松越过。

"愣着干吗!"巡检使抬起脚踹在小结巴的屁股上,小结巴跟跟跄跄地晃了几步,这才反应过来,赶紧招呼大家在路上跟着。小结巴在前面打头,边跑边仰头看,速度快不起来。房顶上的三人就不同了，他们眼前一片开阔，半炷香的工夫便跑出了两三个坊。此时，临安城内夜市正热闹，小巡检只是扒拉开了几个挡路的人，再抬头，房顶上早已没了人影。他扯着脖子，纵使蹦得三尺高，也看不见人影了，气得他扯下头巾一屁股坐到了地上，心里骂起了娘。

三人一直跑到临安城东狗儿山一带，确定已经摆脱了巡检才停下。余不扬累得够呛，加上这几日来常念着报仇的事，没怎么睡觉，体力透支的他靠在一棵杉树上大口喘着气。高壮的二话不说，"扑通"一声跪在余不扬面前。"恩人在上，请受朱开山一拜。"矮瘦的见状，也跟着跪下，说："恩人在上，请受朱建桥一拜。"余不扬哪里受过如此大礼，赶忙上前扶起两兄弟，说："二位看上去比我年长，跪不得跪不得，小弟只是做了一些顺应心意的事情。快起，快起，谁都不忍心见死不救的。"

朱建桥上前一步，拉住余不扬的手。"恩人，我们是徽州婺源人，靠印卖小报为生，这本是不入行的灰色营生，天天都得躲着官府，提心吊胆的，今日还好有恩人搭救才幸免于难。从今往后，我们就是做牛做马也要报答恩人的恩情。"

朱开山拍着胸脯附和道："没错，我大哥在临安打拼多年，靠着人脉办了小报。不管是正道、偏道，黑道、白道都认识一些人，有'临安百晓生'的名号。我呢，自幼习武，在武馆做过兼差，只可惜社风崇文不尚武，艰难糊口，便出来跟着哥哥了。恩人就是我们的再生父母，以后有用得着的地方尽管开口。"

朱氏两兄弟左一个恩人、右一个恩人，喊得余不扬好不别扭。"别再叫我恩人，小弟余不扬，衢州开化人……"余不扬话还没说完，就被朱建桥打断了。"哎？此言差矣，你救了我们就是我们的大恩人，这可含糊不得。"

"我大哥说得是！"朱开山又附和道，"江湖最讲究辈分，我看恩人也是武行中人，就不要再跟我们较劲了。"

余不扬摇摇头："如果非要叫，就各叫各的，我还是管你们叫兄弟。"

朱建桥看了余不扬两眼，心里暗暗佩服：虽然他年纪轻轻，却是个豁达讲情义的汉子。朱开山仍旧拐不过弯来，梗着脖子要去和余不扬争论。朱建桥见状赶忙拦下："开山，休得无礼，我们听恩人的，恩人说什么就是什么。"

朱开山看了会儿自己的亲哥，只得附和道："大哥说的是，听恩人的。"

三人聊了几盏茶工夫，余不扬把心事苦水统统倒了出来，朱氏两兄弟一个劲儿地表示要帮余不扬报仇。几日来，他一心想着报仇，又无处下手，身边更没个可以交心探讨的人，幸好遇见了这两兄弟，刚才那一番谈话过后，心中已然畅快了许多。

朱建桥从狗儿山眺望城西繁华之地，说："广厦千间，夜眠七尺；珍馐百味，不过一饱。临安城的华灯之下，有多少人酒足饭饱呕于西湖，接着吃喝，接着呕？又有多少像我们这样每日为一箪食、一瓢饮而奔波的人？"

余不扬苦笑一声:"建桥兄弟不必怅然,他人有他人的灯红酒绿,我们亦有自己的云淡风轻,不是吗?虎食肉,兔吃草,人世间的一切早有定律,倒不如完成自己心中所思所想之事,安时处顺,岂不快哉?"

"哈哈哈,恩人所言极是,说到我开山心里去了。待我帮恩人报了仇,杀了该杀的人,再去觅一清幽山谷,到死也不出来,下半辈子就做个山郊野人,比神仙还潇洒。"

余不扬点头表示心领了。"报仇的事极有风险,只能我自己来。日后要是有用得着二位的地方,我绝不会客气的。"

兄弟两个立马一起表态:"上刀山。"

"下火海。"

"我们兄弟俩万死不辞!"

余不扬叉手致意,心中翻涌,甚至感激:"对了,两位大哥,你们是否知道哪里有隐秘的藏身之所?我要绑个人待上几天。"

兄弟两个相视一笑,建桥答道:"城东,是官营作坊与匠人宿舍之地,平日疏于管理,正是藏污纳垢的好地方,咱二人家就住在狗儿山下。恩人要是不嫌弃,尽管拿去用。"

余不扬推辞道:"那可不行,我要绑的人在临安也算是有脸面的,万一官府找来,到时恐怕会连累二位。"

开山往前一步:"哥哥你忘了吗?这狗儿山不就是隐私之所嘛!"

朱建桥盯着自己亲弟,旋即合掌大呼:"对啊,瞧我这脑子。

105

恩人，几年前我们兄弟二人刚来临安闯荡的时候，举目无亲，居无定所，正是住在狗儿山上一个山洞里。这山洞位于狗儿山阴面，隐匿于灌木丛中，人迹罕至，确是个好地方。"

"是的哩，我们住了一年多，冬暖夏凉的，哥哥还给这个山洞取了个名字，叫'双蛛洞天'，嘿嘿。"

朱建桥大笑道："兄弟，你尽说些有的没的，丢你大哥的脸。恩人，双蛛便是我们朱氏二人，那时当真像当了洞主仙人那般潇洒自在。"

余不扬大喜道："当真有此地？快带我去看看。"

吴山坊，王家奶店。店小二打了三斤鲜羊奶，一斤奶糕，给刚入店的两位客人端去。这两位客人面目狰狞，其中一位只有一边眉毛的，瞪了小二一眼，吓得他一哆嗦，赶忙溜到后厨去了。

"杜大哥，魏二哥，小弟来晚了。"话音落地，一个獐头鼠目的人就跳到了二人面前。

"石八，你属猫的吗？不光做事鬼头鬼脑的，走起路来也跟鬼一样没有声音。"那只有一边眉毛的人，丢下咬了一口的奶糕，心中略有不爽，"我杜陵北的弩可机警得很，说射就射。"原来他们正是塞北双恶——杜陵北和魏桥西。而这位石八便是临安城中专门做杀人生意的牙人，凭借三寸不烂之舌和严实的口风，成为这个行当里最稳当的掮客。

"是是是，杜大哥可是天下第一用弩高手，弩下亡魂怕是数也数不清楚了吧。"石八瞥了一眼杜陵北，"瞧我这张破嘴，真不会说话。今天这顿我请客，两位大哥别客气啊。小二！去隔壁脚店要二斤白切羊肉，两壶沆瀣浆，抓紧给这二位爷送来。嘿嘿，二位大哥怎么来这儿了，吴山坊可是个人多眼杂的地方，就在朝天门旁，官府的人也多一些。"说罢，把脖子往衣服里缩了缩，好像要刻意躲避旁人的眼光。

魏桥西说："咱兄弟二人离家甚久，每过几日就会馋涎在塞外天天都要喝的，这奶瘾上来了如何扛得住？只可惜江南的羊奶比起塞外的，又腥又淡。不过话又说回来了，这儿的东西也不是都比不上塞外，比如说另外一种奶……"魏桥西眼里色波荡漾："尤其是南瓦的小杏儿，她那胸脯，比奶糕还嫩，每次我都舍不得使劲儿，生怕一捏就塌。嘿嘿，这一说起来还真有点想她了呢……"魏桥西往嘴里丢了一块奶糕，夸张地嚼起来。

"嘿！"石八双眼滴溜溜一转，从怀里掏出了一块牌子，递到魏桥西面前，"魏大哥，我把小杏儿的妓牌都给您拿来了，她今晚是您的了。"

魏桥西瞪眼一瞧，开心得合不拢嘴，赶忙将牌子接了过来。

杜陵北吃着奶糕，斜了一眼石八："你这小子今天捡钱了？还是上笔买卖克扣了我们的会子票？"

"瞧你说的！杜大哥，我石八行走江湖凭的就是诚信，绝不可能去做这种下三滥的事。再说了，我克扣谁也不敢克扣你二位大哥的啊，我不想活了吗？媳妇儿都没娶呢。"

"呵！借你十个胆子也不敢。我们言归正传，那晚赶车的鲍老汉，我恨不得把他射成筛子。这鬼老头子当晚弃车而逃，我们一直都没找见他。"

"我打听了，那鬼老头子本来租住在清波门外，可是前几日突然就搬家了，我也不知道他去哪儿了。"石八面露难色。

杜陵北用羊奶漱了漱口，恶狠狠地说："这鲍老汉只要活着一天，我们就多一分危险。如果我们被官府的人盯上，你石八也插翅难逃……咱们现在可是一根绳儿上的蚂蚱。"

杜陵北耍起恶来又丑又狠，石八不敢正眼去瞧，忙说："这……我知道，我再去找，再去找……"

杜陵北一掌拍在石八的肩膀上，石八险些跪倒在地，赶忙强撑着假装淡定。杜陵北突然变脸，哈哈大笑起来："你既然答应了，我就放心了。这临安的大小事还没有你石八办不了的，对吧？哈哈……"

张本为了博取陈韶仪的欢心，一连说了五六个话本，都是她没有听过的。陈韶仪开心得不得了，吩咐下人准备了上好的酒水吃食，二人在后花园的亭子里推杯换盏，几刻钟后醉意渐浓，放下芥蒂说起了情话。

"四郎，我的好四郎，你上次对我说出那样的冷言恶语知道我有多伤心吗？"

"我这不就马上来认错了吗？韶仪，你放心，今生今世我再也不骂你,就是声音响一点,语气重一点的话我都不舍得跟你说。我就想疼着你,爱着你,天天来府上给你说书。"

"四郎,我有你这句话就够了。前些天,那个吴疤子来府里了……爹爹又说起我和他的婚事,你说我怎么能……能嫁给疤子脸呢?我陈韶仪要嫁也是嫁给你呀,我的好四郎。"陈韶仪怄气得这两天都没去瓦子里看张本,心里也是憋得慌,今日张本主动上门道歉,话本也听了个过瘾,开心地多喝了几杯,此时舌头都快捋不直了。

"吴疤子是谁我不认识,在临安城,我认识陈韶仪就可以了,心里装着陈韶仪一人便足够了。"

对张本的话陈韶仪很受用,她只觉得在美酒和情话的催化下天旋地转,欲仙欲死。

小翠见状也借着上菜的机会在二人面前美言起来:"今日小姐与相公重修旧好,厨娘胖婶为了庆祝这个事儿,非要给二位做蟹酿橙吃哩。"

张本虽有几分醉意,但思维还算清楚,见小翠神采飞扬便打趣道:"蟹酿橙这可是道名菜啊!橙子截顶去瓤,留少许汁液,将蟹肉、蟹黄、蟹油酿入橙盅,而后装入小甑,以酒、水、醋蒸熟,再用盐拌而食之。这道菜我有幸在湖蟹上市的时候吃过几回,可现在离湖蟹上市还差着几个月的时间呢,胖婶上哪儿去找蟹黄呢?"

"相公有所不知,胖婶作为陈府的厨头,最擅长的就是为小姐做反季的美食。胖婶有一个……"

小翠话还没说完，兴奋的陈韶仪便接过话头继续道："胖婶有一个独门秘诀，她能在湖蟹上市的时候将蟹黄和蟹肉取出制作成罐头，也不知道她用了什么腌制的手法，竟能储存一年也不坏。更加奇怪的是，用罐头里的蟹黄和蟹肉做的蟹酿橙味道更显醇厚绵长，与新鲜湖蟹制作的蟹酿橙相比又是另一番风味。"

张本摩拳擦掌，一副跃跃欲试的样子："承蒙韶仪小姐厚爱，今天我非要好好尝尝不可。"

小翠双手在胸前击了一掌，开心道："哎呀真好，小翠看到小姐和相公相处这般好，就打心眼里开心。今天啊，不光咱们这些做下人的开心，连后花园的虫虫鸟鸟也很开心，你们听，叫声可比前几日更悦耳了些呢！哟，那是谁？"小翠眼睛瞥见有一人挎着一个篮子，正朝着酒席的方向走来。

"哎呀，是黄府的小云姑娘。小云，你怎么来了？"

听见小翠高声招呼自己，小云小碎步迈得更快了，不一会儿便来到三人跟前。小云是酒行行长黄潮府上的一等侍女，她先朝着陈韶仪和张本道了万福，而后将手里的篮子交给小翠，说道："今日我家老爷得知二位重修旧好，特命我提两壶好酒前来助兴。多有打扰，还请见谅。"

小翠忙嘴甜道："哎哟，好事哪总是扎堆儿来，小姐，您好运不断哪。"

陈韶仪深知父亲与黄潮交好，黄府要有什么新鲜吃食或新奇的玩件也会命小云送来，所以并不惊讶黄潮会叫小云拿酒来助兴。张本非常合时宜地举起酒杯敬了陈韶仪一杯，而后往陈韶仪和自己杯子里斟了小云拿来的新酒，二人又连干三杯。

小翠去厨房催菜，小云便站在一旁帮忙伺候着，眼睛时不时地看向张本，有几次恰好和张本对视上，又若无其事地移开。过了一会儿，小翠从厨房回到后花园，蟹酿橙也上了桌。张本显得有些急不可耐，也不管烫不烫，一勺一勺地舀着吃了起来。

借着蟹酿橙这道美味，张本又哄了陈韶仪几句。不知是酒劲儿上来了，还是张本的话过于醉人，陈韶仪只觉脑袋沉沉的，只好用双手撑着自己圆圆的脸蛋儿，醉眼惺忪地看着张本傻笑。张本见陈韶仪不胜酒力，便借机要去一趟厕屋。小云见状赶忙过来搀扶，还不忘跟小翠说："时候不早了，正好我要回去，让我来搀张相公去厕屋吧。"小翠正忙着用凉水给陈韶仪擦脸，便点点头答应了。

小云扶着摇摇晃晃的张本进到后花园的假山。确定躲开了所有人的视线后，张本惺忪的醉眼突然明亮起来，转过身双手搭在小云的肩膀上。二人对视了片刻，张本先开口道："你怎么来了？"

小云嘴角一挑，坏笑着说："给二位重修旧好道喜来了呗。"

张本知道小云这句是玩笑话，便用力地捏了捏她的肩膀："下次不要在陈府见面，免得让别人看见。如果我和你的关系暴露，那就得不偿失了。"

"知道知道，我在黄府，你在陈府，若是让人知道咱们两人之间有联系不好，也会影响咱们办事。"

"你知道就好。陈韶仪现在喝醉了，我正要去办事，你也赶

111

紧回去吧，不要耽误我的时间。陈府跟黄府不一样，这是府尹的家，守卫森严着呢。"张本一脸严肃。

小云有些不悦，但也没有阻拦，只是嘟囔道："每次见面的时间都这么短，我还有很多话要跟你说呢。不过办事要紧，你千万要小心啊。"张本"嗯"了一声，迈着稳当的步子朝陈太奎的书房走去。

张本入了陈太奎的书房，正对面的书架两个月前他已经查验过了，放着的是各类书籍；右面的书柜是一个月前查验的，都是一些存档的公文。所以这一次他便直奔左边的案台而去。他浏览了一遍案台上陈放着的各类书本，便开始快速地翻动起来，一会儿工夫就翻了个遍，一无所获。他又伏下身子，在案台的抽屉和柜子里翻找起来。他打开左手边最下面的一个柜子，满满一抽屉的会子票呈现在眼前，张本将那一摞会子票取出，粗略地数了数，数目逾千两银子。张本抚摸着那些会子票，心跳不止。他闭上眼告诫自己，自己的任务不是偷钱，而是有另外更重要的东西。他睁开双眼，把会子票重新放进抽屉，又到右手边的柜子里翻找起来。柜子里有一些账本，张本仔仔细细地查验了一番，结果都是一些关于府上开销之类的记录，没有什么特别之处。张本失落透顶，难道自己辛辛苦苦接近陈韶仪，最终却是一无所获吗？他更快地在柜子里翻动起来，动作略显急躁。

终于，在他把这些账本扒拉开以后，在柜子靠里处发现了一个红木盒子，开合处挂着一个铜制的鱼形锁。忽然，一股强烈的预感升腾起来，他要找的东西就在这个红木盒子里。

离他以如厕为由离开已将近一刻钟，必须加快速度了。他拿起案台上的梨花木镇纸，又粗又长的镇纸足以敲开木盒。不过在镇纸挥到一半的时候他停住了——一旦敲碎木盒，陈太奎迟早会发现，若是自己想要的东西不在木盒内，那就断了下次再行查验的后路了。他很快又放下镇纸，从袖口里掏出一把钥匙，从鱼形锁的锁孔伸进去探了一下，嘴角露出一丝笑意。这个鱼形锁虽然制作精美，但却是个二簧锁，锁内只有两片簧片，极易打开。果然，他用钥匙捅了一会儿，锁扣便"嗒"地弹开了。

他急不可耐地打开红木盒子，一摞封面上编着年号的账本由新及旧整齐地摆在里面。他拿起最上面一本绍熙五年的账本，里面详细记载着今年以来府内的各笔收入，最新一笔是六月二日从黄潮处收银九百六十两。他又随手翻了几页，账本里所记数目让他倒吸阵阵凉气。

这些账本就是他要找的东西！

可就在这个时候，门外响起了脚步声，还有陈太奎的咳嗽声。好巧不巧，陈太奎今日本来是要去大内的，后来临时接到通知改道去李道府上。这李道是庆远军节度使，他还有个更厉害的身份，便是当今皇后李凤娘的父亲。今日去大内本是与李皇后有要事相商，没想到李皇后临时决定归谒家庙，便把会面的地址换到了娘家。对陈太奎来说，路程上节约了一大半，所以提早回家了。

可当他推开书房门的时候，和颜悦色便立马消失得无影无踪。

那个北瓦戏子张本正在自己书房里摇头晃脑地念着书。

陈太奎快步走到张本跟前，夺下他手上的书骂道："混账，谁让你进来的？"

张本用醉眼上下打量着陈太奎，还在陈太奎脸前打了一个满是酒味的饱嗝："当然是临安府尹的千金让我进来的，她让我来这里找创作话本的灵感。我看了啊，这都是些四书五经，《论语》《孟子》什么的，不精彩不精彩。跟《宣和遗事》《清平山堂》比起来差远了，哎呀，差远了啊。"

"戏子言屁话，你说的那些市井话本和儒家正统比起来……跟你戏子说这么多无用。"陈太奎举起从张本手上夺下来的书问道，"你除了这本书还看过什么？"

张本指着陈太奎，继续用醉话说道："看过……忘了。你牛什么牛，难道是陈韶仪她爹吗？"说完，就鼓着腮帮子好似要吐。

陈太奎双眉皱到了一起，这戏子果然没有一个是正经东西。"赶紧滚蛋，要是吐在书房里，我非了结你不可。"要不是自己女儿钟情于他，别说吐了，就单单擅入书房这一件事，陈太奎就能把张本了结了。

"走就走，凶什么凶！"张本摇摇晃晃地朝门口走去，嘴上还假意不停地嘟囔着。陈太奎烦得要死，自己女儿怎么会看上这么个货色。忽然，他双眼一瞪，张本的后腰上插着一本书。他赶忙叫住张本："先给我站住！"陈太奎走到张本面前，扯着他的衣襟，把他抵在墙上："你有没有拿了什么不该拿的东西？"

"你……你何出此言哪？我什么也没有拿呀。"张本虽然在继续装醉，可被陈太奎这样按在墙上，后背还是沁出了冷汗。

陈太奎冷笑一声，伸手从张本后腰掏出一本书，在张本面前晃了晃。"这是什么？"陈太奎转眼一瞧，只见书的封面上写着《京本通俗小说》，便失望地丢到了门外。

"哎？那是什么啊？我还……还没看呢，怎么就丢了。"

陈太奎盯着张本似醉非醉的样子，心想女儿不会糊涂到让张本私自进入自己的书房，这个张本肯定有猫腻。张本眼睛眯成一条缝，看着死死盯住自己的陈太奎，心里一阵阵发虚。陈太奎冷笑一声："来人啊，给我把这戏子的衣服给扒了，看看他还偷拿了什么东西？"

张本大惊失色，慌忙捂住领口，而后朝门外跑去，边跑还边喊："韶仪，救我！韶仪，韶仪……"

"休要乱喊，把他的舌头给我割了！都是你这张嘴给韶仪哄坏了，要是没有你她就能安心嫁给吴曦了。"陈太奎的脸上露出了阴冷的笑，他早就想让女儿断了张本这个念想，今晚何不就趁他私自闯进自己书房这个事情好好地治治他。府内的两个家丁跟随陈太奎多年，马上听出了意图——陈太奎哪里是要割张本的舌头？最好是要了他的命！这两个家丁接到授意后毫不含糊，抽出佩刀朝张本追去。张本也不是傻子，当然瞧出了陈太奎的意思，他继续朝后花园的位置喊着陈韶仪的名字，期待陈韶仪来救他。

就在这个时候，陈府后花园突然传来了一阵紧急的锣声，伴随着锣声,还有家丁们声嘶力竭的喊声。

"抓刺客!抓刺客!"

陈太奎身躯一震,问身旁的两个家丁:"谁在后花园?"

"小姐在那儿,刚才一直跟张本在后花园喝酒来着。"家丁被陈太奎这么一问,都待在原地不知道怎么办了。

"愣着干吗!还不快去救小姐?哎哟……"陈太奎急得浑身发抖,也不管家丁和张本,第一个朝后花园冲去。两个家丁见此情景,自然也顾不上张本,赶紧跟着跑了。

待张本跌跌撞撞地捡起话本,陈府班房里的家丁们都已经冲了出来。方才他借机进入陈太奎书房的时候,没想到陈太奎会提早回来,他慌慌张张地把案台恢复原样,没有一点儿多余的时间来查找账本和账目。他心有不甘,想趁乱再次进入陈太奎书房,家丁们任务明确地守住了府内各个重要地点,这其中就包括陈太奎的书房。张本这下子彻底死了心,他左顾右盼了一番,心想等陈太奎他们抓住凶手就有工夫来了结自己了,眼下最重要的是保住性命,账本可以日后再偷。正如话本中所言:留得青山在,不怕没柴烧。

陈太奎冲到后花园,见女儿正软耷耷地趴在亭子的石桌上,亭子的周围围满了家丁。陈太奎心想坏了,赶紧扒开保护圈,可一进入亭子就听到了陈韶仪沉沉的鼾声。陈太奎一脸不解地看着小翠,小翠赶忙解释道:"刚才,小姐和北瓦的张本在此处喝酒,张本如厕离开了一会儿。小姐见张本迟迟未归,便叫我去催。我刚离开亭子,便看见亭子上闪过一个黑影。我心想亭子上是鬼也就罢了，如果是个人，那不是刺客是什么？于是便大叫'有刺客'。好在班房就在后花园附近，家丁们很快就赶了过来，那亭子上的黑影估计吓着了，翻墙逃走了。"

"小姐可有受伤？"

"那个黑影一直在亭子顶上待着，不曾下来，更没有接近过小姐。"

"小姐可受到了惊吓？"

"小姐……小姐吩咐完我以后，就趴在桌子上睡着了。您也听见了……小姐她睡得好着呢。"

陈太奎松了口气，吩咐小翠把陈韶仪扶进闺房，又安排了家丁日夜在门外守护。诸事安排得当之后，他突然想起了张本还在府内。这个张本，如厕竟然如到了自己的书房里，而且他一走刺客就来了，肯定图谋不轨。想到这儿，他又急急忙忙地跑回前院，见张本已经不在了，便问把守的家丁："张本那厮呢？"

"回禀老爷，张本走了。"

"走了？谁让他走的？"

见陈太奎怒目圆睁，刚来的家丁丈二和尚摸不着头脑："张本他不是一直都在府内来去自如的吗？他若要走，小人怎敢拦住？要是惹得张本不开心，小姐还要让我们吃板子呢。"

"你们这群酒囊饭袋！"陈太奎气得直跺脚，对张本的怀疑更强烈了。他突然想起什么来，便猛地冲进书房，打开了案台的柜子和抽屉，发现银票一张不少，账本也没有动过的痕迹。他又谨慎地拿出红木盒子，用钥匙打开，认认真真清点了盒子里的账本，从淳熙十五年到绍熙五年悉数都在，他长吁一口气。东西都在，女儿也没事，这就是万幸了，难道自己真的误会张本了？不过，眼下最重要的事不在自己府里，而是如何继续讨好皇后。

陈太奎静坐在书房内，思绪早已从方才的闹剧中抽离出来。这段时间，皇后一直在为自己和李家招贤纳士，为的就是应对内禅有可能产生的风云际会。皇后说过，如果赵汝愚他们真的将吴兴郡王赵挺拥立上皇位，她必定起兵勤王。当然，皇后要勤的王自然是当今皇上、自己的夫君。勤王需要有将有兵，吴曦是个不错的将才，西蜀又有众多兵马会听命于他。若是吴曦愿意回到西蜀帮助皇后，那将是一股强大的势力。可偏偏吴曦压根就没有回西蜀的心思。

在李道府上，当陈太奎说"吴曦胸无大志，不愿意回到西蜀重振家业"时，皇后和李道的嘴角便好像挂上了重锤，弯到了底。三人沉默了许久，直到皇后意识到不要在陈太奎身上浪费太多时间，她才缓缓开口道："父亲，儿以为吴曦从小在临安长大，早已磨灭了祖父辈遗传给他的血性，蜀狼已成家犬无疑，已难当重任。陈府尹此番调查想必是费了不少力气，才调查得如此真切。"李皇后说完，瞄了一眼陈太奎，那显然是不满的眼神。陈太奎把头埋进双肩，不敢随意搭话。

李道自傲地看着陈太奎说："嫁女可是要慎之又慎呀。我听闻陈府尹欲将独女许配给吴曦，都说人往高处走，陈府尹为何却挑了一个胸无大志的人。"

陈太奎不知该如何回答，他总不能说自己女儿没人要，难得吴曦一片痴心，已经是祖坟冒青烟了："臣……臣还想继续开导他……有朝一日他一定会回到西蜀，为皇后和李大人所用，干出一番事业……"

皇后摇摇头："谁管他以后怎么样，你当我交给你的是什么绣花的活计，需要慢工出细活儿？来不及了。"

陈太奎刚刚抬起的头又低了下去，此后皇后和李道的话他是一句也没听进去，直到被李道喊"看茶"，浑浑噩噩出了李府的大门才回过神儿来——皇后对他没有说服吴曦这件事很不满。

陈太奎走后，李道恢复了对皇后应有的恭敬："天色不早了，皇后早些回宫吧。"

"大事未决，儿哪有心思回宫。"

"凤娘啊，皇上对我们李家如此器重，你作为皇后可要好生照料着皇上的起居饮食啊，这才是大事。皇上近日龙体是否康健？臣好久没有进宫去探望他了。"

皇后眉眼微微一皱："爹爹，我何时让您老人家操心过？李家这几年如此荣恩，你以为是谁的功劳呢？"李道看着镜子里穿着紫袍的自己，身子微微往前欠了欠。

"留正和赵汝愚他们若真的要内禅，我就得从皇后变成皇太后。皇太后是什么？太后太后，日后我们李家里里外外所有的事都得靠后了。"

"李家承蒙皇后庇护，如今已是首屈一指的名门望族，若还要继续受以恩泽，日后恐遭非议。"

"凭借李家如今在朝中的权势，已经招来了许多不满的攻击，皇帝若是此时退位，别说李家的地位不保，没准儿李家人的乌纱帽都得连降几级。"

"这……"李道用手捋了捋身上的锦袍，一脸不舍，"还是皇后看得通透。既然如此，臣以为我们接下去要做的事情倒不如让李家人亲自来做。"

"李家人亲自做自然是最保险的，但兹事体大，出了差错搞不好会背上谋反的罪名，岂不是弄巧成拙？"

"孩儿大可放心。为父虽有前面说的那些顾虑，但也是顾大局识大体的，其实我早就知道陈太奎靠不住，那吴曦更是烂泥扶不上墙，所以早就派了孝友北上。为父早年征战江北，安置了不少老部下，如今他们有的自立了山头，有的掌管一方团练，想要让他们闹出点动静，就像吃饭喝水那么简单。我想，只要我们李家人出面游说，别说拉人入伙了，就是揭竿而起也不是没有可能。"李道一脸自傲。

"揭竿而起？爹爹想要干什么？"皇后一脸严肃。

"孩儿别着急，我岂能让他们打着李家的旗号揭竿而起？赵汝愚要内禅，跟造反有什么区别？既然如此，我们何不添薪助火，让他正儿八经地造一次反？"

听到这儿，皇后便转过身去准备离开："我只当爹爹会替孩儿办好那件事,其余的话,我什么也没听见。不过……不过父亲派孝友北上倒也是妥当的安排,他是侄甥辈里办事最牢靠的孩子了。"

李道朝着自己的女儿深深地鞠了一躬,恭送皇后起驾回宫。

张本一路跑,一路向后确认是否有陈府的追兵。万幸的是他顺利地回到了位于北瓦后门的家。他在院子里不停地踱着步——陈太奎早就看他不顺眼他是知道的,只是没想到会有杀他之意。陈太奎书房里的案台虽然复原得很好,但情急之下难免会有疏漏之处。就算陈太奎没有发现他进入书房的真正意图,但难免会把刺客和他联系起来。为什么刺客偏偏在自己离开的时候来?张本无法控制住自己的思绪,一阵阵恐惧转化成一滴滴冷汗,从他的手掌心里沁出。陈太奎既然已经表露了杀他之心,就不会轻易放弃。一个令人恐惧的念头冒了出来:只要继续待在临安,陈太奎一定会找机会杀了自己的。他倒吸一口冷气,停下脚步看着这幢由陈韶仪租下、里里外外都不属于自己的房子,心里更没了底气。

走,今晚就得离开临安!

北瓦后门,黄小标肩扛手拎着大小包袱,小心翼翼地塞进马车里,而后立在马车的帘子外轻声说:"相公,东西都理好了。"黄小标还想再说些什么,嘴巴动了动,却没有发出声音。

"好的,这几年辛苦你了,回去吧。"

黄小标立着不肯走,抽搭起来:"相公,我跟了你三年,要不……我跟你一起走吧？"

"不可！"张本的声音平淡中夹着一股无法拒绝的冷漠，"此去回乡，本就是一件断了营生的决定，你再跟着我，做什么？这几年，我虽然有了些积蓄，但也只够我一人下半辈子开销的，养活不了其他人。"

黄小标垂着眼帘，丢了魂儿一般："相公，我跟着您不图钱图利，只要有口吃的就行。我真的不为别的，相公，我一想到您以后要自己洗衣做饭我就心疼，您哪做过那些啊？您……您也不会做啊。您是北瓦第一人张四郎，这头衔谁不知？谁不晓？其实您大可继续在临安生活，要名有名，要利有利，就连小标我也跟着吃香喝辣，搭便过上上等人的生活。我不忍心您受苦，更舍不得您就这么，这么冲动就把好不容易打下的名号丢了。小标斗胆问一句，您为何这么做？"

张本在帘子内轻轻叹了一口气，很不情愿地走下马车说："这临安城什么都大，皇城、御街、西湖……在这里生活得久了，心境也跟着放大了，还真的就觉得自己是个大人物，对所有人都那么重要。你也是一样，跟着我，你的心境也大了……其实，仔细想想自己是谁呀？你想过了吗？我想过了，不就是个说书的嘛，要起要落、要成要败，自己说了不算，还得看别人的眼色。说起来，自己连个普通人都不如，倒像是有钱人家的一个物件儿，开心了就放在手里把玩几天，不开心了没准儿能给你摔个稀碎。既然如此，倒不如趁现在还能控制住自己命运的时候，急流勇退，继续做个自己想做的人，也不至于日后陷入身不由己的地步。"

月明星稀，北瓦内灯明璀璨。道别的主仆两人立在马车旁，留下若隐若现的两个黑影，显得孤寂。二人只是对视着，嘴上不说话，心里却都五味杂陈。张本彻底认识了自己，他越发觉得自己除了娱乐临安城这些贵妇以外，就只是个无用之人。跳出这个圈子再看自己，不过是有钱有势的人养的一条狗而已，狐假虎威，一切都是幻象。黄小标自然不明白为何张本赚那么多钱却还要说自己无用。张本转过身去，把惨白的背影留给黄小标："行了，我该走了。你是老实人，老实人，天不欺……以后换个踏实点的雇主。"张本说这话时有些气力不足，再下去可能会舍不得黄小标，便一心想着早点爬上马车，不要再面对黄小标这张哭丧的脸。

"相公，那我再送你一程吧？"张本不回答，一抖缰绳，老马低吟一声开启了归途。黄小标抚着马背，不紧不慢地跟着。这匹马是年前张本从艮山门外的马场低价买来的，虽然是匹老马，但放眼整个北瓦，有头驴就算是富户了，能养得起马的就他张本一人。从这个角度看，他依然还是北瓦第一人。不过待太阳再从钱塘江面上升起，"四郎一声叹，娇娘不思饭"的北瓦第一人就会如西湖面上的水汽一样无影无踪了，不知会有多少女人会为之掩面、茶饭不思？想到这儿，黄小标可惜地直摇头，他悄悄回头瞟了一眼张本，却只见到了一张平静的瘦脸。

过了东青门，便到了菜市河，沿着菜市河一直往南，能在天亮之前赶到钱塘江的海口码头。再租一艘大船，往东南方向行舟五日便可抵达会稽山了。

其实他骗了黄小标,他根本不会去会稽山,这只是一个幌子。逃难的人怎能轻易说出自己的去处?

临安城东郊靠近钱塘江,比不上西郊繁华,此时除了鸟虫鸣叫,就剩下这主仆二人和一匹老马的喘气声。黄小标深知张本胆小,不忍心就此告别,心里暗暗下定陪他到天亮的决心。

兴许是真的害怕,张本也不再劝他回去。正当自己被马车摇晃得迷迷糊糊的时候,黄小标突然叫了起来:"相公,你看见了吗?"

张本一紧张,下意识拉住了缰绳:"看见什么?"东郊有马场,冬季的时候常常有小马被野兽叼走的情况,可现在正值初夏,不是野兽出来祸害的时候。不过张本没想到,黄小标说得比野兽还吓人。

"好像是个鬼影啊……"黄小标的声音有些抖。

"死小标,为了骗我回去竟敢说起了瞎话!"

"小的不敢,啊……你瞧……"黄小标话还没说完,一团黑影就飞到了自己身前,两人不约而同地叫了起来。

这两天,余不扬都在跟踪张本,一直跟踪着他进了陈府。余不扬见张本和陈韶仪酒喝得很多,便狠狠心,想直接绑了陈韶仪。可没想到陈府的防御反应很快,只能作罢。后来又见张本主仆二人单独出城,赶忙跟上,伺机下手绑架张本。他身着一袭黑衣,脸上蒙着黑头巾,一直不远不近地跟着,熬到快到寅时,主仆二人都有些困意，他才开始动手。他一个箭步冲到黄小标面前，劈出一招手刀，黄小标闷叫了一声便倒了下去。

"张本！小爷我说到做到，索你命来了。"

是他！这声音时常在噩梦里出现，此时听见心中更是慌得不行，手脚也不听使唤了，软软地瘫靠在马车上，任由摆布。余不扬蔑笑了一声，捆住了他的手脚，堵上了他的嘴，又从腰上解下一个空麻袋来，把他套了进去。

夜色之下，余不扬扛着张本朝狗儿山奔去，步履如飞。狗儿山的山脚下有一棵桂花树，朱开山和余不扬一样打扮，正蹲在树上。余不扬在树下稍作停留，朝朱开山握了个拳，表示自己成功得手，而后径直往狗儿山的山洞跑去。

朱开山从树上跳了下来，紧了紧蒙面黑巾。"到我了！"说罢便举步生风消失在夜色之中。

陈府后花园，宿醉刚醒的陈韶仪正坐在亭子里看着水塘里的鲤鱼发呆。父亲又责骂了她，罚她在亭子里思过，可她看着池子里的鱼儿成双成对地游着和自己白瓷大盘一样的脸的倒影，伤心地哭了起来。

打小她就不像个淑女，奶奶在世的时候就老是担心，这样下去恐难找夫婿。她自己也尝试着改变，可只要一遇上男的，就好像是鸡狗做邻居，不光没话说，说起话来不出三句就会互相吵起来。久而久之，上流子弟圈子里就流传起她是个"胭脂虎""河东狮"，谁娶回家谁倒霉。没有哪个男人会喜欢像男人一样性子的女人，何况她既没相貌又没身姿，和上流子弟喜欢的女人类型相去甚远。

除了张本。他不光玉树临风，还特别善解人意，尤其对她更是从不恼烦嫌弃。她甚至觉得，有些时候张本更像是个温柔体贴的女人，自己在他面前可以毫不掩饰地释放和表现，即使这样，她还总能得到张本欣赏的眼光。她爱上了张本，一个能给他前所未有亲密感的男人。

"四郎……"陈韶仪抹了把眼泪，"我陈韶仪发誓，此生此世非你不嫁。哎，我真愚昧，我们的争吵、四郎的遭人伤害都是因我掳走那个乡下姑娘而起。昨日四郎亲自上门道歉，其实这件事最应该道歉的是我，可我竟然光顾着开心给忘了。都是我不好，我不应该把那个乡下姑娘交给李孝友的，害得你遭人伤害，其实我好心疼。"李孝友是皇后最大的侄子，她掳走余在水的那晚，李孝友不知为何出现，还说愿意帮助她处置余在水。要知道，李孝友虽比她大不了几岁，但毕竟刚刚荣升节度使，还是李皇后的亲侄子，她怎可拒绝？没想到的是，李孝友竟然是个变态，真的会杀了余在水，手段竟然还这么残忍。

"这该如何和四郎解释？"陈韶仪碎碎念，"不必解释了，就当是我杀了那乡下姑娘！四郎他最讨厌扭扭捏捏的女人，解释来解释去没准儿更讨嫌。"

陈韶仪在亭子里碎碎念，一会儿站起，一会儿坐下。不远处的陈母徐氏看得心急如焚，对一旁伺候的小翠骂道："小姐怕是得失心疯了，你们是怎么照顾的？"说完抬脚便要踹。

此时一支利箭破空而来，直直地朝着陈韶仪飞去。

"啊！"亭子里传来了陈韶仪的尖叫，徐氏抽回踢出一半的脚，扭头瞧去，一颗心提到了嗓子眼儿——陈韶仪背靠着柱子而坐，头被一支白羽箭钉在了柱子上。所有人仿佛凝固住了，直到陈韶仪的另一声喊叫，才把她们唤醒——陈韶仪没死。

徐氏拎起裙子，迈着小脚朝亭子跑去。小翠也马上反应过来，忙朝着班房方向大喊："有刺客！"

话音刚落，一个脑袋缩进了南边的围墙。朱开山把小梢弓往背后一甩，从围墙上一跃而下，骂了一句："迟早替恩人取你性命，哼！"便隐进附近的小胡同，消失得无影无踪。怕是因为过于紧张，朱开山的怀里掉出一卷今晨的小报，竟毫无察觉。

吴曦此时正好准备拜访陈太奎，还没进陈府的门就听到里面乱糟糟地喊什么刺客，便第一个赶到围墙脚下，发现了这卷小报，他捡起展开翻阅了片刻，如获至宝，赶忙藏进怀里。他心里暗暗给自己鼓劲，陈韶仪一直瞧不起他，无论自己怎么献殷勤都无济于事。有了这卷小报，他就能查到是谁干的，再亲手替她报了仇，定能让她刮目相看，到时候迎娶陈韶仪之事就好办得多了。

徐氏搂着披头散发的女儿，念叨着："别怕，别怕，娘在呢……别管是哪个吃了熊心豹子胆，你爹定会收拾他的……"陈韶仪抬眼瞧那还挂着自己长发的白羽箭：破甲锥箭镞，柳木箭杆，白

127

鹞箭羽，这绝对是一支可以百步穿杨的好箭。从小好武的她心里明白，如果刺客想让她死，她现在应该早就在黄泉路上了。果然，这不是刺杀，是传信，在箭杆的中间用麻绳系着一小卷纸，陈韶仪解下只瞄了一眼，便觉心跳加速。

"三日之内，跳西湖自尽谢罪，否则张本替你死！"

徐氏在一旁又气又怕："这是谁？简直胆大包天了！女儿……女儿啊，别做傻事，你爹爹会想办法的，我倒是想要看看这是哪号人物，敢在咱临安城撒野。"

陈韶仪心中敞然，除了那个乡蛮子，还能有谁？不过现在不是意气用事的时候，当务之急是要确定张本的情况，最好让他赶紧躲起来。

"小姐！"是小翠在喊。陈韶仪循声看去，后面跟着一瘸一拐的黄小标。

"陈姑娘，我家相公……被……被掳走了！"黄小标双腿一软，跪在台阶上，"昨晚有一个鬼影把我打晕，等我醒来相公已经不在了……今晨我醒来，安顿好马车就马上赶过来了，路上崴了脚也顾不上休息，只求快点告诉陈姑娘，救救我家相公吧！"陈韶仪原本空洞的双眼瞬间变得炯然，好似两团慢慢升腾起来的火焰。

刚准备会客的陈太奎听闻此事，径直穿过宅子，来到后花园，两撇八字胡翘上了天。陈太奎环视了一眼跪在路边的家丁，抬脚就是一顿踹，骂道："一群废物！"随后马上换了一张脸，扭过头去，"女儿别慌，爹爹就是把这临安城翻个底儿朝天，也要把放箭这厮找出来！"

徐氏白了丈夫一眼，把纸条递过去，小声提醒："张本被抓走了。"

陈太奎看着纸条，表现出比吃了黄连还难受的表情，安慰道："戏子祸水呀……张本乃瓦子中人，早已泯灭了仁义廉耻，我们不睬不顾又如何？况且他被抓了跟我们何干？定是他自己惹下的罪孽，让他去死好了。"

徐氏伸手打了丈夫一下："你这不是打起黄莺儿，莫教枝上啼嘛！一天天风风火火、咋咋呼呼，女儿的心思你还不明白吗？"

陈太奎把妻子拉到一旁，轻声责骂道："明白明白，整个临安城的人都明白！你说说你，一天到晚不好好教她三纲五常、琴棋书画，反倒是放任自流，你看看她的样子，哪里还像个大家闺秀！"

"你敢这么说话？就不怕伤了女儿的心吗？她还小啊……"

"她哪里小了，前几日我还跟吴曦这么解释来着，说她还小。可是她都二十岁了啊，我问问你，别人家的姑娘二十岁了什么情况，哪个不是儿女成群，深谙相夫教子之道了。你再看看她，哪里有一点待嫁闺中的样子。她这个样子有人看上就不错了，你还处处护着她，随着她挑三拣四，我看啊，女儿就是随你，脑袋里缺根筋。"

"好哇，陈太奎你敢这么说我！女儿她有心上人有什么错的？"

"没错没错，都是我的错行了吧。"陈太奎每次跟徐氏说话就心烦得不行，他索性不去理会，转而对女儿说，"好好好，爹爹知道了，会救的，会救的……"陈太奎一脸不乐意，嘴上却还是哄着。

一直沉默不语的陈韶仪开口就嘶吼道："杀了他们！杀了他们！千刀万剐！五马分尸！"

徐氏赶忙安慰，陈太奎也坐不住了："你们愣着干吗？还要我带你们去追刺客吗？"

一个领头的家丁按着佩剑回答道："吴团练刚刚已经带着大批人马出去了。"

陈太奎满意地点着头，故意朝着家丁大喊："你们这些杂碎，一个个吃得白白嫩嫩的，什么也不会干！什么时候能像吴曦这样凡事处处护着我陈家的人？你们都给我学着点！"

徐氏听出了丈夫这番话的用意，这是明捧吴曦，暗踩张本呢。可眼下哪是说这个的时候啊，徐氏摇摇头，安慰女儿道："别理他，你爹就是个草包。"

第五章
逃跑

吴曦带着队伍跑上御街,行人纷纷避让,他第一次觉得自己在临安大小也算是个人物了。可转念一想,空耍威风有什么用,以前过惯了缩头藏尾的日子,现在到了真正考验实力的时候,得好好用心策划,毕竟能不能当上临安府的金龟婿就在此一举了。

"君子生非异也,善假于物也。"吴曦好歹是个团练使,又是名门之后,处事之道、经世之学已是烂熟于心。身为"人质"的他早就知道,在临安城要想立稳脚跟就要依附于达官显贵,一心要娶陈韶仪为妻便是他表明无心返蜀的证明。他走着走着,突然急转掉头,穿过寿安坊和井亭桥,径直往临安巡检司走去。

此时正值南方的雨季,狗儿山的山洞里地虱、蚰蜒布满了洞壁。这些潮虫虽然无害,但在张本眼里却是狰狞可畏的存在。余不扬瞧着蜷缩在一旁的张本,冷笑了一声:"本以为你会呼救呐喊,没想到竟是这般尿包样,给!可别饿死了。"说着朝张本丢了一张饼。朱氏两兄弟早早地在洞里储备了面饼、水果、腊肉、鱼鲞，够两人吃的。

余不扬皮糙肉厚，那些被潮虫爬过的吃食他并不觉得脏。可一直饮食精细的张本就适应不了了，前几日硬着头皮啃下半截黄瓜，结果却是天天闹肚子，哪里还有胃口吃东西。

"我要洗把脸！"张本厉色道，"要死也要死得干干净净。"张本作为北瓦第一人，虽说过的不是锦衣玉食的日子，但毕竟一日三餐也是有人伺候着的主儿，哪里受过这种罪。习惯了养尊处优的他骨子里那股傲娇的劲头还没有被山洞里的恶劣环境磨灭掉。

这几日，余不扬为了从张本那儿收集陈韶仪害死余在水的证据，又是恐吓又是折磨，早已消耗了他半条命。"将死之人不是应该吃顿饱饭吗？"

"那些狗食留着你自己吃吧，看是你先毒死，还是我先饿死？"

"等不了那么久，再过三天还没有陈韶仪投湖的消息，我就把你丢到西湖里喂鱼。"

"少废话，有本事你现在就杀了我，要不然就给我打水洗脸。"

"让小爷我给你打水？这荒郊野外的，我看打你一顿还差不多！不过……认识你这么久，也就这会儿有个男人样。行了，往里走一百步，里面有个暗湖，你不光可以洗脸，还能洗澡呢！我丑话说在前头，这暗湖的水可清凉得很，张公子要是扛不住了，就早点回来。"

张本看也不看余不扬，操起一支火把就往里走。果然，山洞里面还真有一潭清水，泛着幽暗的光泽，就像一块冰冷的玉石。张本掬水洗脸，透彻清凉的暗湖水让他的心情稍稍舒缓了些。一直爱干净的他看着这汪清水，便越发觉得身上黏腻酸臭、奇痒无比。他回头看了看入口处，余不扬没有跟进来，便赶忙除去头巾和衣裳步入水中，上半身却留着宽宽的纱布裹住胸脯。在忽明忽暗的火光映衬下，修长消瘦的身段显得一字肩格外阴柔。

泡在水里的舒适感让他想起了孩童时光，自成年以来，自己远离这份快乐已经许多年了。他让自己的脑袋慢慢没入水中，而后闭上双眼，在水中潜泳起来。打小就熟悉水性的他，清晰地感受到水的流向是自左及右的，便索性停下手脚不再打水，就像水獭一样漂浮在水面上。这是他独创的放松方式。在水流的作用下，他的身体慢慢地由竖变横，清凉畅快的水流中似乎有一双无形的手在不断梳着他的长发，长发又牵引着身体，水流渐渐把他带到了远离岸边的地方。他长长地呼出一口气吹起了水泡，"噗噜噗噜"的水泡声在安静的山洞里回响。回响还未完全消失，又是一声"噗噜噗噜"的声音传来。张本猛地睁开双眼，在水中站定，自己只呼了一口气，为什么还会有吹水泡的声音？他怀疑自己是幻听，可旋即又传来了一声吹水泡的声音。这次他有所准备，听得出吹水泡的声音沉重又绵长，而且像是从水面下传来的。

可此时此刻的暗湖，除了自己以外没有另外的人。难道是余不扬悄悄溜进来恶作剧吗？"喂，乡蛮子！喂……"张本鼓起勇气在幽暗的山洞里喊出这句话，可除了几声回音，根本无人作答。张本心里起了毛,难不成这水潭中有什么水兽?他慢慢低下头去确认,虽说光线不佳,可水并不深,一眼就望到了底,水下除了自己的两条惨白的双腿别无他物。张本猛然清醒起来,流动的暗湖水说明水流有入口和出口,水下的亮光说明……

这几日天天都有雷阵雨,山间瘴气弥漫,经山风一吹,都往洞中涌来。方才张本说要洗脸,余不扬下意识地搓了搓自己的脸颊和脖子,搓起了许多黏臭的灰条。他想着,张本那小子进去有好一会儿了,倒不如也去洗个脸,顺便也好监视。

山洞里极其安静,一点细微的声音都会被放大,可余不扬并未听见张本洗漱的声音,于是他大喊了一声张本的名字。没有人应答,于是又喊了一声,还是没有人应答。正当余不扬准备下水的时候,张本的脑袋出现在了水潭的中央。他看了看放在岸边的衣物,大声警告:"你要小心,水里有蛇!"

余不扬赶忙抽回将要踏进水里的左脚:"不要吓唬小爷。喂,既然有蛇还不快上来,愣在那里干什么?莫不是被蛇咬到了!"

"我……对啊,刚才有一条水蛇绕住了我的小腿,现在游走了。你……你先别进来,水里真的有蛇。"

"水蛇有什么关系,十有八九是没毒的。瞧你怕的……"余不扬定了定神,抬脚便往水里踩去。

"我还没洗好,你先别进来。"张本脱口而出。

余不扬根本不理睬,纵身一跃跳入湖中。"你这戏子,身子是镶玉的,还是镀金的?还非得藏着掖着啊。"说话间,朝着张本这边走来。

"别过来！你听见没有？"张本急了。

"你这家伙，到底在整什么幺蛾子？"张本越是不让余不扬过去，他就越是好奇。听着水声越来越近，张本手足无措，无奈之下竟钻进了水里。

"这就自寻短见了？现在还不是你死的时候。"余不扬也急了，大跨步来到张本附近，双手往水里一掏，却掏了个空。余不扬和张本一样，从小在水边长大，水性也相当好，可他把头钻进水里后却发现水下什么也没有。等到他把头探出水面的时候，却发现张本不知什么时候已经回到了岸上，正准备穿衣服。

"喂，乡蛮子！我都已经上岸了，你还在找什么？"张本骂了一句便要往外走。

"不许走！"余不扬在水中迈着笨拙的步伐追上来。

"怎么，怕我趁机逃走？放心，我只是不愿意跟你共用一湖水泡澡。"张本"切"了一声。

"你胸脯怎么缠了一圈纱布，是不是藏了什么东西？"

张本迅速地穿好衣服，神色马上紧张起来："这圈纱布……还、还不是拜你所赐？前几日你在北瓦里刺了我一刀你忘了？还真是贵人多忘事呢！"

见张本的样子有些可疑，余不扬便伸手来扯："既然有伤还要洗澡？"

"你别碰我！我死都要死了，还在乎一个破伤口？我就想让自己干干净净去死……"张本收紧了腰带，朝外走去。

巡检司远离闹市区，即便绿意盎然，院子里仍免不了有些萧条之感，不过倒符合钟卫这八品芝麻官的身份。在临安，像他这样的官远不如大官府上的一般胥吏有权力，所以消极怠工是他的常态。这几日，富阳县的柚子上市了，吴曦进来的时候，他正歪在椅子上剥柚子剥得起劲呢。

吴曦表现得很亲热，一进大门就以兄弟相称："钟大哥，上个月愚弟我的鱼符在御街上被扒，多亏了你帮我找回来。特来感谢。"

钟卫歪头看了一眼吴曦身后的大队人马，若有所思："吴团练，那都是下官的本职所在，不足挂齿。您这是……有公务在身？"

吴曦看了一眼身后，疤脸上挤出笑容来："哈哈，钟大哥不必拘谨。"说着便坐在正当中的黑漆椅子上，从怀里掏出小报丢到桌子上。

"钟大哥今年可有五十岁了？"

"下官今年五十有六了。"

"是嘛！愚弟眼拙了。你在巡检使这个位置上也有六七年了吧？"

"整整九年了。"

"难怪最近陈府尹老念叨你。"吴曦瞄了一眼钟卫，"现在朝廷人事异动、乱动的多，反倒是亏待了像钟大哥这样踏实做事的好官啊。"

钟卫微微往前欠了欠身,不敢随便回答。

"钟大哥,既然陈府尹已经关注到你了,咱们为何不顺水推舟表现表现,我再帮你美言几句,到时候混个正七品飞骑尉武散官,那还不是三根指头捡田螺,十拿九稳的嘛。"

钟卫不知想了多少年的正七品,今天竟然有送上门的机会,眼睛顿时像点上了灯。"莫不是拿下官在说笑?如果真有这种机会,下官就是……断手、断腿?哎呀,要我做什么我都愿意。"钟卫想说自己为了七品官位可以上刀山下火海在所不辞。

看着钟卫的憨样儿,吴曦哈哈大笑起来:"要你手脚做什么,钟大哥真是幽默。"他朝桌子上的一卷小报努了努嘴:"这机会我已经给你送来了。"

钟卫翻看一番,露出了他的大黄牙,心想吴曦要交代的事十有八九跟那两个印卖小报的兄弟有关系。

不过他还是试探地说了一句:"还请团练使明示。"

吴曦拍案而起:"今天,陈府尹的千金遭人偷袭,险些被利箭射死。不过这贼人不光射术一般,心也粗得很,掉了一卷没有拆封的小报。愚弟推测,行刺者就是印卖小报的贼人。你要是能把这贼人抓住,陈府尹肯定会重重感谢,说不好提拔你做骁骑尉也未可知啊。"

"下官不才,前些天与卖小报的人交过手,可惜让他们逃走了。"

137

"哦……钟大哥还跟他们交过手？可知道他们姓名？"吴曦甚是惊喜。

"这我倒是不知道……不过我记住了他们的长相，一个高大威猛，一个矮小精瘦，互称兄弟。若是路上遇到了我和我的兄弟们都能认得出来。"

"当真？"吴曦高兴地做着夸张的表情，脸上的五官好似放大了一倍。

"那还有假！"

"如此甚好！看来小弟我是找对人了。他们私自印卖小报本就是有罪，何况还企图刺杀陈府尹的千金，罪加一等，他们的所作所为绝对够得上死刑。钟大哥今年抓了几个死刑犯？"

死刑是对犯了重罪的人才有的处罚，这几年钟卫和他的兄弟们维护治安还来不及，哪有时间去查案，更别说能抓获死刑犯了。

吴曦见钟卫面露难色，便宽慰道："如今，小弟我将两个死刑犯亲手送到了你面前，钟大哥可不能辜负了小弟的一片心意啊。"

钟卫瞬间精神一振，立马起身表态，原本放在双腿上的柚子却掉到了地上。"从现在开始，全城巡检加强日搜夜巡，定能抓他们归案。"钟卫信誓旦旦，升职的曙光再一次点燃了他的激情。

"哈哈，如此甚好。那愚弟就先预祝钟大哥在高升之前尽早抓他们归案。"吴曦捡起滚到脚边的柚子，交到钟卫手上，还郑重地拍了拍他的肩膀。

二人叉手别过，钟卫喜上眉梢，吴曦马上恢复了不露声色的表情，心里却忍不住想着迎娶陈韶仪的美事，嘴角掩盖不住地微微上扬。

大内之中，一身着黄色长袍、披头散发的人突然从勤政殿的大门一跃而出，他手持一把长剑，身背一张弓，把门口的守卫三魂七魄吓跑了大半。看守不力，皇上起居的勤政殿内混进这样浑身武装的刺客，别说门口守卫要掉脑袋了，就是整个御前侍卫营集体掉脑袋也是罪有应得。不过守卫既没有立即拿下这名刺客，也没有喊来救兵，而是继续站定，就像什么也没有看见一样。

"皇上若是想要打猎，明日老奴让内廷司在丽正门外摆起猎场，皇上想猎多久就猎多久。只是……皇上在宫内就披上戎装……误伤了太监宫女们事小，若是吓到了皇后皇妃那就不好了。"从勤政殿里跟出来一位内侍，谨慎地与皇上保持着安全距离，同时还不忘劝说。

"有人要害寡人。"一队宫女从勤政殿门前经过，皇上好像真的发现了刺客一般，搭箭拉弓，瞄准宫女的队伍，吓得宫女们花容失色、四处逃窜。"嗖……"皇上放出一箭，还好未射中人，箭头落在不远处的地砖上，发出"砰"的声音。这一箭把内侍和守卫吓得不轻，二人都下意识地叫出了声，这一叫似乎把正在"梦游"的皇上叫醒了。

"这箭……是我射的？没伤着人吧？"

这该怎么回答？夸皇上箭术差还是心地善？"回禀陛下，没有伤着人。这些小的们都知道陛下这是在跟他开玩笑呢。"

皇上却好像听懂了一般,回道:"那就好,那就好。丞相、汝愚他们现在何处?"

内侍眼睛放光,难道皇上真的恢复正常了?不过还没等内侍回答,皇上又接着说:"好久未见着他们了,让他们来陪寡人喝两杯。"

内侍的神色马上又黯淡下去,回答道:"回禀陛下,丞相和枢密使两位大人这几日都在为太上皇的丧事操劳,恐怕此时也没有闲着……况且为太上皇执丧期间岂有喝酒作乐的道理……"内侍瞥了一眼皇上:"不过,老奴宣他们进宫后,陛下若是在喝酒之余就执丧之事提点他们一二,我想他们会感激陛下的。"

"感激我?他们为我赵家做事,我感激他们才是应该呢。嗯……这么说,太上皇真的宾天了?"

"这……"内侍意识到精神时好时坏、反复无常的皇上又开始说胡话了。

"父皇死了,死了好,死了好……你知道谁要害寡人吗?你知道谁要抢我的皇位吗?就是太上皇啊,他要把我的皇位给吴兴郡王赵挺,这怎么可以?他是皇上我是皇上?这怎么可以?"皇上边说边开始踱步,眼睛不停地在地上寻找着什么,好像马上就要发狂。

内侍赶紧上前安慰道:"陛下乃一国之君,皇位传给谁陛下说了算,陛下说了算。"

皇上扭头看向内侍:"真如爱卿所说?"

内侍弯下腰道："真如老奴所说。"

"那好，给寡人宣唤俳优，设下宴饮，寡人要大醉一场，大醉一场。"说完，皇上竟哈哈大笑起来，全然没有丧父该有的样子。内侍赶忙应承下来，比起皇上发狂，他情愿皇上喝酒看戏。这几日，无论皇上精神是否正常，到了申时总要雷打不动地大醉一场，然后去皇后的住处，一直到第二天日上三竿才会再次出现。

不过今天皇上没等俳优们到场便又叫内侍取消了。刚才再次提到了太上皇晏驾这件事，让皇上不免回想起前几日被百官强制要求上朝的极不愉快的经历。一想到上次的早朝，他就不可能不想起丞相留正的那一番话——"愿陛下正面以待，速回渊鉴，追悟前非，渐收人心，庶保国祚。"

"寡人真有那样不堪吗？"内侍不知皇上的突然问话出自何处，有什么典故，只能一头雾水地看着皇上。皇上的表情由悲伤转为愤怒，继续问道："寡人真有留正说的那样不堪吗？"皇上发疯在即，内侍的心态渐渐失控，直到跪倒在地痛哭。内侍什么也不会说、不敢说，只是一个劲儿地骂自己："皇上息怒，保重龙体啊……老奴该死、老奴该死！"

早食过后，余不扬叼着一根芒草靠在洞口，略有所思。到了今天上午辰时，他与陈韶仪的三天之约便到了期限，他交代朱氏两兄弟密切关注陈韶仪的去向和动态，若陈韶仪自尽了便第一时间上山告知。若过了辰时还不见兄弟二人上山，余不扬便杀了张本。

余不扬回头看了一眼张本，张本也在偷偷瞄他，二人眼神轻触，却已知对方心里的想法。张本该不该杀？余不扬心里起了雾，不如几天前那样明晰了，虽说余在水被掳这件事起因在张本，但并非他有意为之。张本虽不是什么好人，但也算不上坏人。可余在水就是坏人吗？好坏不是判定生死的标准，在水是好人，父母是好人，岳飞是好人，不都死于非命了吗？我也要让陈韶仪在临死之前尝尝失去所爱之人的痛苦！

余不扬想着想着，脸上的神情慢慢变得阴沉而杀气满满。一直混迹于瓦子的张本此时早已瞧出自己的危险，好死不如赖活着，保命第一，于是他决定把准备烂在肚子里的一个秘密，或者说一个撒手锏告诉余不扬。

"你在等消息吧？一个决定我生还是死的消息。"张本挺了挺胸膛，鼓起勇气问道。余不扬瞧了张本一眼，此时他内心正激烈地斗争着，根本没有心思跟张本闲扯。

"为什么要选择我？选择我来胁迫陈韶仪？"

余不扬抓张本来狗儿山，一是因为余在水被掳走起因在张本，这个账要找张本算清楚；二是因为余不扬曾经去陈府上偷袭陈韶仪，但是陈府戒备森严，根本找不到机会。所以选择张本其实也是一个无奈之举。"为什么？我也要让陈韶仪尝尝失去至爱之人的滋味！"

"你真的想要给侄女报仇的话，我这里倒有一个线索。"张本假装云淡风轻地说，不出意料地引起了余不扬强烈的兴趣。

不过余不扬依旧谨慎:"将死之人,为了保命而说的话能信吗?"

"没错,我确实想保命,但人之将死其言也善,我绝对不会骗你。你大可把我绑在这洞中,下山去验证真伪后再来杀我。如果我说的是真的,你就把我放了。"张本摆出一副不怕死的样子,"听不听随你。"

张本也不管余不扬信不信他,自顾自地说起来:"在你抓我来的前一日,我在瓦子里听见几个军士聊天,其中一个老兵头说他亲眼看见御马营一个当班的被弩箭穿破了脑袋,当场一命呜呼,把赶车的老汉都吓跑了。后来,车上两人把尸体抬下车,丢进了西湖。老兵头还说,那是具女尸,通体雪白,脸上却是血糊糊的一片,是具无脸女尸。"

余不扬再也坐不住了。"老兵头有没有说那两人长什么样子?"说话的时候,余不扬下意识抓住了张本的手臂。

"那倒没说,只是提了一句马车的白帘子上画着兰花。"

"还有没有说到其他线索?"余不扬一使劲,张本疼得叫了起来。

"啊!我既然告诉你了,难道还要藏着掖着吗?"张本用力扭动着身子,把手抽离出来,"你要是真的想报仇,就去找找那个车夫,还有抛尸的那两人。据我了解,陈韶仪虽然脾气秉性有些恶劣古怪,但还不至于敢杀人。"

余不扬背过身去,若有所思:"就凭这点线索就想让我放了你？"

"这事儿我本来打算烂在肚子里了，不过……我还是希望你能找出真凶，而不是随随便便地杀人……杀错人于报仇可没有任何好处，没准儿还会招来另外一段仇恨。"张本语气决绝，眉宇间透露出一种不好惹的神情。

余不扬思考了片刻，又看了张本半天，说道："不知道为什么，虽然你是在骗我，但我心里一直有个声音在告诉我，你没有撒谎。"

张本冷笑道："亏你还有点见识，我说的都是实话，若有半句假话天打雷劈。"

"哼，你还等得到天打雷劈？你说的话是真是假我自然会去验证，不过……不是现在，等你死后我再验证也不迟。"

"那你就错杀了一个好人。"

"反正余在水挺讨厌你的，杀了你下去给她赔个不是也挺好的。"余不扬说话的神态好像他是要去宰一只鸡，而不是去杀一个活生生的人。

"我的命就该这么贱吗？告诉你，我活着能欺负你侄女，死了照样能欺负她！你别以为我会去给她赔不是，我何错之有？"

张本的话彻底点燃了余不扬的怒火，他直挺挺地站起来，握着拳头看着张本。"你说什么？我本想让你再苟活些时辰，你既然这么说，我便没有再让你活下去的理由了。"说罢，他取下挂在洞壁上的绳子——趁还未改变主意，杀了他。

借着洞口射进来的微弱光线,张本看见了一个恶魔般的剪影,正摇着夺命绳索朝自己走来。面对死神,背对如墨的黑海,他无处可逃。恶魔的利爪终究还是扣住了他的双臂,他使劲地挣扎,锅碗瓢盆掉了一地,奏起了丧曲。

余不扬把张本拖到洞口,将他肚子朝下按在地上:"不要回头!"他怕自己会动恻隐之心。张本因为害怕而浑身战栗起来,嘴里不自觉地发出了断断续续的哀号。余不扬拧过张本的双手,软茸茸的像两条煮熟的年糕。他的手指纤细,像母亲的手。记得母亲说过,女人的心思灵泛,才能长出一双巧手来,娶这样的女人回家,才会饿不着也冻不着。可他从没见过双手如此细嫩的男人,也许张本体质阴柔,又以说书为生,不必从事操劳的活计,才有了这么一双好手。余不扬摇摇头,竭力把关于"手"的想法甩出脑袋。说来也奇怪,为什么偏偏在这生死关头会想起这么奇怪的话题?难道从内心来说,自己真的不情愿杀了他?

张本感到余不扬手上的劲儿小了,动作也慢了,他趁机蹬住一块岩石,使劲把整个身子扭了过来。余不扬回过神来,再伸手去抓,却扑了个空,两人身体靠在了一起,就这么脸贴脸地互相瞧着。张本的气息和体温,让余不扬觉得浑身不自在。

"让你不要回头,为什么要回头?"余不扬不知说什么好,说了一句让张本觉得不知所云的话。

张本还没有从刚才害怕的感觉中恢复过来,又与余不扬这样面对面地瞧着,心里的害怕又增加了几分:"求求你,杀我可以,能不能让我洗个澡,干干净净地去死?"

"都什么时候了,又要洗澡。"

"我本无罪,一身清白。况且我乃北瓦第一人,名绝临安城的张四郎,我不愿在被人发现尸首的时候一副狼狈的样子。"

"死都死了还在乎狼狈不狼狈,你们这些人可真有意思。"

张本把脸扭到旁边去,说:"我已经是个死人了,死者为大,你若尊重我的意见,没准到了阴曹地府见到你侄女我还能赔个不是。"

余不扬看着张本害怕的神态,眼神黯淡、满脸哀容,果然是一副将死之人的样子。余不扬甚至觉得不用沉尸西湖,自己若是嗓门再大点就能把他给吓死了。于是,余不扬慢慢地支起身体,丢下一句:"就依你,让你干干净净地去死。"

张本浑身发抖,艰难地站起来,佝偻着身体摇摇晃晃地朝暗湖的方向走去,然后渐渐消失在洞穴幽暗的深处。余不扬呼了一口气,庆幸自己至今还没有饶了他的想法。他走出洞口,看了一眼插在地上的树枝,从投影上看已经过了辰时。此时,朱氏兄弟还没有上山,说明陈韶仪并没有投湖自尽。而朱氏兄弟也应该早已雇了马车,在狗儿山脚的桂花树下等待自己了。余不扬心想,等张本那家伙洗完澡出来就把他给绑了,然后扛下山丢到马车上,等到夜深人静再将张本丢进西湖喂鱼。

余不扬想着想着便觉得自己片刻也等不了了,提着绳子就朝暗湖的方向走去。和上回一样,他并未听见张本划水或者洗澡的水声，以为张本是在潜泳，便坐在岸边等着。可这一等便是半刻钟的时间，仍不见张本出现。余不扬所认识的水性最好的人是仙霞关厢军里一个叫马富的家伙，那家伙就能潜水超过半刻钟。像马富这样的人，几千人的厢军里才有这么一个，应该稀有得很，难不成张本也是这样的人才？余不扬摇摇头，心里出现一种不祥的预感——张本该不会逃跑了吧？这个念头一出现，余不扬便马上否定了自己，朱建桥说过，这个山洞出口即入口，入口即出口，除了一个洞口并无其他出路。

"张本！"余不扬朝着平静的水面喊道，答应他的只有一声比一声更轻的回音。他在心里骂了一句，拿起火把就往水里走去。暗湖并不大，他按照一定的路线走了两趟便能确定张本肯定不在湖中了。确定这件事之后，他才想起来检查岸上是否有张本的衣服，不出所料——没有。余不扬又举着火把在岩洞的四周打探了一圈，正如朱建桥所说，确实并无其他出口。

这就奇怪了，难道张本会什么奇门遁甲之术，要么隐形了，要么就是遁地逃走了？

太上皇晏驾后，皇上的表现让越来越多的官员加入了主张内禅的行列。

内禅最关键的因素就是平稳，故宫廷政变必须把禁军军权抓在手里，没有禁军的加入，最终都会是竹篮打水一场空。身为枢密使的赵汝愚深知这一点，他准备联合余端礼一道拜访禁军殿帅郭果,并用自己和余端礼这两张老脸说服郭杲。可惜在出发之前,院管送来了余端礼的复函。函件中,余端礼说自己腿疾复发,须卧床静养,翻身亦是难事,更别说起来行走了。

赵汝愚气得把余端礼的复函丢出了门外。咬着牙自言自语道:"余端礼啊余端礼,别以为你不跟我合作就真的能置身事外,你的侄子可比你主动多了。不过,这件事倒提醒了我,还是要尽早把余不扬拉进来,要不然内禅这件事就真的被余端礼脱得一干二净了。"

院管一副什么也没听懂的样子,傻笑着往香炉里添进沉香。只要赵汝愚心情有恙,院管就会亲自为他添香,来自南洋的这些香料虽然贵,却有一个极大的功效,就是能让赵汝愚心平气和下来,不至于大发雷霆。府中谁都惧怕赵汝愚的脾气,前几日赵汝愚棒打和宁门守卫的消息传到府里,院管还说若是和宁门口上放置一口香炉,赵汝愚的火气也不至于那么大。这当然是玩笑话。

香气弥漫起来,赵汝愚的气也慢慢消了。他冷静地思考起来,这个禁军的殿前统帅郭杲一向兢兢业业,虽不曾有太大的功名,但不管是在地方还是京城任职,一直没有出过半点差错。可话说回来,在朝为官不犯错是基本,算不上什么功绩。其实单凭他的资历和政绩,无论如何也配不上禁军殿前司的帅位。郭杲之所以能当上禁军的殿帅,是因为当年任吏部尚书赵汝愚的鼎力推荐。当时,赵汝愚一心想为皇上找一个忠诚可靠的禁军统帅,而郭氏一族从唐代开始就是忠臣良将,虽然除了祖上郭子仪名震四方,其余名头并不响亮，但都是历朝历代的股肱之臣，家风低调谨慎，值得委以重任。

今日，禁军正在凤凰山上的校场演练，正是为太上皇禫祭做准备。赵汝愚笑着摇摇头，这个郭杲果然延续着郭氏一族的一贯作风，不管外界事，一心只想着干好本职工作。

身为枢密院知事，赵汝愚本就有视察禁军之责。若是以枢密院公干事由前来，再把内禅说成太皇太后和太上皇共同的意愿要求郭杲配合，想必更有说服力。但如此一来就欺骗了郭杲。内禅虽然是太上皇授意的，但此时还未经太皇太后同意。内禅好比一座大厦，大厦初建根基最为重要，而互相信任就是内禅的根基。他与留正、余端礼就是这样，三人虽然政见常有不同，对立储这件至关重要的事亦有自己的见解，但他们想要成功内禅的目标是一致的。基于一致的目标，他们互相信任，这一点毋庸置疑。

所以，此次来到禁军的校场，赵汝愚并未着官服，也没有带随从。这是一次私人会面，而不是公干。

"人人都说凤凰山北麓的风景比大内还要好，枢密使大人此次私下前来应该是为了这般良辰美景吧？"郭杲身材矮小，身板却敦厚结实，走起路来摇摇摆摆，好像腿脚的关节都不会打弯似的。赵汝愚看着禁军殿帅，他走路的样子活脱脱一只大鹅，于是笑了两声，心想郭杲这家伙果然话如其人，走路不会拐弯，说话也是直来直去，如此这般反而容易知道他郭杲的心意，没准儿更容易拉他入伙。

赵汝愚摆摆手回答道:"殿帅说笑了。"

"枢密使说这话是什么意思?下官可不敢有半点不敬之意。"

"殿帅,你瞧瞧我俩的打扮。你是铠甲佩剑、挥斥方遒,我是布衣素履、满脸倦容。我俩的精气神儿不在一个层次之上,别说你会误会,想必你手下的将士们也会觉得我是个只会游山玩水的糟老头儿吧。"

郭杲摸摸脑袋,不知道赵汝愚所言何意,又看了看赵汝愚,一副愁眉不展的样子,便道:"枢密使于我郭杲有知遇之恩,下官只是不善言辞,绝不会对您有半点不敬之意。枢密使此次前来怕是有要事相商?"赵汝愚欣赏地看着郭杲,满意地点点头。郭杲看着赵汝愚表情又期待、又害怕——鉴于赵汝愚的身份和此次会面的打扮,想必是件不得了的事。可到底是什么事呢?郭杲因为好奇而期待,又担心赵汝愚交代的事情超出自己能力范围而害怕。

"枢密使既然有事商量就不要拐弯抹角了,我郭杲脑子简单性子急,叫我猜我是猜不到的,大人不妨直说了吧。"郭杲并不是讨厌赵汝愚故作高深的话术,而是他真的不会委婉地表达自己的想法,索性就直说了。

赵汝愚知道郭杲的性格,便转过身来面对郭杲,说道:"的确,你我二人没必要拐弯抹角地说话。只是,我要说的这件事兹事体大,只有我与留正、余端礼知道,要是直说了恐怕殿帅会当场将我拿下。"

"枢密使说笑了,下官岂敢抓你?下官有今日今时的前途全仰仗枢密使提携，岂能恩将仇报？再说了，如果真的要抓你，那是不是得连丞相一块儿抓？那……那不是滑天下之大稽吗？"郭杲突然戛然而止，意识到自己拿丞相和枢密使开玩笑非常不妥，改口正色道，"枢密使但说无妨，你们三位股肱之臣商议的大事能告诉我，也是我的荣幸。下官力之所及能帮则帮，不能帮的话也不会把这件事说出去的。"

赵汝愚点点头，郭杲这个人他再清楚不过了，正直老实，说出去的话一定会做到的。

赵汝愚朝左右察看一番，俯下身子凑到郭杲耳边轻轻说了两个字："内禅。"便惊得郭杲虎躯一震，倒退了两步。

郭杲虽然是老实人，但他为官多年并不糊涂。看着正在为保卫太上皇禫祭仪式顺利进行而辛苦演练的禁军们，这些禁军是保卫大内安全的绝对力量。郭杲终于明白了赵汝愚此次前来的目的，他是想拉自己入伙。没错，赵汝愚他们是想在太上皇禫祭的仪式上进行内禅，他郭杲只要拔剑勤王，内禅就是一场空。

可禁军殿帅的职责是守卫皇城和皇上的安全，确保大宋江山政权稳定。自己虽然是赵汝愚举荐的，但为官在任，忠君履职才是最重要的，况且皇上同意赵汝愚的推荐，说明皇上对自己绝对信任，自己又岂能辜负皇上一片真心呢？

此时不是报答赵汝愚知遇之恩的时候。

想到这里，郭杲脱口而出："下官不可为之！"

赵汝愚早已料到郭杲会这么说，但依旧难掩失落的神态。他看着禁军训练的样子，一个个神气十足、精神抖擞。这样的军队不拉入自己阵营，恐怕内禅凶多吉少。不过赵汝愚很快就调整好了自己的心态，他与郭杲的博弈只开始了第一步，赵汝愚仍然有机会说服郭杲。

"老夫知道殿帅难辜负皇上的至诚托付，可当今丞相留正何尝没有殿帅这样的顾忌，丞相的任命和殿帅的任命，哪个更重要？哪个更关乎江山社稷？哪个更让皇上费心了？身为朝廷命官都是经过皇上深思熟虑、御笔钦点的，我和余端礼跟殿帅你也有同样的纠结，要说不痛苦那是不可能的。可为士之人，乐以天下、忧以天下，以天下苍生为念。先贤说过，民为贵，社稷次之，君为轻。如今皇上的作为已经危害到江山社稷、百姓民生，我们这些当臣子的哪有冷眼看着社稷败下去、百姓苦下去的道理？那还谈何为官之道？皇上自去年以来就患上了疑疾，我说的疑疾，民间管这叫疯病，你身为殿帅不可能不知道吧？政策朝令夕改，主意翻来覆去，国事多决于后，百姓苦不堪言。你身居大内，若是百姓的苦你不了解也实属情有可原，可你身边的同僚、下属怎么看待皇上的，你应该有所耳闻吧？当今皇上比高宗如何？比太上皇又如何？比不了吧……以前，世人都说，大宋自南渡以来，经过高宗、太上皇的励精图治，大有光复之意，收复江北大地指日可待！可如今还有人说这句话吗？这几年来你有听人说过这样热血沸腾的话吗？没有吧。为什么不说了？不是大家不敢说，是现在大家连想都不敢想了，哀莫大于心死。一个没有抱负的皇上，举国上下哪还有希望可言？"

郭杲出身于军人世家，从小讲规矩讲等级。军人讲究的是绝对服从于君王，赵汝愚的这番话彻底惊呆了他。因为郭杲发现即使赵汝愚的这番话是站在自己对立面说的，却也出乎意料地说得很有道理，话里也有很多先贤的引证，自己内心也十分认同。只是内禅绝非小事，成则已，不成怎么办？那是要株连九族的。郭氏一族历代从军，为什么自大唐以来，一代又一代子孙能够入朝为官、香火不断，就是因为遵循厚德谨慎的家训。相信赵汝愚的话？郭杲摇了摇头。

"枢密使，你说的话都很有道理，但我郭杲身为武将才疏学浅，只知道'君使臣以礼，臣事君以忠'的道理，这是孔子说的，难不成还会错？"

"孔圣人的话自然不会错，你们郭家世代皆豪杰，历代也确实得到了君王的礼遇，但我要说郭杲你这样的忠是愚忠，愚忠不是忠，而是糊涂！"赵汝愚的语气突然变重，双手背在身后，那姿态便是枢密使训话禁军殿帅的姿态，"孟子曰，君之视臣如手足，则臣视君如腹心；君之视臣如犬马，则臣视君如国人；君之视臣如土芥，则臣视君如寇仇。当今皇上视臣如何？视民如何？岂可同日而语啊……"赵汝愚慢慢压低了音量，可在郭杲听来却是"咚咚"作响的战鼓声，震耳欲聋。

郭杲摇了摇头，摆出一副油盐不进的样子。"不可，要么枢密使现在就上书撤了下官的职务，否则的话……下官实在难以违背祖训。"

"榆木脑袋！"赵汝愚的臭脾气又上来了，不过他最终还是控制住痛揍郭杲一顿的冲动，将冲动转化成了愤怒，凶狠地说道："你若执意如此，本官也不再强求。只是有一件事你必须得知道，这大内虽只有你禁军一支军队，可太上皇的灵堂并非一定要设在大内的，可以设在除大内以外的凤凰山上的任何地方，也可设在重华宫，西湖边找一风水宝地也未尝不可。虽说禫祭仪式你们禁军必须要在一旁守卫着，可出了大内，除了你郭杲和禁军，还有驻扎在临安城外围的几十万驻军，我身为枢密使虽然说服不了你郭杲，但绝对能说服得了驻军，那么多驻军我也不用全都说服，只消有一两支队伍答应协作，到时候别说你郭杲不同意了，就是郭子仪来了也无力回天。"其实，禫祭仪式只能放在大内，大内只有禁军一支队伍，且戒备森严，有利于内禅顺利进行。若真的将仪式移到大内以外的地方举行，可以拉驻军协助不假，可城外的驻军统帅少说有十几人，派系混杂，实在很难把他们的思想统一起来。

"枢密使你……"郭杲态度软了下来，"内禅这样的大事……你就不怕我告密？"

赵汝愚冷笑一声："内禅是大事，但已经不是什么秘密了。满朝皆知，心照不宣罢了。告密？可以啊，你现在就去禀告皇上，看他是相信你一个殿帅，还是相信我赵汝愚、余端礼，当然还有丞相留正。郭杲啊，大势所趋，大丈夫要识时务，关键时刻怎么能糊涂呢？"

郭杲也有犟脾气，软硬不吃，反而直接背过身去不再言语。赵汝愚见状气不打一处来，他正要以上级和长者的姿态教训郭杲，没想到一个声音从二人不远处的树后响起："赵大人息怒，内禅之事可以再商议。"二人大惊，不约而同地朝声音发出的地方看去。难道方才的密谈已经败露？

只见一位拄拐的士兵从树后摇摇晃晃地走出来，郭杲马上厉声骂道："你竟敢偷听我们的讲话？"

"并不是有意偷听，孩儿腰背有伤不方便训练，千户让我拄拐慢慢恢复身体，行至此处是又累又疼，便在树下歇息片刻，没想到意外听到了两位大人的谈话。"赵汝愚原本以为郭杲会将这个士兵抓起来，没想到郭杲听了对方的解释以后竟然又背过身去不再理睬了。

赵汝愚急了。"殿帅，你一直以谨慎闻名，可今日得见，治军竟然如此不严谨？教场重地，士兵想在哪儿休息就在哪儿休息吗？虽说内禅已经不算什么秘密了，但不至于连一个普通士兵都不避讳吧？"

郭杲头也不回地回答道："他不是外人，他是我儿子，叫郭成。说起来跟你也是旧相识呢。"

赵汝愚被郭杲这番话说得摸不着头脑，他仔细端详了一遍眼前这位叫郭成的士兵，任凭他怎么看，始终都觉得这位士兵是个陌生人，旧相识又从何说起呢？

见赵汝愚眉头紧锁，郭成却笑出了声："赵大人，我们的确是旧相识，而且还是不打不相识。太上皇晏驾那日，你携百官入内觐见，行到和宁门前正是被小人拦下的。您忘了吗？若是忘了，打我的那几棒子总不会忘记吧？"

赵汝愚一拍脑袋，原来眼前的这位士兵是被自己打过的和宁门看守。当天，赵汝愚发完脾气就后悔了，还想着找时间去慰问，后来因为太上皇丧礼和内禅的事务缠身就给忘了。果然不是冤家不聚头，赵汝愚把这对父子都给得罪了，看来拉郭杲入伙只是镜花水月。

"内禅之事可以再商议。"方才郭杲儿子说的是这句话吗？赵汝愚得罪过他，他竟然还说出这样的话，不是挖苦是什么？于是赵汝愚便黑下脸来掩饰自己的窘迫，转身就要离开。

没想到郭杲儿子又说道："赵大人，禁军加入。"还没等赵汝愚回头，郭杲就一脚踹翻了郭成。

郭杲骂道："逆子！什么时候轮到你说话！"

赵汝愚赶忙小跑过来将郭成扶起，斥骂道："郭杲你胡闹，郭成有伤在身！"

郭杲冷笑道："赵大人，你现在才知道他有伤在身？他的脊骨差点被你打断你知道吗？即使痊愈也会落下瘸腿的后遗症。给大内看门的活是干不了了，别说看门了，在军队里除了伙夫他什么也做不了。"说着，郭杲眼眶微微发红，"郭成是我的独子！我当然心疼他，用不着枢密使教育我。"

赵汝愚看着郭氏父子的样子，如鲠在喉，一时间不知道说什么好了。

在赵汝愚辛苦游说郭杲的时候，丞相留正也没有闲着，他出面请皇帝立储。哪知皇帝有时疯癫，有时正常，一直没有拿定主意。而作为丞相，留正要做的事情比赵汝愚正在做的更加困难。据留正对皇上的了解，他之所以和太上皇决裂，是因为亲儿子得不到太上皇的赏识，没法顺利立为皇太子，进而联想到自己的皇位也不稳当。那么留正顺水推舟提出立储势必会拨动皇上那敏感的神经。

这一天，他从内侍口中得到消息，皇上刚刚欣赏完新编排的歌舞，心情大好，正在勤政殿饮酒。留正觉得这是一个时机，于是便赶紧换上官服进了大内。

勤政殿内，十二桌珍馐美味在皇上面前一字排开，皇上正在太监的伺候下用膳。常年饮酒作乐、不理朝政，让皇上的精神得到了彻底的放松，身材也略显肥胖。

留正忐忑地在勤政殿外等候。自与赵汝愚、余端礼商议好内禅的决定后，他几乎每天都要来勤政殿建议皇上立储。留正之所以忐忑是因为皇上对他时而冷淡时而激动，留正一开始提出立储建议的时候皇帝的反应是不理不睬，那眼神就好像视留正如空气一般。后来，皇上看得见留正了，但只要他一提出立储的建议，皇上便马上换上一张恶煞的脸。

昨天，当留正再次提出立储建议的时候，果不其然皇上立即怒火中烧："你们到底是朕的丞相还是太上皇的丞相？立储可以，立谁？你们先商议好再来与我说。"

"立储的规矩是皇上先同意，再由百官提议，怎么能反着来呢?"留正年事高、资历深,跟皇上说话他总是直截了当,从不拐弯抹角。留正的姿态彻底惹恼了皇上,他大发雷霆,把留正训了一通赶走。

今天,留正硬着头皮再次提议立储,还做好了被皇上治罪的准备,却不料皇上拍掌叫道:"甚好、甚好,爱卿的提议甚好。"然后一脸天真地看着留正,可留正却一下子没有反应过来。两次截然相反的态度转变让留正愣住了。一旁的内侍不停地朝留正努嘴挤眼示意他赶紧谢恩,可留正正低头沉思呢,哪里知道内侍的用意。内侍没有办法只能走过去拍了拍留正的背:"歌舞正酣,不要叨扰了皇上。大人知道,皇上患病已久,他说好便是好,没别的意思,相公不必过度审读圣意。"留正被这么一拍便马上惊醒了,内侍这是在提醒自己趁着皇上还没有改变主意赶紧去赶制册立皇太子的文件,一刻也等不得!

他立即赶回翰林学士院,宰执们早已在都堂等候,大家看着丞相风风火火的样子便知道好事已经完成了一半。宰执们相视一笑,当班的内阁学士心领神会,不等留正开口便将已经拟好的诏书递到了他的面前。留正在最正中自己的位置坐下,宰执们不敢打搅丞相审阅诏书,便都远远地站着。虽然公文里的一字一句他们都经过了数十遍的反复推敲,里面的内容早已倒背如流,可他们还是一个个都踮起了脚尖,伸长了脖子,好像那纸诏书里会平白无故长出花来。

诏书质量极高,留正看后非常满意。他抬起头来问拟稿人是谁，准备好好夸奖一番，没想到他周围的桌子上都没了人。他环视一圈后才看到所有宰执都聚在了都堂的一个角落里，正充满期待地看着自己。留正明白了，这纸公文不是一个两个学士的功劳，而是他们共同的功劳。留正郑重地朝他们点点头，再次前往勤政殿。

勤政殿里的歌舞还在持续，一波又一波的高潮哄得皇上竟然跟着歌声哼唱起来。留正再次出现在勤政殿的门口，为了不打扰皇上的雅兴，他绕开了歌舞姬女，从两侧柱子后快速通过，将集宰执们智慧结晶的诏书交给内侍。内侍又呈给正在兴头上的皇上，皇上粗粗浏览了一遍，嘴上念着"甚好、甚好"，也在诏书上签上了"甚好、甚好"四个大字。

留正捧着诏书往回走，赶去翰林学士院正式发布立储诏书。他忍不住笑了起来，有了诏书下一步就是立储。到时候任由皇上主意再变，有诏书和皇上的御笔亲批，立储是势在必行。

他笑着笑着，表情又慢慢严肃起来。那么到底立谁为储呢？是皇子赵扩还是吴兴郡王赵挺？他又重重地叹了一口气，需要自己做的事还有很多，而太上皇的禫祭仪式就在二十多天以后，时间如此紧迫，内禅真的能顺利完成吗？

当晚他召集几个心腹的宰执在翰林院商议立储之事，宰执们提议：立储的诏书已经发布出去，不妨等个几天，看看百官们反馈上来的意见再谈不迟。

留正摇摇头："百官们的意见很难统一，而且据我所知支持吴兴郡王的人会更多一些。可是这个结果皇上是肯定不会接受的，皇上若是真的接受了，皇后也不会同意，到时候立储又会陷入梗阻之中。"

"那就顺皇上、皇后的意，立嘉王为皇太子。"

"可是这样的话，大多数官员会有意见。尤其是御史台那帮谏官，他们个个是前朝老臣，对太上皇唯命是从。若立嘉王为皇太子，他们不知会兴起多大风浪。"留正陷入深思。

"在尊崇太上皇的这些老臣里，赵汝愚说的话最有分量。太上皇在世的时候，凡大小事宜都与赵汝愚商议，若是赵汝愚肯答应立嘉王为皇太子，那我想其他支持吴兴郡王的人，包括御史台那些人，都不会有意见的。"

"可赵汝愚偏偏是个固执的人，他认定的事情很难改变。"

留正长叹一口气后说："走一步看一步吧，太上皇已经晏驾了，吴兴郡王最强有力的势力已经消失，赵汝愚想让赵挺当上皇太子就必须得过太皇太后吴氏那一关，凭他和那些谏官的力量是办不到的。"

"我们只要把握一个原则，那就是让内禅顺利完成，至于皇太子是谁，也就是以后的新皇是谁，我看我们不要去掺和，让皇上或者太皇太后他们自己去决定，我们这些臣子要做的就是顺水推舟。"一个学士提出了这个建议，这也是留正的想法。大家意味深长地点头同意，心照不宣地各自回家去了。

留正又一个人待在翰林学士院接近子时，正当他准备离开的时候，后宫的内侍从勤政殿送来皇上亲笔写的御札。

"今天在勤政殿多谢提点，这么晚了皇上还没歇下吗？"

"早就歇下了。可就在刚才,皇上突然从龙床上坐了起来,大声吩咐老奴笔墨伺候,写下了这个御札,说是一定要交到丞相大人的手里。所以老奴才连夜送来,没打搅丞相大人休息吧?"

留正摆了摆手,示意自己还在翰林学士院忙着公务。

"这翰林院啊也没个一床一榻的,都这么晚了,丞相大人可要爱惜身体啊。"内侍看了留正一眼,那眼神好似有话要说。应该有太多话想说吧,关于内禅、关于执丧还有皇上的病情。但那都不是一个内侍该说的,该问的。"阅完御札就早些休息吧,今后还有一大堆事情等着丞相劳神呢。"说罢,放下御札,提起灯笼,消失在夜色之中。

留正心中略感欣慰,拿起御札端详,御札上写着八个大字:"历事岁久,念欲退闲",这是皇上主动示意要退位了。留正大喜,有了这八个字,立储的事就更稳当了。他合上御札,靠在椅背上想皇上睡到一半,为何突然起来写了"历事岁久,念欲退闲"这八个字?难道只是因为疯病又犯了?他想着想着脸色就变了,而后竟然是大惊失色,额头上也冒出了一颗颗细小的汗珠。他正襟危坐于丞相案台,双手控制不住地颤抖着,他艰难地持着蜡烛从一堆厚厚的文书里抽出一张黄色的纸条——那是他前不久请道人卜过的卦。

第六章
受伤

狗儿山和猫儿桥的中间,有一座妙喜庵。紧靠着妙喜庵,有一间屋,原本是堆放庵堂杂物之所,被朱氏两兄弟低价租了下来。

屋内烛光淡弱,余不扬把这几日来的经过都跟朱氏两兄弟说了一遍,已是子夜时分。

"什么?竟让他逃走了。张本这家伙难道是妖怪?"兄弟俩相视一眼,都很纳闷。

"你们真的确定狗儿山只有一个出入口?"

朱开山从座位上弹起来:"恩人,我们还骗你不成吗?"

余不扬挠挠头,若真要在张本是个妖怪和山洞还有别的出口这两者之间选择一个的话,余不扬宁愿相信山洞还有别的出口。张本若是妖怪的话还需要逃走吗?如今这世道光怪陆离的事这么多,还有像陈韶仪这样的恶人,哪里用得着妖怪来害人?

"恩人,你下山是对的,恐怕她现在早已去报官了!"

朱开山突然警觉起来,打起十二分精神。忽而又低声问朱建桥："妖怪报什么官，该报官的是我们才是。"

朱建桥白了一眼弟弟："开山，你去门口守着吧，看到有什么可疑人员接近就赶紧告诉我们。"

朱开山看了一眼一片漆黑的窗外，心里发了怵。他从胸前的衣襟里掏出一直随身佩戴的长命锁，念了几句菩萨保佑才肯出去。"哥哥，要是你们听见长命锁的声音，就出来救我。"说完，他摇了摇长命锁，锁上挂着的小银铃互相撞击着发出了清脆的声响。朱开山虽然长得五大三粗，但胆子很小，尤其怕鬼。

朱开山刚出去，旋即又回到了屋里，在饭桌旁的食盒里翻出了一些吃食揣在怀里，跟二人说："妙喜庵的墙根下住着很多小乞儿，没人管也没人疼太可怜了。天这么黑，我怕鬼，他们肯定更怕，我拿些吃食给他们果果腹，顺便也给他们做做伴儿。"

余不扬感慨道："开山兄弟虽身形彪悍却心细如发，没想到还有一副菩萨心肠。"

朱建桥没有顺着余不扬的话讲下去，只是笑着摇摇头："恩人，那个山洞虽然不大，但我也有好几年没有上去过了，洞中没准儿会新长出什么岩洞、石缝之类的也不一定。都怪我，没有提前去检查一番。"

余不扬咬着下唇，认真地思考着："如果张本真要去报官，那我得趁天黑早些离开，免得连累你们。"余不扬思绪比他们跳得都快："不过走之前，我有个问题要问问建桥兄弟——这临安城中的马车车主、车夫之类的人，你可熟悉？"

"那些天天奔波在路上的人，十有八九我都认得。"

"那就好，有一辆马车的车帘上画着兰花，你可见过？"

朱建桥思考了一会儿便脱口而出："那是鲍老汉的马车，这个鲍老汉自幼有画画天赋，尤其擅长画兰花。可他偏偏又是个贪图享受、不愿苦练之人，只能以赶马车为生。每当不顺心之时，就喜欢在帘子上画兰花，有点孤芳自赏的意思。这老家伙不光懒，还鬼精得很，嫌正常营生赚钱少，常常接一些黑活儿。"

"如此说来，当晚的车夫是他无疑？"

"除了他，不会有其他车夫愿意接这种活儿。前几日有债主找他，发现他不在临安城里，还想让我帮忙寻找呢。不过，为了不惹祸上身，这种帮了一方就会得罪另外一方的事情我是坚决不会做的。我猜想，鲍老汉估计是贪生怕死，逃回老家去了。"

"哦？建桥兄可知他老家在哪里？"

"西溪鲍家田，西湖往西穿过一片树林就到了。"

"那离城并不远，没准儿已经让那两个杀手找到杀害了。"

朱建桥一脸轻松地说："确实如此。但我敢说，放眼整个临安城，知道他老家的人不出三个。这老家伙平时注意得很，轻易不透露自己的底细。杀手想找他，估计得费些时日。"

"距离鲍老汉逃走已经多日，这事儿不能再等了，天一亮我就去找他！"

北瓦附近，寸土寸金，坊坊相通，户户相连。唯独南侧的一间灰瓦白墙大宅子，独一栋立在街边。虽比不上勋戚豪宅，但也只有非富即贵之人才能住得起。这是陈韶仪给张本租下的宅子。

晨雨淅沥，滴滴答答，下个没完没了。

住在偏房的黄小标早就被这雨声给闹醒了，想到张本已离开数日，起床也是无所事事，索性在床上继续打着滚儿。

门"吱嘎"一声被推开来，一袭泛黄的白袍从门槛上拖了进来。黄小标"噌"地从床上挺了起来侧着耳，怀疑自己听岔了。直到院子里响起了熟悉的骂声——"懒小标，死哪里去了？"他才确定是张本回来了，赶紧趿拉着鞋子跑出去。

张本顶着一头乱发，浑身湿透地立在院中，体态如常。"相公，您回来了！"黄小标顾不得那么多，冲进雨中，恭恭敬敬地把张本迎进屋。

"冒冒失失的，像是巷子口的老狗阿黄。"张本以一贯的口吻数落着黄小标。

"瞧相公说的，在您跟前做条狗那也是天底下最幸福的事儿了。"黄小标喜极而泣，"您都不知道我这几日是怎么过来的，一想到往后的日子便没了主意，吃也吃不下，睡也睡不好，像个孤魂野鬼飘飘荡荡的没了依靠。您要是再不回来，我真的想去投湖了。"

一听到"投湖"二字，张本心里一紧，便想到了在山洞里度过的三日，不满地斜了黄小标一眼。"你嘴上说得好听，出城那晚若是带条狗也比你强。"

"相公骂的是。小标醒来后恨不得以死谢罪，不过想到……陈小姐她肯定也很担心你，而且她肯定能帮忙找到你，所以我赶紧去找……"黄小标话还没说完，张本的巴掌就落到了他脸上。

"分别前我怎么跟你交代的？自我离开临安以后，就与陈韶仪一刀两断，互不来往，你把我的话当耳旁风吗？"

"小标也是因为担心相公有难，所以才……相公，难道不是陈小姐的人救了你？"

"若是让陈府的人先找到我，恐怕我更没命回来了。"张本看着窗外晨雨渐停，顺了一口气，说，"罢了，你这就去给陈小姐带个信儿，就说我平安回来了，让她不用瞎操心。如果她要问起这段时间我去了哪儿，就说辟谷清修去了。"张本轻笑一声，"几天几夜没吃什么东西，倒也像辟谷。还有，陈小姐若还要问起其他，你就说一概不知。"

"可是小标已经告诉了陈小姐，相公被人抓走了。"

"被人抓走哪有自己就这么回来的，也没有缺胳膊断腿儿，你就按我说的做，别问那么多。"

"我这就去陈府，把这个好消息告诉陈小姐。"说着便要往外跑，刚抬脚，又说，"相公，这几天想必吃了不少苦吧？您先去歇着，待我传完口信回来再去宋小巴家买您最爱吃的血肚羹。您的房间我每日都收拾，就盼着您回来呢……"

黄小标的话里尽是真情实意，张本听了心中一暖，换了语气："去吧，去去就来，回来再给我烧一盆洗澡水。"

黄小标欣然应下,小跑着出去了。张本长舒一口气,在自己干净明亮的屋内坐下,听着屋外人来人往吵闹的声音,心里踏实了许多。

他回想起第一次在狗儿山山洞的暗湖里洗澡的时候,水下传来水泡"噗噜噗噜"的声音,他四下寻找声音的出处,发现水下自己的双腿格外惨白,伸出手来看了看,水下的手同样惨白,可一比较起来就会发现,双腿要比双手更白亮一些。这就奇怪了,水底的光线竟然要比接近水面的位置还要好?

他扎了一个猛子,不断地往下潜泳,让自己的脑袋尽量贴近水底的地面,结果发现一道光线正从不远处一个白色光斑里射进来。他不断地靠近光斑,发现光斑是一个岩洞,岩洞的另一边映衬着蓝天白云、树木和一只正在戏水的水牛,刚才吹水泡的声音应该就是这只水牛发出来的。这个岩洞的另一边便是狗儿山的另一边,而这个岩洞大到足以让他的身体穿过!

早就应该想到了!暗湖既然存在足以让自己漂浮的水流,就必定会有入口和出口!逃跑!此时不跑更待何时?于是他深吸了一口气,身体猛地沉入湖底去了。

不过,他潜下水后并未马上朝岩洞游去,而是返回岸边准备取衣物。若是就这么光溜溜地出去,他宁愿一死了之。

可是还没取到衣物余不扬就进来了。那时的张本正位于暗湖的中心,自己的位置离岩洞并不远。若是立刻逃走,余不扬肯定追不上自己。不过外面的湖中有水牛,意味着至少会有放牛人在一旁守着。没准儿出去以后是一片水田，那劳作的农民就肯定不止一人，到时候"北瓦第一人"光溜溜地出现在大家的面前岂不是颜面全无。这还不是最要紧的，因为农民们不一定认识自己，最要紧的是没有衣服，出去以后该怎么回家？

正因为不想以狼狈的姿态逃跑，他赌上自己的性命，放弃了一次绝佳的逃跑机会。在临死之前，他再一次请求洗澡，若是余不扬不答应，自己便必死无疑。好在这一次，余不扬依旧答应了他。他不断地往里走，不断地回头确认余不扬没有跟进来。到了暗湖便脱下长袍，将长袍拧成一根绳子，一圈一圈地绕在自己的腰上——长袍过于宽大，下水后会成为前进的阻碍。接着，他努力搜寻着记忆中岩洞的位置，确定好自己离岩洞不远了便深吸一口气，一个猛子扎进了水里。他鼓着嘴巴，眼睛盯着亮闪闪的岩洞方向，不断地游，不断地前进。岩洞的光斑在他的眼前越变越大，越变越大，直至眼前的水域一片光明，他成功地游出来了。与暗湖一洞之隔的外面水域是一个小水塘，不光明亮清澈，水温也比暗湖高了许多，游起来更加舒适。这种舒适感在他成功逃出的喜悦之下被不断放大，他无法抑制住自己激动的心情，手脚变得更有力气，一鼓作气游出了水面。在张本的眼前，是蓝天白云、青山稻田，此时一头牛正在水塘边啃食着鲜嫩的水草，几只不知名的小鸟站在牛背上不断用短喙拨动着牛毛，一切都显得如此顺眼，如此可爱。

张本走到水牛的旁边，轻轻地拍了拍牛背，开心地唱道："真是过河碰上了摆渡人，线头掉进了针孔里，将死白蛇遇许仙，落魄张本遇牛仙啊。哈哈,这若写成话本岂不妙哉,肯定妙哉啊,哈哈。"

雨过天晴,鲍家田一茅屋院内,鲍老汉正就着黄酒嚼着鲞鱼,有滋有味地哼着小曲。突然,篱笆门被余不扬一脚踹开,几乎脱落下来。鲍老汉一看来人气势汹汹,也不敢问好歹,撅起屁股就准备逃,一回头却瞧见去路被一个格外高壮的大汉拦着。朱开山顺手操起院子里的鱼叉,朝鲍老汉比画了比画,这老家伙便索性蹲在地上耍起赖来。

"要钱可没有,多日没开工了,再宽限两天吧?"鲍老汉这是把二人当成了要债的。余不扬心生一计,顺着他的话说:"没钱也行,用马车抵债。"

"马车?说起来你可能不信,马车没了,我也正发愁呢。你也知道,我做的这档生意,钱塘不管,仁和不收,马车没了也没处说理去。"鲍老汉是临安本地人,不光口音重,还喜欢用一些本地的谚语,余不扬听着有些累。

"我还真不信。"

鲍老汉一五一十地把马车怎么没的情况讲了一遍:"六月廿八那晚,我跟往常一样在丰乐楼一带转悠找活计。说来也是怪,那天晚上一直闲着,我索性就把马车停到柳树下休息了。睡得迷迷糊糊的时候,突然被人拍醒。还没等我反应过来,两人扛着一具女尸就上车了。那两个人一看就是贼骨头啊,一个奇丑无比,一个贼眉鼠眼。我虽然喜欢钱，但是哪里敢没事找事？碰鼻头的事情我是绝对不会做的。不料，长得特别丑的那个贼骨头竟然威胁我不赶车的话就杀了我。那我……总不能自讨苦吃是不是？那个时候已经是半夜了，不出意外情况到飞来峰应该没有什么问题的，谁知道偏偏又赶上驻军演练，还没出西湖就被当差的拦下来了。也不知道那两个贼骨头是怎么想的，直接杀了那个当差的。他们连当差的都敢杀，等下把他们送到飞来峰肯定连我也会杀的。要车还是要命？那我肯定是要命啊，留得青山在不怕没柴烧嘛……"鲍老汉说得唾沫横飞，余不扬越听越不耐烦，一脚蹬在他的胸口上。鲍老汉应声滚了两滚，趴在地上"哎哟、哎哟"地叫着。

余不扬一只脚踩在他的腰上，问："糟老头子尽做坏事，天雷迟早劈了你！那二人是谁？"

"干我们这行的，知道的越少越安全。好汉，您轻点……我这一身朽骨木佬佬脆呢。"

"什么木姥姥、木爷爷，现在我就卸了你的手脚，让你在这儿装疯卖傻！"余不扬使了使劲。

"好汉饶命啊……过了白堤还有苏堤，我以后还要靠大家赏口饭吃呢，不敢骗你呀！身份我是确实不晓得，只知道其中一个人是单边眉，眼眶上有一条大刀疤。对了，他使弩可厉害了，那当兵的就是被他射死的。倘若继续赶车，他随时可以轻松射死我。唉……保了命却丢了生计，还不如死呢。"鲍老汉自觉情到深处，轻轻抽泣了两下，装起了可怜。

突然，屋旁密林里传来一阵细微的沙沙声，余不扬和朱开山都听见了。此人步法极快，绝非等闲之辈。声音旋即又一分为二，往相反方向驰离。朱开山如梦初醒，大喊一声："不好！"与此同时，林子里响起"噔、噔、噔"弩机连发的声音，其声如怒气喷发，威力十足。三支杀意腾腾的黑箭直奔院子里的三人飞来，朱开山一看这阵势，心中直觉不妙。三支箭的角度极其刁钻，杀气凛凛，就在余、朱二人勉强避开弩箭的瞬间，鲍老汉直挺挺地躺倒在了自家院子里——其中一根弩箭牢牢钉在他的双眉正中。这一切都发生在电光石火之间，快到难以置信。

弩术、步法都如此犀利之人，再联系鲍老汉刚才说的那一番话，朱开山立即就想到了夜鹰杜陵北。方才林子里的脚步声表明游蛇魏桥西也一起来了。这两人不光个人武艺高强，一起战斗时更是配合精密、相辅相成，战力惊人。

余不扬虽猜到林中二人是凶手，但对他们不了解，脑子一热，追了上去。等到朱开山反应过来，他早已在半里开外，喊也喊不住了。朱开山拎起鱼叉，心想不救恩人誓不为人，便硬着头皮，快步流星地钻进了密林。

杜、魏二人跑出几里地后，见只有一人追来，心中一喜。他们默契地对视了一眼，一左一右分别躲匿起来。在他们看来，余不扬只是个愣头青，纵使再有功夫，今日也难逃一死。

林中杂木乱叶干扰了视线，余不扬只有边追边听，才能确保不跟丢。

突然,脚步声消失了。余不扬侧耳确认,脚步声确实没了。跟丢是不可能的,只有一种情况,那就是对方埋伏起来了。

果不其然,一串弩机击发的声音再次传来,余不扬一抬眼,弩箭如雨,已临面前,他闪转腾挪、上跳下滚还未全避开弩箭,听见又一串弩机击发的声音,心中一乱,思维稍稍停顿,腰间便挨了一箭,重重摔在地上。

魏桥西从树上跳下,从腰间抽出一条如逆鳞灵蛇一般的软剑,顺势往余不扬身上劈来。腰用不上劲儿的余不扬像是被抽了筋卸了骨,只能翻滚着躲避。可三两招过后,余不扬便没了力气,软剑缠上了他的左腿。魏桥西往回一拉,那刚硬的逆鳞深深地嵌进了腿肉,顿时血肉模糊,一股剧烈的疼痛直冲脑门,化作一声痛苦的叫喊。

这一声叫让朱开山知道了位置,他铆足了劲儿把鱼叉掷了出去,那鱼叉瞬间行如俯冲的鹰隼,直逼魏桥西胸口而去。朱开山,果然身负开山之力。

朱开山从林子里冲了出来,脚步毫不怯怕,摆出进攻的架势和魏桥西对视:"夜鹰游蛇两位高人原来也喜欢给人下绊子,只会使阴招而已。"说罢,还故意朝身后招呼着:"在这呢!各位兄弟快给我杀!"

魏桥西被突然飞出来的鱼叉惊得抽回了软剑,又闻后面还有追兵,不禁慌了神色:"你是哪条道上的,竟然认得我?"

"我是专收小鬼的无常,后面还有一群牛头马面呢,你们今天是插翅也难逃。"

魏桥西将信将疑，甩开软剑准备战斗，不料身后的树林里传出杜陵北的三声怪叫——那是撤退的意思。声音一声比一声低，说明距离渐远，杜陵北已经先行撤退了。朱开山见魏桥西收起软剑，还连忙喊道："不好，他们要逃了！"说完就要往前冲。魏桥西一看朱开山这个架势，确信后面追兵不少，赶忙借着树木的掩护逃走了。

朱开山装腔作势地追了几步，确信杜陵北和魏桥西二人已经逃远，这才叉着腰泄了气。他暗暗发笑，立即背起余不扬，快步逃出了密林。边跑还不忘跟余不扬邀功："恩人，你看我这招空城计……不对，草船借箭？应该也不是这一招，哎呀，反正是个绝妙的计谋对不对？恩人？恩人，你坚持住，你死不了的。"

禁军教场上，赵汝愚和郭杲、郭成父子俩相对而站，面色铁青。他并没有因为棒打郭成而感到内疚，反倒发起脾气来："怎么？难道因为我打了你的独子，就怀恨在心不愿意参与内禅的计划？"也许郭杲确有此意，别过头不愿意理会赵汝愚，像个与丈夫赌气的小媳妇。

没想到郭成竟然对赵汝愚一点怨言也没有，好像赵汝愚的那几棍子不是打在他的身上一样。郭成连忙替父亲开脱道："枢密使有所不知，我们姓郭的从不是记仇的人，别说你打我几棍子而已，就是那天你砍了我的头又如何？我郭成亦毫无怨言。赵大人，父亲，您二人且听我说一件事情。半个月前太上皇生命垂危，丞相还有赵大人您一起率领百官要求皇上立即过宫问疾，看望重病的太上皇。皇上不光不听你们的劝说，竟然还让你们一直跪着待罪。父亲，我是大内守卫，目睹了赵大人他们从垂拱殿跪到和宁门外，再跪到浙江亭，这一跪就是三天。天地良心，皇上没有尽到人子的责任，还无视百官的请求。做错事的人夜夜笙歌，对的人把膝盖都跪碎了，皇上不是独夫是什么？"

郭成说了独夫，就是把当今皇上和暴君桀、纣一概而论了。赵汝愚虽然不喜欢郭成偏激的想法，但依旧被他所感动。不管郭成说的话有多大逆不道，但至少比他父亲懂道理、明是非，赵汝愚需要郭成替他挽回局面。

"郭成啊，想不到你年纪轻轻对局势的看法却这么成熟。即使本官打了你，把你打成了残疾，你也毫不在意。如此少年老成，大格局、大胸怀之人，今后必成大器！郭杲，你可是生了一个好儿子啊。"

郭成受到了当朝枢密使赵汝愚的表扬，欣喜之情溢于言表，又说道："父亲，你光想着对皇上的愚忠，觉得参加内禅就辜负了皇上的期望。确实如此，可你想过没有，内禅成功之后对皇上愚忠的同时，也是对新皇的不忠啊！"

"你怎么知道内禅一定会成功？"

"我没说内禅一定会成功，但我希望内禅成功。"郭成看了赵汝愚一眼，把父亲拉到一旁轻声道，"父亲，若您参加内禅，到时内禅失败了，上面有丞相和两位枢密使扛着，谁的罪过有他们的大？这问罪的力度一层一层下来，轮到您这儿最多降职。若您参加内禅，到时内禅成功了，那您和赵大人他们一样，也有翼戴之功，官职提拔、后世蒙荫那是板上钉钉的事。"

郭杲看了看自己儿子的双腿，叹了口气。自己虽然身为禁军殿帅，但对残疾儿子的未来却无能为力，难道真的要依靠内禅来改变儿子的命运吗？

"成儿，其实内禅之事我早有耳闻，也知道自己迟早会卷入这场风波之中，只是……只是自从你受伤之后，我想得更多了，尤其是关于你的未来。我的选择不容有任何风险，所以只要我不参加内禅，就不用管内禅成功与否。爹爹至少还能让你继续过上好日子。"

"爹，如果您是因为担心孩儿的将来，那就更应该参加。因为若您不参加内禅，然后内禅成功了，翼戴新皇的好事自然轮不到你了，没参加内禅的人自然会被排除在外，想升迁那便是堪比登天。还有最后一种假设，也是最不能发生的。您若是不参加内禅，内禅失败了您觉得自己能躲过一劫吗？赵大人他们会放过您吗？他们会把失败的原因都归结到禁军没有加入这件事情上，每人都来踩您一脚，不光踩您，还要踩我、踩我儿子、踩我孙子，那我们郭家就真的永无翻身之日了。"

郭杲看着大汗淋漓的作训队伍，自己背上竟沁出阵阵冷汗来。原本自己以为只要置身事外，什么都不掺和就不会有事，现在被儿子这么一分析,郭杲觉得自己除了参加内禅,别无选择。

"爹,内禅一定会成功的。"

郭杲还没想好要不要参加内禅,看着斩钉截铁说出这种话的儿子,眉头的疙瘩更大了:"你为什么这么肯定?"

"爹,我问您。以天下苍生为念,您希望另立新皇吗?我们郭家世代从军,以收复江北为责,您希望内禅成功吗?您不用回答我也知道,您希望以内禅来改变如今这个现状。这就是丞相和两位枢密使要主导内禅的原因。内禅是人心所向啊,怎么会不成功?"

郭杲没有马上回答,但他已经有了自己的答案。他紧皱的眉头慢慢舒展开来,最后满脸欣慰地看着郭成,说道:"出乎意料啊出乎意料,想不到我郭杲一个粗人竟能生出你这样的儿子来。"郭杲拍了拍郭成的肩膀,"内禅,禁军参加!"

禁军加入内禅!这便意味着万事俱备,只欠立储这阵东风了。赵汝愚别过郭杲父子,一路上催促着车夫加快速度,径直来到了丞相留正的家中。可赵汝愚没有见到留正,只见到了惊魂未定的老管家。

"今早,我像往常一样吩咐下人去伺候丞相大人洗漱更衣,不承想下人进去没一会儿就出来了,跟我说丞相大人不在房间里。这就奇怪了,往常不管早晚去哪里都会吩咐我安排马车,丞相大人走得有些蹊跷啊。哦,对了!说来也巧,丞相大人在书房的案台上留下了这么一封信,信上写着赵大人您亲启。赵大人,麻烦您赶紧看看，看看我家大人去哪里了。"

赵汝愚接过信封，里面是一张信纸和写着"历事岁久，念欲退闲"的御札，赵汝愚不安地抖开信纸读了起来。他越读脸色越不好，越读呼吸越急促，读到后来竟生气地把信纸揉作一团。留正在信中说，昨夜皇上半夜惊起写了"历事岁久，念欲退闲"的御札给他，这本是好事，意味着皇上有退位之意。可偏偏就在不久前，他找道人给自己算了一卦，卦上说他今年的"命运"是"兔伏草，鸡自焚"。他伸出枯皱的手指，掐算了一番，皇帝卯年生，属兔，"退闲"正有"伏草"之意，自己是酉年生人，正是属鸡。难道说，自己为了内禅，为了让皇上退位所做的一切事情都是在引火自焚？留正推开窗，随风摇曳的紫竹犹如他内心翻腾的忐忑不安，他不得不开始后悔自己卷入内禅这场宫斗之中。不过好在内禅还没有成功，一切还有机会挽救，包括自己的命运。

面对催命的疾风最好的办法是什么？已尝到出逃滋味的留正，轻易又想到了逃跑。事不宜迟，当天晚上，皇帝和文武百官的丞相只带了一些随身衣物和细软，又一次消失在了西湖那浓浓的夜色和水雾之中。这一次去了哪里？他谁也没有告诉。

"赵大人，我家大人他……他去哪里了呀？信上说了吗？"老管家焦急地期待着赵汝愚能给他们指一条明路。

赵汝愚冷笑一声："呵……你们不用去找他，找也找不到。不过你们放心，等我大事办成、尘埃落定，留正肯定会回来的。他那么惜命，不会有什么三长两短的，放心吧。"

177

看似平静的钱塘江面之下,内禅的巨浪实则呼之欲出,可又被留正逃跑这块巨大的礁石给压了下去。留正靠不住,余端礼悬而未决,内禅这场戏,注定是赵汝愚一个人的独角戏。

且说朱开山使计从鲍家田救出余不扬后,将其藏在妙喜庵的屋内,每日疗伤汤药、滋补食物好生伺候着。好在除了腰伤,其他地方都只是些皮外伤,只过了一天余不扬便能下地走动了。一旦意识到自己能自主活动,余不扬便再也闷不住了,他藏好短刀、碎银子就要出门去。朱开山问:"恩人这是要去哪?"余不扬道:"与其躲在这里虚度时日,还不如去把该杀的人料理一番。你说的杜陵北和魏桥西想必就是租用鲍老汉马车抛尸的凶手,我要找他们报仇。当然,还有陈韶仪,我一个也不会放过……"

"恩人伤势尚未痊愈,心急吃不了热豆腐啊。"朱开山知道,他一直对张本逃走这件事耿耿于怀。

"我已经是死过一回的人了。在水侄女的大仇不报,我没有心思再躺着了。"

"恩人,实不相瞒,这几日临安府到处张榜抓我兄弟二人,怕是印卖小报和陈府放箭的事情已经暴露,以后恐怕无法在临安继续讨生活了。哥哥建桥现在正在外面盘点收成、打点上下,准备出逃。不过请恩人放心,我兄弟二人发誓要帮助你报完了仇,再离开临安。"

"都是我连累了你们。兄弟,你二位已救我、帮我多次,恩情早已抵消,不用再冒着生命危险帮我了。"说完,不等朱开山挽留,就径直出了门去。朱开山怕在光天化日之下露脸,只是低声叫了两声"恩人",除此之外便是无可奈何。 朱建桥回来后,狠狠批评了弟弟不会讲话,没有留住余不扬。

陈韶仪自得知张本平安归来,相思病好了大半,整日游街逛瓦,心情也慢慢好起来。不过张本被陈太奎在书房里撞了个正着,又连夜逃走,还消失了这么多天,见了陈韶仪就觉得自己心虚得不行,所以一直拒绝和陈韶仪私下见面。纵使张本一连串反常的反应,还是没有引起陈韶仪的怀疑,她依旧每日在瓦子里观赏四郎的表演。有时,二人台上台下眼神相交,即使张本赶忙避开,陈韶仪也能开心良久。

这一日,陈韶仪从瓦子出来已是申时,正是用晚食的时候。心情大好的她只顾在御街上闲逛,买些小吃点心来果腹,边吃边夸赞味道独特,赛过府内膳食。她一路吃、一路赏、出手阔绰,身边马上聚起一批捡漏儿乞要的闲人。余不扬也混在人群当中,目光带刺,紧盯着陈韶仪不放。眼见着陈韶仪的随从被挤得又散又远,余不扬右臂轻轻一抖,一把短刀从袖子里滑到手上。余不扬在人群中穿行,步疾且稳,就像一头慢慢靠近猎物的山豹。陈韶仪丝毫没有察觉危险的降临,正举着托盘给大家散吃的。此时不动更待何时?余不扬运足了攻势,挥起短刀朝陈韶仪胸前刺去。 正当这千钧一发之际,一条长鞭精准地从人群的缝隙中穿出,鞭梢轻巧地绕住余不扬的手腕，而后"咝"地收紧。余不扬只觉有一股强大的力量拽着自己的手腕，进而把整个人都拉了出来。

来者何人？余不扬慌忙一瞥，对面站着一高壮的汉子，身穿褚色长袍、头戴黑纱方巾，正低头收着长鞭，并不看向他。余不扬报仇的血气刚涌到一半，又被莫名其妙从人堆里拉了出来，一时间千头万绪，心里很不是滋味。

"如果是巡检司的人，那就快去喊救兵，凭你一人可奈何不了我。"余不扬摆出一张江湖脸，告诉对方自己不是善茬儿。 没想到对方却不以为意，嘴角轻轻出了一口气，说道："在下并不是壮士的敌人，这里人多眼杂，可否借一步说话？" 余不扬见来者气度不凡，腰间也确实挂着金闪闪的鱼符，想必的确是位官人。可既然是位官人，他为何又称自己不是敌人？莫非他就是在断桥上救过余在水的人？ 心中疑问甚多，余不扬无法不理会此人，便鬼使神差地在后面跟着，来到了朝天门附近的一家正店——南上酒库。一雅间内，桌上早已摆上了熟肉鲜鲞、时蔬果品还有一壶清酒，虽然简单清爽，却都是一流货色。那位官人立在桌前，做出了"请"的动作，余不扬半信半疑地坐下，全然摸不着头脑。

待酒保退出，赵艮露出了笑脸。

"在下皇城司赵艮，方才情况紧急，不得已用长鞭加以冒犯，还望恕罪。不过，我可算是救了你一命啊，咱们两清了吧？不扬兄弟。"

这家伙竟然知道自己是谁，看他的样子肯定还知道更多的事情。"既然叫我兄弟，就不要遮遮掩掩的，你既是皇城司高干，为何无缘无故先救余在水落湖，今天又挡我报仇？"余不扬依旧冷眼相对。

"不扬兄弟果然是明眼人，一猜即中。没错，那日在断桥上救你侄女的就是在下。不过，那日与今日的情形不同，你侄女救与不救没有太大区别，即使她落水了也没有性命危险。可今天确是非救你不可。你可知道，方才那一刀如果刺下去，你现在可就蹲在大牢里等候问斩了。"

"那又如何？在水大仇得报，我死而无憾。"余不扬心想，我二人虽素未谋面，但他却对我了如指掌，便也没什么好隐瞒的了。

赵艮自顾自呷了一口酒，说道："我知你身负武艺，又疾恶如仇、心怀正义，想跟你结识，日后江湖相见，好歹有个照应。可现在看来，你却有些鲁莽。"

"看你长我几岁，暂且称你赵兄。你可知道因你方才那一鞭子，我又不知道何时才能报仇了。再说了，你我二人本就是鱼虾不同路，又何来江湖再见？还有！你是怎么知道我的姓名行踪的？"余不扬感觉眼前这个笑眯眯的家伙有一种笑里藏刀的冷意。

"报仇就报仇嘛，为何非要跟自己性命过不去？我是好心为你着想。早就听说你余不扬是信安郡一带有名的少年游侠，只可惜见面不如闻名啊……"赵艮有些失落，"我是皇城司副使，刺探消息本就是我的看家本领，你别多虑，我对你并无歹心。"余不扬怒气未消，并不理会赵艮。赵艮又呷了两口酒，只觉生辣涩口，说道:"这尴尴尬尬的处境,连酒也难以下喉了。你对我有戒心是人之常情,不管你听不听劝,想要报仇就得去找杜陵北、魏桥西问个究竟。"

"你既然这么清楚,又是当官的,为什么不去逮捕?"余不扬心中的不快又多了几分,赵艮果然什么都知道。

"逮捕他们做甚?只不过是西湖二堤三岛上的小事而已,也值得我费神?他们只是收钱办事的喽啰,待他们背后的大鱼露出背鳍,再拿不迟。不扬兄弟,实不相瞒,我觉得你比那些巡检有能耐多了。"

"你一口一个兄弟,但从你说的话中我却听到了挖苦和奚落。我的大事对你来说都是鸡零狗碎的小事……依我看,你此行的真正目的不是为了帮我吧?就是想显示显示自己的能耐有多大,官有多大。"

被余不扬一语道破,赵艮的表情有些不自然,虽说赵艮方才在御街上确实救了余不扬,但更多的确实是想在余不扬面前显摆一下,杀杀他的威风,以便于日后余不扬加入黑白探后更好管教。谁料余不扬虽初来乍到,又痛失侄女,心气儿却一点也没有受影响。为了缓解尴尬的气氛,他似笑非笑地扬了扬嘴角:"不扬兄弟这么会推测,怎么还没找到侄女的下落啊?"

赵艮的话戳到了余不扬的痛处,他拍着桌子站起来,俯身将脸凑到赵艮面前,露出游侠特有的桀骜不驯:"你知道我把自己看作什么吗?我把自己看作死人,死人可什么都不怕,你要是再敢消遣我，小心我拿你开刀！话说回来，你把自己看作什么人？嗯？我警告你一句，不管你自视有多高，也不管你真实的身份有多金贵，我都不怕。陈韶仪我是要杀的，你不要再多管闲事。"余不扬虽然面相文气，但发起狠来却毫不逊色。赵艮虽在皇城司任职，但更多的是面对那些贪官污吏，很少与余不扬这样出身乡野的家伙正面交锋，所以手心微微发汗，不过脸色还算沉着，思绪也没有被打乱。

赵艮不想把时间浪费在和余不扬的争吵上，他只需要把话题引到正轨上，余不扬的桀骜不驯就无处施展。"你来临安是为了去武学陪练吧？在那通知你入学的信件上是不是有枢密院的大印？"

"没错，怎么了？"余不扬回身落座，想起来临安前哥哥告诉他此次能获得武学的机会，有可能是得益于在临安当大官的远房叔父余端礼帮忙。现在看起来，自己来临安这件事和余端礼有没有关系倒还不是很明朗，但能肯定的是准和眼前这个赵艮有关系。

"你是担心我要去入学，所以报仇的时间不多了？"看到赵艮点头，余不扬差点笑出声来，"赵艮啊，我当你是什么来头呢，没想到你也不是什么事情都知道嘛。我告诉你好了，武学我不去了。"

"不去了？为何？"

"当然是为了报仇，实不相瞒我已经把那封信给烧了。"余不扬有点幸灾乐祸，他猜测赵艮是想拿武学来压制自己，现在自己主动说不去入职，他也就无计可施了。

可赵艮的反应大大超出了余不扬的预期，他同样拍着桌子站起来:"不可!"

"怎么?你也要学着霍吉他们来劝我?"

"霍什么吉?你真烧了那封信?"余不扬烧信就不能顺利进入武学,也就断了他从武学提擢余不扬为黑白探的可能。这已经是内禅计划实施以来自己所犯的第二个错误了。第一个错误是没有让余在水按照计划消失。赵艮猛灌了一口酒,别脸看向窗外。

此时,赵艮正苦恼于自己办事不缜密,若是父亲知道他连犯两错,定会把他从内禅的计划中踢出来的。

赵艮思考片刻,眼角一挑,似乎柳暗花明又一村了。余不扬既然铁了心要报仇,那就让他一心报仇好了。赵艮联合皇城司和黑白司两大司到现在也没有调查出余在水的下落,他余不扬只凭一己之力肯定会遇到诸多困难,到时候再抛出黑白司的橄榄枝,不怕他不加入。

"唉……错失武学的机会实在可惜,不过既然你一心想要报仇,那我便助你一臂之力。杜陵北和魏桥西他二人是塞外人士,过惯了刀口舔血的日子,隐匿在城北马场养马,实则做着杀人越货的勾当。你要找他们就去城北马场吧。"

"不扬在此谢过。不过你为什么要帮我?叫我来武学参加陪练的那封信也是出自你之手吧?"

赵艮连犯两错以后,就不可能再以原定的套路来诱导余不扬了:"没错。我刚才说过了,我是皇城司副使,替朝廷招贤纳士本就是分内之事,你是嘉木良才,我要帮你不光是想给你一个更上一层楼的机会，也是在行使自己的职责罢了。"

余不扬看赵艮不像是在说假话，便敬了赵艮一杯。

赵艮见余不扬态度好转，便从袖兜里取出一块铜牌，说道："帮人帮到底，你在查探中若是碰到了什么困难，记得持此令牌到六部桥万寿香所找我。"

余不扬看着一脸认真严肃的赵艮，心想自己连续两次刺杀陈韶仪没有成功，好不容易抓到张本却又让他不翼而飞了，没准儿这个故弄玄虚的赵艮真的能帮助自己，便接过了令牌。

与赵艮分别之后，余不扬来到妙喜庵朱氏两兄弟门前，见大门紧闭，门上贴着"若再见，鱼仙人当入双蛛洞"，便扶门笑了一阵，心中只觉有趣——这"鱼仙人"指的不就是自己嘛？朱氏兄弟二人表面看去虽都是糙汉子，竟也是有情趣之人。他趁着四下无人之际，再上狗儿山，来到开山兄弟口中所说的"双蛛洞天"附近，果然见到洞内闪烁着隐隐烛光。

余不扬向朱氏二人求证了赵艮所说的话，又借了朴刀、腰刀，便急忙要走。见拦他不住，朱建桥便说："我兄弟二人一直在这洞内随时候命，直至恩人大仇得报。"

余不扬说："如此也好，我若遭不测，总算有人替我收尸。"便自顾自下山去了。

余不扬乔装打扮了一番，在城北马场附近的一间破庙里住下了。他不管白天黑夜，连续在马场附近转悠了几日，将杜陵北、魏桥西二人的行踪摸了个透——每隔一日,魏桥西都要去南瓦游上一夜,直到次日过了辰时才回来。这段时间,杜陵北趁着无人打搅,都会在马场里通宵练弩。除了吃饭、睡觉就是练弩术的杜陵北要比魏桥西难对付得多,余不扬心想,擒贼先擒王,决定先拿下杜陵北。

这一日,魏桥西换上一身锦衣又进城去了。晚食过后,杜陵北在马场的空地上架起了靶子,人在百步开外,练起了弩。每射完二十箭,杜陵北都要走来验靶,再拔下箭,回到百步之外继续射。

暮色渐浓,余不扬见时机成熟,便从腰间解下一个破布袋。那破布袋里动个不停,还发出"吱吱吱"的声响——袋子里是这几日他在破庙里抓的老鼠,有二十多只。余不扬悄悄地接近马厩,用虎口握住袋口,再解开袋口的绳子,将袋子抛进马厩里。那些老鼠从破布袋里钻出来后就到处乱窜,有的跑进了马槽里抢吃的,有的爬上了马腿,一时间马厩内尽是马匹惊慌的嘶鸣声。杜陵北厉声叫骂了几句,马匹依旧没有安静下来,他便胡乱射完了二十箭,走到马厩里察看情况。趁着杜陵北钻进马厩的空隙,余不扬拿出事先藏好的硝硫燃料,撒在箭靶之上,又躲回草垛之内。察看完马厩,杜陵北便走来验靶,说来也不巧,这时恰好刮来一阵风,星星点点的硝硫粉末飘进了他的鼻子。哪来的火药味儿?杜陵北先是觉得奇怪,而后马上意识到危险临近,便要伸手去拔箭。就在这弹指间,余不扬吹燃了火折子,丢到箭靶之上,箭靶刹那间爆燃起了熊熊大火,所有弩箭都葬于火中。

杜陵北知道中了计，心中叫苦不迭，扭头便往回跑。杜陵北的弩没了箭，就像恶狗没了牙。这是千载难逢的好机会，余不扬提着朴刀，冲破火焰而来，像是地狱里来的夺命阎王，追到离杜陵北两三步远，用力挥朴刀朝前劈去。杜陵北见势不妙，加大了步幅，却还是被砍到了脚后跟，速度大减。

困兽犹斗，杜陵北也不是吃素的，他摆足了架势，使出一招鹞子翻身，大喊一声"看箭！"朝身后放了一空箭。余不扬下意识往后跳了两步，才发现对方使诈。此时，杜陵北已逃到伙房附近，伙房的外墙上挂着许多晒翎羽的新箭，他随意取下三支，上满了弦，一齐射了出去。

"噔、噔、噔"熟悉的连弩击发声，余不扬虽然耳朵已经听清楚来向，但总归伤势未痊愈，脚步慢了半拍。好在那些新箭的翎羽还未修剪，射出来的箭也没有准度，都朝左边的马厩飞去了。余不扬见状，胆子也大了起来，挥舞着朴刀往前冲去。没想到杜陵北这位用弩高手马上调整好了位置，加上余不扬离得越来越近，他再次瞄准击发。只听"噗！"的一声，余不扬右腰老伤的位置又中一箭，一阵剧痛给他顶出了一身汗。杜陵北见射中了余不扬，心下稍有放松，动作慢了半拍。可是余不扬竟然不顾自己的伤势，整个人像是打了鸡血一般，似乎一点疼痛也感觉不到，抓住杜陵北迟疑的瞬间，一个箭步上前，朴刀刺穿了杜陵北的左上胸，把他死死钉在伙房的泥墙上。

朴刀位于杜陵北的心脏之上，锁骨之下，不足以让他马上毙命,这也是余不扬有意为之的。

"六月廿八,你抛一女尸于西湖,还记得吗?"余不扬稚气未脱的脸上全然一副吃人的表情。

"哈!"杜陵北喷出一口浓血,"那有什么记不得的?那女人莫不是你的亲眷?哈!杀了这么多人,还是第一次被亲眷寻上门的呢。"

"你是当真不怕死?说,你受了谁的指使,拿了谁的赏金?"

"小兄弟,今天我算是栽在你手里了,要杀要剐请自便,就怕你下不去这个手。"说罢,杜陵北哈哈大笑起来,刀疤眼里露出了轻蔑的神态。

"难道你也跟生死过不去?告诉我是谁指使你的!快说!说了便饶你一命。"余不扬自觉话语苍白,气势上完全被杜陵北压了下去,仿佛自己才是濒死之人。

"腾格里——我的长生天,苟延残喘听不到你的召唤,贪生怕死又怎能感悟性命的真谛。腾格里,我听从你的召唤……哈哈,我看小兄弟你有勇有谋,为何不猜一猜呢?"说完,杜陵北双手握住朴刀的刀刃,对准自己心脏的位置,而后慢慢踮起脚,让自己的心脏慢慢靠近刀刃,一股热流从刀口溅满了余不扬的脸庞。那是从心房里射出的滚烫鲜血,杜陵北自杀了。

余不扬没有料想到这个结局——杜陵北就这么死了,没有说出一个有用的字眼。他看着还在熊熊燃烧的箭靶,告诫自己必须马上冷静下来。

余杭门外，火光冲天。伴着战马的嘶鸣，附近的防隅、潜火军正朝城北马场赶去。逆流之中，余不扬装作全然无事的样子回到临安城，才发觉自己再也迈不开步子，血肉模糊的腰间还在渗出黏糊糊的血液。余不扬两眼一花，瘫倒在瓦子桥边。

瓦子桥的东面正是北瓦所在，说来也巧，张本近来觉得心神不宁，又闷得慌，今天演出结束后不想按往常从瓦子后门回家，而是沿着仁和县治一代散心。这一带比起城南，虽静谧冷清许多，但因王府院舍错落，景致却好上很多。他来此处还有一个原因便是约好了和黄潮府上的小云在此相见。此时，鱼浮水面，青蛙低鸣，暖风湿热，闷雷滚滚，一场大雨正在酝酿。

"哎……上次我在陈太奎书房里已经发现了账本，只可惜陈太奎早回来了一步……"

小云关切地看着张本，安慰道："这么多年都坚持过来了，现在成功就在咱们眼前，千万不要气馁呀。"

"你有所不知，那个陈太奎行事相当谨慎，那日在书房里他本就想要我的命，日后恐怕再也没有进入陈府的机会了。"张本意志消沉，好似丢了魂。

"陈太奎的账本拿不到，还有黄潮的账本。相信我，我现在已经取得了黄潮的信任，相信不久就有机会找到账本了。"小云拉起张本的手，坚定的眼神表明她和张本之间的关系非同一般。

"相公，快看！那有个人。"在巷子口放风的黄小标突然大喊一声。张本循着黄小标的声音望去，一人影倒挂于瓦子桥上，随时都有掉下去的可能。

"定是闲散醉汉，莫要去管。"

"哎呀，他受伤这么重，不救他怕是要死了。要不去报官吧？"

"死小标，叫你不要多管闲事了……"张本边骂边走过去，只瞧上了一眼，便认出了余不扬，转而强装淡定道，"你说得对，岂能见死不救，快背他回家。"

"相公，此人来路不明，又身负箭伤，恐怕不是什么善茬儿。我看还是报官妥当……"

小云也觉得张本情绪转化得有些莫名其妙，忙劝道："是啊，不要随便救人，小心惹祸上身。"

张本听到巷子口有人走动的声音，来不及跟小云解释，便直接冲着黄小标吼道："你这厮，你背不背？不背我背。"说着便伏下身去。黄小标见状赶忙来拦，虽有疑惑，却还是背起余不扬朝家里走去。张本一路催促，又引着黄小标往人少的小路走，终于进了院门。黄小标将余不扬放在院中石凳之上，立在一旁搓着手，不知道下一步该怎么办。张本看着余不扬的样子出了神，思绪又回到了在山洞中暗无天日的那几日，额头上不禁冒出了冷汗。

"四郎，四郎……接下去该怎么办呢？四郎？"小云的几声叫唤把张本从痛苦的回忆中叫了回来。

"小云，你知道他是谁吗？"小云一开始不以为意，直到他发现张本看着余不扬的神色不太对劲，便猜到了八九分。

"他难道就是抓走你的人？"

张本点点头，猛地转身走进屋内，旋即又拿出一把陈韶仪送他防身用的匕首出来，快步朝余不扬走去。

小云见状赶忙去拦："四郎，这可使不得，杀人可是重罪啊。让小标把他背出去吧，背到随便哪个荒郊野岭让他自生自灭。他身上有血腥味，没准儿让豺狼虎豹什么的闻见就把他给叼走了。"

没想到张本只是用刀划开余不扬受伤处的衣服，说道："谁说我要杀他了？我要救他。"而后，他凑到小云耳边低语，"他能帮助我们拿到账本。"

第七章
接近真相

西溪桂隐园，吴曦在自家新落成的私园内宴请姜夔，二人吟诗作对、拨弦放歌，心情甚好。

"先生你是诗词风雅全才之人，千古难求，我三番五次要给你买官入朝，你为什么不肯呀？实在可惜……"姜夔不是朝廷中人，吴曦与之相处比较放松。醉意上来，吴曦又开始旧调重弹了。

"要是官能买卖，以吴兄家在西蜀的家产，为什么不给自己捐个丞相做做？或者捐个四川的宣抚使？"

"哈哈，先生一句话，戳到兄弟两处软肋啊。一来取笑我举荐你无门，只能用钱当敲门砖。二来取笑我迟迟不能回西蜀继承父亲衣钵，苟安于临安。"二人大笑。此时，侍女进来禀报，皇城司赵艮特来贺喜。

吴曦笑止，对姜夔说："贺喜？无非就是一个来找先生的由头罢了。"

姜夔笑而不语，吴曦脸色逐渐严肃起来，继续说："赵艮，当今枢密院知事之子，这对父子虽有能耐举荐你入朝为官，但我也听说最近他们和李皇后作对。万一日后李皇后狠下心治罪他们，恐怕你也要受牵连。"这番话听起来实属惜才之语，"罢了，先生是脱凡之人，又岂会管这些？待我去和他说。"

吴曦整理了情绪，好像根本就没喝酒一般，迎了出来，道："临安的风总是很乱，山风、江风、海风互相干扰，让人难以捉摸。就像今天，南风忽而又转了北风，我当是为什么呢，原来是为了把赵副使这个贵客吹到我家来。"二人寒暄了几句，赵艮奉上了贺礼，又喝了两盏茶，还是吴曦先开口说道："我听闻令堂赵枢使正在招贤纳士，广罗天下能人志士，成立了什么临安黑白司。此事我也打听了，既无皇上的旨意，又遭到了李皇后的反对，想必这背后少不了太上皇的支持吧？"

赵艮不露声色道："什么黑白司？我怎么没有听说过？"

"赵副使不必担心，黑白司以及黑白司正在做的事情已经不是什么秘密了。若是有人告密的话恐怕早就查到枢密使的头上了。"吴曦用肯定而又坚定的眼神看着赵艮。

"吴团练果然是将门之后，独出手眼。"赵艮只是随意客气道，也不挑明了说。

"临安黑白司游离在官制之外，不在吏部登记之中，如今太上皇晏驾了是不是也要撤了？"

"太上皇授意成立黑白司自有太上皇的深意，黑白司肩负重担，使命未达就解散？太上皇会死不瞑目的。我听你的口气，似乎对黑白司颇有意见？"他撸起袖子，指着手腕上的血脉，"你是信王吴璘大将军之孙，我亦有皇族正脉，不管是谁的意思，对赵氏天下总不会有二心吧？"

"赵副使放心，有些事情吴曦只会放在心里。"

见吴曦是个明白人，赵艮继续说："当今天下，政事多决于后，离经叛道、纲常错乱之事常有发生。家父只不过受太上皇嘱托，行分内之事，成立这黑白司，帮助皇上匡扶朝纲罢了。这既是国事，也是家事，你说呢？"

赵艮此语一出，吴曦不得不表态道："赵副使这般见解也是开导了我，我自幼虽在临安长大，但谨遵父亲教诲，分外之事不听、不问，请你莫要见怪。"

"那你又单单问起黑白司的事情，是何用意？"

"我只是觉得……我那姜夔兄弟自从结识了赵副使以后，跟我来往得少了，又常常与我说有什么公务在身，我猜测姜夔兄弟可能与你们的临安黑白司有点关系，所以随便问了一句罢了。如有冒犯，还请见谅。"

赵艮自顾自说道："南渡以来，在高宗、太上皇的治理下，经济繁荣、百姓富裕，大有光复之意，吾辈也大有施展拳脚的道场。如今，这样的大好形势却有些式微了。比如说吴兄弟你，名将之后，自幼习武，又熟读历代兵法，还得祖辈面授机宜，难道真的只是一个追求安逸的等闲之辈？我猜你不是不管政事，只是在等机会，一个可以让你心甘情愿效忠朝廷的机会。我说得对吗？"

吴曦哈哈大笑,道:"我三十出头的年纪就官拜团练之职,每时每刻都在为朝廷鞠躬尽瘁,不知道赵副使所说的机会是什么机会?"

赵艮见门旁灯火颤颤,将要熄灭,便用指甲轻轻挑起灯芯,道:"大宋是赵官家的天下,但终究是百姓的天下,是每个人的天下,也是你我的天下。天下兴亡、匹夫有责,就像这油灯,但凡有一丝光亮尚存,也要照亮前路,不是吗?坊间在传,得朱熹、辛弃疾、姜夔三人入朝,便可清一半混浊之气,光复可期。家父一直在操心此事,只是支持的人甚少,理解的人更是凤毛麟角。"

吴曦苦笑三声:"难得枢密使公心仁厚,是我大宋之幸事。不过,但凡文人,纸上谈兵总是头头是道,要真叫他们治国理政还真不一定适合。且不说他们的能力,单看他们的脾气秉性,又有哪一个适应得了官场的人情世故?赵副使,就我那好兄弟姜夔,你着实高估了他,他确有入仕之心,却无入仕之胆,更没入仕之能。你利用他可以,但千万别伤了他。还有一件事情赵副使也误会了,团练使虽是个闲职,你们看不起我,但我却乐在其中。承蒙祖上恩宠,我吴某人家底殷实,也不指望俸禄吃饭,更没有升官发财的念头,只想平平稳稳地过一生。我为什么喜欢姜夔,因为他的才气和情操是我喜欢的,若是能学到一招半式的,我就辞官归乡,下半生寄情于山水之间又何尝不可?"

"吴兄弟说了这么多,可我总觉得你倒像是在谈虎色变,但政事不是食人虎。"

"呵,却猛于虎啊……"

说话间,姜夔不知何时走到了二人面前,拎着酒壶说道:"二位休要再谈什么高深的话题,还不如入席喝上几杯,睡上一觉,明日太阳依旧自东升起,西湖依旧水光潋滟,花儿依旧飘香醉人呐,哈哈……"

风从门里涌灌进来,把吴曦的袖子吹得鼓鼓囊囊的。"最近害了头疼病,吹不得风,可偏偏这晚上的风却越吹越厉害了。要喝,你们俩接着喝吧……"说着,甩了甩衣袖,回房间去了。

赵艮、姜夔叉手相送,赵艮高声道:"吴兄弟这新园坐落于西溪山谷之间,自古哪有山谷不招风的?"吴曦虽嘴上不理,可脸色却难看到了极点。好在已经背朝着赵艮和姜夔二人,不然一定会让他们看出心事来。父亲已去世一年,蜀中亦无主一年,而西蜀的局势对大宋的存亡来说至关重要,左右朝政亦不是难事。前几日,陈太奎就想拉拢自己加入李皇后那边的阵营。今天,赵艮虽说是来找姜夔的,但也有说服之意。难道自己非做决定不可吗?

姜夔见吴曦回到内屋,笑了起来:"赵副使少在我面前打哑谜、说隐喻。你今日来贺喜,却把主人家惹恼了,这算是贺哪门子喜?"

赵艮也笑道:"先生也不要打哑谜了,你知道我是来找你的。上回我让你故意请余不扬去丰乐楼吃酒,情况如何,你还没跟我说呢。"

"是啊……本想套些话的,没想到那晚醉得忒快了……"见赵艮有些不悦，姜夔继续道，"不过说来也巧，我醉倒在地上后，你猜我看见了什么？一朵用指甲扣出来的三瓣花，巧合的是，余不扬说西湖女尸的指甲里也有黑漆。"

赵艮默而不语，黑白司规定，所有黑白探在执行任务遇害之前都要尽可能留下三瓣花标记，便于日后从遇害地点来查找凶手。姜夔也是黑白探队伍里的一员，显然，他知道三瓣花标记的意义。西湖女尸不是余在水，而是某一位女黑白探。

前几日，被陈太奎宠幸已久的妓女李柔突然失踪，无法联系，看来无脸女尸不是别人，只能是她了。

姜夔把美儿当晚跟余不扬讲的事又跟赵艮说了一遍，赵艮大怒："果然，什么事儿都能跟临安府扯上关系。李柔定是发现了临安府什么不可见人的秘密才惨遭杀害的，若能查出来，没准儿可以拉陈太奎那厮下马。"

"你要拉陈太奎下马我不反对，但吴曦与陈府小姐有结为连理之意，这件事情我不能掺和。"姜夔醉得东倒西歪的，但思维却清晰得很，继续说道，"不过从大局出发的话，临安府是京都，陈太奎在任对内禅确实不利。哎？眼下不是刚好有人在查这个案子吗？余不扬把李柔当成了余在水，他定会竭尽全力查下去的。那小子我知道，不找到凶手他是不肯罢休的，你就等着好消息吧。"

赵艮意味深长地点点头，道："也好，刚好趁机试试他有多少能耐。"

"今日难得赵副使有空，我们何不去丰乐楼再饮几杯？"

"哦？先生今日倒醉得不快啊，看来那晚你和余不扬在一起不是真醉……"

"你这话说得我好像故意逃避任务似的。我这人喝酒不看人，只看心情，不知为何那日与余不扬就聊得很投机……哎？你是不是不想请我喝酒啊？"

"先生哪里的话，其实我早就派人在丰乐楼安排好了，又叫美儿辞了其他客人专门等着你。我还怕请不动你让美儿空欢喜一场呢。"

"赵副使有心，那……还等什么？"

与李柔这样同为黑白探的还有很多，常混迹于南瓦一带的帮闲混子杨老拐，春风楼的赌场老千张六指，像他们这样再普通不过的市井小民最适合搜集各类民间情报。肉行行长赵永忠，熙春楼老鸨冷五娘，仙林寺的知客如空和尚，他们三位每月都会向黑白司密送官员贪腐证据。还有像余不扬这样身负武艺的人，专门行使抓捕、惩戒的职能。黑白探们从不轻易暴露身份，黑白令更是不到万不得已绝不示人，当他们杀人或者遇害的时候，只会悄悄留下三瓣花以示身份。当然，还有很多不能透露姓名的黑白探，他们日复一日伪装在普通人的外衣之下，各司其职；也有一部分黑白探干着干着又回到了普通人的生活，他们对黑白司的未来感到迷茫，更害怕惹祸上身。有时，皇城司也会秘密参与到黑白司的行动之中，久而久之，朝堂上的人都知道临安明有皇城司、暗有黑白司——这两司都被赵汝愚牢牢抓在手里。

赵艮搀扶着姜夔迈出大门的时候，吴曦从过道里探出半个脑袋来偷偷地瞧着。他们二人谈论得越开心，吴曦的疤脸就越阴郁。他的双手失落地垂下来，脑海中又想起了父亲的话，"记住自己的身份，要雄心壮志来做什么？"父亲说得对，有了帝王的赏识，再加上雄心壮志自然可以成就一番伟业。可自己只是个人质，人质有了雄心壮志那只会让自己死得更快。吴曦来到屋内，他阴沉的目光和昏暗的烛光一起落在父亲灵位上。

十几年前离开西蜀的时候，父亲还体壮如牛，如今却已经化作了尘土。十几年来，吴曦从未再见过父亲一面，可他无时无刻不在想着父亲，想着西蜀大地。

"孩儿十几年没有见过父亲，每次想你的时候就只能忍着、憋着，那种滋味有多难受你知道吗？还是死了好，孩儿能在家中给您老立个灵位，想你的时候就来上炷香，说说话。父亲啊，你知道这几年孩儿是怎么过来的吗？你知道孩儿在一个没有亲人、没有朋友的临安城活得有多累吗？"

年少离家的经历，让吴曦在临安生活得一点安全感也没有。好在每年从西蜀汇过来的银两不少，吴曦就用这些银两去交朋友，官员、文人乃至三教九流，只要看得起他的人，他都主动去巴结亲近。多年经营下来，吴曦在临安多少也有了一些朋友。可人心隔肚皮，到头来还是酒肉朋友居多。就拿自己真心结交的姜夔来说，他是真的想跟姜夔交朋友，但除了供养和酒色以外，姜夔又有多认可自己这个疤脸朋友呢？想到这儿，吴曦摇了摇头，他心里没有底气。

"累吗？累！但是孩儿没有办法。陈韶仪那张大饼脸，那身富贵肉，还有我最讨厌的公主病，我怎么可能是真心爱她，可只要娶了她，陈太奎就是我的岳父，我才敢说自己在临安真的能立足，有家了。"

长长的香灰从香上断开，掉在香炉里，吴曦阴沉的双眼直视着父亲的灵位，说道："父亲教诲，孩儿始终铭记在心。身似浮萍，孩儿常常梦回西蜀。"他脱下长袍，露出一身素袍，腰间还系着麻缟——吴曦时时刻刻都在腰上捆着麻缟，时时刻刻都在为父执丧。

他在父亲灵位前跪下，阴沉的双眼变得坚定而又犀利："十几年的人质我当够了，没有尊严，没有地位，连随意出入临安城的自由都没有。父亲你在天有灵，我们世世代代为了赵氏天下流血牺牲，看看给你的孩儿换来了什么，给你日夜奋战的西蜀大地留下了什么？父亲你已去世一年，我连替你守孝都要悄悄地做，你后悔吗？你憋屈吗？不过一切马上就要结束了，西蜀如今怎么样，都与吴家无关了，更与我吴曦无关，我便就不再是人质了。"吴曦坚毅地站起来，解下麻缟，脱下素袍，"今天，孩儿在此起誓，吴家祖祖辈辈奋战沙场积攒下的基业绝不能被他人劫掠！我一定会拿回属于我们自己的东西！"

自从那晚余不扬被张本和黄小标二人带到张本的宅子里养伤

起，张本便让余不扬住在自己的主卧里，除了去瓦子说书的时间，竟都亲自悉心照顾着。黄小标不解，旁敲侧击有意问起，张本只是说余不扬是他的一个旧相识，其他并不赘言，黄小标也不敢多嘴。

这一日，张本从外归来，手上提着食盒，里面装的是从衢州焖饭店买来的盖饭。焖饭店专卖家常鱼肉盖饭，欲求粗饱者可往，不宜尊贵人。打开盖子，便飘出一股浓郁的香辣味。

张本把饭推到余不扬面前，说："小标那仆人粗手粗脚的，做不出什么可口的吃食。今天说完书出去采办，意外看见了御街上新开了一家衢州饭店，口味偏辛香鲜辣，与临安菜和东京菜都不同。想到你是衢州人，这几日胃口又不佳，就买一份来给你尝尝看。"

余不扬尝试了几口，便狼吞虎咽起来。

"有酒吗？"

"酒？"张本身体一顿，神色有些不安。

"怎么了？如果没有就算了。我只是觉得如此称心如意的饭菜，没有酒的话会有一些遗憾。不过，即使没有我也很开心了，毕竟我已经在这里叨扰相公多日，竟然还要向你提要求，实在是不应该。"

"哪里的话。正巧平日闲来无事的时候，我喜欢自己酿一些米酒，你若是不嫌弃就尝尝看。"说着便走出房门，旋即就拿了一瓶酒回来。余不扬就着米酒，不一会儿就把衢州焖饭吃了个精光。辣椒本来就有解气开胃、温中除湿的功效，这顿饭，余不扬实打实地发了一身汗，只觉脉络大开，面色红润起来，整个人的精神状态也焕然一新。张本大喜，忙说："明日还给你买来吃。"

余不扬吃完抹了嘴，站起来朝张本叉手致谢道："不知相公为何对我如此这般好？被你所救那日，我重伤初醒发现竟在你家中，心想你定会报洞中囚禁之仇，也让我尝尝被绑架的滋味。没想到……没想到还留我在你家里养伤，又这么好吃好喝地伺候着。之前问你为什么救我你一直都不说，现在我即将伤愈，个中缘由还请明示，我不想瞎子看天窗，被你救得不明不白。"

"哎呀，你也是迫不得已被逼上了梁山，其实我早已看出你动了恻隐之心，不然我哪里有机会可以逃走。况且，话本中说得好，以德报怨才是君子所为。你一心为了侄女报仇，我又岂能见死不救呢？对了，这几日一直都不敢问你，你是因为报仇才受伤的吗？"

余不扬点点头："正是因为当初你告诉我鲍老汉这条重要的线索，我才有机会找到抛尸的两个家伙，现在有一个已经被我杀了，还剩下一个。"

"鲍老汉？"

"就是车帘子上画着兰花的车夫。"

张本意味深长地点点头，没想到自己在瓦子里道听途说的一句话还真的帮了余不扬。只可惜如此一来，余不扬调查的重点就从陈韶仪身上转移了，这对自己不利。

"不过，陈韶仪虽杀不得，但此事肯定与陈府脱不了干系。依我看，搞不好陈府里有什么见不得人的勾当。"

张本试探性地抛出一句，没想到余不扬很快就接了话："小弟也这么认为，只可惜凭我现在的能力还进不了陈府大院儿，只能一步一步来了。"听到余不扬这么说，张本稍稍有所宽心。

"你一定会有机会的。"张本的脑海里再次出现陈太奎书房里的那个木匣子和里面的历年账本，心中重燃起了希望，"实不相瞒，他日如你要进陈府查证侄女的下落，求你一定要帮我把一个东西带出来。"

"原来相公你接近陈韶仪是另有所图？枉我前些日子还觉得你只是一个只会哄女人开心的说书人，还将你绑进了山洞，差点误杀了你。是了，你如果只是一般的说书人，又怎么能从我的眼皮子底下逃走呢？相公请放心，要带什么东西出来，尽管与不扬开口。"

"好，我果然没有看错你。陈太奎的书房里有一个大案台，在案台右侧的柜子里藏着一个木匣子，那木匣子里有我要的东西。如果你有机会进陈府，只管帮我把那个木匣子带出来。"

"那木匣子长什么样？"

张本边用手比画着，边说道："那个木匣子大概这么大，有这么高，是红木做的。对了，匣子上还挂着一副鱼形铜锁。"

"那不就是与你给我带饭的食盒差不多大小？还真是个小匣子呢。对了，我看你与陈韶仪交好，难道连陈府都进不去吗？"

"实不相瞒，这几年来我一直依赖和陈韶仪之间的关系在陈府畅通无阻，只是不小心露了馅儿，引起了陈太奎的怀疑。就是被你绑的那晚，我终于发现了那个匣子的所在之处，只可惜意外被陈太奎在他的书房里逮了个正着，还好我装醉才躲过一劫。不过，虽然有惊无险，但陈太奎肯定会小心提防着我……我想，日后很长一段时间我都没有机会再接近那个木匣子了。"

余不扬心想，虽然张本救他是出于私心，但能不计前嫌已实属不易，自己又岂能在这件事情上斤斤计较。于是便表态道："原来是这样。相公放心，如果我有机会进陈府，先偷了这个盒子再办自己的事情。"

张本叉手回应道："那就有劳兄弟你了。"

这个时候，院子里起了状况——陈韶仪不知何时闯了进来，黄小标上前阻拦，二人起了纠纷。陈韶仪一看就是在气头上，她指着张本的房间便骂："好你个张本！竟然敢背着我金屋藏娇，我说你为什么不理我了，原来是喜欢上了别的女人。黄小标，你这厮别拦着我！张本，我都看见了，房间里还有一个人是谁？"

黄小标在一旁解释道："屋里没有女人，我天天在院子里呢，连个母苍蝇都没看见。"

陈韶仪依旧哭骂道："浮浪子，有本事你就别让黄小标拦着我，当面对质个清楚。"

原来，陈韶仪相思情切，正绕着张本的宅子打转，想着这几天张本为什么有意避开自己，结果正好看见了张本在跟余不扬说话。刚好此时又是天光昏暗，还没瞧个清楚明白，她便压制不住心中的怒气，冲了进来。

余不扬马上反应过来，说道："这可怎么办？"

张本倒是一脸淡定，说："怕什么？你又不是女人，我也没有金屋藏娇。让她进来看个仔细不就行了。"

余不扬急忙说："不可，陈韶仪认识我，她掳走余在水那晚，我和她的属下交过手。倒不如……你既然与陈家有仇，一不做二不休，你引她进来，我杀了她。既免得她再烦你，也替余在水报了仇，一举两得。"

"怎可意气用事？万一你取不出那个木匣子，有陈韶仪在我多少还有个希望。再说了，在我的房子里杀了临安府尹的女儿？你要我怎么活？"

余不扬低头转了两圈，推开窗户爬了出去，说："相公，眼下也只有我逃出去避一避了，你的救命之恩，在下记在心里，没齿难忘。"

张本苦于没有更好的办法，便默许了余不扬的主意，忙叫住余不扬说："救命之恩不足挂齿，只是不要忘了你的承诺。"

"放心吧，君子一言驷马难追。"余不扬探出半个身子，又回头问道，"今日一别不知何时可以再次相见，不扬心里一直有个疑问，你是如何从双蛛洞中逃出去的？"其实他还想说，单凭一张说书嘴，就能把临安的少女娇娘哄得团团转，又能在双蛛洞中突然消失得无影无踪，难不成真是只妖？

可张本的动作不容他继续说下去，一边关窗一边说："此事定有明说的机会,只是不在今日。"余不扬听着陈韶仪的声音渐近,一扭头,消失在瓦背上。

余不扬刚走,陈韶仪便赶了上来,翻箱倒柜地找了起来。

张本挺了挺腰杆,说道:"陈小姐,胡闹够了没有?哪有什么金屋藏娇?"

"你还嘴硬。我刚才在路上分明看见了,张本啊张本,我到底哪里不好,让你这般嫌弃?我要不是亲眼所见,还被你蒙在鼓里,日日夜夜还想着你啊!既然要做这种见不得光的事,为什么不早点告诉我,行啊,长能耐了,西湖里耍得熟了,竟也学起了钓鱼,吃着碗里瞧着锅里,呸!"张本被陈韶仪骂得无话可说,黄小标见状插话道:"陈小姐,真的是个男人,还是相公的旧相识。你看,这案台上还有他的换洗衣物呢。"

陈韶仪接过衣物,问张本:"真是个男的?"张本点点头,不作声。可没想到,陈韶仪却大声地哭了起来:"两个大男人不在厅堂里吃茶饮酒,在卧室里待着做什么?看见我来了就逃走,不是心虚是什么?张本,你是不是有龙阳之癖?"

"我……"

"相公……"黄小标刚想再解释,却又不知道怎么解释,张本确实日日夜夜和那个旧相识待在屋子里,也不让他进去。

"都没话说了吧?好,没想到我陈韶仪瞎了眼了,喜欢了这么久的男人,竟然不喜欢女人。"说罢,便夺门而出。张本和黄小标尴尬地对视了一眼,问道:"小标,你不会也相信她说的话吧？"

"小人……小人怎么能相信陈小姐的话呢。"张本站在原地思考了片刻，"扑哧"一声笑了出来，心想这样也好，终于落得了清净。

"相公，你怎么还有心思笑啊？难道……真的被陈小姐言中了？"

"死小标，连你也跟陈韶仪一样不动动脑子吗？我要是真的喜欢男人，为什么找一个像你这么矮矬的仆人？愣着干吗，还不去帮相公去跟陈小姐解释解释。"

黄小标这人头脑简单，分不清好赖话，一听见张本有吩咐，赶忙答应着追了出去。

余不扬从张本家逃出来以后，就在涌金门附近的一家小客栈住下了。他原本只是将客栈当成一个落脚的地方，等到夜深了，再去马场看看情况。没想到，他吃完晚食刚准备回房休息，就瞥见魏桥西领着南瓦的妓女小杏儿进了这家客栈。魏桥西没有发现余不扬也在这家客栈里。见他们在大堂里坐下，余不扬便不动声色地重新坐了下来，假意吃酒，实则偷听。

魏桥西让小杏儿先坐，自己坐在她的下肩，满脸堆笑道："我大哥前几日惨死马场，官府说是失火烧死的，我不信。我大哥是何许人也？肯定是遭人害死的。所以，这几日我都不敢露头，尤其是像南瓦那样人多眼杂的地方。"

小杏儿一脸不满道："既然这样，那还出来做什么？非要带我来这样糟心的店里，还有什么心情吃酒？"

魏桥西嘿嘿笑着说："那还不是这几日躲得闷了，又想起你这个可人儿来了？一想起你呀，我的五脏六腑就好像蚁爬虫叮一样难受，只有你这嫩笋一般的手才能挠得到。"说着就拿起小杏儿的手放在自己胸脯上揉搓起来。

小杏儿抽回了手说道："挠完了吗？挠完我可走了。"

"哎呀，小杏儿你这不是要了哥哥的亲命吗？你明明知道，我要你挠的不是这里。"

小杏儿没憋住乐出了声："你这淫贼，这种话都说得出口，不怕被人听见？羞死人了。"

"听见怕什么？哪个老鼠不打洞，哪个男人不思娇？哎呀，小杏儿，你笑起来真好看，越笑啊我这心里就越痒。咱们上楼去，先挠个痒，再来吃饭，吃完饭啊，哥哥再好好服侍你，嘿嘿。"说罢，便拉起小杏儿的手上楼去了。

余不扬探出脑袋，悄悄记下了他俩的房间位置，一拍脑袋便冒出了一个主意。

过了一个时辰，小杏儿在前面娇娇媚媚地整理着琉璃头饰，魏桥西在后面跟着，脚一软，差点踩了个空。小杏儿往后瞥了一眼，挑逗道："瞧你那尿样儿……老娘才刚刚尝到了点腥味儿，今晚呀饶不了你。"

魏桥西不甘示弱，忙道："都是没吃晚食惹的祸。店家，上酒上菜,快快快。"

店里的小二哥把他们先前点的菜都上齐了,魏桥西又叫了一斤酒,二人许是肚子饿了,不出半个时辰便吃了个精光。都说酒是色媒人,这二人又是属牲口的,吃完了晚食便马不停蹄地进了房间。小杏儿急一些,到了房间就开始扒魏桥西的裤子,魏桥西却双腿一夹,两眼直勾勾地盯着小杏儿。说道:"有点儿不对劲。"

"哪儿不对劲?难不成有人偷看?你可别想逃。"小杏儿下意识地四处张望了一下。

"肚子不对劲,哎哟!"魏桥西大叫一声,腿夹得更紧了。

"雕虫小技,还骗得过老娘……哎哟!这肚子疼难道也会传染?"

二人对视一眼,争先恐后冲进了厕屋。原来,余不扬方才趁他们翻云覆雨之际,偷偷溜到厨房给他们的菜里下了泻药。在二人进进出出如厕了十来次的这段时间里,余不扬一直在隔壁屋听着动静,一边算着时辰,一边整理包袱,带上腰刀和短刀,然后趁着他们去厕屋的时候溜进了魏桥西的房间。

二人终于消停下来,魏桥西先进屋里,骂了一句:"明天一早再来找你这黑心店家算账。"他面色如蜡,刚纵欲过度又拉了好几次肚子,已经没有惦记其他事情的精气了,四肢更是软得像没了骨头。这样甚好,余不扬悄悄闩上门,提着腰刀往床边走去。

魏桥西虽然被折磨得迷迷糊糊的,但毕竟是习武之人,听到了危险的脚步在逼近,他噌地从床上挺了起来,伸手就去拿挂在床头的逆鳞软剑,却抓了个空。再一回头,余不扬已经逼到了身前,腰刀戳在了他的后心。

余不扬看着手上的软剑,冷冷地说:"好一把逆鳞软剑,没想到主人也是软软趴趴的,好马配好鞍,一个道理啊,哈哈。"

魏桥西并不惊慌,说道:"好哇!我晓得了,壮士今日是有备而来,又是下药又是埋伏,看来是非要取我命不可了。"

"并非一定要取你性命,你只要告诉我,六月廿八那晚是谁指使你们将一位姑娘杀害又抛尸西湖的,便饶你一命。"

"呵,我当是什么事,若是问这事儿,我便无可奉告,要杀要剐请随便伺候。咦……你今日来找我,想必从我大哥身上没落着好吧?我大哥就是被你杀的?早知道那日在鲍家田就该杀了你。"魏桥西的样子就好似见到了杀父仇人。

"既然我大哥至死不说,我也不会说的!"

余不扬早就料到魏桥西不会轻易开口,他抬起腰刀顺势一撩,电光石火之间便断了魏桥西一根手筋,然后用刀背一拍,将魏桥西翻了个身,踩在床上。魏桥西看着自己的断手,依旧不忧,只是叫余不扬抓紧了结他的性命。

余不扬冷笑一声,抽出一把短刀,笑道:"我听人说,讨女人家欢心要四件事俱全,方才可行。今天且与你来论一论,不知道对不对。这第一是潘安的相貌;第二是要有驴的大行货;第三要似邓通有钱;第四件就要有绵里针的忍耐力。我看你既无潘安的相貌,也别提邓通的钱财,方才只是吃了点泻药便拉得稀里哗啦,更没有丝毫耐力。可你却受那娼妇的喜欢，小人斗胆猜一猜，莫不是有驴儿一般的大行货？"说罢，余不扬用短刀划开魏桥西的裤裆，眼睛一瞪："嚯，还真是不小呢。哈哈……淫贼，你今日要是不说出幕后黑手是谁，我便割了你的行货，让你生不如死，再也尝不了女人的滋味！"

此话一出果然奏效，魏桥西的气势马上弱了下来，求道："好汉，使不得……"

"好说，只要你告诉我六月廿八那晚你们杀的姑娘叫什么名字，是谁指使的，我便饶你在世上继续快活。"说着，余不扬顶在魏桥西大腿根部的短刀故意使了使劲。

"好汉住手！我说我说，是临安酒行的行长黄潮让我们杀人抛尸的，他给了我们哥儿俩二百两会子票。动手之前，我兄弟二人都与他立了字据，上面写有那女人的姓名，可惜小人不识字，也不知道上面写的是谁。"

"胡说八道，你既然不认识字又怎么立字据？"

"我大哥认识字，他看了一番便签了字。一直以来都是只要大哥签字同意，我也胡乱画个押便是了。你看……话都到这个份儿上了我还骗你干吗？我今日既然告诉你是黄潮指使的，便也没命在临安混下去了，还有什么藏着掖着的必要？"

余不扬大笑："咳，你什么都不知道。"

"可是该说的我都说了，你行行好，可别……"

"我向来说到做到，便留下你的命根……"突然话锋一转，

"但你的狗命却留不得!"话音一落,只听见"扑哧"一声,余不扬的半截腰刀没入了魏桥西的胸膛。

天光将晓之际,枢密院知事赵汝愚的马车缓缓地从六部桥上驶过,两旁军士挺了挺身子,丞相留正弃位逃跑,余端礼常因腿疾告假在家,赵汝愚一人扛下了皇家的国事和家事,他值得尊重。赵汝愚此行去重华宫商议治丧之事,出发之前他特意准备将相关事项请示皇上,不出意外地吃了闭门羹。

嘉王在候潮门附近恭敬地站立着,略显疲态,看样子他早早就在此等候赵汝愚了。马车在赵扩三步之外停下,他三步并作两步上前说道:"赵枢密使,小王在候潮门恭候你多时了。"车舆内沉默了片刻,赵汝愚便从帘子里钻出来下了车。

"天色尚早,嘉王难道有要事吩咐老臣?"赵汝愚眉眼低垂,不想看赵扩那副和李皇后一样的嘴脸,心里暗骂他无事不登三宝殿。

"前些日子,我受父皇所托去看望太上皇,没想到太上皇看我的眼神就像是看见仇人似的,激动地一个劲儿咳嗽,直至吐血昏迷,谁承想第二天就收到了太上皇晏驾的消息。小王心里一直愧疚得很,今日枢密使能否行个方便,带小王去给太上皇上炷香?"赵扩说着话,拉起赵汝愚的双手,态度诚恳。

赵汝愚冷静地回答:"这样不符合北内的礼数啊,按照规矩,前去探望的人员前一日要经过重华宫的同意。"

"太上皇都晏驾了，还要经过谁的同意？"

"人虽然走了，可规矩尚在。况且还未到禫祭的日子，只得一切照旧。"

赵扩一甩手，没好气地说："是要经过那些内侍的同意吗？那些阉人就知道拿着鸡毛当令箭。我打小就与太上皇来往不多，说起来还是拜这些内侍所赐！要是没有他们用那些繁文缛节拦着我，太上皇也不会对我的才能和德行如此误解……现在他老人家晏驾了，我毕竟是他的嫡孙，孙子给爷爷上炷香有何不可的？"赵扩欲说还罢，又拉上了赵汝愚的手。

赵汝愚轻拍嘉王手背，示意他放手。"嘉王所言极是，可皇家治丧礼节繁多，就连老臣也……老臣也不知道能不能让你在皇上之前来给太上皇上香。"赵汝愚搬出了皇上这座大山，意思再明白不过。你一个皇子抢在皇上之前去上香有什么企图？不就是为了告诉天下人你嘉王和自己的父亲不一样吗？

"皇上……皇上他有错，做儿子的来弥补。"赵扩急着让赵汝愚带他去重华宫，也不管说的话是否得体了，"虽说子不言父过，可当着枢密使的面我就不拐弯抹角地说话了，我是真的想修复南内和北内的关系啊。"

"嘉王孝感动天、有礼有节，太上皇他老人家在天有灵，都看在眼里呢。不过话说回来，行孝之事岂能代替？子欲孝而亲不待，日后嘉王可不能学皇上啊……"赵汝愚的三言两语把赵扩的喉咙塞得严严实实发不出声来。

见赵扩一时回答不上来,赵汝愚便主动道别:"老臣告退。"说罢便爬上了马车,吩咐道:"走吧。"

赵扩面颊微抖,望着马车离去的方向,低声自语:"赵汝愚,我好歹是个皇子!竟敢这般轻视我。"

马车内除了赵汝愚以外,还有他的儿子赵崈以及起居舍人彭龟年,三人均不言语,神情凝重。彭龟年头上缠着纱布,时不时发作的头痛让他寝食难安,几乎要精神失常了。

突然,彭龟年放声大哭起来:"前些日子,太上皇卧病在床,皇上带着李皇后和众多嫔妃一起去玉津园游春。是个人都知道独自欢愉不是人子所为,我们这些舍人实在看不过去,便冒死上谏,没想到皇上置若罔闻。微臣也实在是看不过眼,在大殿龙墀处叩首,直至血流满面,可皇上依旧无动于衷哇。如今,我脑袋上的伤疤好了,却留下了头痛病的后遗症。每每头痛,我的心就更痛,太上皇他老人家可怜啊。"

赵汝愚长叹一声,不做回答。赵崈憋着一口气道:"彭舍人为了说服皇上,不惜用自己的身体做代价,实在是忠心耿耿啊。传闻皇上的疑疾先因太上皇想立吴兴郡王赵抦为太子而起,后因皇后在太上皇与皇上之间作梗挑事而越来越重。如今太上皇宾天,皇上的疑疾是否得到好转?你每日不离皇上左右,应该最清楚吧。"

"这……哪里有半点好转的迹象呀!"彭龟年痛心地哭了起来。

车内又陷入了沉默,只有彭龟年的轻声啜泣。旋即,赵汝愚叹了一口气，不耐烦地说道："彭舍人，你我皆是年过半百之人，哭哭啼啼的有什么用呢！"

"子谏父不听，则随之以号泣！这是圣人教训。况且下官确实不知道自己还能再做点什么。"

"当年太上皇传位于皇上的时候对着满朝文武说，皇上比他还要英明勇武，他是不会看走眼的。目前皇上虽然病了，但还没有到无法挽回的地步，他的病因来自后宫……"

赵汝愚还没说完，彭龟年又大声骂道："悍妇啊，唯恐天下不乱的悍妇！心狠手辣吓疯皇上，自私自利祸乱朝纲，全然没有一点母仪天下的样子。"

赵汝愚怒道："彭龟年！我都是旧臣，看在这个面子上我才带你一道去送太上皇一程，到了以后切不能再哭哭啼啼的了，尤其是不能再提李皇后！太上皇最不喜欢李皇后，死了就给他一个清静吧。你刚才在车里没听见嘉王说吗？他替父尽孝前往重华宫探视太上皇，没想到太上皇不喜反忧，加重了病情。我猜测，是嘉王让他老人家想起了李皇后，所以才悔恨攻心。人啊，有的时候也就是一口气的事情，这一口气背过去，说没也就没了。"说罢，马车停在了重华宫外。附近的老百姓见三位锦衣相公从马车里下来，便围了过来——都想看看这冷清的重华宫又来了什么尊贵的客人。

几个扎着满头髻的黄毛小儿围着马车打着转，嘴里唱着："赵官家来咯，皇上来咯，儿子来看父亲啰。"赵汝愚听着鼻子一酸，两行热泪忍不住流了下来，心想连老百姓都天天盼着皇上来重华宫呢。

彭龟年走在前面，赵汝愚抹了一把泪，把赵虔拉到一旁，说："刚才那些老百姓的反应你也看见了，哪一个百姓不盼国家好？哪一个百姓不喜欢贤能的君主？我们既是人臣，也是宗室子孙，于公于私都应该做好老百姓所期待的事情，也是太上皇交代的事情。"

赵虔似懂非懂点了点头，赵汝愚继续说："如今太上皇仙游，这钱塘江的大潮说起来就能起来，片刻也大意不得。我们肩负内禅重任，绝不能成为被浪潮拍死的那批人！"赵汝愚意味深长地看了一眼走在前面的彭龟年，"有好些个老臣是靠不住的，还是要抓紧把余端礼架上我们的战船，片刻耽误不得了。招纳余不扬为黑白探的事进行得怎么样了？他本身有勇有谋，可以行使黑白探之责，又是余端礼的侄子，是个非常合适的人选。"

赵虔回答："此人确实是个能人，可性格跟他那位叔父也很像，是个不通气儿的老烟袋，顽固还死心眼。若要委以重任，可能未免太一根筋了些。"

赵汝愚道："看来是个傻人，好啊。"

赵虔不解："父亲何出此言？"

赵汝愚笑道："儿啊，太聪明的人容易瞻前顾后、拈轻怕重，是做不好事情的，要为我所用的，就应该是傻人。一根筋、认死理儿的人最好。抓紧招纳他，还有很多事等着余端礼和他去做呢。"

三人在冷清的重华宫疾步前行，一路景观虽然精致却显得杂乱，草木肆意生长，疏于维护。时过境迁，太阳再盛照样有日薄西山的时候，这人啊也一样。

太上皇晏驾，内禅之声四起。这样的消息很快传到了大宋最繁华的贸易港口，这里商船舳舻千里、帆樯如云，灰的黑的白的各国海鸟被色目、占城、南洋还有大宋的商船带到泉州。跟海鸟和商船一样，街上走着的人有各种颜色的皮肤头发，各式各样的装束打扮，到处是蕃人聚居自治的蕃坊，他们和这里所有原住的大宋子民一样生活，一样做买卖。这对于泉州人来说已经是司空见惯的景象了，不足为奇，因为连泉州港的承节郎也是一个色目人。港口那些挂着"蒲"字巨大幡旗的商船就是他的财产，劳工们正从他的船上一箱一箱地搬下降真香、檀香、沉香、龙涎香和胡椒，这里面有绝大部分是要贩往临安的。此时他正站在船头嗅着浓烈的金银的香味，享受着海风的吹捧和海鸟的赞美。

蒲开宗虽然身在泉州，却在临安城里养着很多眼线和生意上的伙伴。通过从临安寄来的一封封书信，他对行在的局势也充满了忧虑。当然，他所忧虑的并不是关乎社稷的政事，而是自己的生意。"半日之内，启程临安，我们也去凑凑热闹吧。"看完信，他干脆地说，焦黄色的胡须微微上扬。所有人仿佛接到了西方天神的旨意，动作更快地忙碌起来了。蒲开宗跟身边的老随从补充道："临安要变天了，不能等着雨一路下到泉州再开始糊纸伞，你明白吗？这么大的家业不是这些有香味的木头给的，你知道是谁给的吗？"随从的腰弯得更深了。

御街上，余不扬买了块定胜糕当午食果腹。心里想着，黄潮是临安酒行的行长，是屈指可数的豪商。既然是有钱人，想必府宅门槛甚高，并非张三李四可以随便出入的。

余不扬边走边想着如何进入黄府的法子，不知不觉间，来到了前几日赵艮请他喝酒的南上酒库，只见一支挑酒的担夫队伍正在捆棕绳、架扁担。为首的一个驼背老汉眉头紧锁，神色焦急。

"这贪嘴的赖狗儿，又吃坏了肚子，临出发的当口他却要上茅房，真是懒驴上磨屎尿多！"

一位短胡子汉子说："再等等吧，我们十个人，每个人一百六十斤的酒担子，合起来一千六百斤。方才来买酒的牙人可说了，这是送到黄行长府上的，一斤也不能少。"

驼背老汉犯了难，说："要不这样，几个年轻力壮的换挑大酒桶，把赖狗儿的酒都匀一匀……"话还没说完，就有一个后生家跳出来说："那可不行，要匀你自己匀，一百六十斤的担子，那已经是西施抡板斧，强人所难了。我可是一斤力气也榨不出来了。"

"就是！"几个慵懒的后生家都声援道。

驼背老汉急得团团转："这可如何是好，那牙人叫我们午食过后就送去，这都过了半个时辰了，再下去可耽误不起了。"

短胡子汉子又道："倒不如现在去找个人来扛了赖狗儿那一份儿。即使赖狗儿现在过来，他也不一定有劲儿挑担了，拉完了稀就跟泄了精气一样，是只……软脚虾。"众人大笑，他斥道："嘻！笑什么？谁拉完稀都这尿样儿。你敢说你不是？不就是这个理嘛！嘿嘿。"

余不扬心中大喜，这可真是过河的碰上赶渡的了，忙上前自荐道："几位兄弟是在找挑夫吗？小弟我恰好在找活计，身上也有几斤力气，赶早不如赶巧，倒不如便宜了小弟我？"

驼背老汉一听，喜上眉梢，赶忙答应了下来。

一行人颠着扁担上了御街，这几个挑夫看着不高不壮，但挑起担来还真不含糊。余不扬只走到半路便觉得肩膀酸痛，难以支撑，但难得这样的天赐机缘，他只得咬牙坚持。

黄潮的府邸在临安府治一带，途经武学、太学、国子监。武学里传出了操练的声音，余不扬怅然不已，如果他现在不在挑担，而是在武学内习武陪练，那该是怎样的感觉呢？

"后面那位新来的兄弟，稳当着点，酒可别洒了。"驼背老汉朝余不扬喊道。余不扬应了一声，慢慢追了上去，又走了一刻钟才到了黄府的后门。后院老管家嫌大家到得慢，斥责了几句，便领着大伙儿从后门鱼贯而入，往库房走去。老管家和驼背老汉交代了几句，便去忙活其他事务了。驼背老汉道："大家抓紧卸货，卸了货就走，不要逗留。"

众人答应，都加快了手脚。余不扬卸完酒，故意捂着肚子对那短胡子汉子说："哎哟，怎么我的肚子也学那赖狗儿疼了起来，你先替我拿上扁担，我去去就来。"说罢，也不管那短胡子汉子同不同意,就把扁担往他手里塞,快步走出了库房。少顷,众人卸完了酒,站在后院门口等余不扬,老管家见大家没走,又呵斥道:"你们这些破落户,苦力钱我自会与你们掌柜的结算,傻站着干吗,还不快走?"说着就要来关门。短胡子汉子欲要解释,被驼背老汉拦了下来,说:"他倒是个讲究人,屙屎还得挑个好地方。算了,别管那人,他要工钱自会去酒库领的。我们早点走,省得在这儿遭人白眼。"

余不扬在茅厕里躲了一会儿,见没人来找,便悄悄溜了出来。黄府果然是个大户人家,在这寸土寸金的临安城内,硬是造出来个五进院落,前有山水园林,后有亭台楼阁,到处有雕梁画栋、精致游廊。余不扬不禁暗暗感叹,若不是今日亲眼得见,怎么也想不出房子还能这般豪奢。

第八章
黑白探

余不扬正准备继续游探,忽见湖边望湖楼出来了三个人,为首的是一个着紫袍的中年男子,左侧跟着一白袍后生。在他们两人身后,跟着一个满脸横肉、五大三粗的汉子,比他们至少高出两头。余不扬瞧那紫袍男子和彪形大汉觉得面熟,却又想不起来在哪里见过,直至紫袍男子开口说话他才想起来——在李七儿肥羊店门口,自己那口痰就是吐在这紫袍男子的皮靴上,身后那大汉名唤牛二,当时还推了他一把。余不扬定了定神,躲在假山后仔细偷听他们的谈话。

二人谈笑片刻,白袍后生叉手道:"黄兄,今天多亏了你,要不然我那一千六百斤酒上哪儿去变啊?"这紫袍男子应该就是黄潮了。

黄潮笑着点头,客气道:"不足挂齿,不知韩国戚要这么多酒干什么?"

"我虽只是个阁门知事,但因为和皇室沾着亲带着故,李皇后和嘉王那边都喜欢吩咐小人帮他们办事。这次买这么多酒啊……"这位韩国戚名叫韩侂胄，他瞄了牛二一眼，轻声道，"你既然帮了我大忙，我也不瞒你。李皇后连夜来都梦见太上皇责备她相夫教子无术，心神不宁。昨日李皇后请江郎山的清湖陈仙来破解，道士说是因为太上皇皇命殒灭，龙威大泄，因此受到了波及。那道士建议李皇后每日用九十九斤白酒和九位处子之身的宫女一起泡澡，连浴十六日，方可借酒和年轻宫女身上的阳气抵御此劫。"

"当真如此？那可多亏了韩国戚，要不然我哪有为皇后效力的机会呀？甚是荣幸、甚是荣幸啊。"黄潮话锋一转继续说，"我听闻太上皇和皇上在立储之事上意见不一，如今太上皇晏驾，那么嘉王移驾东宫便无人可拦了，对吗？"

韩侂胄微微一笑，并不直说："上天是不会亏待像你我这样恭谦仁厚之人的。话休繁絮，黄行长深明大义，小官日后必帮你在皇后和嘉王面前美言。"

"多谢韩国戚抬爱。"

二人客气一番后，韩侂胄领着运酒的马车返回大内。黄潮心情大好，叫牛二牵马来，外出游乐去了。余不扬心里击了个掌，正准备进到望湖楼内搜一搜。可常言道，乐极生悲，马上就在余不扬身上应验了。他一开心劲儿使大了，竟踩下一块假山石来，那断石滴溜溜滚进了湖中，溅起了一朵不小的浪花。

恰好此时，一个侍女从旁经过，听见了声响，便问道："谁在里面？"

余不扬心里暗暗叫苦，不知如何是好，又闻那侍女提高声量说道："再不出来我可要喊人了！"便硬着头皮出来，含糊地说道："小人是南上酒库挑夫，刚才去上了个茅厕，出来就迷路了。你家这庄院也忒大了，嘿嘿。"

侍女表情严肃，上下打量着余不扬。余不扬也慢慢抬眼打量着侍女，只见她与余在水年纪相仿，婀娜纤腰樱桃小嘴，浅晕微红，猛见蛾眉紧蹙、眼神犀利，余不扬连忙回避了眼神。说来也巧，这个侍女不是别人正是小云。张本救下余不扬的那天，小云就见过他，还记住了他的相貌，可余不扬却没见过小云。

小云马上想起张本说过，余不扬能帮助他们拿到账本，便想着赶紧稳住他，于是佯装厉色道："浮浪子！瞎看什么？不光假装挑夫，还是个好色之徒。"

余不扬大惊。心想，此女好生了得，竟然知道我撒了谎，这下子可怎么脱身啊？就在此时，游廊那头响起了老管家的声音："小云，你那边可有什么事？"

余不扬和小云四目相对，正当余不扬准备出手拿她之际，小云却突然对余不扬笑了。

"管家爷爷，原来是一只小野猫窜进了假山，我赶走它便好。"老管家听闻之后，交代了几句，便不再理会。小云对余不扬说："黄府戒备森严，望东阁之后便是班房，不想惹麻烦的话，就跟我来。"说罢，小云也钻进假山，择了一灌木夹道的隐秘小道先行带路。余不扬犹豫再三，稳妥起见，还是硬着头皮跟了上去。

小云把余不扬引到一个柴房里，转身刚要说话，不料左顾右看的余不扬没有留心脚下，绊了一跤，踉跄着扑到了小云的身上。小云慌忙间随手操起一根柴火棍，狠狠地往余不扬头上敲去，压着声音骂道："我好心救你，你却趁机占我便宜，不知好歹的野猫！"

余不扬忙解释道："姑娘，你误会了，我怎么会对你有非分之想呢？"

没等余不扬说完，小云身子往前一探："你这话是什么意思？瞧不上我啊？我还嫌你寒碜呢！"

"怎么会呢？是姑娘瞧不上我才是。"余不扬心里乱成一团，嘴上两张皮更是不利索，全然说不出个子丑寅卯来，心想这些临安的女子怎么都一个德行，喜欢胡搅蛮缠。

"我呸，谁要瞧上你了！刚说你是野猫，你还舔上我这老虎的鼻子了是不是？知道我是谁吗？"小云笨拙地摆出了一副威风的样子，"我是这府里的一等侍女，伺候黄老爷的起居，惹毛了我，不用到官府就能了断你。方才我看你鬼鬼祟祟地偷听黄老爷说话，你到底有什么企图？"

"说了你还不信，我是南上酒库的挑夫，迷路了而已。"

"还不说实话？那些整天卖力气的挑夫哪个不是黑黑壮壮的，再看看你，肩上没有三寸肉，哪里吃得住担子？"余不扬刚要狡辩，小云又说道，"其实我早就盯上你了，别装了。"

余不扬本就是个实诚人，见事情败露，便也不再卖笑讨巧，说道："姑娘既然看破，又没有说破，便是小人的大恩人。不瞒姑娘，小人确实是借着挑酒的机会溜进来的。"

小云趟着步子，一圈一圈地打量着余不扬，又笑出声来，说道："果然是个老实疙瘩。我这人心眼儿最好，从不欺负老实人，说说看，为什么要溜进来？"

余不扬心里七上八下，心想她是黄府的侍女，倘若据实相告，她肯定是要说出去的，便支支吾吾不肯开口。不料这个小云也不是个善茬儿，扯着嗓子就喊"老管家"，吓得余不扬连忙过来捂住她的嘴。小云推开余不扬，混了一眼道："知道怕了就快点说，等什么？等我烧香请你开金口？"

余不扬无奈道："小人并不是什么十恶不赦的坏人，我把潜入贵府的前因后果都一一与你说来，还请姑娘为我保密。"随后，余不扬便从余在水被掳开始说了起来。

"六月廿四那晚，我侄女被临安府尹陈太奎的女儿陈韶仪抓了去，一连几日都杳无音讯。你可听说过西湖无脸女尸？"

"听说了，西湖年年有人淹死，可没有脸的还是头一回。想想就挺瘆人的……啊！不会是……"

余不扬艰难而又肯定地点点头，继续说："嗯，和我有关系，其实很有可能就是我的侄女。"

"这个陈小姐的胆子也太大了，不光胆子大，心也狠。"小云略有所思地说着。

"虽然这件事情跟陈韶仪有关系，但可能不是她干的。根据我这两天的调查，凶手很有可能就是你家老爷——黄潮！"

小云竟没有一点恐惧的意思，反倒是面带惊喜地问："你肯定吗？"

"此事关系重大，我怎么会跟你随便开玩笑？这是被黄潮雇佣的凶手亲口跟我说的。"余不扬想起魏桥西为了保住命根子的那副神情，"他绝对不敢骗我。你可要替我保密啊，唉……既然对你说了这些，就不应该在乎你要不要说出去，大不了我再找个其他的机会……"

"一会儿让人家给你保密，一会儿又不相信我，全然没点男子汉的气概……"

余不扬担心又说错话惹恼小云，慌忙道："姑娘误会了，哎呀……相信你。"

"真的相信我？你要是真的相信我，就答应帮我一个忙……我就放了你。"

"姑娘但说无妨，只要小人办得到，定当报恩。"小云点点头，刚准备说，却突然悲上心头，情不自禁地哭了起来。

一番哭诉之后，余不扬知道了原来小云一家本是临安的小酒商，虽然生意不大，但一家人也过着衣食无忧的日子。后来，黄潮的势力慢慢壮大，想要拉拢一些酒商推举自己做行长。小云父亲不认可黄潮的为人，没有顺从他的要求。哪知老天爷错勘贤愚，黄潮竟然一路顺风，生意越做越大，最终真的坐上了行长的位置。为了报复，黄潮搬弄是非，随便找了几个由头，便把小云一家从酒行里踢了出去。失去了营生的小云父母最终积劳成疾、郁郁而终。长大成人的小云来到黄府做丫鬟，就是要伺机报仇。

余不扬长叹一声，想起了那日在狗儿山上朱建桥所说的话：煌煌临安，有钱人的生活千篇一律，穷苦百姓的可怜各有不一。

"姑娘请放心，我的大仇得报，你的仇也就报了。"

"倘若有机会告慰父母在天之灵，奴家就是做牛做马报答壮士也愿意。"

此后几天，余不扬便躲在这柴房之中，一日三餐、掩护传信都有小云帮衬着，搜查之事倒也进展得顺利。那黄潮果然将暗昧之事都藏在望东阁内，多是与临安府尹陈太奎官商勾结的信件、账本，杀人越货之类的证据亦有之，可就是没有找到关于余在水的。小云又给他支招，黄潮那个贴身仆人牛二，即使是吃饭、睡觉也不离其左右，兴许能从他身上获得些线索。

小云说："黄潮那厮心思缜密，这几日你收集了不少他作奸犯科的证据，他迟早会发现的。为了安全起见，还是不要在黄宅里躲着了。"

"也好，该找的地方都找遍了，再待下去也是徒劳。倒不如凑个机会找那牛二求证一番来得实在。"

"牛二虽然是个糙汉子，但武功甚好，若来硬的恐怕你占不了便宜。"

"不怕他，我心中已有一计，你看这样行不行……"余不扬把计策说给小云听，小云听了笑得直不起腰。"这是个好计策，牛二那憨子肯定能上当。"

第二天,恰好是酒行的盘账日。这一日,黄潮往往会在望东阁内待上一整天。牛二难得清闲,正在院子里闲逛,小云匆匆忙忙地迎了上来,拉着他的袖子就说:"牛大哥,刚才有个小厮在后门叫嚣着要找你打架,说什么'不就是在破皮靴上吐了一口痰嘛,下次看见了还要吐'之类的话,他还说你推他的那一把就像是小娘子挠痒痒,力道太弱了。"

牛二摆摆手本不想理会,突然又想起什么来似的,嘀咕道:"难道是李七儿肥羊店门口撞见的那鸟人……是不是长得高高瘦瘦的?"小云赶紧点头,牛二笑道:"哈哈,像他这种闲汉不过是耍耍嘴皮子,逞一时爽快。上回我只是轻轻推了他一把,他就弹出去六七尺远,要不是黄老板叫住,我非要了他的鸟命不可。他倒好,得了便宜还卖乖,说些什么鸟话。"

"牛大哥,我看他并非像是耍滑头,因为他说了……算了,还是不说了。"小云故意欲言又止,牛二果然收住了笑脸,问道:"那鸟人说了什么?"

"他说……你就是个擦鞋伺候人的小太监,要是够胆的话,晚边底(衢州方言:傍晚)来余杭门外鱼市,他有双新买的猪皮靴要你擦一擦。他还说……擦得亮的话,就赏你条小鱼干吃。"

牛二的双眉气得像两把立起来的刀子,鼓着鼻孔喘着气。"好个乳臭未干的黄毛小子,敢这般说话,看我不抽了他的筋、扒了他的皮来下酒……"说话间，他已经大步流星地冲了出去，小云捂着嘴偷着乐。

黄昏时分，牛二气急败坏地赶到鱼市，见余不扬站在埠头上，手叉着腰，脚踩着船，便问道："喂！是你这小子叫我来擦鞋？你的鞋呢？"

余不扬眯着眼坏笑道："哟嗬！擦鞋匠来了。大家快来看看啊，以后擦鞋就找他，一看到大爷我张口就问鞋在哪儿，鞋在我脚上穿着呢，快来擦吧。"鱼市上的小贩正在收拾箩筐、水缸准备回家，忙碌了一天正乏消遣呢，听到余不扬这一声喊，便都围过来看热闹来了。

牛二撸起袖子正准备跳上埠头，没想到余不扬先跳上了船，划了出去。牛二见状骂道："你这鸟人，快划回来！看我不把你捶成肉泥。"

"你这擦鞋匠好大的瘾，不让你擦你还骂上了。不慌，待我跟你说几句话再擦不迟。"众人大笑，就像在看戏。

"我问你，那日我在御街上走得好好的，你为什么要推我一把？"

"你吐脏了我家黄老爷的皮靴，那是我亲手擦的，要不是黄老爷拦着，我当场就给你脑袋开成个瓢儿。快过来！就知道耍嘴皮子功夫，我看啊，你也就是个臭说书的。"

"哎？说书的怎么了，你家老爷要是看到今天这番场面，没准儿会请我去府上说呢。"

229

"呸，黄老爷最讨厌说书的，他若是见着今天这番场面，早就弄死你了。"

余不扬也不搭理他，只是对着众人说："狗急了要跳墙，他该不会跳河过来吧？你们评评理，我只是不小心弄脏了他家老爷的皮靴，他就要我的命，这也太霸道了。像我们这些小老百姓的命就不是命了，他们这些有钱人想要就得给？上次我是不小心吐了口痰，弄脏了他家黄老爷的鞋子，下回若是碰脏了他们的衣服呢？这可说不好啊，你看我们这些做买卖的，挑着箩筐上御街，那不小心肯定是会碰着人的呀。这么说来，我们以后都不能上御街了，万一撞上像他这样的有钱人，我们还要不要命了？"渔民们纷纷点头，有胆大的还声援了几声。

余不扬扭头对牛二说："你家老爷什么来路？吃得起鳜鱼吗？"

"说出来吓死你，家有万金，富绝临安。区区鳜鱼算什么？府上的猫都不吃！我们也从来不买。"这鳜鱼是顶好的河鲜，价格又高，若是捕到鳜鱼那就跟捞到了铜钱一般运气好。渔民们听了牛二的话，都觉得气不打一处来，有的还用臭鱼丢他。

余不扬趁热打铁问众人："这厮该不该打？"

众人答："该打！"

余不扬又说："只怕这厮不经打，喂！擦鞋的，我乃黄河水虎，杀人无数，前些日子，西湖里的女浮尸就是我杀的，识相的就快跑。"渔民都知道黄河水虎是河童的意思，只觉得余不扬信口开河，难辨真假，只当笑话来听。

牛二见余不扬声势正旺，自己完全处于劣势，还被人丢了臭鱼，现在身上腥臭无比，难免有些下不了台。如果现在就走，更是颜面尽失，所以一直在找能翻身的机会，没想到余不扬却露了馅儿，骂道："哼，只怕你在扮猪吃老虎吧？枉你们这些瞎了眼的卖鱼翁还要相信他，他要是真敢杀人，我就吃了这些臭鱼。"说完，还踢了踢边上的鱼篓。

"你说不是我杀的，难道是你杀的？"

牛二一拍胸脯，笑道："嘿嘿！今日你可算是落魄曹操遇上蒋干了，看你还怎么唬人。实话告诉你吧，西湖里那无脸女尸，是我买凶杀的，买的凶呀绝对不是你！"众人一听，牵涉人命了，便都纷纷开始往后退。

"口说无凭，你一个擦鞋的，还有这般能耐？"不过还有几个看热闹不嫌事儿大的也起哄道："就是，八成是在图嘴上痛快。"

牛二环视一圈，心急口快说道："你们……你们真是无可救药，买凶的契约都在我身上放着呢，不信你们看。"说罢，还真的从怀兜里掏出一纸契约来，展给众人看。余不扬起初只想套个话，没想到连契约也套了出来，心一横，誓要将契约夺过来。他用力撑了一篙，跳上岸来，大喊一声："诸位乡亲，此人是十恶不赦的杀人凶手，方才本官用计让他招了买凶杀人的事情，现在便要去捉拿他。凡帮助本官拿下此人者，有重赏！"说罢，就跨着大步，蹿到牛二跟前。

牛二被余不扬绕得摸不着头脑。"你是什么官？"

"你管我是什么官，我是你老母的座上官。"说着，伸手就要去抢契约，却被牛二一掌打开。

"果然是个满嘴喷脓的乡巴佬，看我不收拾你。"说罢，挥着拳头就朝余不扬打过来。余不扬见不好对付，继续吓唬道："来啊，乡亲们，若是今日让这贼人逃走，明天就封了你们的鱼市。"众人一听，都纷纷操起鱼叉围了上来，牛二心里暗暗叫苦，不知眼前这家伙到底是哪里来的罗刹，这些渔民还愣是听他的话。不过牛二心里虽然犹豫，但手上的招式却丝毫没有慢下来，他双手似鹰钩，直往余不扬顶门飞去。余不扬也不甘示弱，轻舒猿臂，前后回旋也不离对方心坎。二人你来我往，都不敢掉以轻心。众渔民手持鱼叉，围着这对争食二虎，都无从下手，有胆大的冷不丁叉向牛二，牛二便要分心去格挡，一来一去总归会给余不扬找出机会来。二人斗了一刻钟的时间，余不扬瞅准机会故意卖了一个破绽，让牛二俯身朝自己攻来。余不扬却把腰身一闪，单手一夹，牢牢揪住了对方进攻的手。另一只手再使出一招猴子偷桃，瞬间便从牛二的怀兜里掏出契约来。牛二方寸大乱，跳将起来朝余不扬扑过来，余不扬就地仆倒，顺势一滚，便轻松地退出了打斗。

牛二方才醒悟自己是中计了，大叫一声："鸟人，别跑！"余不扬也不理会，甩开膀子，像闪电乱风一样消失在众人的视线里。

再说这牛二，杀人契约被余不扬拿走，就好像心被偷走了一样，呆呆地站在原地不知所措。众渔民见余不扬竟先逃走，也都怔住了，慌忙收拾好物件儿跳上船先走为妙。牛二不知道，此时的黄府里早已乱成了一锅粥。黄潮在理账的时候发现很多见不得人的账本和书信不见了踪影，便把府里上上下下翻了个底儿朝天，仆男侍女都跪在望东阁里等待查证发落，小云也跪在人群当中，不过她一点儿也不担心自己的处境，反倒是一心只想着余不扬是否顺利得手。这个时候，牛二慌慌张张跑了进来，"扑通"一声跪倒在黄潮面前，哭诉着自己丢了契约这件事。黄潮听后怒火中烧、焰顶脑门，气得七窍喷烟，抡起胳膊劈头盖脸地打了下去，牛二又惊又怕，在地上连滚了三圈儿才停下。小云轻轻地长出一口气，心里如有清风拂过般云消雾散，踏实了许多。黄潮瞧了一眼跪在下面的人，想发作又发作不起来。便又说："牛二！跟我去陈府尹府上！"牛二甩了甩头，勉强看清方位，跟跄着爬起来，赶忙出去备轿，丝毫不敢怠慢。主仆二人来到陈府，陈太奎笑脸相迎，可一看到黄潮的脸色就知大事不好，赶忙屏退了左右，关上了房门。

不等陈太奎开口问，黄潮开门见山直接说道："不好了，你我那点事……唉，只怕我们的好日子都要到头了。"陈太奎塌坐在椅子上不说话，黄潮又说："一月，我予你两千两会子票用于酿酒一百石的批文；二月，你授意定高了酒价，这其中的利润我们对半分了三千两；三月，我联合其他酒商哄抬白玉浆价格，你睁一只眼闭一只眼，我又孝敬了您一千两；四月……"

"够了！"陈太奎一掌拍在案台上，"黄潮，你条条目目记得这么清楚，你……你想干什么？是不是就等着跟我秋后算账？"

"府尹大人，这是我们生意人的习惯。您别计较，况且现在说这个也太迟了，毕竟绍熙一年以来，你我之间交易的信件、账目全都被人偷走了啊，快想想办法吧。"

黄潮的话好像闪电般劈中了陈太奎，后者失了魂，无奈道："若真是如此，那你我只有等死的命了。"

黄潮试探性地问道："我们……不是还有……嘉王殿下吗？"

"嘉王？满朝官员正在怂恿皇上立储，现在正是关键时期，他哪有时间管我们这些烂事儿？"

"那皇后呢？她总不会见死不救吧？你不是说，我们都是皇后和嘉王的人吗？有朝一日，嘉王做了皇帝，皇后做了皇太后，没准儿也会赏我一顶官帽子，这么看来，都是镜花水月？"

陈太奎瞥了一眼黄潮，苦笑道："此话没错，但要看你我能不能坚持到那一天了。即使坚持到那一天，还得看看嘉王有没有天子命了。话说回来，到底是谁有这样的能耐？他偷这些账本是为了什么？"

黄潮轻轻地摇了摇头："应该是下午与我家牛二交过手的那个家伙。"

"和牛二交过手？"陈太奎的眉毛皱成了一团。

黄潮点点头，不安地深吸一口气，说道："必须要抓住这个家伙。"

得手后的余不扬一口气跑到了狗儿山上，进了朱氏兄弟的山洞，屁股刚落到凳子上，便迫不及待地展开那张杀人契约。契约上的牵线牙人是石八，雇主是牛二，杀手是杜陵北，旁边还画着一团鬼画符，定是魏桥西的签名。契约上写着杀人方式和佣金，余不扬一眼掠过，直接看到最后，只瞧见"极乐阁李柔"五个字。极乐阁是临安城内有名的妓院，李柔应该就是妓女的名字了。余不扬上下前后地翻着契约，确定再也没有其他信息，只觉得眼前一黑，像一只忘记挥翅膀的大雁掉进了无底的深渊。朱氏兄弟对视了一眼，有劲儿也不知道往哪儿使，只能闷闷地坐在一旁陪着。突然，余不扬苦笑了起来，笑着笑着就发了疯似的抓起那些账本、信件要往火里扔。可手刚举起来，心里响起了小云感激的话语，便又放了下来。"罢了罢了，尽人事听天命，听天命啊。在水，怪就怪你自己福报浅薄，我能做的都做了。你有什么想说的，想骂的都存在肚子里，等我下来陪你，你再好好地拿我开涮吧。"

朱开山性子急，生怕余不扬想不开，从山上找来一根藤条，丢到余不扬面前。"恩人休要再乱说话吓唬我，不然我就用这藤条把你捆起来，好吃好喝地报答你终老。想要寻短见？没门！"

朱建桥又好气又好笑，骂道："你这算哪门子报答！恩人你别急，先在洞中休息几日，待我兄弟二人乔装下山去打探一番再说。我就不信了，这在水侄女又不是叫神仙妖怪收了去，就没有留下一丝蛛丝马迹。"兄弟二人你一句我一句地安慰着，余不扬一句也没有听进去，他看看洞里的那张石床想起了张本。他发现自己必死的决心是有的,但对张本的承诺还没有完成,难道死了还要叫人惦记恩情未还吗?

余不扬摇摇头,自顾自傻傻地苦笑起来:"不光有你张本啊,还有小云,答应你们的事我都没做呢。"

"恩人这是……"朱开山看看余不扬,再看看空荡荡的石床,对朱建桥说,"恩人莫不是见着鬼了?哐……可别吓唬我啊,开山我天不怕地不怕,就怕龇牙咧嘴的女鬼。"

"你怎知他看见鬼了?还是只女鬼?"

"因为……我怕女鬼嘛,哎?你说他不会得了失心疯吧?"

"瞎闹!你过来,我问你,恩人现在最想做的事情是什么?"

朱开山沉思了一会儿,说的话就跟没想过一样:"当然是给他的侄女报仇了,难道还有工夫去想其他枝枝叶叶的事情?"

"你没听他说张本、小云的吗?"

"张本我知道是个破说书的,可这小云又是谁啊?"

"你别管她是谁,这个时候还念叨着的名字肯定是恩人心里惦记的人,说明恩人还有事情没有做完。他一时半会儿不会想到轻生,放心吧。"

"哥,你这么说,开山就放心了。你说……小云这个名字听起来就是个女孩的名字,不会是恩人在思春吧。"

"你小子……"朱建桥刚准备发火,可一看到余不扬那副自言自语、哭哭笑笑的样子,觉得朱开山说的还真像那么一回事,"你还别说,他说起小云的时候眼睛里是有光的,好像事情还真没那么简单。"

朱开山身子往后一挺，诧异得很："闪着光？莫不是恩人练就了火眼金睛不成？哥哥，那是话本里骗小孩的把戏，你这不是鸡屁股上拴绳，扯淡（蛋）嘛。"

"哎呀，什么火眼金睛，谁跟你说火眼金睛了？"朱建桥敲了下弟弟的脑袋，继续说，"咱们老家村子里养水鸭的朱老拐，他的女儿朱细妹，你不是很喜欢她嘛……"

"哦？是啊，嘿嘿，我俩还私订了终身，她等我赚钱回去娶她过门呢。嘿嘿，一想起她啊，我就觉得她就在我跟前，可既抓不着也搂不住，心里别提多难受了。哎？哥哥，你说这个干啥？"

"哎呀，你还不明白。你刚才啊想起惦记的细妹了吧？是不是还想了一些其他的事情？"

"哥，你说啥呢……我……我没有。"

"瞧你扭扭捏捏那个样子，还说没有呢。"

"那就是有吧，这有啥，细妹跟我是郎有情、妾有意，虽然还没娶过门，那也是跟我私订了终身的，想一想还是可以的嘛。"

"你刚才在想细妹的时候，眼睛里就冒着光呢。"

朱开山一拍脑袋："哦哟！是这么一回事啊，还真是，哈哈，我还以为恩人是个不入凡尘的出世高人呢。"

"不过啊，你眼里的光是绿幽幽的，就像山林里饿了一个冬天的野狼。恩人跟你可不一样，没准儿啊，他想的是其他的事情，你可别瞎猜啊。"

"哎呀，我才不管那些呢。反正就记住一点，恩人现在心里有事惦记，他还不想死，对不对？"

朱建桥点点头。朱开山开心地摊了摊手："那我就放心了。"

"恩人确实是难得一见的大义之人，都这样了心里还想着别人。你看看他，比咱们小好几岁，行事作风却丝毫没有青涩之感。可是，你说说看，像他这个年纪谁不希望怎么舒服怎么过日子。唉……他越是这样，我看着越是心疼。"

兄弟二人不再言语，只是静静地陪着余不扬。天光破晓，余不扬昏昏沉沉地入睡，兄弟二人这才放心地收拾了行头下山打探消息去了。

到了午时，朱氏两兄弟才回来，余不扬也刚刚醒。朱开山先迎上来，把一盒衢州焖饭端到了他的面前，余不扬先是一惊，而后左右张望，却不见张本，一脸疑惑。朱开山笑着说："昨晚我兄弟二人听你念叨着张本的名字，猜想你有话要对他讲，便想请他上山来。不过他说，这几日一直都被陈韶仪跟着，所以不便相见，让我去御街上买了这个吃食，说是你最爱吃的。"

朱建桥也凑上来开玩笑说道："恩人，这回你搅起的风浪可真够大的，陈太奎自知官运到头，底下的喽啰也都自顾不暇，哪还有心思管事儿？我们兄弟二人此次下山走一遭竟顺畅无比，连个盘问的人都没有。不过……"朱建桥上前一步，继续说："在回来的路上，一个官府模样的人拦下了我们，我还以为身份败露了。没想到对方只是撂下一句'让余不扬拿着铜牌来六部桥找我，可保他周全'这样的话。还说什么让你一定要去，不然就烧了我们的山洞。恩人，你可知道他是何方神圣，怎么什么都知道了？"

余不扬笑笑，问道："他是不是穿着一件赭袍，腰上挂着一根鞭子？"

"没错儿，莫非是恩人的旧相识？"

"算不上什么相识，官府的人，也能叫相识？"说罢，从腰间取出一块铜牌，丢在石桌上。铜牌上赫然写着三个字——皇城司。

六部桥附近皆是红门子和红叉子。都说天子和百姓一样，屈尊于凤凰山下，但那一抹红终究还是把拥挤的临安城分成了大内和其他。在红叉子入口，余不扬出示了皇城司的铜牌，过了半盏茶工夫，赵艮便现身将其带了进去。从和宁门往东，房屋多是高门高槛，余不扬大致看了几眼，依次有待班阁、待漏院、大辇院、内司东库，都与身后红色高墙里的大内皇宫有着甚密的联系。

"到了。"赵艮说，在紧挨着南新隅防火望楼的一座不起眼的院落前停住了。余不扬抬眼看，"万寿香所"的小木牌挂在门旁，小木牌上还用红漆写着"小心火烛"四个字。

"进去吧。"赵艮说。门从里面被打开，紧接着一股股奇香溢出，余不扬不自觉地多吸了两口。"好闻吧？这是沉香之类的南洋香料，皇宫里的各式香料都从这里筛选出来，别看这些都是草木，却比黄金还要贵。"果不其然，一间间厢房内都摆放着木架子，架子上放着各式各样香料的成品和原料。不过，余不扬并不关心这些，他只想快点知道赵艮为什么带他来这个地方。正思考间，一个熟悉的声音传了过来："余贤弟，你终于来了。"

"姜夔大哥，你不饮酒作词，在这里做什么？"余不扬开心地迎了上去，声音也提高了几度。

姜夔按了按手，说道："小声些，赵枢密使正在里面沐香。"

"赵枢密使？"余不扬回头看向赵艮，赵艮解释："正是家父。"

"既然到了，就都进来吧。"屋里传来的声音中气十足，话音刚落，屋门就打开了，从里面涌出一阵浓浓的香雾，余不扬一下子不习惯，呛得直打喷嚏。

姜夔搭着余不扬的肩膀将他请了进来，向赵汝愚介绍道："这位就是来自衢州府的少年游侠余不扬。"

"哦？"香雾散去，只见赵汝愚正襟危坐于高堂之上，他身形壮硕，仪态稳重，脸上挂着笑，"我听艮儿说你竟然凭借一己之力找到了陈太奎这几年来贪腐的证据，果然是英雄出少年。"

余不扬弄不清楚这个时候该说点什么，随口说道："那又如何？自己想做的事情一件也没成功。"姜夔知道他想说报仇的事没有眉目，忙说："瞧你说的，虽然栽了个跟头，可是却捡了个元宝呀。你知道帮了朝廷多大的忙吗？不光这样，肃清贪官污吏，老百姓也会说你好的。"

"我不需要，我只要给侄女报仇。对了，姜夔大哥，你怎么在这里？刚才问你还没说呢。"

"我……"姜夔支支吾吾了半天也没交代，余不扬突然好像明白了，涨红了脸，"你们早就认识了？那日你假装在西湖边偶遇我，请我去丰乐楼喝酒，到后来我发现桌腿上的划痕，都是设计好了的，是不是？你们早就知道西湖无脸女尸不是我侄女了对不对？"

"你都调查清楚了？那具尸体当真不是你侄女？"姜夔嘴快，问完就后悔了。

赵艮见姜夔招架不住了，慌忙解释："一半是计划好的，一半是意外发生的，我们一开始也不确定那具尸体是不是你侄女，只是……"

"那个琉璃发簪！也是你赵艮放的对不对？你为什么骗我？"余不扬一个箭步上前揪住了赵艮的领子，"说！既然你有在水的发簪就一定知道她在哪里，告诉我！为什么利用我！"余不扬用近乎嘶吼的声音喊道，双眼喷火。院子里的卫兵闻声都冲了进来，青光闪闪的腰刀都对着余不扬。余不扬也不示弱，从袖子里甩出了短刀，抵在赵艮的心口。

姜夔完全被眼前的状况镇住了，颤抖地劝道："余贤弟，快……快把刀放下呀……"

"放下？我早已把生死置之度外了，大不了今日就和这位贼喊捉贼的伪君子同归于尽罢了。"余不扬刀刃往里顶一分，卫兵们就前进两步，当真是剑拔弩张，一触即发。

"都给我住手！"赵汝愚声音不大却有一种不容反驳的威严，众卫兵纷纷放下腰刀等候盼咐。赵汝愚用白羽掸子轻轻地拍了拍外衣，说："艮儿，你故作聪明自作自受，我们既然有求才之渴，就一定要怀爱才之心。你既已知道事情真相，为什么不早点相告？"

赵汝愚的深明大义倒是感动了余不扬，但他抓刀子的手还是没有松劲。见父亲表态，赵艮也意识到不能对余不扬再继续有所轻视，只有一五一十地跟他解释清楚，才不至于让他把刀捅进自己的心窝子。

"发簪是我在断桥上捡到的。那日你侄女险些落水，我出鞭相救，混乱之中她的发簪掉在了地上被我捡起来了。"赵艮看了一眼余不扬，喉咙一紧，不自觉地吞咽起来，"你先把刀放下，我都跟你说。"说完还对姜夔使了个眼色。姜夔会意，走过来一边安慰一边慢慢按下余不扬拿刀的手，赵艮慌忙从余不扬手中挣脱。

赵汝愚默默注视着眼前发生的一切，露出了冷冷的笑意——余不扬只要举起刀，他就会放下，他只能选择妥协。

香雾散去，赵艮从捡到发簪，到为了试探余不扬的实力故意把发簪放到女尸身上，再到得知死者是李柔后，和姜夔一起商议借助余不扬之手破李柔被害一案。最后，赵艮还不忘强调一句："我从始至终没有故意误导你或者对你刻意隐瞒的意思。一开始，我也不知道死的人是不是你侄女，或者李柔。话说回来，即使没有那支发簪，我相信你也会对西湖浮尸调查下去吧？不过，我的确比你更早知道死者是李柔。"

姜夔附和道："也是我的错，还望贤弟不要往心里去。"

余不扬仰天苦笑："所以你们摆了这样一个局，把我丢了进去。然后你们就像是瓦子那些看戏的人一样看看我会演出什么样的好戏？戏演完了，我还要像台上的演员一样对你们点头哈腰，讨要赏钱？可你们错了，我只要报仇，为自己的侄女报仇，我把一切在报仇路上的阻碍都看成敌人。你们也一样。"余不扬要走，赵艮无可奈何，姜夔忐忑不安，赵汝愚却哈哈大笑起来。

"好啊！老夫虽为一介儒生，但自幼习武，也交往过几个侠士朋友，总觉得我大宋自偏安以来，侠气渐衰，心中不免失落。今日得见少侠，老夫明白过来了，大概天下所谓侠士都缺了一身像你这样快意恩仇的侠气。"赵汝愚特意走过来，夸张地打量了余不扬一番。

"我们今天请你过来，并不是为了消遣你这几天的经历，而是有好事相告。首先我要说的是，通过这几日的观察，不扬少侠一身的本领非常符合黑白探的要求，老夫非常欣赏你。其次，老夫始终认为一个好汉三个帮，想给你谋一份正当差事，有了组织就有了力量和帮手，报仇的事也会比之前更简单。最后，请容老夫介绍介绍临安黑白司，它建于绍熙四年初，由太上皇授意本官组织天下一等一的豪杰为我大宋江山社稷所用，替天行道、查贪治腐、匡扶正义。司内黑白探遍布临安三百六十行，行打探、查证、惩戒之事。李柔便是黑白探的一员，几个月以来，她一直潜伏在黄潮身边套取他和陈太奎贪污腐败的证据，可惜身份败露，功亏一篑。不扬少侠，她完成不了的任务被你完成了，说明你正是黑白司需要的人才，来这里，福薄者金银相报，福厚者入朝为官，如何？"

若这事搁在以前，对余不扬来说是天大的好事，可见识到他们的手段之后余不扬却开心不起来。黑白探看似是个好差事，可谁又能保证接下来会怎么样呢？毕竟天上不会无缘无故掉馅饼。余不扬不以为然地说道："像李柔这样的人呢，算福薄还是福厚？"

赵艮回答："李柔家中的男女老少已经得到了妥善抚恤。"

赵汝愚摇摇头，笑着说："关键的不是官位高低、金银多少，加入黑白探司，你才有机会找到侄女。"赵汝愚老谋深算地看了余不扬一眼："你背负了太多的秘密，陈太奎和黄潮现在最想做的事情就是叫你连同那些秘密一起消失。你应该知道，别说报仇了，三日之内你能不能保住自己的性命都很难说。"

"我手上有他们贪赃枉法的证据，只要把这些东西交给大理寺……"

"交到大理寺会如何？你以为他们日积月累的庞大势力就会瞬间土崩瓦解吗？幼稚！如今，太上皇禫祭将至，皇帝又整日深居后宫蛰伏不出，朝中各方势力暗中较劲，没有人会来管一个府尹贪污了多少钱这种小事情的。而且，我敢保证这样只会让你自己死得更快。你应该把那些证据交给我，只有我能扳倒他们。你信不信？"余不扬垂着眼帘，心理防线正一点点被赵汝愚的话语击溃，他不想再去听这个狡猾的老头任何一句话，可越是这样，他就越听得清楚。

"不给我也没有关系，因为你迟早会拿着那些累赘来求我收下的。"赵汝愚完全以一个胜利者的姿态继续说，"拿上黑白探的令牌，至少暂时不会有性命之忧。不光如此，它还会给你诸多方便，你可以去到更多不能去的地方，继续去找你的侄女。你可不要辜负我们的一片好意啊。"

此时，赵汝愚脸上没有了笑容，他从一个爱惜人才的和气老头变成一个老谋深算的政客。而赵汝愚的那番话确实也说到了余不扬的心里，以黑白探的身份去调查余在水的下落，是多么诱人的条件啊。

余不扬的气势被蚕食殆尽，因为他意识到为了给侄女和小云报仇，完成张本的托付，接过令牌仿佛已经是不二之选。

余不扬正纠结无奈的时候，身后响起一个声音："赵大人，今日倒有如此雅兴邀请老夫来此沐香……"所有人都循声望去。余不扬见一个官员模样的老者正颤颤巍巍地朝这边走来，此人正是余端礼。

赵汝愚忙迎上前："这几日天气不太好，脑袋也跟着昏昏沉沉的，便来沐个香提振提振精神。想到你腿疾复发蛰家休养，你我又是枢密院的同事，沐香这等快事我又岂能一人独享？"

"枢密使如此体察同僚，实在暖心。还真被枢密猜着了，我这几日一直神不清气不爽，所以一接到你的邀请，我就立马赶来了。"说话间，赵汝愚和余端礼慢慢走近。除了赵汝愚含笑看着他，其他人好像都有些心事，表情也不太自在。

"枢密使日理万机，连沐香也不忘公务，敬业可嘉，老夫自叹不如啊。"余端礼目光柔和地扫视了一圈，以示招呼，目光并未在谁身上多停留片刻。

"余大人。"赵汝愚走到余不扬身边，拍了拍他的肩膀，"这位少侠你可认得？"余端礼早年就到临安任职，而余不扬从小在开化长大，双方都只是知道有对方这么一个人，但都未曾谋面。赵汝愚这是明知故问。

余端礼尴尬地摇摇头，心想这位游侠模样的少年是谁，竟能让赵汝愚亲自介绍。

赵汝愚哈哈一笑，说道："你眼前的这位便是衢州一带有名的游侠，说起来还是余大人你的本家哦，叫余不扬。"

"衢州的本家？余不扬……你是余建安的儿子？"余端礼迈着老腿上前端详，"我与你父亲是堂兄弟，从小一块儿长大，感情很好。后来我到了临安任职，你父亲留在衢州，这一别已是二十年。族里都在传，余建安的两个儿子志向高、有出息，今日得见果然是相貌堂堂、一表人才。"

"余大人作为吏部尚书，看人看得准那是朝里大家都认同的事实，这位余不扬你也没有看错，他刚刚替朝廷办了一件大事。"

"哦？"余端礼感到很惊讶。看余不扬的穿着打扮依旧是一介平民，就算是有大能耐，也轮不到他为朝廷办事呀。余端礼看着赵汝愚兴致勃勃的样子，心里反倒泛起一丝不安的涟漪。

"余不扬他凭借一己之力拿到了临安酒行行长黄潮和临安府尹陈太奎之间权钱交易的账本。余大人你也知道,陈太奎和黄潮这两个人皆与李家亲近,陈太奎更甚,朝中无人不知他是投靠李皇后才有今天这个位置,与嘉王私交甚笃。有了这些账本,我们不仅能把这两条朝廷和社会的蛀虫掐死,没准儿顺藤摸瓜还能查到嘉王和李家身上,你想想,到那个时候还有谁能阻止我们拥立吴兴郡王?"

赵汝愚说得没错儿,凭借他在一干老臣和御史台那边的影响力,利用这些账本去抄陈太奎和黄潮的家简直是易如反掌。抄家中发现一些新的、涉及面更广的贪腐证据也在情理之中。余端礼并不否认赵汝愚有这样的能力,只是赵汝愚刚才为什么要说"我们不仅能把这两条朝廷和社会的蛀虫掐死,没准儿顺藤摸瓜还能查到嘉王和李家身上",他为什么要说"我们"?

"余大人,你真是培养了一个好侄子啊。"

余端礼看着站在余不扬身旁、似笑非笑的赵汝愚,不禁恍然大悟。余不扬虽为衢州一带小有名气的游侠,但能做出这么大动静的事情,没有人引导和帮助是办不到的。看来,今天赵汝愚邀请他来沐香其实是另有他意。陈太奎贪腐案将在朝中引起的震动可大可小,这全凭赵汝愚操作。但不管震动大小,只要把余不扬的名号公布出去,他余端礼便马上会成为此案的主导者,因为余不扬在临安只是一个无依无靠、名不见经传的白身,背后提携相助的人除了他这个本家叔父还会有谁?况且还有今天这场可以被解读为"香所密会"的意外邂逅。

在内禅和立储的关键期，任何一件小事都会成为风向标。这个时候弄出了这样一个案子来，不就等于在挖皇后和嘉王的墙脚吗？挖墙脚的人是余不扬，那么余端礼就会成为所有人公认的那个递锄头的人。

赵汝愚这番操作，强行把余端礼拉到了自己的阵营里。当然，深层次的利害关系，余不扬是看不出来的，不管他愿不愿意加入黑白司，弄出这样的事情就注定他已经变成了赵汝愚手中的一杆长枪。

余端礼想通了赵汝愚的布局反而坦然，他"呵呵"地笑着，找了一张椅子坐下，问道："赵大人，接下来你打算怎么做？"

"虽然留正逃走，但至少完成了立储的诏书，接下来我们当务之急是说服太皇太后拥立赵挺，但太皇太后久居慈福宫，不是一般人能见到的，我们这些宗室子弟更是跟她疏远，冒昧前去可能会引起怀疑。余大人你是吏部尚书，心中可有合适人选？"

"赵大人，你的想法非常正确。但如果连宗室子弟都办不成的话，那出身非贵勋的官员，比如说老朽我，就更办不成了。"

"那如此说来，即便是有了立储诏书，也还是无法完成内禅大计。"

"如何完不成？新皇并非非赵挺不可。"

赵汝愚眉脚一抽，眼中闪过一丝犀利的狠劲儿："我赵汝愚事情做到这个份儿上，你难道还是不愿意拥立赵挺吗？余端礼啊余端礼，你与我同朝为官十余载，现在又同在枢密院任职，真的就如此不顾太上皇遗愿，如此不顾你我之间的情谊，如此不顾大宋江山的未来吗？"

"我恰恰是因为太顾及江山社稷才不像你这般偏执，该说的话我前几日在浙江亭都说了。民间有句俗语，叫强扭的瓜不甜，你只顾太上皇遗愿而强行违背皇上和皇后的意愿，只会让内禅复杂化，甚至会让整个计划付之东流。"

赵汝愚生气地背过身去，余端礼起身看看余不扬，又看看赵艮，这二人早已察觉到这边的气氛不对，便站到一旁不再言语。

余端礼慢慢踱到赵汝愚身后悄悄说道："不过，赵大人有一个观点我还是很认可的，要想内禅成功就必须取得太皇太后的支持，并让她拿出意见。觐见太皇太后，我倒是有个人选，阁门知事韩侂胄！"

"韩侂胄……韩魏王的五世孙？"赵汝愚回望余端礼，一脸诧异，在脑海里思索着他的相貌，却怎么也想不起来。在大内，韩侂胄只是个芝麻绿豆大的小人物。

"自然是他，也只有是他，韩侂胄是阁门知事，日常工作便是服务于皇家，常常有机会进出慈福宫。更重要的是韩侂胄的母亲是太皇太后的亲妹妹，论关系，韩侂胄要叫太皇太后一声姨母，太皇太后管他叫外甥。太皇太后久居慈福宫，平时少有甥辈前去走动探望，韩侂胄要去，太皇太后断然不会拒之门外。而且你想，外甥去见姨母，是再寻常不过的走亲了，也不容易引起外界的猜忌和怀疑。"

余端礼说完这番话，赵汝愚的眼里已没有了狠劲儿。这个余端礼，真是让赵汝愚恨也不是喜也不是，公务上不讲感情，简直是油盐不进。不过正是因为他凡事从大局考虑，不夹杂一星半点的私人感情，有时候反倒是把事情看通透了。内禅要取得太皇太后的支持，说服太皇太后非韩侂胄不能办，这些确实都是有益于内禅的金点子。

余端礼替赵汝愚解决了问题之后，缓缓地走向余不扬，慈爱地注视着这位因为自己才会来临安的本家后生，笃定地说道："赵枢密使有意栽培，那是你八辈子修来的福气。只是你现在位不配功，恐将招来杀身之祸。你拿走了陈太奎和黄潮交易的账本，单凭一介白身是抵挡不住他二人的报复的。"

跟余不扬说完，余端礼又转向赵艮："你手里拿的黑白探的令牌是给余不扬的吧？"余端礼伸出手示意赵艮把令牌交给他。余端礼拿到令牌后，又把令牌递给余不扬说道："我来临安任职以后啊，常与你父亲书信往来，你父亲经常提起让我有机会的话一定要好好提携余不弃和你，这方令牌不仅可保你周全，也算是对你的补偿和褒奖，拿着吧。"

余不扬看着余端礼期待的眼神，接过了沉甸甸的令牌。不过他心里清楚，自己答应加入黑白司绝不是因为余端礼的这番话，而是想借力为在水报仇。

黑白令由黑铁锻造，上面阳刻着的"黑白探"三个字还专门镀了一层白银。非黑即白，非阴即阳？那像赵汝愚这样的人，是黑还是白呢？其实除了赵汝愚，在场的所有人谁又敢说自己是绝对的黑或者白呢？罢了罢了，自己一心只想着报仇，也不管它什么是黑，什么是白了。

余端礼拍了拍余不扬的肩膀："任重道远，好好地把赵枢密使交给你的事情办好，在临安站稳脚跟，不要辜负你父亲对你的一片期望才是最重要的。"说罢，余端礼无奈地看了赵汝愚一眼，一个人默默地先行离开了。那眼神仿佛在说，赵汝愚你既然这么想让我加入你的阵营支持赵挺，那我就加入吧。

余不扬还没反应过来，姜夔已经走上来恭维他是侠之大者，为国为民。赵艮的气度马上全然不同起来，完全没有了刚才的战战兢兢。"不扬兄弟既已得令，日后就应当视令为命，不可违令，更不可抗令。黑白司是太上皇所创，如今太上皇已宾天，有很多事情需要我们去办……"

余不扬看了一眼黑白令，揣进怀里："你不必多言，我既然接了令牌自会听从命令安排。我的命早就不属于我自己了，之前是欠余在水的，现在又欠了黑白司。我明白，这只是一个交易。"

姜夔拍了拍余不扬的肩膀："贤弟深明大义，是个识时务的俊杰。不过，刚才你和余大人叔侄相见，怎么不和余大人说在水的事情，没准儿他能帮你。"余不扬冷眼瞧着姜夔，这个人全然没了之前"天下第一全才"的孤傲气质。

"来临安虽然时日不长，但至少也悟出了一个道理，那就是凡事都得靠自己，不管是什么关系也别求人家会帮你。说来可笑，我之前还想请姜大哥你帮忙呢。姜大哥，认识你的时候我一心只为报仇，现在再次见到你我还是这么想的。虽然坎坷但始终不变，至少这样不会迷路，我也还是我。"门外，仆人正在清理香炉，沉香木从香条到灰烬，只消半个时辰。

"刚才我一路走进来就在想，这沉香吸收天地精华，辛辛苦苦生长了几十上百年，到头来却不是为阳光、为雨露，而是为毫不相干的人燃烧了自己的一生。姜大哥，别忘了自己的初心。"说完，也同样拍了拍姜夔的肩膀，同情地笑了笑。

第九章
账本

自从跟张本闹别扭以后，陈韶仪在自家后院冷静了几天，便又开始想念起张本来了。她回想起张本在说书的时候说过一个桥段，苏小小每每想念夫君的时候就会放飞一只孔明灯。今晚，她也学着苏小小的样子，亲手制作了一只孔明灯。她对着孔明灯念叨着："四郎，如果你能看见这个孔明灯的话，就应该会知道是我放的吧？"

在孔明灯徐徐上升的同时，一列列士兵正从临安府衙向临安城的各个角落推进，他们不分昼夜，手持余不扬的画像挨家挨户地搜查，在主要路口都摆上了红叉子，对每一个行人都严加盘问。

与此同时，另一波人也在积极地行动着，为首的是朱建桥、朱开山两兄弟，他们同样手持余不扬的画像到处张贴放文，声称余不扬是揭露了府尹陈太奎贪污腐败的大英雄，号召临安老百姓帮助余不扬渡过难关。不仅如此，朱氏两兄弟还别出心裁地抄上部分陈太奎和黄潮的权钱交易账目。这一举动彻底激怒了那些被陈太奎和黄潮欺压过的小老百姓。于是，从第二天天一亮开始，大内丽正门外登闻鼓院的鼓声就未断过，登闻检院亦收到文武官员及士民章奏表疏二十余次，与陈太奎交好的两院知事不禁脊背发凉。

更有甚者直接与搜查的士兵起了冲突，临安巡检司不得不为制止斗殴而整日奔波。这让钟卫很苦恼，因为他无法集中全部精力去找朱氏兄弟的下落，朱氏兄弟一日不落网，飞骑尉的官衔便多一日落不到自己头上。不过事情到了傍晚的时候就有了转机，一个士兵飞奔进巡检司，报告了有一支小分队抓到了朱氏两兄弟的消息。他一扫愁容，振奋起精神去与那支小分队会合，而后再领着他们去找吴曦。

此时，吴曦正闷闷不乐地在西湖边闲逛。他费尽千辛万苦接近陈太奎，一味献媚讨巧，终于得到了陈府尹的赏识和将女儿许配给他的承诺。眼看着自己马上就要攀上高枝，登上纵云梯了，不承想却是差点踩进了火坑。在吴曦想一个人静一静的时候，钟卫不合时宜地出现在他的面前，身后还绑着两个不合时宜的犯人。看着钟卫邀功的眼神，他想让自己表现得开心一点，可是根本做不到，甚至还骂道："钟大哥呀，抓他们来作甚？现在全城都在通缉余不扬，你们倒好，放着这么一个大西瓜不去找，反倒是给我捡来两粒芝麻。"

"吴团练，这两人是卖小报的，可是袭击陈小姐的凶手……"天真的钟卫还要解释一番。

吴曦的疤脸突然阴森起来，生气的表情也比普通人更恐怖。

"就你聪明？给老子滚！"钟卫当着这么多弟兄的面被吴曦骂得一头雾水，照他以往的习惯，早就要发作了，可飞骑尉的诱惑让他把怒火转移到了士兵身上，"混账东西，还不把这两人拉到队伍最后面去，不要叫团练使看见！"

果然，眼不见心不烦，吴曦继续闲逛，钟卫只在一旁安静地跟着，等着吴曦良心发现。不知不觉，这一大队人马来到了丰乐楼，引起了正在寻乐的韩侂胄的注意。

"吴团练。"韩侂胄在丰乐楼顶楼的窗户上喊道，"你这是要去哪里？"

"正愁去处呢，韩国戚。"

"正巧我一人独饮，上来。"

吴曦应声上楼，对身后的钟卫和人马不闻不问。钟卫只能让士兵押着朱氏两兄弟在一楼厅堂里喝茶，自己厚着脸皮跟着吴曦上楼，旋即又红着脸从楼上下来，在士兵的中间落座，骂了一句："他妈的！要老子帮忙的时候没见他有这么狂。"

眼尖的小结巴看出来他在楼上吃了瘪被赶了下来，安慰道："要不，咱们自己去临安府邀功？我看那吴曦不是什么好鸟，说不定还要占了你的功劳去。"

另一个老巡检也插话道："我看他是吊咱们胃口呢，哎？他不会想压价吧？"

钟卫说："你们都晓得什么？吴曦怕是遇到了什么烦心事，只能先顺着他的意，咱们也不要着急。毕竟陈府尹那儿我无门无

255

路，只能仰仗吴曦。"几人这么聊着，朱开山却哈哈大笑起来。

"你们这些蠢猪，吴曦根本就不想帮你，难道你还没看出来？"

钟卫岂会不知这几日来发生的事情，只是心中还留存着一丝希望罢了。小结巴朝兄弟二人肚子上各踹了几脚替上司出气。

吴曦和韩侂胄二人的身世很像，都是落魄的将门之后。韩侂胄更年长一些，为人也更加圆滑，在吴曦刚来临安不受人待见的时候，韩侂胄处处帮着他。吴曦也将韩侂胄看成自己的亲大哥，仗着每年从西蜀汇来的丰厚供养，这些年来他也没少给韩侂胄好处。一来二去，两人成了肝胆相照的好兄弟。

吴曦和韩侂胄对坐没多久便打开了话匣子，确切地说，是韩侂胄打开了话匣子。

"你跟那帮巡检混在一起做什么？你虽然是个团练，官阶可不低，怎么想的啊？"团练使是散官，官阶虽不低，却没有实权。韩侂胄说此话的时候颇有兄长的气概，又似乎这样的话很助酒兴，他干了一杯。

"兄长又取笑我了。巡检司抓住的两个人是在临安贩卖小报的，那两人呢是我让钟卫去抓的。为什么要抓他们呢？"吴曦闷了一口酒，"陈韶仪之前差点让他们害了性命，那日恰好被我撞见，本想着抓了他们俩去陈太奎那儿邀功，让他铁了心把女儿嫁给我。可谁想得到，本想借巡检司的花献给陈太奎这尊佛，陈太奎这尊佛突然褪去了金衣，变成了一堆烂泥。韩兄，你说我吴曦这命运啊……真是一言难尽。"说完,又自斟自饮了一杯。

"当初就跟你说,要找靠山也得找一座大的,三山五岳那样的还差不多。像陈太奎这样的只能算个小山小丘,不够稳当的嘛。"

"我等小材跟韩国戚怎么比?您祖上韩魏王是两朝顾命、定策元勋,祖祖辈辈都出类拔萃,在临安也有势力。哪像我啊,出了西蜀就算是虎落平阳了,况且还长着一张丑陋的疤脸。从来都只有别人挑我,哪轮到我挑别人。"

"人人都说陈韶仪是只胭脂虎、河东狮,难不成你真的想和虎狮同床共枕?况且,陈韶仪不光脾气不好,相貌更是比脾气还不如,虽说你这张疤脸是丑了一点,可凭身世、才干来说,她哪点配得上你啊?你也太委屈自己了。"

"靠上了就不委屈,关键现在这种局面才叫委屈。不光委屈,我还觉得恶心。一想到之前为了讨好陈太奎和陈韶仪所做的事情,我就觉得恶心。"

"所以……你真的不喜欢陈韶仪对不对?"

"难不成你跟那些个纨绔子弟一样,认为我真的会喜欢陈韶仪那种女人?"吴曦说完这话,只觉心里泛起一阵恶心。他伸出筷子在菜里扒拉了两下,突然觉得自己没有什么胃口,"啪"地把筷子拍到了桌子上。

"好在你跟陈韶仪八字还没一撇呢,现在脱身还来得及。"

吴曦举起酒盅,举到韩侂胄面前:"小弟我敬你一杯。你人脉广，帮我去了解了解，临安城内的一品大员们，谁还有待字闺中的女儿啊？或者守寡的、被休的都行，只要能看上我的，明天就去提亲。二品官也行！"

韩侂胄哈哈大笑："你可是只金龟婿啊，可惜我没有女儿，现在生也来不及了。不然我岂能让别人抢了你去。不过……"韩侂胄伸手按下吴曦敬酒的手，脸色严肃起来，说道，"看在你叫我兄长的份儿上，兄长也有这个责任提醒你，好男儿应该每天想的是建功立业，而不是儿女私情，更不是整日想着投靠他人。你我祖上皆是南渡时叱咤风云的人物，难道就不想重振祖上威名？"

吴曦慢慢收起笑脸。若是别人说这个话，他定会装作不以为意。可韩侂胄这么说，他却意外认真了起来。韩侂胄和他一样，有着非常煊赫的家世，却也是同病相怜。不过最终，他还是咬了咬腮帮子，把万千豪情都吞进肚子，只是问了句："韩兄，你想吗？"

"我？"韩侂胄脸颊似笑非笑地抽了一下，马上冷静地说道，"若上天有眼，定不会亏待像你我这样的功勋之后。"

吴曦舔了一下嘴唇，顿觉无味。韩侂胄明明有远大的抱负，只要他稍微再鼓鼓劲，吴曦就会把强压于内的一腔热血倾诉给他听，二人联手没准能成就一番事业，至少能比现在的窝囊劲强上百倍。

二人默契地撤出刚才的话题，有一句没一句地聊着，突然聊到楼下还有钟卫和被押解着的朱氏两兄弟。"你打算怎么处理？"韩佗胄问。

"让钟卫自己押到陈太奎那儿去请赏吧,我可不想让他在这个时候把女儿嫁给我。"

"我看不妥,许神神等,许人人等,你不会不知道这个道理吧?他钟卫一天没升官,就多一天觉得你欠他。日后你飞黄腾达了,钟卫再来找你兑现诺言,到那时你帮是不帮?"

"帮他个屁,能找他办事那是他的福分……再说了,我哪有什么飞黄腾达的机会?"吴曦又把自己那对阴沉的双眼看向韩佗胄。

"哎?你怎么能这样看轻自己。要想西蜀大军继续保卫西南要塞,只有你们吴家人才能办到。我清楚,西蜀那个地方,你们吴家人治理了多少代了?随便换个谁去就能指挥得动那些个千军万马?别说带兵打仗,就是去收个田粮杂税什么的,没有你们吴家人出马也不顶用。这么浅显的道理我都看得清楚,难道其他人看不清楚?"

"那我父亲死了都有一年了,怎么还不让我回去?"

"你又不是不知道,皇上现在生病了。很多事情他想不明白,也不听劝了。你放心……等新皇登基了,你就有机会了。"韩佗胄说到"新皇"二字的时候故意加重了语气。两人意味深长地对视了一眼。

"我跟嘉王素来交情深厚,要是他登基做了皇上,那我韩佗胄就不是现在这个鸟样子了。你放心,有我的一天,就有你吴曦的一天。"韩侂胄信心满满地憧憬着,突然话锋一转,"哎……我听说目前朝中意见更倾向于立吴兴郡王为太子。只可惜我现在官阶还太低,掺和不到内禅这事里面去。不然的话,我无论如何也要站在嘉王这一边。"

吴曦见韩侂胄情真意切,内心甚是安慰:"有你这句话我心里就好受多了。要是真有那一天,那我还管他钟卫做什么?谁又会关心我许诺过他什么。"

"话不是这么说,要是钟卫憋不住去乱说你是个无情无义的伪君子呢?虽然他人微言轻,但总归还是会影响你的名声。"

"那该怎么办?按照现在这个情形,我无论如何也办不了给过他的许诺啊。"

"谁说有许诺就一定要兑现的?我看啊,你必须做出回应,让钟卫觉得你不是折腾他,日后也不好意思再麻烦你。"说着,韩侂胄把佩刀解下拍在桌子上,朝吴曦使了一个狠辣的眼色。

再看钟卫和他的一队巡检,待得浑身不自在,正准备离开,只见吴曦提着一把刀从楼上骂骂咧咧下来,全然不见刚才的冷淡语气,反倒有些醉意。"你们这两个贼配军,竟敢袭击陈府尹的女儿,还叫我钟大哥好找,今日我就把你们押到临安府去邀功,在座的兄弟们都有功劳,赏金银绸缎。钟大哥功劳最大,官升一级!"钟卫甩了甩头,确定眼前发生的不是幻觉,一下子心花怒放起来。

"到时候,把你们的指甲里插上竹签,伤口里撒上粗盐,眼睛里灌进铁水,我就不信你们不招出这背后的指使者。"

朱开山突然被吴曦这么一刺激,还嘴骂道:"呸!根本就没有什么幕后指使。我看你才像贼配军,一张疤脸定是在刺字的时候挣扎给刺刀划了去的。"

朱开山心直口快,很容易就被吴曦激将起来。可朱建桥是个明白人,他见吴曦前后差别太大,简直是判若两人,便知这里面有鬼,赶忙想阻拦弟弟。可这个时候二人都被绑着,朱开山骂在兴头上,怎么会听得进去劝,继续骂道:"丑疤子!贼配军!有本事你现在就杀了我,否则爷爷我迟早取了你狗命。"

"好哇!敢威胁本官!"吴曦狂叫起来,提刀朝朱氏二兄弟奔去。老实的钟卫哪里知道是怎么回事,还在一旁帮衬着:"死到临头还嘴硬,你这贼配军属鸭子的吧?"

钟卫话还没说完,吴曦的刀已刺向二人的胸口,"噗、噗"两声,血染丰乐楼。这时候钟卫傻眼了,他呆呆地看看死去的两兄弟,又看看吴曦,嘴巴一张一张地说不出一个字来。

朱氏兄弟的死过于突然,在场的所有人都没有反应过来,连朱开山也没搞明白,死不瞑目。韩侂胄大叫着"可惜"从楼梯上冲将下来。"吴曦,你杀他们作甚?"韩侂胄问。

钟卫绕着两兄弟的尸体,无可奈何地叫着:"哎呀,完了,死透了,没救了……"

"这厮……威胁我，我一下没忍住……唉，酒后误事啊。"吴曦不断吞咽着，一半是演的，一半是真实感受，他从没杀过人。

"可惜啊，小不忍则乱大谋。你这两刀下去，断了多少兄弟邀功请赏的路子啊？糊涂啊！"韩侂胄夸张地骂道。

吴曦用怜悯的眼神扫视了一眼钟卫和其他人，而后哀求询问了韩侂胄该怎么办。韩侂胄假装思考了片刻，然后说："还能怎么办？别说什么幕后指使了，现在就连他们二人是不是袭击陈小姐的凶手也认定不了啊。吴团练，认命吧，邀功请赏我看是没戏了。"韩侂胄瞄了一眼气愤的钟卫，两手一摊："钟大哥，对不住了，我看就这么算了吧。"

钟卫道："韩知事……哎，吴团练，你说呢？怎么能就这么算了呢？"吴曦也双手一摊，背过身去表示自己无能为力了。

钟卫可算是瞧出点端倪来了，也不管能不能升官，破口大骂："好你个吴曦，玩儿我是不是？那也别怪我无情无义了，你私自杀了他们，我现在就拿你去问罪！"

韩侂胄急忙道："慢着！这二人贩卖小报本就是死罪，刚才还威胁吴团练，那就是威胁朝廷命官，罪加一等。吴团练何罪之有啊？"

"朝廷命官也不能滥用私刑，当众杀人……"

"钟大哥不要急，方才吴团练杀人用的刀是我的，那是韩魏王留下的御赐宝刀，乃高宗所赐，可先斩后奏。这件事我会主动向大理寺交代的，到时候如果要问罪，再拿吴团练不迟。"这句话的意思就是你临安巡检司管不着了。

一番较量之后,钟卫像一只老斗鸡般放下执念,败下阵来。那口韩魏王的金刀此刻就是砍死自己也没处说理去。

朱氏两兄弟惨死的当天,余不扬正在御街上走访调查。借着黑白探的身份,一些店家的配合度确实改善了不少,但依旧没有搜索到什么有价值的线索。他在一家酒肆询问无果后准备离开,转身却差点和一位刚刺完字的士兵撞个满怀。这个士兵脸上虽说刚刺了新字,在另一侧的脸上却还有个刺字。可见这不是他第一次当兵,而是换了队伍后重新在脸上刺了新的番号而已。这位士兵拿着新发的会子票进了酒肆就点了几斤酒肉,好似最后一顿似的。余不扬这才发现,这家酒肆里面坐着很多刚刺字新入伍的士兵。原来这家酒肆门前新设了一处募兵摊儿,这些新士兵领到的会子票有一半进了这家酒肆老板的口袋,难怪刚才询问老板的时候他的嘴巴一直开心得没合上。

从募兵摊儿上挂着的醒目旗子就知道,这是在为西蜀守军招募士兵。随着朝廷偏安西湖,国之中心东移,四川对朝廷的作用越来越大。尤其是作为整个大宋的西大门,四川抵挡住了蒙、金一次又一次的进攻。不仅如此,朝廷深知无论是四川的地理位置还是对整个国家的经济、文化贡献,四川的得失成败,足以关系到国家的生死存亡,所以这几年来为四川招兵买马一直是兵部首要的任务。

前来参加招募的士兵经过"等长杖"的标准筛选后,合格的便在脸部刺字。刺字完毕，就发放衣鞋、会子票等福利，称"招刺利物"。参军的大多数本来就是一些困于生计的人，他们接到新发的衣鞋当场就换上了，比过年还开心。有些人是被强制招募的，从表情上看就知道他们内心并不情愿。不过，不管是自愿参军的还是强制被招募的，他们都是迫于无奈，上了前线也难堪大用。

这些新士兵跟自己多像啊，他们不愿意参军却成了军人，他不愿意加入黑白司此时手上却拿着黑白令到处耀武扬威呢。他瞧了瞧手上的令牌，自嘲地笑了一声，然后把令牌放进了怀兜。

余不扬这样的情绪并没有持续多久，因为他很快就看到了钟卫残忍地拖着朱氏两兄弟的尸体游街，其名曰：以儆效尤，实则是在发泄不满的怒火。勉强挤进围观人群的余不扬双眼像被烈焰灼烧一般滚烫难受，仿佛随时都会滚出铁水来。

"你想哭？"奉命出来置办东西的小云也在人群中，恰巧撞见了余不扬。小云说完，余不扬的眼眶更红了，因为强忍泪水，清涕从鼻子里流下来。小云赶忙拿出自己绣着比翼鸟的手绢为余不扬擦拭。

"别让官兵瞧见，这种时候只能装模作样叫好，不能哭。"见余不扬还是控制不住自己，小云只得拉着余不扬退到人群之外的小弄堂里，关切地为余不扬拭去眼泪和鼻涕。

"朝廷怎么还不治罪黄潮？"小云把内心期许已久的事以一种云淡风轻的语气问出。

"我还没有把那些罪证交给官府。"余不扬尽力让上下颤动的喉结停下来,"不是我不帮你,我只是还没有找到信得过的人。官官相护,我怕那些罪证落到他们同伙的手里,这样我们的所有努力就都打水漂儿了。"

"你做事缜密,我相信你。十几年都等了,不在乎再等几天。"小云注视着眼前这个伤心的男人,有些心疼,"那两人是你的朋友吗?"余不扬告诉小云他们不是朋友,而是兄弟,又把朱氏兄弟二人的忠义事迹都说给小云听,把小云也说哭了。最后,二人要分手的时候,余不扬伸手要小云的手绢:"我把你的手绢弄脏了,下次给你买一块新的。"

小云瞪着大眼睛,惊讶地说:"手绢是我自己亲手绣的,况且……女孩子的手绢是不能轻易给人家的……"余不扬没明白怎么回事,还是伸手要,小云就是不给。

小云站在靠近弄堂口的位置,余不扬站得更靠里一些。张本骑着他那头老马将要经过弄堂的时候恰好只看见了小云,却没看见余不扬。张本喜出望外地喊了一声:"小云!"得到的回应却是小云和余不扬两张脸,这让张本着实有些惊慌失措。

张本正想着怎么开始下一句的时候,余不扬先开口了:"你们认识?"

张本脸上的表情凝固住了,他看看小云,小云正紧张地搓着裙摆,好像一个犯错的小女孩。

"啊……认识。我们早就认识了。我常常去他们府上给黄老板说书，一来二去不就跟小云认识了嘛。"

"是啊……张公子，许久不见你来府上了。"小云机灵地附和着。

"可不是嘛，所以方才见了你就忍不住喊了你的名字。"张本双手一合，转向余不扬，"你们俩又是什么时候认识的？"

余不扬看着二人一唱一和的样子，心中又惴惴不安起来。在他看来，小云和张本现在倒像是在说书。前几日，余不扬和黄潮的贴身随从牛二在鱼市有过一场较量，余不扬亲耳听见牛二说黄潮最讨厌说书的。牛二和张本，有一个人说谎了。而张本和小云见面后一些欲盖弥彰的行为让余不扬认定，张本和小云是旧相识。

"张公子，我和小云怎么认识的不重要。方才我见你叫小云的模样，倒真像是小情侣会面呢。你就不怕陈小姐看见了误会？"

"这事儿怎么又能扯上韶仪了，你不要多想……"

"戏子本就多情！"

张本一听见别人给他戏子长、戏子短地贴标签就恼了："余不扬，我和小云关系怎么样你管不着。"

"我是管不着，但我偏偏想管了，你们两个都有求于我，又互相认识，哪有这么巧的事情。"

"怎么，余不扬，你也学着陈韶仪吃起醋来了？难道喜欢小云不成？"

张本是说书的，岂能让余不扬牵着鼻子走，他索性不去解释，反将了余不扬一军。余不扬的脸色越来越难看，他越是与张本争执,内心就越气愤。张本和小云,看起来对余不扬相当真诚的两个人却藏着秘密。当初张本救余不扬的时候有多大义凛然,小云说起自己身世的时候有多伤心欲绝,现在余不扬回想起来就觉得有多虚伪。

难道张本和小云也在利用自己?

从他踏进临安城的那一刻开始,所有的善良都是伪善,所有的交情都有目的。

"不出意外,张本你要我帮你从陈太奎书房偷的木匣子里也是账本吧?"

"也是?"张本看了看小云,小云轻轻地点点头,示意余不扬已经拿到了黄潮的账本。

"怎么不早说?都记得清楚吗?"

小云面露难色,眼神不断地朝余不扬瞟。

"记得很清楚,黄潮和陈太奎之间的交易,一五一十记得很清楚。"余不扬用嘲弄的语气抢着回答,"那些账本给我招来了杀身之祸,我知道为什么你们要让我去做了。原来一开始,我就是被你们摆弄的一颗棋子罢了。"

"不是的。"小云脱口而出,她想要解释却又不知道从何说起,"我在黄潮府上做丫鬟确实是为了偷账本,但我们之间的认识只是巧合。不过……我确实想让你帮我……我该怎么解释。"

"不用解释了,你们两个若真的那么想要账本。张本,日落时分我们老地方见。"

余不扬不想再听他们苍白的解释,所有的解释都有可能是假的。

晚食将近,御街上人渐渐多起来,余不扬为了避免一些不必要的麻烦,便选择了小路行走。想来好笑,自己虽然是个外地人、乡下人,可这几天天天都在临安城里行走,四坊八街虽然复杂,但也被自己摸了个通透。从这点上看,自己算不算一个地道的临安本地人呢?

越近城西,坊间的市井气息就越浓厚,恍惚间余不扬甚至以为自己置身于衢州。巷尾,有一群扎着满头髻的小儿正在玩捉迷藏的游戏。一个稍小的孩子被布带子蒙住了双眼,他伸出双手在前面探路,想要捉住其他的孩子。最高的那个孩子也许是年龄最长的,玩起游戏来一副驾轻就熟的模样。他悄悄地走到蒙眼孩子的面前,做了一个鬼脸儿,其他的孩子看见了都哈哈大笑起来。

"你们在笑什么啊?笑什么呢!"被蒙住眼睛的孩子知道自己被捉弄了,双手一通乱抓。大孩子做出一个"嘘"的手势,其他孩子便都捂住嘴不笑了。这个时候,大孩子抬起脚来,用手指在鞋底上来回擦了几下,然后悄悄地把手指伸到蒙眼孩子的面前,大家马上明白了他的意图,都期待而又紧张地看着。大孩子不负众望地用手摸了一把蒙眼孩子的脸,那孩子的脸上便多了两道黑黑的小胡子。这个时候,除了蒙眼的孩子以外,所有的孩子都笑得前俯后仰。下意识地,余不扬也跟着笑了起来。这个游戏他小时候也玩过,蒙着眼睛被捉弄过,也捉弄过别的孩子。

余不扬看着孩子们那一张张纯真的笑脸，笑容却慢慢地消失了。来临安以后的自己不就是那个被人捉弄的蒙眼孩子吗？自己两眼一抹黑地来到陌生的临安城，非常努力地想要生存下去，却一再被人利用和摆弄，完全没有回击的力气和勇气。他轻轻地叹了一口气，人生不就是一场游戏嘛，小时候为了开心而游戏，长大了为了利益而游戏，玩弄的都是人心。那个被玩弄的蒙眼孩子摘下布带子发现自己多了两撇小胡子一定会很伤心吧，跟自己一样。

余不扬越来越觉得人心险恶，善意的人和善意的事情正变得越来越少。那些孩子的笑脸不断在脑子里重复着，挥之不去。渐渐地，那些笑脸又变成了余端礼和赵汝愚的笑脸，赵戾和姜夔的笑脸，张本和小云的笑脸，全都是伪善的笑脸。

恍惚之间，余不扬觉得周遭的一切都对他充满敌意，他越来越害怕，越害怕就越想赶到狗儿山上。他跑了起来。他顾不得妙喜庵旁那间矮旧破烂、原本属于朱氏兄弟的屋子，如今门上贴着冰冷的封条，一些家什被胡乱堆在门口，比以前更加破烂不堪；他顾不得狗儿山脚那棵四季桂正飘出阵阵浓郁的香味；他更顾不上到"双蛛洞天"一路上的芒草比前几日更为茂盛，割得他四肢道道血痕。

回到狗儿山上的山洞里，看着熟悉的场景，余不扬的心情才慢慢地平复下来。他感觉到自己眼角紧得难受，不由自主地搓了搓双眼，发现有泪渍。不知不觉间自己竟然哭了，不过眼泪还没流下来就被跑起来的风吹干了。

余不扬想起小的时候，自己作为蒙眼孩子也被这样捉弄过，他就像今天这样一路哭着跑回家，到家眼泪也一样被吹干了。原来什么都没有改变，自己就是这么脆弱地一直被捉弄着。

日落时分，张本准时上山赴约了。

"小云怎么没有来？"

"这个所谓的老地方不就是你我之间的老地方吗？难道小云也被你绑来这里住了几天？"

"我有没有绑过她，凭你们的关系小云应该什么都跟你说了吧？包括帮她偷账本的事情。其实我早就应该察觉到这么巧合的事情，硬是傻傻地偷了账本，让自己陷入了这般境地。话说回来还是怪自己傻，直到刚才才发觉你们骗了我。"

"你为什么这么肯定我们骗了你？"

"因为你根本就没有去黄潮府上说过书。黄潮他最不喜欢的就是说书人。"

张本盯着余不扬，慢慢露出笑意："没错儿。小云在黄府做侍女跟我接近陈韶仪的目的是一样的，都是为了偷他们的账本，检举他们贪赃枉法……这一切都是为了报仇。"

"报仇？你们的关系还真是好啊，连报仇这个幌子都是一样的。她是因为父母被黄潮所害，你呢？也是吧。"

张本认真地点点头，余不扬"切"了一声："果然，也是为父母报仇吧。当我真的是傻子呢？你们说什么我就信什么。小云也跟你说了吧，黄潮的那些账本在我这里。看你们两个此番表现，连圆谎都不会，我看啊你们拿了账本用意不明，我还是将它们烧了吧。"

"不扬兄弟，账本不能烧。"

"怎么不能烧了，这是我花功夫偷出来的。有本事啊，你再去陈太奎书房里偷去。"

"黄潮的账本被偷了，你认为陈太奎还会把账本放在书房里吗？没准儿已经烧了。所以，不扬兄弟，你手上的账本是我们兄妹俩报仇的唯一指望了。我求求你，千万不要烧。"

"兄妹？你和小云是兄妹？"

"话已至此就没有隐瞒的必要了，我和小云是兄妹，亲兄妹。陈太奎一手栽培黄潮坐上了酒行行长的位置，他们二人都是害死我父母的人。"

"十五年前，黄潮为了坐上酒行行长的位置，不惜重金拉拢当时还是大内采办的陈太奎。他与陈太奎一唱一和合伙欺压像我父亲这样的老实酒商。除了黄潮，我父亲和其他酒商的生意一落千丈，库存酒积压在仓库里无人问津。在大家最困难的时候，黄潮玩起了黄鼠狼给鸡拜年的把戏，开始低价收购大家的酒。一些没骨气的酒商把多年库存的好酒低价转卖给了黄潮，这一举动直接让黄潮从一个小酒商摇身一变，成了全临安库存量最大的酒商。"

张本重重地叹了一口气："我父亲一生潜心酿酒，是九溪十八涧一带最有名的酿酒师，所酿的酒名叫'舒眉露'。他见不得黄潮这个小人得志,更反感酒行里处处充斥着的阴谋和斗争,宁死也不愿意继续待在这样的酒行里。本来就亏光了积蓄的他,趁着我和小云熟睡之际,和母亲一起将所有的酒、所有的心血倒入九溪之中,然后他们饮光了家里最后一坛酒,结伴自杀了。那时我已经到了懂事的年纪,虽然他们是自杀,但我知道是谁把他们逼死的。就是黄潮和陈太奎!"说到这里,张本背上被余不扬刺破的伤疤开始隐隐作痛起来。父母自杀的方式极其惨烈,他们用刀从自己的心脏刺入而死,而父亲用力过猛,长刀直接刺穿了他的身体。背上的伤口跟张本背上的伤口在同样的位置。感同身受的切肤之痛让张本流下痛苦的眼泪。

余不扬认真地听着张本把自己的身世叙述完,怜悯的感觉又涌上心头,把刚才想要将账本付之一炬的冲动忘得一干二净。他转身来到山洞内,伸手从洞壁上抠出一块石头来,里面便是一个圆圆的储藏洞。从黄潮书房偷出来的账本一卷一卷整齐地堆放在里面。

余不扬伸出两根手指将一卷一卷的账本慢慢地拉出来,而后平整地铺开,堆成一摞,交给张本。

"现在全临安都知道我偷了黄潮的账本,正到处抓我呢。万一我遭遇了什么不测,这些账本就只能烂在山洞里,你和小云的仇也就没法儿报了,那样的话我死了心都不安。这些账本本来就是为你们兄妹俩偷的,现在我把它们交给你。你把这些账本交给皇城司赵艮,这样我答应你们的事就算是完成了。"

"为什么要交给皇城司?难道不应该是大理寺吗?"

"其实我也不知道该交给谁，只是觉得交给熟人更放心一些。你就听我的，想要报仇就把这些账本交给他。"

张本端着沉甸甸的账本，思忖片刻，说："账本现在不能交。"

"为何？"

"这些账本对我和小云来说是报仇的筹码，可对你来说却是保命的筹码。若是账本过早地交给皇城司，陈太奎和黄潮的势力必定会负隅抵抗，临死拉个垫背的，到时候没准儿会找你算账。我和小云为了报仇等了十五年，十五年我们都熬过来了，不在乎再等一等。反倒是你，侄女至今没有一点音讯，你心里应该很着急，片刻也不想再等吧？你放心，账本放在我这里保管，只有天知地知你知我知，陈太奎和黄潮即使抓了你，想必也是为了让你交出账本，只要他们得不到账本也不敢对你怎么样。对你来说，这样反而更安全。"

余不扬注视着文弱的张本，心中突然充满了力量。他知道，这股力量是眼前这个在自己心里根本算不上一个真男人的人给的。

在朱氏两兄弟惨死的当晚，陈太奎和黄潮那些见不得人的事像夏夜的风一样，传遍了临安城的角角落落。陈太奎深知，若此时继续追捕余不扬，就等于默认了坊间的传闻是真的，虽然它们就是真的。

无计可施的他只能整天在书房里瞎想，他回想起自己和黄潮一起去求助嘉王的情景。

那晚，月光不合时宜地异常明亮，临安府尹和酒行行长直挺挺地立在嘉王府邸的后门。那后门旁有一棵茂盛的栗子树，正好让这两个见不得光的人继续伫立在黑暗中。也许是嘉王府院内没有栗子树，月光如银，嘉王没有露面。陈太奎记得那一晚，他和黄潮二人轮流敲着那扇朱红色的小门，就像乞食的公鸡，吵得嘉王卧室的烛光明明灭灭了好几次。好在王府后门还是开了两次，一次在子夜，一次在鸡鸣时分。

王府后门第一次打开，精神抖擞的院管只是开了门，并没有让他们进去。院管说："顾王妃刚从嘉王房里出来，李良娣就进去了，今夜嘉王会忙得很。"

陈太奎伸手拦住即将关上的朱门，请求道："麻烦禀报嘉王，就说临安府尹陈太奎在此等候，恳请他无论如何也要听我说句话。"

院管说："知道，知道！嘉王知道是谁在敲门。哎呀，你们等着吧。"二人无言并排立了一夜，也敲了一夜的门。其间，黄潮还卖弄了自己自以为很广博的学识。"让我想起了程门立雪，咱们这是赵门立月。"陈太奎没有理他，反倒是使劲拍了拍自己的乌纱帽——帽子上没有灰，是月光让乌纱帽看上去积了一层灰。

过了鸡鸣时分，院管第二次开了门。"嘉王说了，到破晓还不走的话，就放狗出来咬你们！"然后不由分说地关了门。

陈太奎受此侮辱，虽然心生愤恨，但转念一想，他必须挺过这一关，更不能因此而连累了嘉王，现如今只有嘉王登基才能保全自己。

　　这个想法多么矛盾又可笑啊，一边生嘉王的气，一边还得帮着他。

　　"你笑什么？"黄潮不解地问。

　　陈太奎只是摇摇头没有回答，说了黄潮也不懂。

　　"唉……我们本是同林鸟，没想到大难临头却各自飞了，这嘉王太不是人了，枉我这些年给他捐了那么些银两。"黄潮在骂赵扩，也是在骂陈太奎，"临安我是混不下去了，我想好了，去泉州投靠蒲开宗，赶明儿就动身。"

　　"你说什么？"在回去的路上，陈太奎拎着黄潮的衣领，一种即将孤立无援的危机感涌上心头，"信不信我现在就叫人了结了你。"

　　"陈府尹哪里的话，我也就是这么一说，说说而已嘛。你我才是同林鸟，嘉王他不管我们死活，你死到临头了还要护着他？"黄潮觉得陈太奎像一条忠诚的狗，也难怪嘉王这么有恃无恐了，不过他考虑再三还是没有忍心说出口。陈太奎已经够可怜的了。

　　陈太奎放下黄潮，他并没有在听黄潮说的话，却又好像在听。他自言自语道："找蒲开宗倒是个好主意！"陈太奎拍了一下脑袋，好像突然想起了什么事情，将手伸进怀兜里好一顿掏，拿出一封皱巴巴的信件。

　　"之前，我收到蒲开宗的来信，说他已从泉州出发，从海上一路向北，这几天就会到临安。蒲开宗这个天下一等一的富商自然是个无利不起早的人，估计也听说了内禅的消息，此次来肯定是为了打点上下、疏通关系，能继续买断临安的香料市场。我当时不以为意，经你这么一提醒，或许蒲开宗还真能帮上我们的忙。"

"陈府尹难道想罢官经商？"

"罢官经商？我能做什么，我什么也不会。蒲开宗与皇后关系好，虽说他身在泉州，可每年给她和李家的供养比我们两个加起来还要多。何不利用蒲开宗这层关系来说服皇后出面保我们？"

"若是蒲开宗愿意出手相帮，那是再好不过了。"

陈太奎和黄潮只觉柳暗花明又一村，压力轻了不少。

陈太奎和黄潮之间的勾当败露以后，嘉王虽没有明着出面帮助他们，但暗地里一直派人联络大理寺，目的不为别的，就是想拦下那些危险的状书和证据。陈太奎是他为数不多的支持者，黄潮更是他拉拢势力的幕后金主。他岂能容自己稚嫩的根基就这么坍塌了。

嘉王赵扩是恨太上皇的，恨他一直没有正眼瞧过自己，即使自己是当今天子的独苗。赵扩更恨天子父亲，朝政荒废、疯疯癫癫。不过，赵扩最应该恨的人是自己的母亲李皇后，是她一手造成了这样的结果。可赵扩是不敢恨李皇后的，要说现在这个局势谁最有能力帮他争取太子之位，也就是自己的亲妈了。

朝中关于内禅的流言，以及那日候潮门内赵汝愚对他的态度，种种迹象让他这位皇子的内心相当不安。无论是出于脸面还是对未来的考虑，对于继位这件事他都要争取一下。赵扩是唯一的皇子，享有随时去后宫向李皇后请安的特权。当赵扩把自己的担忧和皇后说了以后，皇后陷入了长时间的沉思。她一直等到太阳爬到了大庆殿之上，阳光开始沐浴在她床榻之上，才开口："我虽然贵为皇后，但若想看这清晨的第一缕阳光，也要比别人晚上两个时辰。若是当了皇太后，那就只能移居重华宫，到时候怕见到的只有余晖了。"

赵扩不解："后宫的地势高，理应是母后最先看到日出的。"

"太上皇说你不聪明，你反倒以此为荣？倘若你连母后的心思都琢磨不透，还怎么镇得住满朝文武？我问你，朝中有人说我李氏家庙僭越规制，有人说我恩推亲属众多，外戚恩荫泛滥，你怎么看？"

赵扩对母亲的所作所为早有看法，但即使再不聪明，他也知道自己不能回答错了："外公南征北战，为朝廷立下了汗马功劳，母后又是孝顺的，为天下人做了好榜样。"

皇后只是笑笑，起身换了个位置，早晨的阳光虽然柔和，但毕竟夹带着夏日的温度，容易让人不适和烦躁，接着说："人家都说你父皇是疯皇，其实啊，皇上是明君，知道我做的事情都是在为赵家还人情，所以他从来都不反对。你要是当了皇帝，会不会跟你父皇一样，继续对李家好？"

赵扩抬眼望向母亲，原来李家的利益才是母亲最关心的吗？他沉默不语。皇后晃了晃凤袍的袂摆，让它们继续平整地贴在腿上，继续说："儿啊，皇上正是年富力强的时候，你也稚嫩了一些，怎么就想着立储的事儿了？小心让你父皇听见，又犯了疑心病。"

"母后，立储的事儿，满朝文武都在谈论，并不是我想想这么简单。"

"那你跟我说的意图是什么？"

"那是因为……那是因为朝中对于立储这件事声音并不一致，太上皇不支持我，大家都对赵挺寄予厚望。母后，你也不想把天下拱手让给吴兴郡王赵挺吧？"

"太上皇？太上皇已经晏驾了。留正也逃出了城去不知所终。除了时机未到，还有什么能阻碍你被立为太子？"皇后侧卧于榻上，表示自己不想再为这件事情继续伤脑筋。

嘉王硬着头皮继续说："还有枢密使赵汝愚啊……"

"哎呀……这个赵汝愚，既有匡世之能，又有经世之学，若是能安安心心辅佐社稷倒也算是大宋的幸事。只可惜……如今他心思都不在这个上面啊。赵汝愚，他到底能不能搞清楚这个天下是谁的？"

"先生教诲，大宋是大宋子民的天下。"

"儿啊，我看你是四书五经读得太多了。当今大宋是你父皇的天下。你爹爹是皇帝，况且还有娘在，你怕什么？瞧你唯唯诺诺的样子。"李皇后白了自己亲儿子一眼，"这个天下迟早会到你手里的，谁也抢不走。"

"母后，我听说赵汝愚他们一心要说服皇上立储，是想要逼父皇退位。这样一来，若是立储的事控制不了……"

"跟你说了，别老想着立储！"

"母后……母后难道要眼巴巴地看着父皇的江山送给别人吗？"

"母后自有打算。刚才跟你说了，你父皇是个明君，他对李家这么好，李家怎么会辜负他？我怎么会辜负他？"

"母后你是要……"

"你就别问了，这些事你知道的越少越好。反正你就记住一点，内禅这件事，不是赵汝愚想做就能成的，更不要说拥立赵挺这么没谱儿的事情。他赵汝愚啊，马上就要泥菩萨过江自身难保了……时候不早了，嘉王也别老在我这里待着了，该见的人，该做的事可别偷懒了。你年纪轻，不真心实意出点力怎么去拉拢人心？陈太奎和黄潮都是听话的好奴才，别凉了他们的心。"

嘉王心里一沉，什么都逃不过皇后的眼睛。知子莫如母，自己亲儿子到底是块什么料，她比谁都清楚。嘉王起身告退，行至门口，皇后又开口道："量力而行，但是要让他们知道你已经竭尽全力了。你自己怎么做是一回事，让别人怎么看又是另外一回事，全凭自己把握。"

赵扩似懂非懂地点点头。

天下宰执，尽在东、西两府。东府的丞相跑了，内禅的重担自然而然就落到了枢密使赵汝愚身上。留正逃走之后，赵汝愚夜夜辗转反侧、无法安睡，每天都做着同一个梦，梦见死去的太上皇授他以汤鼎，天下人称颂他是今世第一辅政大臣。可每次梦都做得迷迷糊糊的,他半信半疑地一个人回味着。今晚,他又梦见了死去的太上皇授他以汤鼎,不仅如此,他还背负着一条白龙飞上青天。赵汝愚越飞越高,只觉得脚下发虚,"嚯"地叫了一声,从床上惊起。这梦做得可太真了。

这是太上皇托梦,再不行动就来不及了。背负青龙,辅佐新皇登基就是我赵汝愚的天命。

立储的事,他是支持太上皇立吴兴郡王赵挺为太子的,虽然太上皇他老人家晏驾的时间早了一些,但经过自己的周旋,现如今满朝文武十有七八也都支持太上皇的观点。赵汝愚信心满满,立誓要完成太上皇的遗愿,以慰他在天之灵。他连夜制订了内禅的计划,认定只要以太皇太后吴氏的威望和名义授予吴兴郡王皇位,而后他领群臣附议,这样既有皇族旨意,又有群臣支持,内禅就能顺利完成。

天边微亮,新的一天开始了。离禫祭之日还有整整七天时间。赵汝愚叫来儿子赵崶,把计划交代了一番,而后又想到了一个绝妙的计划。

"留正走了,立储的事就撂下了,我看这反而是一件好事。"

"父亲深思远虑,但孩儿有所不明。"

"若是要立储,那太子人选一定要在内禅之前定下来,而且还要经过皇上的同意,发布诏书以告天下。"

"这是祖制,历来如此。"

"现在留正不在,皇上也没有新任命谁来主持立储事宜,但是却留下了有意立储的诏书和表明自己想要退闲的御札。"

"孩儿还是不明白。"

"这就意味着，皇上自己有退位的意思，而又没有确定立储的人选，我们是不是可以让太皇太后吴氏直接在内禅仪式上宣布新皇，而后登基。立储、登基一气呵成。"

赵艮钦佩父亲的胆大心细，可凭他现在的心境和资历，还不敢轻易评价父亲的这个想法。

"艮儿，余不扬手上那些账本可曾交予你了？要趁早拿下那些证据。陈太奎和黄潮的背后是嘉王，只要顺着那些账本往下查，就定能查到嘉王收受贿赂、培养势力的证据。这样一来，朝中对嘉王的议论定会蜂起，而那些对立储摇摆不定的官员也没有继续支持嘉王的理由了，吴兴郡王的地位就更稳固了。我要让皇后和李家人永远没有翻身的机会。他们这些人把我大宋天下害得够了！"赵汝愚再无睡意，甚至哈哈大笑起来，他要在内禅之前给皇后和嘉王最后一击，彻底击灭他们的希望。

说到余不扬，赵艮突然想起一件事情来："父亲，李孝友去了长江以北的襄阳城，这事儿您知道吗？"

"当然知道了，李道那只老狐狸怎么会无缘无故派自己的宝贝孙子去抗金前线襄阳城？不过具体是什么事儿我还真不知道。说到这件事儿，艮儿你快派人密切关注李孝友与临安往来的信函，没准儿会有所收获。"

"这事孩儿早就安排了。"

"哦？你突然提起李孝友的事情，难道是截获了什么要紧的线索？"

虽然赵艮难得猜透父亲的意思，提前安排工作，但他并没有因此而沾沾自喜，反倒是有些为难，他说："父亲，孩儿确实截获了一些线索，但并不是什么要紧线索。是关于余不扬的，确切地说，是截获了一些他侄女余在水给他写的信函。"

赵汝愚兴致减了大半："你怎么关注起余在水来了？难道真的要帮助余不扬寻侄女吗？"

"并非如此。父亲有所不知，余在水之所以失踪是因为跟着李孝友北上了。"

见父亲面无表情，他不知道父亲对这件事情有没有兴趣，但他又不敢讲话讲一半，便硬着头皮继续说道："余在水和李孝友一起北上，跟踪的黑白探来信说他们二人每天都在一起，形影不离。在襄阳城，李孝友行事极为谨慎，很难查清他跟哪些人见了面，到现在也没有往临安发一封信函。倒是那个余在水反而写了几封信回来。"

"信上说的是什么？"

"一封信是寄到衢州行馆给霍吉的，另一封是寄到武学给余不扬的。信中内容无非就是告诉他们自己北上这件事而已，并无其他重要信息。"

赵汝愚有些生气："你就跟我说这个？"

"父亲息怒，孩儿想起您在万寿香所批评孩儿没有以爱才、惜才之心诚恳坦然地跟余不扬相处,所以想问问您要不要把这几封信还给余不扬?"

赵汝愚重重地叹了一口气,毫不掩饰地骂道:"若是现在让余不扬知道他侄女还活着,他还能为我所用吗?爱才惜才不假,但这也要审时度势地看。艮儿,我们现在集中精力全为了内禅,所以不能服务于目标的真相并不重要,不利于达成目标的坦诚亦不需要。"

完成账本交接之后,余不扬和张本之间似乎系上了一根看不见的丝线。他们之间既互相支持着对方,又互相承载着承诺,这层关系无须多言,就足以让他们成为关系最紧密的两个人。两人下山去买了一些白蜡烛、纸元宝,摆了个简陋的祭台对朱氏两兄弟深深地祭奠了一番。余不扬在整理他们遗物的时候发现一个粗布做的小储物袋,里面有一枚长命锁和一张纸条。余不扬拿到蜡烛前拜了拜,而后打开,纸条上的字让他湿了眼眶。原来,这是两兄弟准备离开临安时给余不扬准备的口信儿,只是后来决定留下来帮助余不扬报仇,所以信也迟迟没有送出去。信中说,当今朱子是他们的亲叔父,袋中的铜锁就是朱熹在朱开山出生的时候送的长命锁,如果报仇不顺或是遇上了什么大麻烦,就拿着这枚铜锁去找朱熹帮忙。朱熹一直对朱建桥和朱开山喜爱有加,定会出手相助。

余不扬抹了一把眼泪,心想眼下确实到了需要朱熹这样的大人物帮忙的时候了,可朱子如今却远在湖南任职,不知猴年马月才会回到临安。余不扬又拜了三拜感谢两兄弟的好意，而后万分珍重地把铜锁放进怀兜里。

告别张本之后，余不扬就接到了黑白司的任务——阻止逃走的丞相留正回城。现如今皇后不愿意早早地让对她言听计从的丈夫下台，她始终坚信内禅是不可能做到的。于是，狗急跳墙的赵扩想到了一直以来就器重和推崇自己的丞相留正。赵扩派出了一位又一位的信使去把正在范村吃斋念佛、虔诚地为自己命运祈祷的留正请回来，但每位派出的信使都被余不扬认出来，击杀在了半路。

在接到任务的时候，赵艮说："你的任务非常重要，直接关系到日后天子是谁。"余不扬不解，他对赵艮表达了自己的疑惑："天子天择，我在这里杀几个人就能决定以后的皇帝？"

"民就是天，民意就是天意，你是黑白探，便是在替天行道。"赵艮一脸严肃。余不扬不太相信赵艮说的话，天下几千万老百姓，民意怎么样谁又说得清楚呢？但民意确实是存在的，余不扬知道马金溪畔的那些农民收成不好就会饿肚子，肚子饿了他们就会哭喊。他们哭喊不光因为肚子饿，还因为不管收成多少，该交的皇粮还得交，辛辛苦苦一年到头来饿肚子的却是自己。这不满的哭喊声应该就是民意吧。不过他并没有在这个问题上纠结太久，还是选择接受赵艮给他的任务。天子和百姓就像这天和地，离得十万八千里，也不会有任何交集，却总还是会有些看不见、摸不着的联系。比如说，地上的水气会飘到天上变成雨又重新落回地面，地上的人死了便会上天又重新投胎回到地上。所以，地上的人做一些事情，没准儿会让上天改变主意，这也不是完全没有可能的。

他暂且相信了赵旵的话。

在临安城的另一边，钱塘江入海口逆行而来一支庞大的船队。那些船清一色挂着黑底白字的幡旗，白色亮眼的"蒲"字迎风招展，好像在向临安宣告一个大人物的到来。

蒲开宗站在头船的船首，俯视着临安的码头、货船和渔民，仿佛自己的船瞬间能把水面上的一切碾得粉碎。边上的老随从凑到蒲开宗的耳边说："这就是天城临安了。"语气稍显不屑。

蒲开宗哈哈一笑："若是比商船、比码头、比贸易，那泉州更像天城。"蒲开宗尽量不让自己露出飘飘然的神态，因为和往常不同，这次他要做的可不是小买卖。

陈太奎和黄潮二人自从那晚在嘉王那里吃了闭门羹，就认定蒲开宗一定能帮自己。他们摆出了相当大的排场来迎接蒲开宗，将蒲开宗一路从码头迎到丰乐楼，二楼除了歌姬、娼妓和婢女，并无其他客人。满是诗文的墙壁也被重新刷白，一大桌珍馐美味正散发着撩人的气味。小云在一旁伺候着，因为蒲开宗信奉大食教，所以桌上没有猪肉和酒，这让她很纳闷儿。但疑惑很快就被随之而来的恐惧和担心代替了，因为陈太奎和黄潮二人马上就把话题引到了想要蒲开宗帮忙这件事情上了。

"余不扬，一个黄毛小儿？"蒲开宗呷了一口茶，"他能有多大能耐？二位是瞧不起我蒲某人，故意给我一个小差事？"

"现在倒不是能耐大小的问题，他偷了我的账本，要是落到敌对人的手里，那你就永远失去我和陈府尹这两个朋友了。"黄潮说。

陈太奎说："承节郎，你和我们都是皇后的人。去年年底，皇后修缮家庙，你给她捐了一千两黄金，还是我替你送过去的呢。那些账本，不光能害死我和黄行长，要是顺藤摸瓜查下去，傻子都能查出来那背后是皇后和嘉王。要真到了那一天，那嘉王的太子梦就圆不了了。到时候，我们这些一根藤上的瓜都得遭殃。你虽平时都在泉州，可论关系，皇后和嘉王对你要比我们好，只要你出面，皇后和嘉王一定会保我们的。"

蒲开宗瞥了一眼陈太奎这只老狐狸："你们是我在临安的贵人，我帮你们就是帮自己。放心，求情我会，杀人我更在行。"

"那小子杀不得，杀了他上哪儿去找账本啊。"黄潮面露难色。

"既然杀不得，那你就更不用操心了，我有的是办法。"

小云从包间里慢慢退出来，靠在墙上尽量让自己心情平复下来。这个时候最应该做的就是去通知余不扬。

临安的入海码头，石八坐在旁边的破牛车上，数着一箱箱从蒲开宗船上运下来的货物。"两千二百八十、两千二百八十一……"伴着痴笑。

夜色渐浓，从船上下来一队头缠白巾、身着白袍、个个腰间挂着弯刀的色目人。他们动作整齐划一、目光如炬，仿佛他们共用着一个大脑。

"各位好汉留步！好汉，小人是临安牙人，姓石名八，专为杀人越货牵线搭桥，你们要是信得过我，我这儿恰好有一桩好买卖。"这群色目人把石八围在中间，其中一个冷笑一声，用生硬的泉州话说："贾拉里，伊是啥人？"

"无知道，蒲老板没有交代过。"贾拉里平静地回答。

石八转着眼珠子，嘴角挂着涎水，自顾自说："我要杀的人叫余不扬，事成之后五百两会子票，怎么样？"

贾拉里大惊："厄道是走漏了风声？怎么办？"

突然石八哈哈大笑起来："你们没干过这种事儿，怕了吧？瞧你们那尿样儿，哈哈。"旋即哭了起来，"杜陵北、魏桥西都被他杀了，买卖的契约也被他拿了去。哎，你们知道嘛，那契约上可有老子的大名，下一个死的就是我，就是我啊！"不等这些色目人回答，石八又伸手拽住一位劳工，重复道，"好汉，小人是临安牙人姓石名八，专为杀人越货牵线搭桥，你要是信得过我，我这儿恰好有一桩好买卖，事成之后你也不用再干苦力了。"劳工看看石八，又看看这群奇怪的色目人，害怕地跑开了。

"我知了，这家伙系个疯子，勿用理会。"贾拉里说。

"一般的疯子怎么会知道这些事情？伊知太多了。"鲁巴迪说完，几个色目人对了对眼色，贾拉里出其不意拔出了弯刀，电光石火之间又插回了刀鞘。石八好像被点了穴，直直地立在路边，直到色目人走远了，他的额头才开始沁出鲜血，然后像一条海藻软软地倒了下去。

第十章
女儿身

　　月夜，一艘朱漆兽首的游船从孤山茂密的芦苇荡划到西湖之上。赵汝愚把煮好的茶汤舀起分装在几个茶碗里，赵垠端起一碗送到余不扬面前。余不扬喝一口，一股苦烈的清香直冲脑门。

　　"清明前，我踏青路过狮峰山，到一老农家中讨茶喝。他从陶罐里抓出一把颜色深碧的绿茶，我取过来一看一闻，茶叶挺直俊秀、香馥若兰。如此上乘品质，但我却没有喝过，所以赶忙让老农把茶煮上。几个弹指的工夫，煮茶器皿里的茶叶，芽芽直立、栩栩如生，汤色杏绿、清澈明亮，喝上以后沁人心脾、齿间留芳。我当即买下老农所有的茶叶，分与友人喝，可奇怪的是叫好的却没有几个。这不正应了民间说的'萝卜青菜各有所爱'这句话嘛？"

　　赵垠笑着品茶："父亲慧眼识珠，非一般人所能及。"说完还瞟了一眼余不扬。余不扬被茶叶苦麻了舌头，不想说话。

　　赵汝愚话锋一转："立储之事，当今百官分成嘉王和吴兴郡王两派，当然嘉王势弱一些。吴兴郡王年轻早慧，深得太上皇喜爱，在朝中又有很多支持他的老臣，我们要把朝野上下这些真实情况反映给太皇太后她老人家知道。现在太上皇晏驾，只有她的决定才能得到文武百官的拥护。"

"艮儿明白。"说完，以父亲赵汝愚的口吻草拟了一纸交给太皇太后的书信，随后说道，"皇上疾重、丞相未归，正值朝政空虚乏力的困难时候，若是韩侂胄肯帮我们去说服太皇太后，那就是天塌下来也不怕了。可是父亲，韩侂胄会帮助我们吗？"

赵汝愚思忖片刻，乐观地说："如此重任委以韩侂胄，不怕他不同意。他韩侂胄不会不知道，这是他发迹的大好机会。"

"如此说来，韩侂胄他一定会同意！"赵艮知道父亲把余不扬叫来的目的，"不扬，你把信拿给韩侂胄。这么重要的事情交给你才放心。"

此时船恰好在断桥靠岸，赵汝愚说："慢着，我问问你，狮峰山的绿茶好喝吗？"

"不好喝，苦得我唇舌发麻。我听闻老家开化大龙山上也有这样的绿茶，有人用来做菜，据说摊鸡蛋饼和煮汤圆味道最好，枢密使下次可以试一试。"

"哈哈，我说这茶叶甘醇，你却觉得苦涩。我把这等好茶泡着喝，你却说做菜味道一绝。看来人人口味都不尽相同，有些东西有人吃得下，别人却吃不下。再送你一句话——'吾之蜜糖，汝之砒霜'，黄潮的那些账本你是吃不下的，会害死你的，倒不如趁早给我的好。"

余不扬欲言又止，走了几步，又回头说道："实不相瞒，那些账本关系到一位友人的世仇能不能得报，我绝不会轻易交出。是福是祸我自己心里有杆秤，会掂量。"

"不知天高地厚，你既然已经加入黑白探司，却不信我？"

"不信。"余不扬脱口而出。

赵汝愚阴沉的脸更加紧绷，而后却大笑道："妙哉，妙哉！你越是这样，老夫就越觉得你能办好交给你的差事。我从未把你和其他黑白探视若一类——像那些听得使唤的家伙一般对待，余不扬，你若是肯放下心中芥蒂，我们也许能成为忘年交。"

余不扬不知道自己怎么回答，叉手作了个揖，无论如何，赵汝愚的这句客套话让举目无亲的余不扬体会到了些许温暖。

去韩侂胄住处的路并不远，从断桥一路往东过了金牛寺便到了。虽然韩侂胄官阶不高，但毕竟受祖上荫佑，又和太皇太后做着亲戚，府宅要比同级官员气派好多。余不扬自然是见不到韩侂胄的，他把信交给院管之后便离开了。

那日和张本在"双蛛洞"分别后，他在张本家的街对岸寻了一家客栈，他的房间和张本的卧室正好窗户对着窗户。两人约定，余不扬每晚平安归来，就在窗口点上一盏灯，天亮出门又将灯熄灭，如果哪天灯不能照常亮起或熄灭，张本就拿着令牌把那些账本送到六部桥赵艮那儿去。所以，一般情况下余不扬都会早早回到客栈，尽量不会让张本多等。

张本也推掉了瓦子里所有晚上说书的场次，此后每晚他都早早地回房间，直到看见对面的灯亮起，他才会安然入睡。

此时，余不扬正沿着西湖边朝钱塘门一路走去，忽见柳树林中窜出一队头缠白巾、身裹白袍的人，心里腾起一股不祥的预感。他们各个是酱色的皮肤、立刀眉、弯刀须，身形修长，在夜风中白袍和柳枝一齐摆动，形销骨立，张牙舞爪。他们是人是鬼？余不扬定了定神，大声喝道："来者何人？"对方无人作答，反倒是纷纷从腰间拔出了银晃晃的弯刀，寒光咄咄，一步一步朝他逼近。余不扬心里暗暗叫苦，此行出来并未带护身的兵器，只随身携带着一把手刀，若是跟他们正面火拼，小命肯定就交待在这儿了。

"好哇，你们是哪里来的魑魅魍魉？这可是天子脚下，还敢胡作非为？"余不扬壮着胆子警告对方。

"鲁巴迪，临安的官兵有够多，会无会无好脱身？"

"惊什么，贾拉里。我们有泉州府的腰牌和藩民证，还有蒲老板罩着，就算是皇帝来了，他也要打狗看主人。"余不扬从来没听过他们的口音，一个字也没有听清楚，不知道他们在说什么。不过，他也来不及细想，因为那个叫鲁巴迪的人已经挥着弯刀朝他腹部劈来。余不扬脚尖点地，屁股往后一撅，躲过了一刀。又见几道寒光从身子左侧袭来，余不扬右脚踩实，左腿顺势往后一甩，带动整个身子朝右后方侧去，夺魂的刀光劈了个空瞬间匿回夜色，随后又自下往上朝他下肢飞去。余不扬蓄势一跃，抓住了一根粗壮的柳枝，翻身跳上了柳树。余不扬擦着额头上的汗珠，眼看那些白衣杀手将柳树团团围住，心中叫苦不迭，一时间也想不出脱身的办法。

就在这时,从夜幕中冲出一辆马车,赶车人站在两根辕木上大喊:"不扬,跳上来!"余不扬心中大喜,是霍吉!等他反应过来以后,马车已来到柳树下,余不扬瞅准时机纵身一跃,身体把舆顶砸出一个大洞,重重落在车舆里面。那群白衣杀手心有不甘,胡乱劈砍一通但都只是伤到了马车的木板而已。

"驾!"霍吉奋力抖着缰绳,马车迅速消失在了黑夜之中。鲁巴迪和贾拉里面无表情地对视了一眼,慢慢把弯刀送回刀鞘,而后整支队伍就像什么也没有发生一样平静地退回了柳树林中。

且说韩府的院管将赵戾的信送到韩侂胄手上之时,韩侂胄正在煮酒,酒案上摆着两个龙泉四方杯。他拿着信翻来覆去揣摩着,却不拆开,丢到酒案上。此时,屏风后面走出来一人,不是别人,正是皇子嘉王。韩侂胄手往信件一指,故意问道:"嘉王,我俩玩个猜谜游戏助助酒兴如何?"见赵扩兴致高昂,他便接着说,"这第一问,由我韩某人先问,请嘉王猜一猜这信件的由来。"

赵扩自罚了一杯:"这叫我如何猜得着。"

"是赵汝愚,赵枢密使的信件。"赵扩眼睛一亮,伸着脖子想一探究竟。

韩侂胄看着赵扩的样子淡淡一笑:"第二问,赵枢密使来信所为何事?"

赵扩看着韩侂胄,一脸疑惑:"这叫本王如何去猜?莫不是韩国戚和赵汝愚二人深交已久，不然这个时间怎么会有私信来往？"赵扩开始有些不悦，候潮门外吃到赵汝愚闭门羹的滋味他还记得清清楚楚。放眼朝堂之上，大小官员大多与赵汝愚交好，难得有个聊得来的韩侂胄，没想到也和赵汝愚有私交。

见赵扩脸色不佳，韩侂胄自罚了一杯，而后解释道："嘉王息怒，我韩某人只是个小小阁门知事，从不曾与枢密使有过交情，若说我没有巴结他的心思，那便是对嘉王你不诚恳。可话说回来，难道赵汝愚会中意于我的才干，主动修书求贤？那更是有些自欺欺人了。所以我猜测，赵汝愚信中之事必定是请托之事。那么何事这么重要，逼得赵汝愚主动找上韩某人呢？十有八九是关于立储。"

赵扩大惊："好你个韩侂胄，满朝文武都知道赵汝愚他支持立赵挺为太子，没想到你也要帮他！"

韩侂胄摆摆手道："嘉王莫急，赵汝愚为何要请我相帮，还要听我来解释解释。太上皇晏驾之后，谁能在立储这件事情上帮到赵汝愚？唯有一人，那便是德高望重的太皇太后。下官早就打听到，赵汝愚正在密谋内禅，若无太皇太后支持，那内禅便同造反无异……"

"快，快将此事连同这封信一起交给大理寺，以造反罪名禀奏父皇，罢了他的官，砍了他的头。"赵扩咬牙切齿，他恨死了赵汝愚。

韩侂胄盯着赵扩的眼睛，心平气和地问道："杀了赵汝愚？难道嘉王不想做皇帝吗？何不乘着赵汝愚的东风登上皇帝宝座？"

一阵凉风穿堂而过,赵扩打了个激灵:"什么?你说什么?难不成赵汝愚会心甘情愿帮我?"

韩侂胄哈哈一笑道:"只要有我在,那便是再容易不过的事情。赵汝愚为什么找我?因为我是太皇太后的外甥,打小就跟她老人家走得亲近。但可别忘了,我还是嘉王妃韩氏的叔叔呢!我和您、和赵挺比起来,跟谁亲?立储这件事情上,要帮,我韩某人也只会帮嘉王您一人!"

赵扩大喜:"韩国戚此话当真?那这信,还有赵汝愚的交代,你也不能置之不理吧?"

韩侂胄忽而笑起来,道:"哈哈,韩某人自有应对。至于这封信,正巧煮酒添作柴。"

赵昚精心撰写的信件还未拆封,便在韩侂胄的陶炉里卷曲、燃烧直至化为灰烬。赵扩毕恭毕敬地敬上一杯酒:"全仰仗叔父支持。"

霍吉驾着马车在城外兜兜转转了个把时辰,悄摸地进了有熟人把守的余杭门。在确定没人跟踪以后,才领着余不扬回了衢州行馆。

"我说你这段时间都跑哪儿去了?"霍吉摆出了一副长者该有的样子,"在水佺女尸骨未寒,你再出什么事,我怎么跟你哥哥嫂嫂交代?你让他们怎么活?"

余不扬心里一沉,难受得喘不过气。这几天他一直忙于完成黑白探的任务，倒把找侄女这件事给忘了。

西湖女尸不是在水，但这件事一两句说不清楚，所以余不扬直接说道："霍掌柜，我一直在想法子找机会给水报仇。"

"你要是真心想报仇，就惜点命吧。要不是今天我恰巧在金牛寺布施，看见有人跟着你便追上来，你早就……亏你还是习武之人，竟丝毫没有察觉……"

"我也不知道今晚要杀我的那群人是打哪来的，莫名其妙，兴许是找错人了。"

霍吉灌了几口茶，瞪着眼睛质问："你是真不知道还是装糊涂？那些人是色目人，天底下最危险的杀手！你被他们盯上了，只有两种可能，要么他死，要么你亡。"

"色目人又是哪来的？什么路？什么州？我依稀听见其中二人说话，一个姓鲁，一个姓贾，怎么就是色目人了？"

霍吉摇摇头，说道："色目人不是我大宋的子民，是藩民。我只知道他们和胡人差不多，又不一样，胡人从西域翻山越岭而来，色目人是漂洋过海而来的。我在临安这么多年，色目人长什么样子我还能不知道？不过，要说那些成群结队的色目死士，我也是第一次见。"余不扬挠起来头，心想要是朱建桥还活着就好了，他准知道怎么回事。

"色目死士……这么说来是有人雇佣他们来杀我的？"

"唔……那应该是的吧，你跟他们总没什么仇怨……我听说那些死士绝不会轻易出手，只要出手了就不会半途而返。不扬，你可要万分小心了。"

余不扬点点头,有些不以为意。自打他到临安起,就没有哪一天是绝对平安的,他已经习惯了用刀尖剔牙的日子:"霍掌柜,我自会小心的。不过话说回来,按你所说那些色目人心狠手辣,不会轻易放过我,可你刚才从他们手中把我救走,我担心他们也不会轻易放过你啊。"

霍吉抱着自己圆鼓鼓的大肚子笑道:"他们要是聪明人就该知道,招惹的人越多,事情越难办。这是哪儿?这里是临安城内,到时候真惹恼了官府,别说是色目死士了,就是色目人的皇帝也吃不了兜着走。嘿嘿,不过这话说得有些大了,大宋如今偏安一隅,哪还有能耐把别人怎么样!"霍吉说完好像突然想到什么事情,忙走进里屋,旋即手上拿着一封信走了出来。

"这是你哥哥不弃给你的信。你别怪我擅作主张,余在水遭遇了如此不幸,我于情于理也要和不弃说,若是我不说那还算是什么朋友……"霍吉的语气有些沉重,把信递到了余不扬面前。看着那封未拆封的信,余不扬却不敢接下。

"霍掌柜……你……你帮我读吧,我,我不敢看。我无法想象哥哥在知道自己女儿去世的消息后会对我说些什么话。虽然经过我这些日子的调查,西湖女尸并不是在水,但她至今下落不明,不知死活。所以,我没脸面对哥哥,即使是这一封信,我也……我也没脸看。"

霍吉看着余不扬伤心的样子有些心疼,忙拆开信说:"好好,我帮你看。我看看啊……不弃在信里说,他们知道这个消息之后,你嫂子整日以泪洗面,马上就病倒了,一直卧床难起。而他自己本来是要来临安帮着你一起料理在水的后事,只不过仙霞关纪律森严,临安来回一趟又时日太长,请不出假来。另外,你嫂子卧病在床也需要人照顾,所以他暂时不来临安,在水的后事就全权委托你了。信里面还有一张会子票,说是给你为在水料理后事用的。"说到这里,霍吉重重地叹了一口气,"看看,你哥哥一点责怪你的意思都没有,到现在还处处想着你呢。哎,这个不弃啊真的是重情重义的好兄弟。"

余不扬听完霍吉的口述,伤心地抹了一把泪:"霍掌柜,我走了。哥哥越是对我好,我就越自责。就冲哥哥这一番话,我也要找到在水,我死也要办到这件事!"

"你也要保护好自己的性命啊,不弃没了在水,可不能再没了你。哎,还有会子票呢!"

余不扬没有理会霍吉的叫喊,一头扎进临安的夜里去了。回到客栈后,余不扬一直回想着哥哥的话和霍吉的忠告,色目死士是极度危险的存在,便只是点灯,没有开窗也没有隔街对视,生怕把张本暴露给对方。他把朴刀立在床头,和衣而卧,虽双眼紧闭,但眼泪不断地从眼角流出。他满脑子都是哥哥和在水的样子,伤心得无法入眠。

子夜时分,街头巷尾的防隅和望楼敲起了连续且急促的锣声。余不扬从床上弹起,推开窗户只见街面上一队队防隅兵正提着水桶朝西北方向奔去。余不扬顺着他们的方向望去，临安城的西北方向一片火光，木头燃烧的爆裂声穿过御街和道道坊巷传到了余不扬的耳朵里。余不扬正欲关窗，忽然一个不祥的念头闪过他的脑海——不好，那是清和坊的方向。

张本也被锣声惊醒，他第一反应就是检查对街房间的烛光是否亮着。是亮着，他舒了一口气，可烛光马上就灭了。片刻过后，只见余不扬跑到路上，提着朴刀朝西北大火方向跑去。张本情不自禁地从窗户上探出半个身子，想要叫住余不扬，喉咙底下却只是轻轻地"哎"了一声。看着余不扬渐渐跑远的身影，他的指甲也慢慢地抠进窗台的木板里，而后长长地"唉"了一声，他担心余不扬。

这几日，张本与余不扬隔街相对住着，虽不曾言语交流半句，但用烛光的交流方式反而更显得私密和默契。每当对面亮起灯，张本就不由自主地会心一笑，整个临安城只有自己明白对面那盏灯的含义。一想到这个，他就忍俊不禁。有时余不扬的房间迟迟不亮灯，他就趴在窗台上等着、盼着，那种急切而又期待的心情他从来没有过——见不着就像猫抓了一样难受，见着了就立马心安。他说不清楚自己为什么会产生这样的情愫，他甚至还有些意外，因为这种情愫就像话本里痴女盼郎君的感觉一样。

他看着镜子里的自己，觉得眼前的张本已经慢慢地发生了一些变化。他用指尖轻轻滑过耳郭、脸蛋和脖子，指尖的感觉是嫩嫩滑滑的，脸蛋儿的感觉是酥酥麻麻的。灵魂好像因为触摸而从身体里抽离出来，灵魂是北瓦说书的那个英俊潇洒的张四郎，身体是不曾尝过禁果的九溪酿酒娘。张本低低地呻吟了一声，声音过于沉醉和娇柔，那感觉就真的好像有一位风流倜傥的男子在抚摸自己。幻想中的那位男子不断变幻着体态和样貌，直到停留在余不扬的样子，张本才猛然惊醒。

这种时候为什么会想起余不扬？张本双手托住下巴，而后又遮住了双眼，好像自己的小心思真的被余不扬看穿了一样，竟然自顾自地害羞起来。虽然余不扬曾经想害死自己，但那并不是出于对他的讨厌，后来余不扬的爱憎分明让自己对他恨不起来。前几日，余不扬把账本交给他的时候，那种洒脱和爱护，更是让他觉得这个人身上有一种独特而又强大的能量，或许是自信，或许是担当，反正就是一个纯粹男人的魅力，与他所见到的那些在瓦子寻欢作乐的男人都不一样，完全不一样。

想到余不扬，他又担忧起来，张本低头看向紧紧握在手中的皇城司令牌，眉头皱成了一团。

果然，等到余不扬提着朴刀赶到，衢州行馆已成一片火海，火势正朝着四周散去，临近的屋子里陆续有人衣冠不整地跑出来。余不扬顺势抓住一个防隅老救火兵，指着衢州行馆说："快！快！灭火呀！"老救火兵不耐烦地甩开他，骂道："甭管是活物还是死物，到现在肯定全都化成灰烬了，就是灭了火又有什么意义？让它烧吧！"

余不扬几次想冲进去，可都没能成功，只能在外围焦急地打着

299

转。一个灰发老翁走近余不扬好心提醒:"别看了,都抬走了。火势还不大的时候,几个救火兵冲进去救过人,不过抬出来的都是焦炭,没活着的了。唉……可惜了霍掌柜,这么大的家业,那么好的人,都没了啊。"

余不扬心里一沉:"你认得霍掌柜?"

"怎不认得?他人好心善,年前还借给我两贯钱,没想到钱没还,人就先没了。唉,抬出来的时候就一张脸是好的,身上都滋油了……"

余不扬只觉得眼前一黑,要不是靠朴刀撑着非摔倒不可。霍吉为人和善,事事笑脸相迎,也是因此才能在临安城站稳脚跟,照理说他不会跟人结下这么大的梁子,以致命财两殒,除非……余不扬透过热浪看到不远处的弄堂口站着鲁巴迪和贾拉里二人,他们阴暗扭曲的脸正对着余不扬窃笑,随着火光忽明忽暗——这场火是色目死士引蛇出洞的伎俩。

余不扬心中燃起一团火焰,焰气直冲颅顶,烧红了双眼。他双手握住朴刀柄,那力道能在铁柄上捏出手印来。"狗杂碎!拿命来!"余不扬大喊一声追了过去。

余不扬追逐两团鬼火一般的身影,一路狂奔,直至光影渐稀、人声渐远,不知不觉来到了城西相国井一带。这一带多是达官显贵的府邸,可买得起这些房子的人都住在西湖畔的宅子里。当余不扬看到这些闲置的房产成片成片安坐在黑夜之中,心中顿时腾起一股不祥之感。

此念一出,前面的两团鬼火果不其然由二变四,由四变八,几个弹指的工夫就把余不扬团团围在中间。正在气头上的余不扬也不发怵,把手里的朴刀挥得呼呼直啸,大喝道:"色目鸟人,今天就让你尝尝爷爷的厉害。"说罢,朴刀往前一指,杀将过去。顷刻间,色目死士的弯刀悉数出鞘,寒光映鬼火,邪性陡升。开打之后,余不扬手里的朴刀如旋风一般左劈右砍,色目死士轮番上阵接招,铿锵之响片刻未停。一刻钟以后,余不扬累得双手酸麻,使朴刀的动作也慢了下来,自知再这样下去非让这群死士剁成肉泥不可。他在应对之余,心里暗忖:那个姓鲁的定是这群鸟人的头儿,擒贼先擒王,不能再这么白耗力气下去。说时迟,那时快,余不扬又抡圆朴刀,朝周遭甩了一圈,逼着死士们往后退了两步。就在这时余不扬双腿一挺,跳到鲁巴迪面前,弓步向前准备将朴刀刺过去,没想到鲁巴迪宽大的白袍突然像白鸥展翅一样飞腾起来。与此同时,袍子里喷出一阵暗绿色的迷烟,余不扬正是用劲儿的时候,控制不住猛吸了一口,一阵强烈的晕眩感之后便瘫倒在地上。

余不扬醒来后眼前依旧是天旋地转。橘红色的烛光悬在屋顶,地上是青墨色的深渊,从深渊里伸出一根根粗壮的、朱红色的立柱映着烛光,也映着一只只白色的巨蝠。那些巨蝠双翅环抱在胸前,吊在屋顶上,把余不扬围在中间,偶尔发出似在交谈的奇怪声响。

突然，一阵凉意从余不扬的腿部开始向上蔓延，直至凉意到达了头部，他才意识到那是一盆冰水。顷刻之间，天地颠倒，意识开始复苏，他能感觉到双腿正被一股强大的力量拉向青墨色的深渊，他奋力挣扎，直至发现自己头重脚轻、无计可施时才放弃。

余不扬被色目死士倒吊在一个高阔的厅堂之内。他彻底清醒过来了。

"后生仔，账本在哪里？"贾拉里把弯刀的刀尖抵在余不扬的颈脉上恶狠狠地问道。

"色目佬，你没头没尾地张嘴就问我要账本，莫不是你欠了老子钱了？"

"干你娘，鲁巴迪，我母呷意这个头壳坏的人，我要杀了他。"

"贾拉里，这里的人鬼精得很，装狠谁会怕你？蒲老板有灵丹妙药给我，不怕他不说！看我的。"说罢鲁巴迪从怀兜里取出一瓶药粉。余不扬见状剧烈扭动着自己的身体骂道："拿回去孝敬你娘吧！想让我吃？除非我死了。"

"大颗呆，死到临头还嘴硬。"鲁巴迪脸往下一沉，抽出弯刀，连挥数刀，把余不扬的小腹划成了一张竹筛子。血先是浸湿了他的上衣，而后又往下流糊住了他的脸。鲁巴迪把绿色的药粉倒在刀面上，趁余不扬不注意重重拍在了他的伤口上。那些绿色的药粉见血既消，瞬间侵入肌理。旋即，余不扬眼前出现了老家的龙潭水和玉屏山，一条条肥壮的清水鱼正往岸上跳，余不扬捡得不亦乐乎，笑得口水直往脑门上流。

鲁巴迪拍拍手，一脸得意："这是南洋的幻药，立竿见影上头快。差不多了，让我来问这大颗呆。大颗呆，你的名字叫什么？"

"我叫大颗呆。"

色目死士们你看看我，我看看你，哈哈大笑起来。余不扬也跟着笑。

"我再问你，账本在哪里？"

余不扬还是笑："账本在……在张本那里。"因为幻药和倒吊着的缘故，他的舌头很难捋直了说话。

"大颗呆，你就直接说在哪里，无要重复我的话。"

"张本、账本、张本……"

贾拉里挠挠头："鲁巴迪，是不是药下得大了？"

鲁巴迪白了一眼贾拉里："要你说？靠杯！"鲁巴迪显得有些气急败坏，"一刀杀了他罢了。"

贾拉里点头赞同："就等你一句话。"二人把刀对准了余不扬的心窝，慢慢刺下。

就在此刻，原本漆黑一片的院子陡然亮了起来，门被人一脚踹开。

"是哪里来的杂毛在爷爷的地盘撒野？"钟卫踹开房门，迈着大步走了进来，那神态就好像是回到了自己家。钟卫立着两条棕色的粗眉毛在告诉色目人自己是个狠角色。

"忘了介绍,爷爷我是临安府巡检使,刚才有人说这附近有人打架斗殴,应该就是你们这些色目人干的吧?"

贾拉里连忙取出泉州府的腰牌和藩民证递过去,钟卫瞧都没瞧一眼便挥刀把贾拉里手里的东西打落在地。贾拉里气得弓着身子,像一只准备随时进攻的豹子。

"干什么?"钟卫用刀指着火把燎动的院子,"外面都是爷爷的人,今天就算你们是神仙下凡,也得重新投胎!"

鲁巴迪连忙赔礼道:"巡检使,不要跟他一般见识,这是个误会。"

钟卫眯起眼睛斜着鲁巴迪。"福建来的?"

"泉州人。"鲁巴迪递上腰牌,"我们是蒲开宗老板的属下。"

钟卫看了一眼腰牌,丢了回去:"打从你们下船开始,我就一直盯着,连你们有几根毛我都数清楚了。衢州行馆失火,别以为我不知道是谁干的。爷爷我今天给蒲老板一个面子,你们放了那小子,我就放了你们,不然爷爷就送你们回西天老家!"

鲁巴迪环视了一圈,透过门窗可以看到,影影绰绰的全是火把,起码有上百人,自然不敢轻举妄动:"巡检使,他是蒲老板要的人,恐怕……"

"不打紧,既然是蒲老板的人,让他明天来找我要。他来要,我一定给。"

"蒲老板可是掌管泉州港的……"

"别给我来那一套!来到临安,再大的官儿也得降一级,这是规矩,你就这么跟他说。"钟卫用指甲扣着锋利的刀刃,噌噌作响,"怎么样?我这人可没什么耐心啊。"

鲁巴迪叹了口气,挥了挥手,把自己人都带到了门口。钟卫踢了一脚小结巴的屁股,小结巴赶忙叫了两个人把余不扬放下来。余不扬翻着白眼,咧着嘴,依旧在说:"张本、张本……"

钟卫骂道:"你这憨子,从鬼门关走了一遭还不忘张本这个戏子。我救了你一命,岂不是要请我去北瓦看他说书?"

鲁巴迪的脚步戛然而止,和贾拉里四目相对,二人都窃笑起来。

"原来账本是个人,哈哈。"

"走,快走。嘿嘿。"

小结巴一边解开余不扬手脚上的绳子,一边问道:"这小子跟你非亲非故,这么兴师动众救他做甚?"

"你懂个屁!他偷了黄潮和陈太奎私下交易的账本,所以才会遭到追杀。前段时间,陈太奎和吴曦合起伙来消遣我,我还没找他们算账呢!这小子能替我出这口恶气……陈太奎想让他死,我就偏偏要让他活着,哼!"

清晨时分,陈宅朱红色大门一开,陈韶仪便带着侍女有说有笑地出现了。

陈韶仪摆弄着玉压裙问道:"小翠,今天四郎要说的是什么故事?"

小翠回答:"是《西湖三塔记》,小姐你今日穿得倒十分像话本里的白卯奴。"陈韶仪抬起双臂低头打量着自己身上的宽袖羽白褙子,一脸欢喜,自己跟那位惊世骇俗的白蛇仙有得一拼吗?就在这时,她的双脚突然被人从后面抱住,险些前仆倒地,惊得她花容失色大叫起来。幸好二人没有走远,门吏反应及时用棍棒把陈韶仪脚后跟的那厮架了起来。

"陈小姐,是我呀,黄小标!"那个通身像黑炭,头上还冒着缕缕青烟的人带着哭腔喊道。

"黄小标……哎呀,你怎么这般模样?放下他!"

黄小标连滚带爬跪到陈韶仪面前:"今天早些时候,我睡得迷迷糊糊的,忽然大门被一群色目人撞开,他们把我和相公绑在院子里,对相公又是虐打又是灌药的,逼问账本的下落。"

"账本,什么账本?"

"小人哪里会知道这些,相公当时也支支吾吾的没说清楚。后来他们看相公说不出什么来就把他带走了。那些色目人把我丢进柴房,点火烧房,幸好我先烧断了捆住手脚的麻绳才得以逃出,可房子就……遭殃了,等我逃出来的时候早已是一片白地了。陈小姐,那房子是你给我家相公租的,估计得赔不少钱。"黄小标抬起手臂擦眼泪,手腕处焦硬的外壳还不时汩出鲜血和黄水,小拇指都被烧没了。陈韶仪顾不上考虑赔钱的事儿,更没心思心疼他,只是问道:"他们把四郎带到哪里去了?"

"小人不知。"说完黄小标就大哭起来,"陈小姐,你要救救相公啊……"陈韶仪知道，这件事问黄小标也是白问，其实她明白，带走张本的色目人肯定是父亲的那位座上宾蒲开宗的手下。这几日陈太奎、黄潮和蒲开宗都在西湖边南山第一桥旁的私宅里。

陈韶仪来不及多考虑，唤来几个随从，又叫了一辆车，片刻不敢耽误，旋即就来到了城外。这一路来，陈韶仪的队伍后面一直跟着一个人，看得出这个人想尽力跟上她的队伍，但脚步看起来却显得踉跄无力。

这个时候的西湖边，游人渐渐多了起来，陈韶仪的马车行至南山第一桥下便再也往前不了了。心急如焚的她对着车夫喊道："冲过去！"

车夫为难地看着她："小姐，前面可都是人呢，踩死踩伤了游人可是重罪。"

"管他什么罪，要是四郎有什么三长两短，我拿你问罪。"

车夫一脸无奈，心想这个陈大小姐从来不讲道理、任性刁蛮，若是不听话，她可是什么都做得出来的。车夫咬着牙抖了抖缰绳。

"驾！"

"驾！"

人是狠得下心来的，可马却在原地踱步，不愿往前一步。

陈韶仪猛地一掀帘子，从车上跳了下来。"真耽误工夫，我们走过去。"可她刚准备迈步，就被人拉住了。

"乡蛮子？"

"余相公！"

随从中有几人和他在李七儿肥羊店交过手，不由自主地往后退了两步做戒备状。

"乡蛮子，你是来找我寻仇的吧？你可真会挑时间，本小姐今天没空儿陪你。"说完，便朝身后的随从使了使眼色。跟他交过手的随从们都知道余不扬的厉害，可陈韶仪也不是善茬儿，只能硬着头皮，慢慢往前挪动。

陈韶仪突然想起黄小标方才向余不扬打了招呼，于是扭头问道："小标你认识这个乡蛮子？他哪是什么相公。"

"我家相公说这位是他的故友，前些日子还在府上住过两天呢。哦，对了，那日你非要说我家相公金屋藏娇，其实真的没有什么女人，就是他呢。"

"乡蛮子和四郎是故友？那为何还要去北瓦里胁迫四郎？不可能，那可是四郎亲口跟我说的。"

"可若不是旧相识，我相公又怎么会救他？正是因为他受伤严重，被相公所救，才留他在府上养伤的。相公还嫌我笨手笨脚，每天都亲自悉心照顾着。"

余不扬见陈韶仪和黄小标你一言我一语地聊着，心想就是再给他们一个时辰也聊不出一个结果来。于是打断道："两位，我确实伤害过张本，他之前被绑走失踪也是我干的。陈小姐，让你投湖抵命的人也是我。不过，张本确实救了我。我和张本以前是仇人，现在是朋友，个中缘由待日后有机会与你们慢慢道来。昨晚，我与色目人一共交手了两次，两次都有贵人出手相救才得以幸免。不过色目人心狠手辣，绝对不会善罢甘休，事后必定会伺机报复。"说到这儿，余不扬想起了霍吉那张憨态可掬的脸，心中不免一阵绞痛，"他们会用幻药，我担心不小心说漏了什么害了张本，于是一早就去张本的住处查看。结果不出我所料，这些色目人真的找到了张本，还放火烧了他的房子，简直无法无天。这个时候，我看见黄小标从废墟里爬出来。我知道他肯定是去求救了，便一路跟着他过来。我说得没错吧？你们就是去救张本的吧？"

陈韶仪往前一步，凶狠地看着余不扬："是你绑架了四郎，还要以此威胁我偿命？"

"陈小姐，这中间有不少误会，即使是我自己到现在也没调查明白，不妨日后再说。若真是我无理得罪，要杀要剐任你处置。但是我的侄女确实是被你掳走的，而且时至今日依旧下落不明，你也逃不了干系。当务之急应该是一起去救张本，我们之间的恩恩怨怨倒不如先放到一边，日后慢慢清算。"

陈韶仪虽然怒气未消，但看着余不扬那双诚恳又略显疲倦的双眼才察觉出来，今天的余不扬没有一点杀气。他虽然挺着胸膛，可腰却微微弯曲着，左手还轻轻地抚在肚子上，看那样子应该是受了伤。陈韶仪点头同意余不扬加入自己的队伍后，便风风火火地来到自家的私宅，不顾护卫的阻拦，在一间侧屋里找到了父亲还有脖子上被架着弯刀的张本。虽说余不扬武艺高强，可在这个宅子里有陈韶仪一个人就够了，他和陈韶仪的几个随从全无用武之地。

"散开！滚！滚！"陈韶仪从正要实行处决的色目人手里搂过张本，紧紧地抱在怀里，"老爹，让这群色目人滚出去。"陈韶仪打东骂西的，没有一个人敢还嘴还手。

陈韶仪的话让蒲开宗觉得自己受到了侵犯，他梗着脖子，侧脸盯着陈太奎。陈太奎忙表示："胡闹，这张本犯了要事，不要再护着他了。"

"我不管他犯了什么法，反正你们休想动他一根毫毛。"陈韶仪说着从头上取下一根金簪子，抵住自己的颈脉，"老爹，你们若非要杀他，我就先殉情给你们看。"

陈太奎像一只无头苍蝇乱窜，好像在找什么，还不停地喘着气："张本这货也值得你为他殉情？我早就跟你说过戏子无情，都是些没有仁义的狗杂碎，我们陈家就要死在他手里了你知不知道！等到爹爹脑袋搬家的时候，就再也护不了你了，看你还怎么胡闹下去！还不快给我滚开！"

黄潮对蒲开宗轻声说："陈府尹终于在自己女儿面前做了一回男人。"陈太奎好像听见黄潮夸自己似的，用眼神暗示了两人把情绪不稳定的陈韶仪控制住。一旦老虎四肢被束缚住，任凭它怎么吼叫，也没有人会怕了。

黄潮跳了出来："陈府尹，这个张本吃着用着陈家的还要害你，都说戏子无情戏子无情，这哪是什么戏子呀，分明就是一只吃里扒外的白眼狼。让我来宰了他。"药效正在慢慢消退，张本听清了这句话，身躯微微一震。除此之外，他还不能做出其他更多的反应。与此同时，一个色目死士凑到蒲开宗耳边低语了几句，随后蒲开宗若无其事地朝余不扬这边瞥了一眼。

这一切细微的活动，余不扬都看在眼里。除了色目人以外，陈太奎和黄潮以及他们的手下都没有发现，在整个临安遣兵布阵寻找的余不扬，此时就躲在人群里。色目人认出了他，张本危在旦夕，自己也马上要成为众矢之的了。

黄潮已经拔出了刀，陈韶仪和黄小标都在无能为力地叫着。余不扬扒开人群，挺了挺弓着的腰。

"杀个手无缚鸡之力的戏子有何本事？况且，你家那些账本又不是他偷的，是我偷的。要报仇的话也应该找我才是。"

陈太奎和黄潮纳闷地看着余不扬，心想自己应该认识余不扬，却又说不出个子丑寅卯来。蒲开宗无奈地笑了起来："他不就是你们发誓把临安掀个底儿朝天也要找出来的余不扬嘛。"蒲开宗话音刚落，大家便马上戒备起来，如临大敌。陈太奎和黄潮从没见过余不扬，他们的手下也只见过余不扬的画像，也难怪大家都没把混在人群中的余不扬认出来。

"张本与陈韶仪在后花园饮酒那晚，潜入陈府的刺客就是我，后来用箭射陈韶仪的也是我。把账本从望东阁里偷出来的人还是我。所有的事情都是我做的，这个张本只不过是被我利用罢了，要报仇的话就找我吧。"

陈太奎和黄潮的怒火一下子就被点燃了，在一旁看得通透的蒲开宗嘴角却挂着笑——若真像余不扬说的那样，有张本这只替罪羊在，他大可继续在临安藏匿下去，又为什么要冒着生命危险来救张本呢？

"如今，账本确实已经交给了皇城司，可你们依旧有平平安安活下去的机会。"余不扬有意点破。

"好你个吃肉还撇腥的家伙，少在这里卖关子。我知道你想干什么，不就是想救张本吗？我告诉你，今天你们都得死在这里。陈府尹，账本到了皇城司的手里我们绝对是九死一生，倒不如临死拉个垫背的，趁着死前好好出出这口恶气。"

"黄行长真的就舍得死吗？你们一个是位高权重的临安府尹，一个是腰缠万贯的酒行行长，犯不着跟我这个一无所有的人同归于尽吧？再说了，账本交过去有些时候了，不管是皇城司还是枢密院，想杀你们的话早就动手了吧？"

余不扬此话一出，黄潮就噎住了。他知道余不扬是个狠角色，可没想到看事物的眼光这般通透，还扯到了枢密院。没错儿，皇城司并没有多大的威胁，不过皇城司的副使是枢密使的儿子，账本交给了皇城司，等于交给了枢密院。他们怕的是赵汝愚，这才是关键所在。可这背后的关系竟然被这个叫余不扬的一语道破，他到底是什么人？

陈太奎也听出了余不扬的话里有话，不过他表现得要冷静许多："那你倒是说说，为什么枢密院和皇城司迟迟不对我和黄行长动手？"

"这些账本关系重大，这根藤上的瓜可不止你们两个人。"余不扬从腰间取出黑白探的令牌，在大家面前晃了晃，"他们差遣我调查此事，只要我还活着，又没有查出新的线索，那么这些账本就不会公布出来，你们也将暂时安全。一旦我或者张本死了，那黑白司很快就会知道事情败露，为了避免夜长梦多，他们会第一时间拿下你们的。"说这句话的时候余不扬尽量表现得胸有成竹，因为他也不确定下一刻是否就会有皇城司的人冲进来把陈太奎和黄潮带走。此时此刻，他倒真的期待这样。赵昰，你收到了账本为什么迟迟还不动手？

新的线索，陈太奎一下子就想到了嘉王。赵汝愚若真的查到了嘉王，那自己就算是苟且偷生了几日，迟早还是会死于嘉王和皇后之手。

黄潮见陈太奎不喜反忧，马上就猜出了他的顾忌，他走到陈太奎耳边低语了几句："咱们宁可相信余不扬，不要节外生枝了。"

"赵汝愚他们要是顺藤摸瓜，查到了……那才是节外生枝。放他们回去，他们迟早会把咱们身后的人查出来，这不是等于自己把自己的靠山给挖倒了吗？"

余不扬见二人中至少有一个人已经开始动摇，便继续说道："只要陈府尹和黄行长肯放走我和张本，你们尚有性命可以周旋，到时候结局怎么样还说不准呢。赵汝愚他们虽然对你们身后的关系略有揣测，但终究还是要讲证据的。总之一句话，只要我和张本活着，你们就能活着，只要你们还活着，一切皆有可能，难道不就是这样吗?"

"哼,少来这一套。你偷账本不就是为了置我们于死地吗?"

"当然,确实是想置你们于死地。但今时不同往日了,那个时候我没有事情要求你们,现在我想要救张本。你们管这叫咎由自取也好,叫无事生非也罢。只要你们答应放了我们,我就答应帮你们。"

话都已经说到这个份儿上了,陈太奎和黄潮很难不心动。陈太奎心里其实根本不在乎账本的事情,他也不相信账本到了赵汝愚手里后自己还有活命的机会,他现在唯一在乎的就只有自己女儿。张本一死,自己女儿肯定会跟着殉情,这是他最不愿意看到的。放了张本和余不扬,真的就是他最好的选择。陈太奎无奈地摇摇头,今时今日,自己竟然被一个黄毛小儿牵着鼻子走。

看看张本有救,最开心的人要数陈韶仪了。她使劲挣脱了出来,把还尚未完全恢复的张本扶到余不扬身边。这个乡蛮子没有骗她,真的救了自己的四郎,她对他刮目相看。

可三个人刚准备离开的时候,沉默已久的蒲开宗突然开口了:"张本可以放,余不扬必须留下。"这句话打了余不扬一个措手不及。

"陈府尹和黄老板不要被这个小子给诓了。你们放走了他们,筹码就全都在他们手上了,你们是死是活可真的就没谱了。余不扬是黑白探,能把你们逼到现在这个地步想必也不是普通人,而且我猜测赵汝愚肯定很器重他。倒不如把他先关起来,作为和赵汝愚谈判的筹码。这样要比一起放走稳当得多。"

陈太奎还没来得及细细品味蒲开宗所说的话，赶紧大手一挥，示意手下们先控制住余不扬。余不扬下意识地丹田运气，准备随时应对突发情况，可腹部伤势的一阵阵刺痛让他无法专心运气。这里是陈太奎的私宅，里里外外都是他的人，刚才若不是得益于陈韶仪的领路，自己就算是有三头六臂也进不来。现在同样，陈太奎若真下令抓自己，那结果必然是插翅难飞。

陈韶仪见状，轻声安慰道："你先留下。待我将张本安顿好后再回来助你，有我在，他们不敢对你怎么样。哎呀，你别虎视眈眈地看着他们，是想打一架还是怎么样？我们今天闯进来是干什么来了？现在张本眼看就要得救了，你可别节外生枝啊。"

余不扬紧握着的拳头慢慢地放松下来。张本是因为自己着了色目人的南洋幻药才被抓来的，要说起来还真只能怪自己。陈韶仪的这番话虽不中听，却也是实在话。若是陈韶仪知道张本是因为自己才被抓进来的，没准儿直接就叫陈太奎把自己杀了。

先确保张本平安出去，余不扬在心里下了决定，凭借自己黑白探的令牌和他们还没有看穿的伎俩，多少还能再撑一段时间。想到这儿，余不扬便迈开步子往回走，可万万没料到，张本却拉住了自己的手。

张本慢悠悠地挣脱开陈韶仪的保护，拉着余不扬的手却更用力了。他花了好大的劲才让自己稳稳站立，看样子幻药的作用正在慢慢消退。

"要么就一起走，要么就一……一起留下。"说完，张本强行将双眼瞪起来，显示自己的态度。昨夜那一段似睡似醒的梦，让余不扬的一嗔一笑都深深地印在自己的脑海里。方才陈韶仪要带他走的时候，他就确信自己命可以不要，但余不扬一定要救。

"四郎，你……爹爹，你别管他说的，他中了迷药还没醒透。四郎，快跟我走吧。"

"不，我醒了。韶仪，余不扬对我来说非常重要，若是你真心要救我，就连他一起救了吧。眼下只有你能救他了，我求求你了，你把他也一起救了吧？今天若是他不跟我一起走出这个门，那我就自绝于此，绝不戏言。你能答应我吗？"

陈韶仪不可思议地看着张本："就算他替你完成了报仇大愿，但余不扬也害过你、绑过你，你俩的恩怨到此刚好两清，干吗非要这么执迷不悟？难道救他比保住自己的性命还重要吗？"在陈韶仪说这番话的时候，余不扬同样不可思议地看着张本。张本注意到了这束炽热的目光，扭头对余不扬说道："今日你能舍命救我，我又岂能一人独活？"

而后，张本又对陈韶仪说道："我一定得救他……因为他是……因为他是我的官人。"张本决定把自己和余不扬的命运绑在一起，陈韶仪要么就一起把他们救出去，要么二人就一起死在这里。

此话一出，在场所有人都傻了眼。蒲开宗是最先笑出声的，接着黄潮也笑了起来。

"看来我们南洋的幻药威力非同一般嘛。"就连蒲开宗身后的色目死士也笑得露出了牙齿。

陈韶仪松了一口气,赶忙叫随从和自己一起来拉张本。可没想到张本却在这个时候发飙了。

"你们干什么,韶仪你别拉我。余不扬他真的就是我的官人,我……我是女人!"张本的呐喊声让所有人都安静了下来。他环顾一圈,看着大家诧异的眼神,自己的内心反倒是无比安定。"今天,所有的等待和伪装都到此为止了。呵呵……我突然觉得生死不那么重要了,男女也不重要,女扮男装了十几年,现在回头想想竟觉得可笑至极,可笑至极啊,哈哈。"

随着张本接下来的举动,所有人脸上的笑容渐渐消失,陈韶仪更是惊恐不已。

张本取下头巾,抽出发簪,一头乌黑的秀发便散落下来。虽说男子束发,即使抽出发簪头发也不会散,但这没准儿是张本的伎俩,他是谁,他可是名绝临安的戏子。

不过张本接下来的举动让所有人都相信她就是女儿身。他慢慢除去长袍,里面是一件洁白的抹肚,胸脯位置还缠着一圈纱布。这样的场面余不扬在狗儿山山洞里见过,可张本接下来的举动却着实惊呆了他。

张本把纱布一圈一圈地解下,她的胸脯便一点一点地鼓起来,到纱布完全解下之后,在场的所有人惊住了,抹肚里鼓鼓囊囊的不是女人的乳房是什么?名绝临安这些年的张本竟然是个女人!

跟其他人强烈的反应不同，亮出隐藏多年的女儿身之后，张本倒更坦然了："黄潮，你是临安的酒行行长，九溪十八涧杨梅坞的舒眉露你还记得吗？"

黄潮被张本突然点名竟显得有些慌张："舒眉露……你不叫张本，你姓杨！"

张本冷笑一声："亏你还记得舒眉露，没错，我就是杨梅坞杨家人的女儿，我叫杨小舒。我女扮男装混迹于瓦子十余载，终于能亲眼得见你遭报应，也算是替父亲和母亲报了仇。"

陈韶仪像看一头怪物一样盯着张本，愤怒、失望、无助、害怕不停地冲击着她内心的矜持，最终化作一声哀号："你接近我也是为了报仇吗？"

"事到如今也没什么好隐瞒的了。韶仪，你父亲陈太奎当年也是害死我父母亲的帮凶。你有这样锦衣玉食的生活，其实是从不知有多少个像我这样的可怜人身上抢来的。你是个好女孩，我一直不忍心伤害你，只是眼下这个情况，我必须要救余不扬，我要与他同生共死。"

"同生共死？难怪这样的誓言你从来没有对我说过，因为你一直都在欺骗我。"

"所以我不愿意再继续骗你了，我不想等你在给我殓尸的时候发现这个秘密。"

"你骗了我这么久，就没有想过我会改变主意不救你了吗？"

"你不会的，你和你父亲、黄潮他们都不一样。"

陈韶仪崩溃地哭了起来："四郎，你好傻啊，好好地跟我走不好吗？非要搭救这个什么乡蛮子。就算我爹爹要听我的，其他两个人呢？"

看着伤心的陈韶仪，张本反倒微笑起来："无妨，我就是今天死在这里，也要让黄潮和你父亲知道，善恶终有报，我是杨梅坞杨家的后人，我报仇来了！"张本说这句话的时候慷慨激昂，似乎根本不惧怕即将发生的事情。

余不扬看着既熟悉又陌生的张本，心中略有不甘。张本的一番话虽然是情之所至，却也将自己和他推到了绝路上，张本可以说是死而无憾了，可他却还没有找到侄女。

之前，陈太奎不愿意杀张本是为了自己女儿，现在他已经不用顾及女儿的感受了，他相信女儿不会为了一个一直欺骗自己的女人殉情的。"既然是仇家，那就做个了断吧。张本……不，是杨小舒，你可是真的厉害啊，你父母若是有在天之灵，一定会感到骄傲吧，啊，哈哈。不过，你有一件事误解了。你没有见到我们遭报应，也不会有机会见到了，太可惜了，你会比我们先死，你现在就得死。"陈太奎的话音刚落，府上的侍卫就慢慢地朝张本和余不扬靠近，冲突近在眼前。

突然陈韶仪抢上前来，张臂挡住侍卫："爹！张本要是死了，我也不活了。"

"傻孩子！张本是个女人，她接近你就是为了害我啊……你喜欢的那个张本是假的，她是个骗子……"

"不……即使她是女人,我也喜欢她……我现在才明白,我喜欢她不是为了嫁给她,而是因为她欣赏我、体谅我,除了母亲和你,全临安就只有张本这样对我。为什么?都怪你!都怪你把我生得这么丑,都怪你把我养得这么骄纵,都怪你……我除了张本以外没有一个朋友。你还在执迷不悟吗?若是你死了才算是遭报应,那女儿我又算是什么?这样的我,一个不开心、不幸福、没有朋友的人,难道不是爹爹你的报应吗?你从来只会想着你自己!"陈韶仪和张本互看一眼,相视而笑。

"韶仪,你这是干什么?你从来都是爹爹的掌上明珠,含在嘴里怕化了,捧在手里怕掉了,你别犯傻啊。"

"我没犯傻,我要你放张本和余不扬走,就当是赎罪。他们若是有个三长两短,那女儿我就以死赎罪,替你赎罪!"

陈韶仪把金簪子往脖子上使了使劲,鲜红的血液便流了下来。陈太奎"扑通"一声跪倒,忙劝道:"韶仪,爹爹答应你。张本……你们走,求求你们快走吧。冤有头债有主,张本,你若是对韶仪还有一丝旧情,就赶紧离开这里,就当是……就当是可怜可怜我吧。"

"慢着!"黄潮再也受不了陈太奎的表现了,"陈府尹,你教女无方的恶果总不能让我和蒲老板也一起承受吧?你说抓就抓,说放就放,视我黄潮为何物?你为了女儿可以心甘情愿去死,我可不愿意呢。我是个买卖人,临死也要拉个垫背的,不做亏本的买卖嘛。再说了,余不扬和张本这二厮把我们害得这么惨,不弄死他们不足以平愤，我死也不会瞑目的。"

"黄潮你……戏子无情，商人无义，你就不能看在我们多年交情的份儿上，放他们一条生路吗？他们今天要是死在这里，我女儿也定会死在这里。她的脾气我是知道的，说得出就做得到。"

"你女儿死不死与我何干？"

陈太奎身躯一震，随后又爬到蒲开宗面前，恳求道："蒲老板，蒲老板你是深明大义之人，总不会见死不救吧？"

蒲开宗冷冷地注视着这一幕，表情和仪态没有丝毫变化。"府尹大人，你不是说商人无义吗？还求我？简简单单的一件事情，折腾到现在这个地步，全然不是我蒲开宗的作风，说出去真是要让人笑掉大牙了。罢了罢了，你和黄潮的事情啊我也不想再掺和了，你们要死要活，请便吧。哦，对了。昨日我去拜访过嘉王，他告诉我要量力而行，你知道什么意思吗？嘉王不喜欢我惹麻烦，他也不喜欢惹麻烦的人。你们现在就跟被钱塘潮拍在岸边的死鱼没什么两样了。哎呀，看到你们这个样子我心里很遗憾啊。"说罢，蒲开宗一挥手，在色目死士的簇拥下朝门口走去。而以牛二为首的黄潮家勇们摩拳擦掌朝余不扬和张本慢慢逼近。

就在这个时候，门外突然一阵嘈杂，接着就听见一支大部队铿锵有力的疾行声，夹杂着马匹的嘶鸣声和甲胄的碰撞声，来势汹汹。随着门外守卫几声沉闷的呻吟，门从外面被踹开，首先进来的是身穿金黄甲胄、头戴红缨银顶的赵艮和法冠朱衣打扮的官员，接着穿银甲执长枪和穿乌衣执长剑的抓捕队伍鱼贯而入，他们行动迅速，马上形成了三层人墙的包围之阵，屋内之人俨然成了瓮中之鳖。

赵艮上前一步，正色道："行在皇城司协同御史台对陈太奎、黄潮贪腐、行贿一案进行调查，如今证据确凿特前来抓捕，请尔等速速缴械投降，莫要以身试法。"说完，赵艮长鞭一挥，对空响亮地抽了一鞭。

陈太奎和黄潮的人见到这个阵仗，不等主人吩咐均纷纷放下武器退到一旁，倒是那些色目死士仍护立在蒲开宗的周围，一步不退。

这个时候，法冠朱衣的官员从怀中取出一卷文书，说道："本官受御史台令特来督捕，凡今日在场者一律先行拿下审问，待查明与陈太奎、黄潮案无关，即刻放人。我再说一遍，是陈黄贪腐案，一干人等切不要做无谓的抗争！今日若有反抗者，等视陈黄同党，一并治罪！"这位官员虽一副文官打扮，但声如洪钟、姿态强势，一看就是个不好惹的角色。

两位代表皇城司和御史台的官员说完话，参与包围的官兵便慢慢开始缩小包围圈，色目死士见状还想反抗，马上被蒲开宗严厉的眼神制止了下来。这种情况不是逞能的时候，况且来者是皇城司和御史台，本就是监察机构，做事依法依规，以他蒲开宗的能力和皇后那边的关系到时候定能全身而退，没有必要做无谓的反抗。

如此一来，陈家私宅里的人均被官兵分批次带走了。余不扬和张本被官兵带出去的时候，经过赵艮身边，赵艮给了余不扬一个肯定的眼神，余不扬这颗悬着的心总算能放下来了。他扭头对张本说："没事了，我们的命都保得住。"

陈太奎从混杂的人群中找到已经失了魂魄的女儿，大声喊道："女儿，这是爹爹一个人的事情，与你无关。等你被放出来后就去找吴曦，吴曦喜欢你、靠得住，你跟了他爹爹才能死得瞑目……记着啊！"

第十一章
重逢

还有三天就该释服了。内禅就定在释服这一天，届时太皇太后吴氏将会出面主持大典，当着文武百官的面宣读皇帝关于退闲的圣谕。随即，赵汝愚携一干老臣跪在太皇太后面前，哭诉太上皇的遗愿。太皇太后顺水推舟，只消点头支持，然后问一句"众位爱卿意下如何"，文武百官必会附议，支持吴兴郡王继位。这一天，禁军将会牢牢地控制住整个场面和环节，确保内禅仪式上没有第二种声音，更不会有节外生枝的事情。

赵汝愚张开双臂，让素衣在香雾里充分浸染。他大笑三声，对着屋里虚渺的香雾说："太上皇，再过三天，您就瞑目吧。"

阿福在门外毕恭毕敬地站着，轻叩木门："老爷，韩侂胄在外面求见。"赵汝愚以一贯的威严作风掩盖住内心的激动，平静地说："让他进来。"

韩侂胄在前院东看看，西望望，跟随同的院管直夸赵府的景致布置得当、别有风情，见阿福来请，便瞬间收起了笑容，双手软软地垂在身体两侧，一副死气沉沉的样子。

韩侂胄一路酝酿着情绪，进了门，他悲伤的情绪到达了崩溃的界点，"扑通"一声跪倒在赵汝愚的面前。他抬起早已涕泗横流的脸，断断续续地说："枢密使，我……我对不起你的信任。立储的事……不顺利……太皇太后她老人家不……不同意啊。枢密使，你治我的罪吧，啊……"一个小小的阁门知事没有完成枢密使交办的任务，理应如此请罪，韩侂胄拿捏得非常到位。

赵汝愚好似从百花园跌进臭水塘，嘴角慢慢向下垂去："怎么？太皇太后不同意现在立储吗？"

韩侂胄抽泣两声："太皇太后不是不同意立储……是……是不同意……哎！您治我的罪吧。"

赵汝愚"啪"的一掌拍在案台上，惊得一旁煮茶的阿福差点打翻了火炉："含着骨头露着肉的尿货，话都说不干净！"

韩侂胄往前爬了两步："枢密使，太皇太后说既然皇上意欲退闲，应当遵从圣意，但……但太皇太后说了，长幼有序，新皇……新皇非嘉王不可。"韩侂胄飞快地说出了后半句，像烫着了嘴一样。

赵汝愚突觉眼前一黑，大喊道："茶来！"他含住一大口狮峰山的绿茶，大脑慢慢冷静下来。他那阅人无数的双眼透过低垂的眼帘，审视着跪在地上的韩侂胄，然后吞下茶水，说："来，坐，喝茶。"

韩侂胄颤颤巍巍地坐下，喝着茶，不敢有任何表情。

赵汝愚问:"这茶怎么样?"

韩侂胄答:"下官没喝过,说不上来。"

赵汝愚轻呷一口茶水,道:"这是不入流的野茶你自然是没喝过,不过依我对茶叶的了解,此茶日后必定可以成为上等佳品。你韩侂胄就跟这茶叶一样,只要找到一个欣赏你的人,拜相入阁也未可知啊。"

"枢密使说笑了,我年纪也不小了,要真有人欣赏我也不会今时今日还是个小小的……嘻,枢密使大人挖苦的是啊,下官没有把枢密使交代的事情办好,挖苦的是啊。"

赵汝愚没有回答韩侂胄的话,反倒是跟阿福说起话来:"这批茶叶有些涩,那老农肯定在杀青上偷了时间。下回去取茶叶的时候交代清楚,不要以为我认可他的茶,他就可以有恃无恐了,不知天高地厚的东西。"阿福马上道了一声"喏",韩侂胄的心里起了毛,刚才赵汝愚把自己比作这个茶叶,现在又把自己比作茶农了?他用余光瞄了一眼赵汝愚,赵汝愚也正在瞄着他。韩侂胄马上把眼光聚焦在茶杯里,想再继续装可怜下去,却发现装不出来了,赵汝愚那只老狐狸可能已经看穿了他蹩脚的小把戏。韩侂胄索性把茶杯放到茶几上。"下官虽是个芝麻小官,却也深知赵枢密使您现在在做的事是为了江山社稷,为了天下百姓,我对天发誓……"韩侂胄举起右手握成拳头,"我对天发誓,在这件事情上我完全按照枢密使您交代的意思去做的,不曾有半点耽误。"

赵汝愚说:"哎……你言重了,老夫没有那个意思。你是将门之后，又是国戚，肯定分得清是非，我怎么会信不过你呢？只是太皇太后一直是和太上皇站在一边的，怎么会突然提出不同的意见呢？"

"枢密使是不相信我了？"韩侂胄看着赵汝愚，脑子里却在想着几日前拜谒太皇太后的场景——他同样哭诉着把"文武百官认为长幼有序，推立嘉王赵扩为太子"的谎言说给太皇太后听，跟今天一样，他面不改色心不跳。他清楚，只有从小与之交好的嘉王赵扩登上皇位，自己才能平步青云，再现韩家的辉煌。

赵汝愚慢慢走近韩侂胄，拍拍他的肩膀，说："那天太皇太后是怎么跟你说的？"

"长幼有序。"

"原话？"

"就是长幼有序，太皇太后说，只有立嘉王才有把握内禅成功，她还说……李皇后要是做起妖来谁也拦不住，她有两个节度使侄子，这万一……"

赵汝愚背着手，踱着步，摇着头，哈哈地笑着说："韩侂胄啊韩侂胄，看不出来你还是个人才，不，是个天才，日后定能成为良才佳器！哎？没准儿还能爬到我赵某人的头上去呢。"赵汝愚笑着笑着流出了悔恨的泪水，夹在深深的眼角纹里，没人看得出来他流泪了。

韩侂胄也笑起来："人人都说我韩侂胄是烂泥扶不上墙，枢密使您的眼光……就跟您爱喝的茶一样，与众不同。"

"坏就坏在这与众不同上了。"赵汝愚咬着后槽牙,用韩侂胄听不见的音量说,"我怎么就选了你!"

"那……立储的事还有挽回的余地吗?"

"有,当然有。不过太皇太后既然认定了长幼有序,又岂能驳回她老人家的金口玉言?这……你应该最清楚不过吧?"赵汝愚苦笑道,"嘉王虽比不上吴兴郡王……但总是比皇上要好一些……好一些吧?你说呢?"

"青出于蓝而胜于蓝,这是天道。况且长幼有序说的也不光只是年龄,说不好嘉王就是那个最合适的人选。"

"答得好!好一个天道!好一个长幼有序!韩国戚,太皇太后立储的意向除了你我,还有其他人知道吗?"

"兹事体大,我哪儿敢到处去说?"

"那就好,此事我们就好好地揣在心里,千万不要说出去,以免节外生枝。"

"谨遵枢密使之命。"

二人对视着开怀畅笑,眼里却透出一股敌意。他们知道,自己和对方都不会把太皇太后的意思往外说——韩侂胄担心这样的结果若是让御史台知道了,恐生变故。而赵汝愚则意图以此稳住韩侂胄,找个好机会再为赵挺搏一搏。相对的目光里,他们都看见了未来,看见了不是你死就是我亡的未来。

韩侂胄走后,赵汝愚把他心爱的镶金琉璃茶盏摔在香炉上,盏碎香灭。

"爹爹，我们怎么办？"赵艮小心地问。

"哼！"赵汝愚咬着腮帮子，"那又如何，天下照样还是姓赵的天下。韩侂胄那小子仗着与嘉王交好，坏了我的好事！常言道一朝天子一朝臣，韩侂胄这小子绝对不是善类，日后也不容小觑了！不过他暂时掀不起什么风浪，待新皇登基以后再来料理他。"赵汝愚扭头盯着自己的儿子，想起了一件大事："快！告诉余不扬，不要再深查陈太奎和黄潮的案子了！这案子查到最后，肯定会牵涉嘉王，要是让百官知道嘉王有这档子事，那还内个什么禅，还怎么登基？"

"那陈太奎和黄潮呢？"

"那两只吸血的臭王八，该炖还是得炖，这事虽然不能牵连嘉王，但在登基之前能扯掉他两根硬羽毛也是件绝对有益的事。艮儿，你要记住，上不正、下参差，李皇后一直痛恨我们支持立赵挺为太子，嘉王对我们的态度就自不必说了。他的羽翼越早丰满，我们就越危险。呵……嘉王，新皇啊，登基以后可一定要看清楚忠奸对错啊，老朽已然鞠躬尽瘁死而后已了啊。"

余不扬和张本从皇城司的押房里出来，黄小标早就赶来马车在路旁候着了。二人上车后，黄小标刚准备拉缰绳，却想起宅子已被烧毁，自己和主人现在无处可去，就靠在车柱上哽咽起来。

"去哪啊？宅子都被烧了还有哪里能去？"

这时，车舆里响起张本无力的声音："死小标，巷子口的阿黄都比你有出息……去……去狗儿山，要注意……沿途注意着点，别让人跟着……"黄小标听见张本的责骂和盼咐，心里一下子就踏实了，他答应着赶起马车，片刻不敢耽误。

余不扬和张本被放出来的时候，收到了两则消息，一则是黑白司要求他终止一切行动的命令，另一则是陈太奎和黄潮被打入天牢的消息，一忧一喜，他不知道该哭还是该笑。尤其是黑白司的命令，行动叫停得毫无征兆，他本想去找赵艮问个明白，可赵艮忙着"陈黄案"的审讯，没空搭理他。

张本从黄小标挑上山的行李里拿出一个陶瓶，递到余不扬面前。"这是我用爹爹留下的手艺亲手酿的酒。以前，爹爹遇上烦心事的时候就会喝上几口，他在世的时候常说咱家的酒能消愁，还给它取了个名字叫'舒眉露'，很好听对吗？你喝吧。"

余不扬摆摆手："我吃不下东西。我问你，你真是女儿身？"

张本看着余不扬没有回答，眼神好像在反问，你觉得呢？

余不扬被张本瞧得不好意思起来，解释道："我的意思是说，刚才在陈太奎的私宅你大可一走了之，没必要为了救我当着众人亮出女儿身。"

"你为了我和妹妹的家仇才偷的账本，险些丢了性命，我又岂能见死不救？我当时就想赌一把，赌陈韶仪能把我们都救出去……还好皇城司来得及时。"张本回想起这件事的时候仍然心有余悸。

"你可真像陈韶仪说的，傻。万一今天皇城司赶来不及，我们就把命都交待了。"

"我不在乎,况且账本已经交给皇城司,就相当于报了仇,我还有什么好记挂的?反倒是我今天不做些什么来救你的话,我肯定一辈子都原谅不了自己。不光我不能原谅自己,小眉也会看不起我的。哦,对了,黄潮府上的小云就是我的亲妹妹,我叫杨小舒,她叫杨小眉,我们姐妹俩和父亲的酒同名。"

余不扬点点头:"你们父母若是在天有灵一定会欣慰的。说起来,你们姐妹俩确实厉害,尤其是你,在狗儿山洞和你的宅子里,我与你共处一室这么多天,竟然没有发现你是女儿身,实在是惭愧。"

"怎么?若是之前就知道我是女儿身又如何?难不成你想……"张本耳根发烫,双颊也渐渐红润起来。

余不扬本来不以为然,见到张本的模样后自己也不自然起来:"姑娘误会了,我只是……我只是想告诉你,若是早就发现你是女儿身,说什么我也不会绑你上山。想到在狗儿山洞的那几天每天都吓唬你、折磨你,我的心里就很难受……十分过意不去。好在你厉害,在我杀你之前就逃走了,不然今天就没有人救我了。"

"你休要再说这些见外的话了。今天若没有你挺身而出,我也早死了。"

"你在北瓦桥边救了我一命,我又岂能不顾及这份恩情。"

"好了好了,难道我们非要分出个胜负来吗?不管谁救了谁,后来又怎么样了,总之我们都活了下来,这是命运最大的恩赐。我们总不能把余生都用在争论这件事上面吧？"张本说话时无意间拉住了余不扬的手臂，说完才意识到不妥，又马上放开。

"姑娘说得在理，我呀还得去找侄女呢。你呢，杀父之仇已报，接下来打算做什么？"余不扬马上转移话题来掩饰自己的尴尬。

"自然是要回九溪老家重振爹爹'舒眉露'的名声，现在酒行推选了一位新行长，是爹爹的故友，他定会帮我的。"张本眼里闪着光，看着伤痕累累的余不扬，又说，"你接下来打算怎么办？"

余不扬环视了一眼双蛛洞，说道："还能怎么办？我走进了一个深不见底的黑洞。山下、陈太奎、黄潮的旧部，还有蒲开宗的色目死士，他们都恨不得扒了我的皮、抽了我的筋。以前，还有黑白司相帮，现在赵艮也好像有意跟我疏远。这个贪腐的案子查着查着就不查了，这倒也没什么，我只是想借机查一查在水的下落。只不过，现在我突然分不清谁是敌手谁是帮手了，不管敌手还是帮手又好像都站到了一起，我搞不明白。临安黑白司，哼！什么是黑，什么是白？我看他们自己都没掂量清楚。"

"话本里写的一点儿也没错，但凡有钱有势之人，追寻的并不是什么对错，而是利害。利害变了，立场也就跟着变了，这种事分不清对错黑白。你倒不如跟着我一起回九溪躲两天，等到这阵风过了再出来调查你侄女的事情。这样也好休息几天，好好想一想、顺一顺这些日子发生的事情，没准啊你侄女的事情就会出现转机呢。"

"不行，我还有其他的事情没做呢。霍吉和朱氏两兄弟是为我而死的，我现在一闭眼就是他们的样子，我知道他们正等着我给他们报仇呢。"

"难道你要找色目人和巡检司报仇？万万使不得啊！你好不容易脱身出来，可别又去自找麻烦。"

"朱氏兄弟俩虽被巡检司所抓，但却不是他们杀的。况且，钟卫也救了我一命，我不能恩将仇报。不过霍吉的仇是一定要报的，那群色目人马上就要离开临安，事不宜迟，我必须马上行动。"

"不行！小眉说那些色目人不吃肉、不喝酒、不近女色，若只是一般人哪能做到这些？不光如此，黄潮给蒲开宗接风那晚，她还听说战死是那些死士的最高理想，死后能永住天国乐园，一直享受真主的供养。不扬，他们信这个，不怕死呀！"

余不扬冷笑一声："我也不怕死。"

余不扬狠狠地从衣襟上撕下一根布条来，拢了拢散乱的头发，重重地扎起发冠，眼神坚定。

夜幕之中，蒲开宗的船队在码头一字排开，随着江潮前后律动着，像极了一条巨虫。蒲开宗从皇城司的押房出来，此时蒲正伏在一张波斯地毯上，虔诚地向着西南面的圣城朝拜，全然不知锚链之上有一个黑影正在慢慢攀升。按照出发之前杨小眉向他透露的信息，蒲开宗的住所在甲板的正当中，房间后竖着一根最长的桅杆。余不扬小心翼翼地观察了一番，蒲开宗在房内，其他色目人在房门外的甲板上，他们同时在进行着一种没有见过的仪式，好像庙里和尚在上早课，又比上早课更严肃一些。余不扬在心中算计着，若此时破窗而入定能擒住蒲开宗，但万一蒲开宗会功夫，反应过来与自己交手，房外那群死士闻声进来帮忙，那自己纵然有三头六臂也活不下来。余不扬早就掂量过了，所以决定不可如此莽撞。前些日子在城外马场杀了杜陵北之后，见他的弩机制作考究、设计精良又保护得当，是一件不可多得的好武器，便偷偷藏了起来。今天他也把弩机带来了，以他现在所处的位置和角度，用弩机来取蒲开宗的性命简直是易如反掌。

他信心满满地朝腰间探去，摸来摸去没触到弩机，顿时凉了半截，吊在腰上的弩机竟然没了！为了方便潜泳登船，他只带了一把弩机和一柄短刀，现在好了，弩机在潜泳的时候掉进钱塘江了，通身武器只剩下一把短刀。余不扬躲在蒲开宗的窗台下，懊恼地摇着头，准备伺机下船寻找。就在这时，窗"吱嘎"一声打开了，余不扬与蒲开宗四目相对。蒲开宗大惊，正要逃。电光石火之间，余不扬从窗外搂住蒲开宗的脖子，又一使劲把他从房间里拎了出来，用短刀抵住了他的心窝。"得来全不费工夫，好在你不会功夫又亲自将自己送上门来，小爷我就不客气了！"

蒲开宗惊慌之中喊出了一句波斯语，顷刻之间房门大开，涌进来几十号死士。余不扬见势不妙，控制着蒲开宗一直倒退到无路可退，他将身体依靠住船沿的围栏，随时准备杀了蒲开宗跳水逃走。死士纷纷从窗户里跳出来，一路紧跟着，围成了一个半圆，将余不扬包围在里面。

"果然有胆量，难怪陈太奎和黄潮都怕你。不过你掂量掂量，杀了我你走得掉吗？我是他们的主人，你敢杀我？杀了我，到时候别说是你了，就是大宋朝的天子，他们也照杀不误！"

"废话少说，今天非要你性命不可！"余不扬说着便要往蒲开宗胸膛上刺去。

"慢着！"说话的是鲁巴迪，"无要伤我主人！要报仇就冲我们来吧。"

"伤你的人是我们，那么该赎罪的也是我们，你放了蒲老板！"贾拉里也附和道。

蒲开宗强装镇定地说道："我刚才说了，杀了我你也活不了，死士们愿意为他们的所作所为负责，你挑一个吧，就当和衢州行馆那个胖子一命抵一命。"

"我要的就是你的命。"

"倘若我给你这辈子都花不完的金银会票，你也非要杀我抵命不可吗？"

"放了你，我照样没有活路可走，倒不如跟你同归于尽。"

"这可不是同归于尽那么简单哦。杀了我，然后让他们杀了你，再把九溪的杨氏姐妹也杀了，你也不用再想什么报仇的事情了，一起上天堂，多好，多妙啊。哈哈！不过，你还没找到侄女呢，你甘心就这么死了吗？嗯？余不扬，要不是嘉王交代我不要再惹是生非，你以为你还能如此安生地躲在城东狗儿山上？"余不扬心中一颤，这个蒲开宗果然厉害，什么都知道。他拿刀的手不受控制似的发起抖来。自己此趟前来本就没有想活着回去，死就死了，但因此而连累杨氏姐妹就不好了。

"蒲开宗，哪有你这样的生意人？"余不扬凑到蒲开宗的耳边质问道。

"你说这话是什么意思？"

"你跟黄潮比起来多的不光是钱，还有一身江湖气。"

"你管这叫江湖气？生意人可不能光做那些买卖就行了哦，若只是盯着买和卖，生意又怎么能做大呢？"

"你既是江湖中人，按照江湖规矩我们一命抵一命，恩怨到此为止，休要再牵扯杨氏姐妹。"

"我哪里是什么江湖中人呐？再说了，人命岂是商品，还有什么等价交换的道理吗？若是如此，你的命和我的命岂是一样的价格？纵使我认同你这个观点，他们是怎么也不会认同的。只要你杀了我，他们不光会杀死杨氏姐妹，还会把所有跟你有关系的人统统杀掉，你不懂，我的命在他们心里比什么都金贵呢。"

余不扬冷笑一声，现在好不容易控制了蒲开宗，这个时候就应该一刀结束他的性命，而不是思前想后。这个蒲开宗厉害得很，能让这些色目人心甘情愿变成他的死士，没准儿说着说着就会让自己放弃杀他。于是他慢慢地扬起手中的刀，在刺下的那一刻，蒲开宗大呼一声："慢着！"

蒲开宗胸膛不断起伏着，面对自己可能被一刀毙命的危险，他仍旧能笑得出来。"呵呵……我还有最后一句话，待我说完再杀不迟。余不扬，我知道你侄女的下落，杀了我，你没准儿真的就找不到你侄女了。"

余不扬举在半空的刀定住了。他可以把自己和杨氏姐妹的生死置之度外，但绝对在意余在水的死活。他在临安所做的一切，包括今天把自己置于将死之地，都因余在水的失踪而起。余不扬将刀拉回，顶在蒲开宗的脖子上，威胁道："你知道余在水的下落？快说！"

蒲开宗冷笑一声："好笑，哈哈。"

"哪里好笑？"

"你要杀我，我能把这么重要的消息告诉你吗？"

余不扬愣住了，不过他马上又恢复了理智："蒲开宗，你把我当猴儿耍吧？我和黑白司调查了这么长时间都没结果，却被你这个泉州人知道了……"

蒲开宗抢答道："只是你还不知道，黑白司早就调查出来了！他赵汝愚和赵艮才把你当猴儿耍呢！"

"你说什么！"赵艮的秉性他是清楚的，他曾使计让余不扬在西湖无脸女尸身上调查了好久，完全有可能故技重施再骗他一次。又一次被欺骗的愤怒感瞬间涌上余不扬心头，持刀的手不由自主地抖了起来，把蒲开宗惊得直呼："余不扬！你放了我，我把你侄女的下落告诉你。"

蒲开宗的话很有效地把余不扬从愤怒的情绪中抽离出来。

"此话当真？"余不扬不假思索地问道。

"余不扬，我是生意人，做人做事以诚信为本。"余不扬太想知道余在水的下落了，他将刀慢慢地移走，而后突然想到了什么，又重新顶住了蒲开宗的脖子。

"商人无义！你先告诉我，我再放了你。"

"我若先告诉你，你再将我杀了，那我岂不是亏大了？"

"哼，还真是个商人。蒲开宗，你刚才不是说过了嘛，我杀了你，你的这些死士也不会放过我，那我还怎么去找侄女？所以，只要你告诉我，我就会放了你。江湖中人，一言既出驷马难追。"

"好……"蒲开宗深深地吸了一口气，"李孝友带她北上去了，而且现在已经回到了临安。"

"你是说，在水还活着？"余不扬的双眼闪动着激动的光芒。

"没错儿，而且还活得相当好。"

蒲开宗的话是余不扬内心一直期待的答案，余在水还活着，他做梦都希望余在水还活得好好的。可蒲开宗的回答越完美，他内心反而越不安："你骗人，你想活命什么谎言编不出来？"

"人之将死，其言也善。我与李家素来交好，今夜早些时候，我得知李孝友从北方回临安，便在临行前去拜访。在李孝友的府上，我见到了一女子与李孝友举止亲密，便猜测二人关系非同一般，于是将随身携带的东海夜明珠赠予她。李孝友非常开心，便向我介绍他们二人即将成婚，而她就叫余在水。"蒲开宗说到余在水的时候，明显感觉到余不扬身体一震，呼吸也急促起来。

"余不扬，你可别忘了，江湖中人一言既出驷马难追。"

余不扬勒着蒲开宗的脖子慢慢后退，色目死士们仍旧与他保持着不远不近的距离，余不扬为了确保安全突然撤掉对蒲开宗的挟持，纵身一跃，在漆黑如墨的钱塘江面上激起一朵白亮的浪花。

贾拉里和鲁巴迪准备吩咐死士们下水追击和去岸边阻截，却被蒲开宗伸手拦了下来。蒲开宗看着恢复平静的水面，意味深长地说道："一言既出驷马难追。"

回狗儿山的路上，余不扬都像是丢了魂魄一般，直至登上半山腰的时候他才突然惊醒过来——有人一直在跟着自己，此时脚步声正在快速逼近。余不扬心中一颤，蒲开宗果然是个伪君子，前脚放了自己，后脚就派人来跟踪。余不扬心中数着拍子，找准时机，向后踹出一脚，伴随着一声闷响，跟踪者跌入草丛。

余不扬抽出腰刀走近一瞧，惊道："是你？"

半夜跟踪余不扬的不是别人，正是刚刚被斩的陈太奎之女陈韶仪。此时，山林中的灌木丛在山风的吹拂下沙沙作响，鹧鸪和猫头鹰的叫声互相交织着，好像也在问："你怎么逃出来的？"

"你跟张本不是夫妻吧？四郎一直是名绝临安的美男子，什么时候变成小娘子了。"陈韶仪没头没尾地问了一句。

"什么……"这个借口是张本临时编的，看来的确骗过了所有人，连陈韶仪也相信了。

还没等余不扬回答，陈韶仪却自嘲道："这还有什么好问的，若不是夫妻，孤男寡女怎么能在山上一起躲上五天。还在我给他租的宅子里共处一室，也一定是在寻小夫妻的乐子，难怪被我发现后你会逃走了。"

"那个……张本确实是个女人，但我们还真的不是夫妻。我一直以为他是个男人……虽然我也觉得奇怪，这个男人为什么洗澡睡觉都有意要避开我，尤其是在双蛛洞里游泳的时候，张本的表现分明是怕我识破她的身份。不过虽然有这样的疑惑，但始终没有想到她是女人。"

"你可真不害臊，还跟我说洗澡睡觉的事情？余不扬啊余不扬，我爹爹是做了多大的孽才让我遇上了你？你偷走账本害死我爹爹，弄得我们家破人亡，这还不够吗？你还要抢走我的四郎。"陈韶仪越说越气，"我……我杀了你！"说着就捡起刚才掉在地上的匕首朝余不扬冲来。

余不扬见状也不含糊，抬脚朝陈韶仪心窝踹去，陈韶仪滚了两滚，倒在灌木丛里一时站不起来："你倒想杀我？我还后悔让你活到今天呢！我侄女在水被你掳去后就一直下落不明，要不是张本一直拦着，你这厮都够死一百回了。"

"呸！乡蛮子，你要是真有本事，那晚在李七儿肥羊店，你侄女还能被我掳走了？告诉你，我今天来就没打算活着回去，你要还算是个男人，就杀了我。"余不扬气不打一处来，举刀在陈韶仪脖子上比画了几下，接着朝山洞的方向看了一眼，又比画了几下。

陈韶仪冷笑起来："别看了，张本在山上吧？等着他给你下命令吗？瞧你那拄灯草拐杖的样儿，就不能硬一点？"

余不扬抡了两圈腰刀："我来临安的一切遭遇皆因你而起，在水侳女本该早就回到信安安定生活，我早就该在武学中安心谋职，也不会得罪一个又一个权贵，朱氏两兄弟、霍吉也不会因我丧命，如今我除了还剩下一条命，其他一无所有，只能藏匿于狗儿山中……"

"这都是你咎由自取！你只想到你自己，要是你们不来临安，爹爹就不会死，张本也不会离我而去，我还是那个前呼后拥的府尹的女儿。说起来，你不光咎由自取，还连累人家！"

"哼！要是没有我余不扬，张本就不找你父亲报仇了吗？你陈大小姐一样逃不掉因果报应的命运吧。"

陈韶仪冷笑三声："没认识你之前，我不知道还有命运这个东西，我始终相信自己可以主宰任何事，决定任何事。认识你之后我才知道，决定自己命运的不是权和钱，是自己的心。既然你说凡事皆因我起，那么就快杀了我，让我父女二人在黄泉相见，我也好重新做回那个临安府尹的女儿。"

"很高兴你能死得明白。"余不扬紧握腰刀，对准了位置正要运气，一个声音在身后响起："不扬，住手！你不能杀她。"说话的是张本，她正扶着树朝下赶来。

"四郎……"陈韶仪看见张本心头一热，流下泪来，"你好些了就去歇着，别管我，要说你变成今天这副可怜模样也是我害的，我早就该死了。"

"妹妹，我叫你一声好妹妹，往后你也别叫我四郎了。"张本抚摸着陈韶仪的脸，"你怎么这般模样？吴曦呢？"

"吴曦？那个混蛋，嘴上应承着我父亲要好好照应我，转脸就想把我卖给官窑，还好我提前偷听到他跟仆人的对话，这才逃了出来。四郎，我不要你叫我妹妹，我不要做你妹妹。"

"又在胡闹。"张本摇摇晃晃地走近，拭去陈韶仪的眼泪，"我不能再做你的四郎了，你该清醒了。既然逃出来了，你便要好好活下去。"

"那就让我死，我失去了所有的东西，活着还有什么意思？"

"你还年轻，只要活着才有机会遇见自己的幸福。"张本看向余不扬，余不扬便把腰刀收了回来，"不扬，对她的惩罚已经足够多了。"

陈韶仪坐在地上，呆呆地看着张本："留我性命算积德吗？于我来说，现如今的遭遇真的还不如去死呢。要是真想做点好事的话还是杀了我吧。"

"休要再乱说，妹妹以后就跟着我生活，有我一口吃的便饿不着你。对了，就跟原来一样，我还给你说书，你说好不好？"张本信誓旦旦地说，眼里露出期待的神情，可陈韶仪却不领情："我就是忘不了你才想着一死了之，既然是开始重新生活，我就不能再见到你，甚至是想起你……你不明白。"张本有些失落地看着陈韶仪，不知道怎么安慰她。忽然，陈韶仪又哭出声来："可现在除了你，谁见了我不去报官呀？哪还有我的活路啊……"见陈韶仪哭，张本一时也没了主意，跟着哭了起来。

余不扬伸手想要去拍张本的背，又觉得男女授受不亲，便说道："你大伤未愈，切不可伤神动气。"

张本哭道："长久以来，我一直受妹妹恩惠，现如今她这般境遇我怎能不难受？"

余不扬转向陈韶仪问道："陈小姐你必须自己心里放下，才能开始新生活，我倒是有个主意，不知道陈小姐你愿不愿意……"

"事已至此，我还有什么选择的权利？我还有什么放不下的，呵呵，我命都能撂下。"

"不扬，你有什么好主意？快说。"

余不扬把张本拉到一旁，低声说道："你不是想回九溪酿酒吗？不如就带着她一起去吧。只是……只是我不知道你妹妹小眉答不答应，好不容易替父母报了仇，却又带着仇人的女儿回家……"

"不用避开我说话，虽然听不到，但我也能猜得到……我今天就不该来。"

张本走过来拉住陈韶仪的手。"韶仪，你说得对。你今天能来找我说明你早已放下芥蒂。其实我们之间又有什么芥蒂呢，我的父亲和你的父亲现在都死了，上一辈的恩怨也就到此为止，对我们来说就该好好生活下去。而且，我和余不扬能全身而退也多亏了你的坚持和帮助，要是没有你，你父亲又岂会放了我们。嗐……不说这些了，在烟霞岭西南有一处叫九溪十八涧的地方，人烟旷绝，别有天地，九溪最里的杨梅坞更是遗世绝俗的好去处。我说过，我们父母去世之前是酒商，就在杨梅坞以酿酒为生，你若是不嫌弃，倒是能跟着我隐姓埋名做个酿酒娘，吃穿用度倒也不愁。扎下根后再寻个实诚的夫家，乡里人老实，没有坏心思，也能幸幸福福地过一辈子。"陈韶仪被张本的一番话所感动，眼里闪着希望的光。她无法表达此时此刻复杂的心情，家破人亡也好，苟且偷生也罢，总归活着就还有以后。况且自己也不是什么都失去了，至少还能跟张本在一起。

"那从此以后……"陈韶仪从地上站起来，拍拍身上的土，"我就跟着你们夫妻生活了。"

张本脸上的笑突然凝固住了，她尴尬地看了看余不扬，脸就红了起来。好在余不扬脑子转得快，赶忙接话道："侄女在水至今下落不明，我岂能贪图个人享乐？况且，我们真的不是夫妻。"

张本原本上扬的嘴角挂了下来，虽然余不扬说的都是实话，但张本却忽然觉得心里一空："对啊，我们……我们哪里是夫妻啊，那都是为了救余不扬才编的。"

"张郎……哦，我该叫你什么。反正不管你们是不是夫妻，你为了救余不扬能当众……当众揭露自己女儿身的事实，这份情谊跟夫妻又有何异？"

张本又看了余不扬一眼，恰好余不扬也在看她，陈韶仪的一番话让两个人的对视很不自在。眼神交流中，他们都能体会到，独处和互救性命的经历让彼此的信任更深了一步。

陈韶仪并没有意识到二人眼神微妙的交流，她被重新唤起希望,走到二人面前,郑重地说道:"不管你们相不相信我,余在水还活着,而且活得很好。"

一个晚上听到两遍这样的话,虽然不意外,却很惊喜——余不扬通身像被雷劈中一般怔住了,蒲开宗那个唯利是图的生意人没有骗人?

"什么?你再说一遍?"

"说一百遍都是这句话,你侄女她活着。你们真心为我好,我才说的。"说着便把一封信函交给余不扬,"其实我掳走余在水那晚确实教训过她,也欺负过她,是李孝友,也就是当今皇后的亲侄子出面救了她。被救出后,余在水就跟李孝友走了,去了哪里我当时也不清楚。后来,我收到了这封信。它是由李孝友在襄阳的一个朋友秘密寄出来的,信上说他和余在水可能被人盯上了,不方便与外界联系,要我转告你或者霍吉,余在水平安无事,叫你不要担心。"

信件上的字不多,余不扬很快就读完了,但不知是不相信还是意犹未尽,他前前后后读了三遍。"这封信……说的都是真的吗?"

"当然是真的了,李孝友贵为皇后侄子,又是节度使,哪有心思跟我开这种玩笑!"

听见陈韶仪这么说,余不扬早已僵在原地动弹不了,不知是兴奋还是惊讶。倒是张本看起来比余不扬还要急切,赶忙问道:"韶仪,你怎么不早说?"

"你叫我怎么说?李孝友是皇后的亲侄子,若是让余不扬知道是李孝友带走了她，没准儿他会闯出更大的祸灾来，所以……我哪儿敢说啊。其实……我原以为李孝友已经把余在水杀了，没想到……"陈韶仪说的时候也是一副不可思议的样子。

"哎呀，那你收到李孝友的来信就不能告诉余不扬？况且李孝友也叫你这么做。"张本的语气里有些责怪的意思，可陈韶仪却不在乎。

"告诉？为什么要告诉他啊。他之前不光欺负你，还偷走账本，害得我家破人亡，我凭什么告诉他？我恨不得将他千刀万剐。"说罢，陈韶仪恶狠狠地瞪了余不扬一眼，感恩之情仿佛马上烟消云散了。张本见状赶忙把陈韶仪拉到一旁，不许她再说下去。

反观余不扬并没有因为陈韶仪的话而动怒，而是依旧呆呆地站着，手上的信件飘落到地上也没有发现。

余不扬相信，余在水活着，还活得好好的这个事实。可一直以来，报仇是支撑余不扬在临安拼下去的动力，因为报仇，他伤痕累累，得罪权贵，霍吉和开山、建桥也为他而死。就连眼前的陈韶仪和张本，也因为自己而改变了后半生的命运。如今，报仇这件事看起来是多么荒谬啊，或者说余在水活着这件事情才叫荒谬。

"这么说来我的所作所为从一开始就是一个荒谬的错误？"余不扬看着被自己害得蓬头垢面的陈韶仪和张本，身体像一条鳗鱼软到地上去了。

张本知道余不扬的心思，忙安慰道："你一心只为报仇，并没有做错什么，凡人皆有自己的命数和因果，我若没有女扮男装，陈府尹若没有贪腐，我们就不会落得今天这个下场，这些都……不只关你的事。"

陈韶仪长叹一声，也走近安慰道："唉……都是命。你得罪了这么多人，又差点搭进自己的性命，咱们扯平了。"

张本感激地看了一眼陈韶仪："这下好了，不用报仇了，我们也不必再继续留在临安城里，还有什么事比开始新生活更好呢？"

虽然经历了生死坎坷，但这样的结果在张本看来非常圆满，就像今晚的月色和天气一样。也就在今晚，彭龟年叩开了赵汝愚府上的大门，见了赵汝愚第一句话就是："赵大人，哪里能躲就赶紧躲起来吧。"原来，赵汝愚勾结襄阳守将陈应祥密谋造反的消息突然不胫而走，甚至传到了皇上的耳朵里。赵汝愚趁内禅机会，联合陈应祥勾结北方邓州叛党，杀襄阳知州张定叟，欲将襄阳城拱手送给金人，投敌叛国！

第二天一早，余不扬来到李孝友家对面的茶肆坐定，煮上一壶茶，又点了几碟茶食，边吃边期待见到余在水。说来也怪，今日李孝友家进出人员众多，院管迎来送往忙得不亦乐乎。快到中午的时候，院管竟领着一些乐师和妓女入了大门，似有什么喜事。

一旁的茶博士早就看他不顺眼了，走过来劝道："客官，一壶茶喝一上午了，饿了吧？要不给你上些午食吧？我们店里的拿手菜有东坡脯、酒蒸鸡、蟹酿橙、蛤蜊米脯羹，天上飞的、地上跑的、海里游的，你想吃啥都有的。"余不扬没有听出这小茶博士话里有话，只是摆摆手没有回答。茶博士不乐意了，把长抹布甩到肩膀上，没好气地说："客官，这可到吃响午饭的时间了，要喝茶的话……明天赶早吧。"说着就要开始收拾桌子。

余不扬瞥了茶博士一眼，丢下几个铜钱说："再给我上一碟千层油酥儿。"

茶博士双手往腰上一叉："你是真听不懂还是假装糊涂啊？来来来，你往窗外瞧，这里抬眼就是朝天门，这个时辰都是从六部桥一带出来吃堂馔的官家，你瞧瞧……"茶博士指向窗外，确实御街上走着的都是一些着锦袍的公人："你花了十几二十文钱坐了一上午，已经够你回乡下吹牛的了。这些官家来吃一顿响午饭哪桌不花个二三十两的？快走吧？别妨碍我们做生意，再不走，掌柜的可要来撵你了。"

余不扬总算是明白了，这茶博士是要赶他走呢，他正准备和茶博士理论，忽见从李孝友府里走出来一个极其眼熟的人，正是余在水，边上还有一个丫鬟模样的人小心伺候着。余不扬朝御街上使劲地挥手喊道："在水！在水！"可余在水哪里听得见他的声音，钻进了一辆马车。余不扬把桌子上的铜钱扫进了手掌，理也不理茶博士就往下楼下跑去。可还没到楼梯口，他就被人拉住了，回头一看竟是赵艮。

"你放手，我现在有要紧事要去办。"

赵艮非但没有放手，还抓住了余不扬另外一只手，说道："不扬兄弟,我也是有要紧事找你。"

"哎呀,内禅一切准备停当,连陈太奎和黄潮也已正法,还能有什么要紧事!"说着就要下楼,哪知赵艮还是不愿意放手,竟然运功将他拽住。

"赵艮,你这是干什么?"余不扬边说话便踮脚往窗外望去,余在水已经坐着马车不知去向了,"赵艮啊赵艮!你坏了我的好事!"赵艮不由分说,一脚踹开了旁边包间的木格子门,把余不扬拽进门按在了椅子上:"你是黑白探,必须要服从命令,况且不管你有什么事,都没有我要说的这件事情要紧,当真是十万火急啊。"赵艮也不管余不扬是不是有兴趣听,自顾自地说起来,"三天之后就是释服的日子了,我大宋文武百官都要在那一刻脱去丧服换上朝服,太皇太后吴氏会出面主持内禅大典,皇子嘉王会顺利登上皇位,一切都将在这一日翻篇儿。可父亲千算万算没有算到自己会栽倒在内禅前夕啊……黑白探打听到消息,内禅前一天襄阳城守将陈应祥将起兵造反,这本来也没什么,可他受到李孝友的教唆,届时将会把此次造反嫁祸给我父亲,并称我父亲会借助内禅之机联合谋反投金。陈应祥是北方归正之人,一直不得朝廷信任,当时多亏了我父亲极力主张任人唯贤,力保他,他才能留在襄阳任职。可没想到我父亲当初一片诚心换来的竟是恶意。"

余不扬虽感觉意外,但这件事并没有在他心里激起多少波澜,因为赵汝愚的事情他不想管,也根本管不了。赵艮为什么要跟他说这个?

"赵大人如今人在何处？"

"内禅在即，李家人指不定什么时候就把这个消息放出去了，为了安全起见，他现在暂时不公开露面了。不扬兄弟，内禅片刻不能耽搁，这样的局面必须要马上扭转，现在除了你，没人能救我父亲。"

"为什么？为什么除了我没人能救你父亲？"

赵艮看着余不扬，没有了之前的居高临下，满是诚恳之意。"我父亲造反是李孝友陷害的，他北上半个月就是为了说服陈应祥打着我父亲的旗号造反。而与李孝友一同北上的还有一个女子，就是你的侄女余在水。你侄女与李孝友食住同房，行动同伴，定有李孝友陷害我父亲的证据……"余不扬听着赵艮所言，慢慢涨红了双眼，随后突然发起怒来，发力将赵艮狠狠按在墙上。

"我本来不想追究这件事的！在水跟李孝友北上你又是早就知道了对吗？若不是因为救你父亲用得到我，这个消息你还会藏在心里吧？"余不扬看着赵艮，那样子像是要把他生吞活剥，"依我看，李孝友就是再恶也没有你恶，我是不会帮你的。"有了西湖女尸的教训，余不扬敏感地想到了这个问题。

赵艮其实早就想把这个事情告诉余不扬了，只是父亲不同意。被按在墙上的赵艮依旧不放弃地说："没错儿，我确实早就知道了余在水和李孝友一同北上的消息。可现在不是说这个的时候，听我说，只有你才能救家父，保障内禅顺利进行。李孝友会为你侄女办一场乔迁，你作为余在水叔父这个身份足以让你取得他们的信任，然后一举控制住李孝友，然后我们再逼他或者你侄女提供陈应祥造反实情的证据，给李家一个反杀！"

"李孝友是不会背叛李家的，到时候我侄女为了保护李孝友的性命肯定会帮你，那她就成了李家人的仇敌，而这样一来便会断送了我侄女的终身幸福，你认为我会帮你吗？"

"余在水一个人的幸福相对天下千万百姓的生死和幸福，哪个更重要……"

"对我来说余在水就是最重要的。"

赵艮挺着脖子，一张脸涨得通红："余不扬，我确实骗了你，利用了你。因为我能肯定你一旦知道余在水还活着就不肯继续为黑白司办事，那样于内禅何益？于江山社稷何益？你只在乎余在水的生死，担心怎么和哥哥交代，这没有错，世人都会有的小家意识罢了。可匈奴未灭，何以为家？覆巢之下，焉有完卵？别忘了你是黑白司的人，此次内禅不成，你我都得以身赴死，即使让你侥幸活下来，可这世道不是你想要的世道，活着又有什么意思呢？"赵艮语气慷慨，身体像根柱子那么硬。

"赵艮，我压根儿就不关心内禅的成败，我理解不了你说的那些大道理，你自然也理解不了我们小老百姓的想法。我早就说过了，我们鱼虾不同路。"说罢，余不扬突然松开对赵艮的控制，夺门而出。

赵艮绝对不会放弃余不扬，他是解救父亲、推动内禅的最后一根救命稻草，于是跟着出门，伸手抓住余不扬的衣领："兄弟且慢。"没想到这一抓撕开了余不扬的衣襟，露出了朱氏兄弟的长命锁。此时，一位老者恰好经过二人身旁，意外看到了银晃晃的长命锁，脸颊上的七星痣激动得颤动着，猛向前握住余不扬的手，惊呼："贤侄？"

大内后宫，山景错落、曲径通幽，处处是江南的精致秀丽。在一步一景之中，李皇后和李孝友二人正并排慢慢走着。

"姑姑，这次北上之行颇为顺利，我先到了邓州找到了叛将王英，那家伙带着几万官兵在邓州立了山头，正愁没机会向金人献媚呢，我跟他说了咱们的计划他很快就应承了下来。而后，我又到了襄阳，守城将领陈应祥是爷爷的旧部，他自然是愿意帮咱们李家做事的。按照计划，内禅前一天王英会带部假意杀到襄阳城下，与陈应祥里应外合，先杀府尹张定叟，再高举赵旗，以为太上皇治丧为由一同举兵南下。到时候，等襄阳城头插上赵字旗，我想他赵汝愚肯定自保不及，何谈内禅？"李孝友说话的时候正好有一队宫女经过，可他毫不在意，连说话的声音都没有压一压。李凤娘不满地看了一眼他，说道："你是怕天下人都不知道这件事是我们李家在背后操控吗？"

李孝友谄笑道："嘻，借她们十个胆，但凡能有个人敢竖起耳朵来听一听，我都夸她好胆量。再说了，我们这么做还不是为了皇上嘛！"

李凤娘笑了。她走上观景台，大内的金瓦红门尽收眼底，说道："赵汝愚所做的，说得好听是内禅，真要追究起来这就是造反！大逆不道的赵汝愚！"

"没错儿！所以爷爷派我北上，我毫不犹豫就同意了，太子是姑姑的亲生孩儿，唯一的皇子，岂有另立他人的道理？我作为李家人，决不允许这样的事情发生。"

李凤娘欣赏地看着李孝友，夸道："现在好了，赵汝愚他满心欢喜等着内禅的日子，我们也巴不得时间过得快一些，真想看看当满朝文武都知道内禅只不过是赵汝愚造反的幌子，赵汝愚是什么反应？满朝文武是什么反应？哈哈。"

"姑姑请放心，那一天一定会到来的。就像他赵汝愚认为赵挺一定会坐上皇位一样。姑姑，赵汝愚已是强弩之末了，量他有再大的本领，也无力回天了。"

李凤娘满意地点着头："别说这个了，说说你自己吧，听说孝友你此次北上收获可不止这个，还有了心上人？亏姑姑我还一直在王公贵族中间给你物色呢。"

"侄儿枉费了姑姑一片好意，还望姑姑恕罪。"

"我看你是嫌弃姑姑的眼光吧？"李凤娘面带笑意，"说说吧？"

"这件事还得从我去年在衢州整饬厢军的时候说起，那个时候我认识了仙霞关厢军都头的女儿，她叫余在水。衢州厢军队伍庞大，整饬工作要持续一年，可衢州不比临安，吃喝玩乐的去处不多，闲暇时也没什么放松游乐的地方，可山水景致却别有一番风味。而我在认识余在水之后,她常悄悄带我出去游历山水,一来二去我们就熟稔起来,渐渐有了私情,还私订了终身。此后,我们月月通书信,虽说自我从衢州回来,我们一直未再见,但感情似乎在通书信中越来越好了。我一直期待着与她再次见面。说来也巧,出发去邓州的前一晚我在西湖边与友人闲游,见陈韶仪,哦,就是陈太奎的女儿,他们一伙儿人正在欺负一个姑娘。那个陈韶仪我一直都讨厌她,仗着自己父亲是临安府尹就为所欲为,我看她迟早要害了她亲爹。姑姑……这陈太奎向来与咱们李家交好,他这么乱来,也容易坏了我们的计划。"

"坏不了,你刚回来还不清楚,陈太奎已经被斩首了。"

"啊?为何事斩首?李家可受到牵连?我怎么什么都没听说?"

"为了让你安心在北面办事,所以什么都没告诉你。放心,他的死跟我们家一点关系都没有。都是不打紧的事儿,你不用这么较真儿,还是继续说下去吧,你还没说完呢。"

"我看不惯陈韶仪为所欲为的样子,人丑就爱多作怪,看到她那副欺负人时候享受的表情,我就觉得恶心。于是我便过去劝阻。想不到,被陈韶仪欺负的姑娘就是我日思夜想的余在水,于是我装作若无其事地将在水从陈韶仪手上解救出来,而后带着她一同北上去了。"

"唔……"李凤娘看似闲庭信步,眼睛却飞快地眨着,俨然一副想事情的样子。

"姑姑您有什么话就直说吧。"

李凤娘微笑着看李孝友说完，眼神中满是溺爱："孝友，姑姑也算是看着你长大的，你打小就有主见，做事也牢靠，现在你有心爱的姑娘，姑姑很是开心。不过，我听说你要在内禅前一天举办乔迁礼？大事当前，乔迁礼的事是不是应该缓一缓再办？"

李孝友停下脚步，恭敬道："姑姑，我之所以在这个紧要关头送在水一套宅子，还要办乔迁礼，其实是为了掩人耳目啊。您想，大事当前，人人都想看我们李家的动向和态度，有些事情反而不容易做。现在还没有人知道我们和襄阳这场计划的真实内幕，可保不齐有人会猜测到我们李家头上，有了这场乔迁礼做幌子，我们更可以打消掉怀疑和关注。所以侄儿认为，这场乔迁礼不光要办，还要风光大办。"

李孝友的一番话打消了李凤娘的顾虑，脸色也马上好看起来："姑姑没有看错你，你果然是侄甥辈中最能干的孩子。放心，乔迁那天，姑姑会派内司把贺礼给你抬过去的，事成之后，姑姑还有重赏。"

"姑姑为李家殚精竭虑，竟还要赏侄儿，侄儿哪有脸面收呀。"

姑侄二人拾级而上，好似在逛自家的后花园。

内禅在即，李家已经准备就绪。临安的上空，一场暴风雨正在酝酿，宁静而又让人窒息。

余不扬和张本离开狗儿山，带着陈韶仪来到九溪杨梅坞。这杨梅坞果然是个好地方，三人沿着小溪逆行而上，穿过一大片杨梅林，眼前豁然开朗，倒与那陶渊明笔下的桃花源有几分相似。陈韶仪眼瞧着世外桃源般的美景，竟也露出了久违的笑脸。俗话说三个女人一台戏，一点不假，还没走到家，两人就手拉着手，边走边谋划起今后的小日子来了。

这让余不扬很是放心和欣慰。不过他瞧着临安方向的乌云越积越多，似有一场暴风雨来临，心里又惴惴不安起来。眼下余在水回到临安，自己还没有跟她见上一面。

这几日，城里城外到处在募兵募粮支援西蜀，西蜀是大宋的西大门，蜀在宋在，蜀亡宋亡。应召士兵的多是一些无业可从、生活拮据的穷困之人，但他惊喜的是，其中也不乏一些身负报国之志的有为青年。一群太学生打扮的年轻人手挽着手高喊着："班声动、北风起，剑气冲、蜀斗平，同心制敌，何敌不摧？以此图功，何功不克！"他一路走、一路想，这些太学生放着大好的仕途不要，却要学那些走投无路的人去西蜀从军，为何如此呢？不过话说回来，没有将士们在襄阳、西蜀的御敌拼命，哪有临安城的繁华安定，以及朝堂之上钩心斗角的闲工夫？想到这儿，余不扬的心境好像被太学生所感染，竟有冲动之感——宋民皆如此，何愁山河不还？

他不知不觉走到了清和坊，巷子里的风夹杂着一点焦味，那是衢州行馆毁之一炬之后留下的味道。霍吉和色目人的样子不断在脑海里浮现，思绪复杂。正在此时，余不扬一直想见却未能见到的余在水也正埋头朝坊外走来，从她的表情可以看出来思绪同样复杂。余不扬在人潮中站定，酝酿了好一会儿才开口叫道："在水！"

久别的叔侄二人在清和坊内的一家茶肆里坐定，就像刚来临安城那晚在肥羊店一样，由余在水点起了吃食。不同的是，此时余在水的身后跟着两个丫鬟小心伺候着，衣服着装也不再像姜夔口中的那位小嫂，横竖看都是一位贵妇。余不扬胸中有千言万语却一时间不知从何说起，反倒是余在水先开口了。

"我给你和霍吉寄了几封信，不晓得你们收到了没有？自打我和孝友去了襄阳一趟，这个临安城好像变了个模样一般，你看，连衢州行馆都搬走了。"余在水刚呷了一口茶水，旁边的丫鬟就立马给她添上了。余在水早已习惯这样的待遇，可面对余不扬打量的眼神，她的脸色微微发红，显得有些不好意思。

余不扬摇摇头，不知该从何说起。从陈韶仪和余在水的话语中，余不扬基本能猜到：当初余在水与李孝友北上之后，确实往临安寄了信，但由于和李孝友同行的原因，她寄出的信一封也没有到自己的手上，而是被人半路拦截了。而被谁截了去，他基本也有了眉目，不是黑白司就是皇城司。但现在不是深究这个问题的时候，只是说道："在水你把信寄到哪里的？"

"给霍吉的信寄到衢州行馆，给你的信当然寄到武学了呗。咦，我正要问你呢，我方才去了衢州行馆，发现那块地正在起新房子，衢州行馆搬走了吗？霍老板真是的，搬走也不说一声，这多耽误事儿啊。这么说来寄给霍吉的信他是没有收到了,那寄到武学的信你总该收到了吧?"

余不扬摇了摇头。

"什么?也没有收到吗?那就怪了。"

"一点也不怪啊,因为我没有去武学呢。"

"没有去武学,这又是为什么?"

"哎……就是因为不知道你去了哪里,所以才没有去武学。你离开的这些时日,我没有一天不在寻找你。"余不扬本想结结实实地把余在水骂一顿,但想到她也曾给自己和霍吉写信就根本狠不下心来。余不扬把目光移向窗外,注视着衢州行馆的方向,深吸一口气问道:"在水,霍吉没有收到信不是因为他搬家了,而是死了。为了救我才死的。"余不扬感觉到,"死"这个字分量不轻,他挨不住涨红了眼。

余在水的笑容僵住了:"为了救你,死了?难怪方才我看你一直像是有心事的样子,不扬,你告诉我,我不在的这一个月都发生了什么事?"

"倘若我知道在水你没有生命危险,跟着李孝友北上去了,我也不至于在临安城这般折腾啊。"余不扬深吸一口气,认真地回忆起来,"你跟着李孝友北上后,我调查到陈韶仪扬言要将你扔到西湖里喂鱼,偏偏巡检司第二天就从西湖里捞起一具无脸女尸,更巧合的是那女尸脸颊被刮去辨不清楚容貌,随身遗物竟还有你的琉璃发簪。在水,你说说看,这不管是谁都会认为女尸就是你了吧？"

"怎么会有如此蹊跷的事情？"

"岂止蹊跷。我为了找到你被害的证据，又是绑架，又是恐吓，在这过程中还受到了塞北双恶的追杀，几次身负重伤，险些丧命。后来，我又认识了那日乘轿从断桥过的张四郎和嘲笑你的白袍醉士，还有贩卖小报的朱氏两兄弟和临安酒行行长府内的丫鬟小云。"他尽量把事情往简单了说。余在水现在只需要知道他经历了什么，至于小云到底是谁这样的细节没有必要相告太多。"后来在小云的帮助下得到了酒行行长和临安府尹官商勾结往来的账本，也调查清楚西湖女尸的真实身份。虽然那个时候知道死的人并不是你，但兜兜转转之间我好像陷入了越来越大的泥潭里面。我得罪的府尹和行长到底是临安城首屈一指的大官富豪，竟从泉州请来了色目死士。那些死士不怕死，全靠一套自己的规矩行事，极难对付，我被死士追杀被困的时候，还好霍吉及时出手相救，我才能幸免于难。死士见霍吉坏了他们的好事，便报复霍吉。他们连夜纵火烧了衢州行馆，将霍吉困在行馆里活活烧死了。"

余在水的嘴一张一翕，震惊得说不出一个字。她震惊于霍吉惨烈的死法，更震惊于叔叔为了救自己竟然能爆发出这么大的能量。

余不扬继续道："哎，都是我的错。我不光害死了霍吉，还害死了朱氏两兄弟，死的应该是我。若是从一开始我就能保护住你不被掳走，就不会发生后面这些事情了，也不会死这么多好人。"

"这不是你的错。"余在水用颤抖的声音说，"命运捉弄人啊。这临安城真不是好待的，叫人害怕。所以这个把月来，你都是在调查我的下落？就是因为这个原本不需要的调查，你武学没有上成，霍吉死了，还有我未曾谋面的朱氏兄弟也是因此而死？"余在水只觉得呼吸中的每一口气息都是凉气，"我此趟北上给大家造成了多大的麻烦啊。"说着说着，余在水害怕地哭了起来。身边的丫鬟赶忙过来劝说："小姐莫哭莫恼，小心动了胎气。"

　　"胎气？在水你……"

　　余在水回头瞪了一眼那个多嘴的丫鬟，而后硬着头皮告诉余不扬："我这个月没来月事，孝友找来医官把过脉，应该是有了身孕。"

　　余不扬能压抑住在水在自己不知情的情况下跟着李孝友北上，但怀了孩子这件事他真的忍不住："在水你怎可如此莽撞！我看你是想效仿坊门街的沈家千金吧？刚来临安的时候，我记得你安慰我青出于蓝而胜于蓝，原来啊，你跟那位沈家千金比起来才是真正的胜于蓝呢。虽说想在临安寻个好夫家本不是什么坏心眼，但不能有样学样啊！哥哥和嫂子知道这件事吗？"

　　余在水低下头摇了摇："虽然他们现在还不知道这件事情，但孝友说了，下个月他会带着我风风光光地回到衢州，亲自登门去说我们这门亲事的。我想到时候爹爹应该也不会说什么吧。"

　　余不扬表情有些不齿："就因为你的未来夫君是节度使，所以你觉得大哥他不会恼怒吗？"

"是我给他长脸了,他恼怒什么?不扬,虽然你受了很多委屈,不过现在好了,咱们不用再害怕了,孝友是奉宁军节度使,有他在没有人敢把你怎么样。哦,还有霍吉的仇和姓朱的两兄弟的仇,这是一定要报的。"

余在水说话的神态和语气让余不扬心里非常不舒服:"在水,你现在俨然把自己当成节度使夫人了。"他本想说婚姻是父母之命、媒妁之言,可余在水已经有了身孕,说这些还有什么用。

话说到这个份儿上叔侄二人都静静地喝了一口茶,心里均有些不快。身边的丫鬟趁着添茶的机会说道:"节度使大人送了小姐一套外宅哩,若不是把小姐当成节度使夫人,又怎么会送如此贵重的礼物。"

余在水忙接着她的话头说了些安慰余不扬的话:"是啊,孝友对我可好了,宅子的乔迁日都定好了,就在明日七月二十三日这天,我在临安除了你以外没有别的亲人,到时候一定要来啊。"

"怎么这么急?这日子选的可有什么说道吗?"

"我哪知道什么说道,宅子是孝友置办的,乔迁的日子也是他选的。他办事利索又靠谱,轮不到我操心,所以我也就不多嘴问他了,免得他嫌烦。就像我们这次去襄阳一样啊,一路上车马食宿安排得井井有条。"

"你可知道李孝友此次去襄阳为了什么事?"余不扬面带厉色。

"我一个妇道人家怎么能管他的事呢?到了襄阳以后,他有很多重要的事情要谈要做，虽然都带着我，但他总能在忙的时候给我安排些有趣的活动和特色吃食。就像他说的，那些枯燥的人和事叫我不要知道的好，免得无聊。所以啊，虽然是陪着他公干，但一点儿也不觉得无趣呢。"

余不扬看着余在水侃侃而谈的样子，心中不免惆怅起来，却还是极力挤出一丝笑意来回应她。李孝友为了阻碍内禅，蓄谋起兵造反陷害赵汝愚，他明白，赵汝愚为了内禅花费了那么多的精力和时日，绝对不会因为一次莫须有的造反罪名而放弃的。赵汝愚给李家的绝地反击必定会比李家给他的莫须有谋反罪威力要大得多。

余在水充满希望地畅想着未来，对面的余不扬却想着在水和李孝友即将面对的灾祸。叔侄俩相视一笑，一甜一苦，尽是无知与无奈。

叔侄二人饮了几盏茶后便分开了。余在水如今是准节度使夫人，衣食住行都有人鞍前马后伺候妥当。反观余不扬出了茶肆，目送余在水的马车走远，便东张西望不知道要去哪里了。明天就是余在水乔迁的日子，那后天就是内禅的日子。在这样的节骨眼儿上，他想了想还是不要离开临安城的好。而且，赵汝愚要绝地反击，肯定就在明天的乔迁礼上，他是断然不会让侄女有任何危险的，这场乔迁他必须得亲自去参加。

余不扬腮帮子鼓动着，去参加乔迁还远远不够，他必须要让自己的侄女远离政治斗争的旋涡，平平安安地活下去。想到这儿，他迈腿朝吴山坊方向走去——在明天来临之前他必须去见一个人。

第十二章
抉择

七月二十三日，在水的乔迁之日，禫祭和内禅的前一日。余不扬早早地起了床，重新绑了发髻和头巾，尽量让穿着打扮一般的自己看上去更有精神。

他走出客栈就看到对面水道里两艘运瓜果蔬菜的小船撞在了一起，两个船夫从水里爬上岸，一边用网兜捞回漂在水面上的箩筐，一边互相骂骂咧咧。按照以往，这样小打小闹的场面根本不会有人来管，可今天临安巡检司的人马上过来将二人拉开，避免了可能发生的更大冲突。

余不扬的目光朝御街上扫了一圈，一支巡逻队刚从御街上走进坊间的弄堂，一支巡逻队又从另一条弄堂里钻了出来，治安巡查的力度显然高于平时。就连原先只有三三两两潜火军放哨的望楼上也一改往日消极疲沓的情形，清一色由训练有素的驻军站岗，四个方向各站了士兵，都执戟凝视着临安城的街道角落，神色严肃。御史台和枢密院掌管肃正纲纪的官员们今天也异常忙碌，他们拿着临安大小衙门和军队的名册，往来穿梭于各个瓦子酒楼，时不时纠察出几个顶风违纪的官吏。这些人大多数被当场驱散，也有人被当街鞭笞，更有甚者被降级或者扣了俸禄。

管着临安三百六十行的各位行长也亲自走上了街头巷尾，挨家挨户提醒着今明两天的停止营业时间由原来的亥时提前到了酉时。商家们对此也没有非议，毕竟临安城的武林门、艮山门、凤山门、清泰门、望江门、候潮门、庆春门、清波门、涌金门、钱塘门以及大大小小的水门都被守城部队严加管控着，城里的人只出不进，御街上行人游客少了一半，生意不温不火，因此各家商户的经营热情也不像往日那般高涨。

如此一来，临安城上上下下的人都莫名地紧张起来。虽然没有明文张榜公布宵禁的规定，但敏感的都城人早已从各种反常的情形中体会到今明两天似乎不太一般。所以往日深谙游玩之道的都城居民今天竟然不约而同地没有出门，相聚在茶肆里喝茶聊天，低声地讨论着自己的猜测和对流言的预判，一副惊奇又习以为常的样子。

余在水外宅的地址离御街有些远，所以余不扬脚下不敢怠慢，心里就想着马上赶到余在水的身边。御街上的人流疏散，并不影响他步行的速度，几盏茶的工夫余不扬便走到了朝天门一带。余不扬突然想起前日在朝天门旁的茶肆里，面颊有七星痣的老者叫住了他，赵艮一眼就认出那老者便是天下名儒朱熹，目前他在湖南潭州任职，回临安是因为赵汝愚的邀请。一个好汉三个帮，赵汝愚现在应该恨不得把所有与自己志同道合的官员都请进临安吧？

朱熹那一声"贤侄"惊住了赵艮,而余不扬的表情却是他根本不认识眼前这位朱子,朱熹和余不扬二人迥然不同的表情让赵艮一时毫无头绪。后来,还是经过赵艮的引荐和解释,余不扬才明白是怎么一回事。

"朱子,我并非朱开山兄弟……"余不扬把长命锁取下拿在手中, 又递到朱熹面前。朱熹看看锁,再看看余不扬,没有接。余不扬道:"这是开山兄弟的遗物,实不相瞒,他是为我而死的。其实我不配戴着这个长命锁,更不配被你叫一声贤侄。"

朱熹先是一惊,右面颊的七颗黑痣隐隐颤动,而后长吁一口气,重新审视了眼前这个年轻人。他当然是厉害的角色,否则怎么会让大宋的枢密使赵汝愚儿子亲自来找?他索性坐下听余不扬慢慢道来。

"建桥和开山兄弟从未因为你这个叔父而沾沾自喜到处求人办事,他们一直在临安售卖小报。虽说这事儿不那么光明正大,但至少是凭本事吃饭,他们也从未向任何人透露过您是他们的叔父这件事。就连我,也是在整理他们遗物的时候才发现的。"说着,他把两兄弟的信递给朱熹过目,"他们是为我而死的。记得刚到临安那几天,他们被巡检司追捕,我侥幸救了他们一场,建桥和开山都是重情重义的汉子,便认我做了恩人。那时候,我为侄女报仇得罪了很多临安城里的权贵,他们处处帮着我,自然也会得罪那些权贵。他们的死……我调查清楚了,是临安府所为,不过现在陈太奎已死,也算是替他们报了仇了……"余不扬越说心里越没底,朱氏两兄弟若是泉下有知，当初他们视作仇敌的陈韶仪，现在正因为他的建议，在杨梅坞生活得好好的，不知道他们会怎么想。

听到这样的消息，朱熹再也忍不住悲痛的心情长叹了一声，声音中尽是颤抖和无奈："他们从小丧父，一辈子艰难竭蹶，我这个做叔父的也没帮衬到什么……愧为叔父啊。"

包间外人声渐沸，朱熹和余不扬二人的话也慢慢多了起来，两人越聊，脸色也越凝重起来。

余在水的外宅西临吴山、东濒黑龙潭，南望大内凤凰山，位置极好，是个有钱也买不来的好地方。不仅如此，这所宅子院落足足有两亩大，穿过朱漆大门，一道青砖穿廊连接着宅邸前堂后寝，两侧偏院耳房景致各不相同，纵使是黄潮的宅邸也不及它一半奢华，相比之下还显得袖珍许多。

余在水以宅子主人的身份接待了余不扬，又以侍叔父的礼仪让他在厅内休憩。余不扬坐定后便笑着叫余在水去外面忙活了。今天是余在水的乔迁之日，待会儿又有贵为节度使的准夫君前来应酬，所以这偌大的宅子早早地就门庭若市了。临安城里那些曾经高攀不起的达官显贵，那些没有过任何交集的三教九流都提着贺礼上门道喜来了。也许是余在水在来临安的时候就已经有了做贵妇的准备，待人接物的一招一式、一颦一笑显得那么恰到好处、如鱼得水。余不扬转动着眼珠子环视着屋子里的装修，富丽堂皇不说，墙上挂的字画，桌上用的器皿都是精美至极。他虽然不懂书法瓷器所蕴含的章法说道，但也能猜到应该是出自名家之手，有的甚至还是古董呢。

他的视线回落到自己面前的桌子上，那些摆在桌面上的精巧零嘴吃食让他的肚子咕噜咕噜叫了起来，余不扬才意识到因为自己急着赶路，还没来得及吃一口早食呢。余不扬伸出两根手指，挑了几样自己没有见过的吃食，吃了以后心里暗暗感叹，虽然都是一些零嘴，但就味道和口感来说已经做到了极致，都是自己未尝过的。就像是小时候第一次吃到了冰糖的感觉，他感觉好吃到头皮冒汗。

他闭着嘴巴咀嚼了一些吃食，又喝了几口茶，肚子不再有饥饿感便停了下来。他把沾着油腻和糖粉的双手放在双腿上擦了几下，突然意识到这样的动作很下里巴人，马上又定住了。而后，他轻轻地呼了一口气，嘴角露出了一丝微笑。二十几天前那个跟着自己进城的麻雀已经摇身一变成了凤鸟，姜夔若是知道了，是否还会称呼余在水为"小嫂"呢？"哎呀……"余不扬不由自主地发出了这样的感叹声，随后神情又慢慢地趋于平静。

若这不是镜花水月该有多好啊，哥哥和嫂子该有多开心啊！

李家到底是临安的大户，乔迁本是小礼，却被办出了婚礼的热闹，光是乐手和行郎的数量就超过了一般大户人家婚礼的规格。辰时一过，雇佣来的行郎们从李宅出发，各自执着花瓶、香烛、书灯、被褥、花枕、羽毛扇、镜子等既实用又吉祥的物件浩浩荡荡地出发了。队伍最前面，雇借而来的官私妓女们乘着马车舞蹈，乐手们在队伍中鼓吹着喜庆的曲子，引着花檐子和骑着高头大马的李孝友款款而来。

庆贺的曲乐越来越近，直至大队人马来到了外宅的院中，余不扬仍然没有缓过神儿来，他看看周遭这些热闹非凡的场面，总觉得不像是真的，抑或是昙花一现。从早上起床到现在，他的脑海里一直回响着和朱熹圣人的对话。

"唉……建桥、开山兄弟在临安浮浮沉沉了好几年，终究还是被我害了……"

"贤侄不要自责。万事万物皆有其本源天理，顺之者成，逆之者败。他二人虽已死，但你说他们是成了，还是败了？"

"命已殒，败也。"

"非也。凡所应当做的，就必须去做；凡是不能做的，就坚决不做。依老夫看，他们既然愿意帮你，那便是明理知天命。当然，人与人之间的理和天命不尽相同，需要自己去感受。换句话说，他们愿意为了帮你而牺牲自己，成不成并不在于生死，而在于是不是真的帮到你，如果是，那便是成功。"

余不扬看着形形色色、装束各异的人从窗下匆匆掠过。公人们肚子饿了便从朝天门内出来找吃食，刚才那个瞧不起自己的茶博士在街边迎来送往，不敢有半点怠慢和疏忽。一个乞丐老婆子猛地抓起街边小店笼屉里的定胜糕，一转身不料和钟卫撞个满怀，老婆子为了逃跑又撞翻了街边的烧饼摊儿，踢倒了几张馄饨铺的椅子。巡检司里的小结巴刚要去追，钟卫一把把小结巴拉住，然后往糕饼店、烧饼摊和馄饨铺都丢了些银子。而后，钟卫捡起掉在地上的烧饼，在衣服上蹭了蹭就往嘴巴里塞去。朝天门外的人们，看似互相不认识，可所有人的命运其实都或多或少地交织在一起。

"圣人所言，不扬领会不了，如果说他们没有错，那为什么会死？难道错的是天理吗？"

"死并不是做错事情的惩罚，生亦不是奖赏。生命，且都出自父母，这一点人人生而平等。可死却各不相同，不妨说死是上天考量后赋予的一种结果，是好是坏，上天自有定夺。贤侄，天理是不会错的，君臣、父子、兄弟、夫妻皆是天理自然，也不会错。我知道，如今天下大势，如人有重病，内自心腹，外达四肢，无一毛一发不受病。错哪了？错在君不像君，后不像后，天下失去了平衡与公道，有悖天理啊。"

"所以阴阳失衡，黑白颠倒，对错混淆？那夫子为何不独善其身，归隐田园，非要和赵汝愚一道，以一己之力逆天下之大势呢？"

"哈哈，问得好。为什么？因为这就是我的命，这就是我的理。我生来就为给皇帝修德，生来就为斧正这天下错乱的纲常！死而不已！贤侄也是一样，你既已然走上逆势之道了，为什么却又半途而废？"刚才那个乞丐老婆子来到朝天门脚下，就在余不扬撕走无脸女尸告示的地方，将定胜糕掰成小小的一块块，塞进一个卧地不起的老汉嘴里。

"因为我走错了。"

"你错了？如果你真的错了，大宋这半壁江山便更加错了。为什么要偏安西湖？因为朝廷也想要逆势而为！也想要重返江北！我朱熹虽不能带兵打仗去前线收复失地，但一直在为辅佐皇帝、拨正社稷、教化百姓而努力，日夜坚持，岁岁不忘！虽被迁湖南潭州亦没有放弃丝毫！记住，你所站立的地方就是大宋的王土，你怎么样，大宋便怎么样；你是什么，大宋便是什么！如果你觉得这世道不白，你便去清扫它，如果你觉得朝廷不明，你便去考科举做官。如果你觉得普天之下没有一个人关心大宋的兴衰存亡，那你就成为关心大宋子民的第一人。贤侄，我知道你的心里有一团火，这团火世人少有，多么珍贵啊！你应该小心维护着它，即便只是如萤火一般的火苗，也不应该让它熄灭，而是要在黑暗里发一点光。暗夜之中，不必等候炬火，微光亦足够醒目。"

在余不扬的脑海里一直闪现着朱熹那对冒着火星的双眼，那眼神是那么坚定决绝。在余不扬的眼前，院子里已经热闹起来了，一表人才的李孝友正和上门庆贺的亲朋好友寒暄敬酒，而余在水也帮衬着管家婆给各位高官豪绅们回礼致谢，于是余不扬最不想看到的一幕还是发生了。突然，喜物小件之类的东西从红色的托盘里抛向天空，有十来个行郎从托盘下抽出寒光凛凛的手刀，原本挂着笑容的脸上也出现了杀气，从人群中脱颖而出，朝李孝友扑去。余不扬一眼就认出，他们是伪装的黑白探！

乔迁之行，李孝友只带了两个贴身的侍卫，虽身为节度使，却是被皇后姑姑一路破格举荐才当上的。他既无武艺，也无征战沙场的经历，所以满脸惊恐。电光石火之间，两个侍卫拔出腰刀，把主人挡在身后，左劈右挡，前刺后挑，勉强顶住了黑白探的第一波攻势。黑白探们稍稍后退，重整队形，攻势比之前更猛烈，吓得余在水赶忙叫着余不扬的名字。

"不扬，救我！"

"你在干吗？怎么不帮帮我。"

余在水大声地向余不扬求救，说的话就跟在断桥上险些落水和在肥羊店里被人掳走的时候一模一样。余不扬的大脑像是被闪电击中一般清醒过来，哭喊声和余在水的求救声渐渐明晰起来，冲破了耳膜。余不扬拾起倒在身边的黑白探的手刀，一时间分不清自己该站在哪边。

"不必等候炬火，微光亦足够醒目！"朱熹那中气十足的话在耳边再次响起。

余不扬大声地叫着冲向黑白探，他以为自己的声音够大，就能盖过朱熹的声音，可朱熹的声音却是从他的心里钻出来的。在杀掉两个黑白探之后，他开始手软了，是朱熹的声音让他手软的。李孝友的贴身侍卫已倒下一人，剩下的一人保护着主人一家边打边退，一直退到了喜堂门口的位置。

余不扬看着李孝友躲在侍卫身后软弱的样子，突然问道："为什么造反？你这样子造什么反啊！"李孝友、余在水诧异的眼神一齐落到余不扬身上。

"你要是安安心心做你的节度使,谁会杀你?你现在反悔还来得及!李家大势已去,内禅势不可当!快,快跟他们说,就说你放弃造反,是李皇后要挟你这么做的,请他们快快拿下反贼陈应祥!说啊,你快说啊!"

"不扬,你在说什么?"余在水惶恐地问道。比起眼前杀红了眼的黑白探,她更怕这个不知道在说些什么的叔叔。

"在水,你的夫君要造反,他要阻碍内禅!"

"什么内禅?什么造反?"余在水内心生起了一股不祥的预感。

李孝友虽然怕死,但回应起余不扬的时候倒像个真汉子了:"谁造反了?我问问你,到底是他赵汝愚造反还是我李家造反?你去襄阳城看看反军的旗号。"

"我若是相信你的话,今天就不会来这里。李孝友,真正勾结陈应祥的人是你!谋反的人是你!"

李孝友脸色顿时煞白,仍旧嘴硬道:"内禅是什么?天下易君,内禅才是造反!"

"君视民如草芥,则民视君为寇仇。王不王,后不后,就休怪臣不臣,民不民!你回头吧,李家已至末路,切不能一错再错,就算新皇是你们李家的外甥,也保不了你们啊。可别断了李家,还有……我在水侄女的后路啊。"

余在水已经没了气力,她责问余不扬:"这么大的事……为什么不早……说!"

余不扬只是看了一眼侄女并不解释,因为也来不及解释了。谈话间,李孝友的部下已经带着大队援军赶到,盔甲碰撞的声音扰得剩下的几名黑白探心神不宁,踌躇不前。李孝友躲在侍卫的身后,哈哈大笑起来。

"你怎么样,大宋便怎么样!"朱熹的话再次在余不扬的耳边回响。李孝友即使今日不死,日后也会死于赵汝愚之手,到时候李孝友坐实造反是大罪,余在水必定会被株连。如他今日死,那么最坏的事就不会发生,在水依旧是节度使遗孀,这是最好的结局!

余不扬握着刀的手微微颤抖,黑白探被消灭殆尽,自己再不出手就来不及了。念头闪过,余不扬动如脱兔,抓住李孝友的胳膊往屋内一丢,而后自己纵身跃进屋内,关上门上了门闩。那个还坚守着的侍卫看到这样的场景也想翻身跟着进去,可余在水紧紧地拉住他的衣摆绝望地叫着,无奈之下他只能留下保护主人的女人。

几个弹指的工夫,等余不扬再次出现在众人面前的时候,他正站在屋顶,手里举着李孝友还滴着血的头。"奉宁军节度使李孝友勾结陈应祥密谋造反,加害赵汝愚!方才迷途知返,写下罪状供出实情,而后畏罪自杀。我劝你们以李孝友为戒,回头是岸!"余不扬喊完话,院子里一片寂静,似乎连李孝友脑袋上的血滴在瓦片上的声音都听得见。乱战之中,谁都没有看清楚李孝友是否真的畏罪自杀。不过李孝友已死,是不是自杀已经不重要了,被黑白探打得八零七落的几个贴身随从猛地从地上爬起来,朝外面跑去。应该是告密去了,余不扬松了口气,把李孝友的人头轻轻地放在瓦片上，而后纵身一跃，朝凤凰山方向逃去。逃出去的随从应该很快就会把这个消息传到李皇后和李道的耳朵里，而后陈应祥和王英马上也会收到消息，造反罪名的威慑力会让他们马上停止一切行动。

余在水躲在屋檐下，并没有看见自己准夫君的人头，她已经惊恐得忘记了怎么哭，无神的目光落到那群躲在角落的一脸茫然的用人身上。"这是个梦吗？"随着一声尖叫，余在水昏了过去。

余不扬跳出余在水外宅围墙的同时，一群小乞儿从狗儿山下向临安城各个方向散去，在李孝友的死讯传遍临安的时候，他们也把一张张小报送到了大街小巷。以至于，小报里的内容马上盖过了李孝友的死讯，等到小乞儿们回到狗儿山下，整个临安城的人都在讨论李孝友的遗书。

小报只有一条消息，那便是"勾结乱党密谋造反，畏罪自杀留下遗书"。这样的小报很快也传到了李道的府上，李道看完把小报重重地拍在案台上，气呼呼地喘起来。

"爷爷先不要动气，依我看这件事情有蹊跷，计划进行得好好的，孝友怎么会突然畏罪自杀。"说话的是李孝友的堂弟，保大军节度使李孝纯。

"孝友是个怎么样的人我是很清楚的，就算他畏罪自杀，也不会留下遗书。可现在谁还管这事儿有没有蹊跷啊，李孝友是谁？他是我们李家的长孙，他谋反意味着我们李家逃不了干系。这封遗书即使是假的，到了别有用心的人手里，照样能成为治罪的物证。所以，不论孝友是否真的留下遗书，也不论遗书是真是假，都不能让那封遗书出现。"

"遗书会在哪里？"

李道想着想着，突然一拍脑袋："这几日孝友乔迁，到余在水外宅那边去的人多，况且尸首还在那儿。先去那儿再说。"

一个李家，三个节度使。李道和李纯孝领着从三军中挑选出来的精锐，浩浩荡荡地朝余在水的外宅开去。

到了外宅附近，李道便发现有人捷足先登了。外宅的四周被穿着红色军装的队伍团团围住，如此装束李道一眼就认出来是禁军。此时，禁军的殿帅郭杲正守在外宅的入口处，见到李道和李纯孝的队伍，便将手搭在刀柄的虎头上。

"此处现由禁军接管，闲者退下。"

"来者李道，前来接走亡子尸首和其遗孀余在水，还请殿帅行个方便。"禁军直接听令于皇上，李道担心郭杲是受了新皇的旨意，亦不敢轻举妄动。

谁知郭杲这个直肠子竟然说："本帅受枢密使赵大人所托在此守候，还请李将军等一等，待赵大人出来你再进去不迟。"

"爷爷，赵汝愚来了，这就坏了。"

李道不动声色地盯着郭杲，嘴角微微抽动。赵汝愚原本已是强弩之末，大势已去，到底是使了什么招数，不仅破了局，还要了他亲孙子的命。他对李家一直有意见，这是尽人皆知的事情，此次带上禁军前来，想必也听到了孝友留下遗书的消息。也是，孝友谋反,一直想置李家于死地的赵汝愚怎么会轻易错过。想到这儿,李道觉得自己不能再坐以待毙下去。

"禁军本应听令于皇上,固守于大内,现在不光离了大内,还听枢密院的指挥,郭殿帅为何自降身价?难道是有利可图?"李道说着,便扶着腰刀往前走来,李纯孝和精锐在他身后坚定地跟着。郭杲见状,拔出佩剑,身后的禁军也跟着拔出了武器。

"李将军,今日若与禁军开战那便是谋反。"

"禁军若在大内,与禁军开战,便是与大内为敌,确实是谋反。可郭殿帅你现在守的不是大内,而是亡孙的外宅,说白了还是老夫的地盘呢。我想回自己的地盘,郭殿帅却不让,还说我谋反,未免也太不讲道理了吧。"说着李道往前走了一步,郭杲也不相让,同样往前走了一步。二人的盔甲撞在一起,发出刀刃相接般的声音。

"李将军、郭殿帅息怒,太上皇禫祭在即,二位怎么还兵戎相见了呢。"紧张的气氛被一个声音打破,只见赵汝愚从外宅的朱门里走出来,身后跟着双手被反绑的余在水。

"枢密使,你这是干什么,她所犯何罪,要被你这样绑着。"

"李将军想必也听说了李孝友谋反的事情才会来到这里吧?何必明知故问呢……"

李道看着赵汝愚的神态,暗忖赵汝愚应该是还没有找到遗书,否则也不会将余在水带走。依照赵汝愚的秉性,一旦找到遗书势必会将余在水就地正法,哪还会留着他们的性命。想到这儿,李道稍稍放下心来，于是下定决心，绝对不能让赵汝愚带走余在水。

赵汝愚和李道，这二人都从眼神里感受到了对方的坚定，他们的表情渐渐凝重，一场夺人之战一触即发。

"别忙活了！"一个声音从余在水外宅边的林子里传出来，而后，一个人侧身出来，是余不扬。只见他慢悠悠地走到两队人马的前面说道："遗书在我身上，此乃李孝友亲笔所写。"说罢，余不扬从怀里掏出一个信封，在李道和赵汝愚二人面前晃了晃。李道一眼就认出来，信封上"孝友亲笔"四个字正是自己孙子的笔迹。

"你是怎么得到这封信的？"李道忙问。

"你们若是问了李孝友的部下就会知道，李孝友畏罪自杀之后，是我把他的头颅斩下来给众人看的。遗书也是他临死前写好交给我的。"余不扬冷静地回答。

"你是何人？大家不要相信他，我哥哥定是你害死的！根本就不存在什么畏罪自杀！"李孝纯往前一步，情绪非常激动。

"既然你不相信，那我就把信交给赵大人，让他亲自验一验真伪。"

李道深知此时最重要的不是调查李孝友死因，而是那封信，赶忙制止："不可轻率！你可看过信里内容？"

余不扬摇摇头。

"既然如此，就该把信给我。孝友自杀得蹊跷，信中定有说明。"

赵汝愚忙说："信不能给他！李孝友勾结北方叛军企图谋反，

信中内容关乎大宋生死存亡，应该把信给老夫。新皇上位，根基未稳，老夫要帮助新皇把叛党全部铲除。"赵汝愚怎么会轻易将这封遗书拱手让人？他这两天一直为了破解谋反罪名而劳心伤身，如今这样的机会就摆在面前，他无论如何也不会放弃的。

"绝对不行！李孝友是我李家长孙，遗书应当交给至亲之人，他去得急，定有许多后事要与我交代。"

"李将军，你是怕我看到了信中有什么见不得人的东西吧？"

"赵大人这句话是什么意思？老夫只是爱孙心切，一心想看看孝友是否有后事交代，仅此而已。再说了，坊间传闻说他谋反不成畏罪自杀，那也只是坊间传闻，岂有证据？"

"还要什么证据，李孝友都畏罪自杀了还需要其他什么证据吗？"

"赵大人知枢密院事，没想到也喜欢听风就是雨。"

"既然如此，要不……信我们都不要拿了，就请余不扬当着我们的面读出来，怎么样？"说完，使劲地看了一眼余不扬，仿佛在跟余不扬说论交情你也应该相信我。

李道连忙制止："不可，死者为大，遗书内容岂能轻易曝光。"

"李孝友是你家的长孙，遗书的内容不让大家知道，又怎么能证明李家的清白呢？"

"赵大人，我们李家世代从军，忠心耿耿，小女李凤娘更是嫁在君王家，哪里会有二心？又何需证明什么清白？"

"李将军的话是说我污蔑你们了？"

二人一直争吵不休,再这样下去非打起来不可。余不扬神色凝重,开始担心起自己的处境——双方若打起来,到时候自己拿着李孝友的遗书,势必成为众矢之的。此时,突然从外宅冲出来的两只狗打断了李道和赵汝愚的对话。这两只丧家犬撕咬着同一根还未除毛的羊小腿,龇牙咧嘴、互不相让。郭杲手腕一抖,将刀背朝下狠狠地砸向那根羊小腿。随着羊小腿一分为二,两条狗这才各自跑开。

余不扬赶紧借机说道:"我说两位大人,遗书在我手上,我想怎么样便怎么样,你们争什么争。"

李道和赵汝愚都看到了刚才狗争食的一幕,听余不扬这么一说,好像把他们比作丧家犬了,心中都有些不舒服,但又不敢当场发作。

"余不扬,遗书是孝友所写,虽然在你这里,但却不是你的私物,应该物归原主才是。"

"余不扬,一直以来你都明理知节,千万不要在这件事上犯了糊涂啊。你是老夫麾下最优秀的黑白探,事后举荐你入朝为官,只要你把遗书给我。"

李道和赵汝愚的争执声越来越大,这不是余不扬的本意,他感觉到这样的场面已经超过了自己可以控制的范围,于是不由看向远处路口——那日与在水在清和坊茶肆分别后专程去拜访的那个人还是没有出现。

突然,路口传来了马蹄声,一辆马车出现在转弯处然后径直往这边驶来,而后在大伙面前停下。从车里下来的不是别人,正是余端礼。余不扬轻轻地吐了一口气。

赵汝愚见状心里起了疑,这个时候余端礼怎么会来?难道他也想来争这封遗书?想到这儿,他马上迎上前去,想赶在李道之前套出点什么话来。李道见赵汝愚不再与自己对峙,便放下武器,双方之间的氛围稍稍缓和了一些。可李道见赵汝愚和余端礼打招呼的模样,心中又惴惴不安起来。此时此刻,这个老家伙出现在这里到底是帮谁的?

余端礼颤颤巍巍地往前走了两步,朝着李道微微颔首,这算是对李道痛失爱孙的问候。

余端礼、赵汝愚、李道三人官阶相近,亦不存在上下级关系,只是余端礼在这种局面下突然出现,想必是有备而来,赵汝愚和李道都表现得十分尊重。

"两位大人少安毋躁,老朽今日赶来确实是有事相商,还请听我絮叨两三句。一个时辰前,我听说了李孝友的死讯,还有关于造反和遗书的种种传闻,太上皇禫祭在即,发生这样的意外实在是让人心里不安。于是我马上出来找二位大人商量,没承想都不在府上。后来我差人打听,才知你们二位都在这里,而且都快打起来了,于是便赶紧赶来了。还好,不算晚,二位只要没打起来就还有挽回的余地。坊间的那些传闻我们暂且不去论真假,对我来说,我绝对相信襄阳城的这次造反跟二位都没有关系,可既然有了遗书,万一涉及你们二位中的任何一位,那就很难说清楚了。如今朝政百事待举,正是需要你们二位这样的股肱之臣协助的时候,你们两位不管是谁被这封遗书牵连,都对江山社稷无益。"

"余大人是说遗书先按而不揭,待日后再说?"赵汝愚问。

余端礼摇摇头:"太上皇禫祭之时,为了祈天保佑、恩泽万民,翰林院已经在请示皇上同意后起草赦书,准备大赦天下,以感谢太上皇一生为民、功绩卓然。想必到时候遗书所写叛乱之党也会被一起赦免。如此一来,现在揭发遗书里的内容实属多余。再说,陈应祥和王英听闻造反之事败露便已经向北潜逃,叛党之势我估计也被除了大半,已成不了气候。若真还有叛党,受皇恩感化,日后肯定还能继续为朝廷社稷效劳,李大人,你说是吧?"

"没……没错。"李道尴尬于余端礼将这样的问题抛给自己,有欲盖弥彰之嫌。

"两位大人,所以老朽斗胆提议,两位看在太上皇的份儿上,这封遗书要不就烧了吧。"

还没等赵汝愚回过神儿来,李道便叫道:"甚好!余大人提议甚好,我同意!"

"我不同意!"赵汝愚看着余端礼,这位内禅伊始的伙伴,中途不见人影,现在又来当事后诸葛亮了,于是加重语气,"我不同意,谋反之人不除,如河堤之蚁穴,总有一日还会危害江山社稷。赦不赦是皇上的事情,查不查是我的义务,余大人,我跟你不一样,我做不到睁一只眼闭一只眼!"内禅前夕,如此绝佳的扳倒李家的机会他又岂会轻易放弃。

余端礼面露难色,艰难地迈着步子来到赵汝愚面前,低声道:

"你是想借助这个机会铲除李家的势力，为赵挺再搏一把对不对？赵大人，你可知道此番若没有这封遗书的出现，你还在东躲西藏不敢露面呢，而内禅没了你这个主持，很有可能就会不了了之。这封遗书只能救你一次……"

赵汝愚看着余端礼，装作一副听不懂的样子。

"李家若是谋反为何要舍近求远，还找了王英、陈应祥这样蹩脚的角色？别忘了李家可是有三个节度使，真要造反，他们祖孙三人揭竿而起岂不是胜算更大？更何况李孝友是怎么死的，畏罪自杀？他为何在李孝纯援军赶到的时候，在他马上就要得救的时候畏罪自杀？这些都说不过去……"

赵汝愚举起手臂，示意余端礼不要再说下去了："我姓赵，难道我做的事情会害了皇上吗？实不相瞒，是他李家想借陈应祥谋反而陷害我在先，目的就是要阻碍内禅，我为什么要饶过他们？"

"那你又怎么知道，李孝友不会在遗书上说你才是襄阳造反的幕后主使呢？他李家人既然这么想阻碍你内禅，完全有可能以死来完成对你赵汝愚的最后一击。"余端礼的话好似一道闪电，令赵汝愚眼前一白。

"人之将死其言也善，李孝友用命写下的遗书会有人不信吗？到时候只要陈应祥一口咬定是受你指使，那真是跳进黄河也洗不清了。"

"不要再说了！"赵汝愚咬牙切齿，瞪着眼睛，露出一股狠劲，好像大敌当前。

太阳从地平线缓缓落下,夜幕由远及近慢慢地把余不扬一个月来走过的地方和足迹吞噬个干净。李道和李孝纯带着人马走了,赵汝愚和郭杲也带着人马走了。冷冰冰的气息弥漫在剩下人的心上,一时无话。余不扬无法直视侄女的双眼,只能低着头。

"想杀了我吗?"余不扬问余在水,把刀插在身旁的土里。

"余不扬,你是不是觉得自己不怕死的样子很男人?没错儿,我真想杀了你,一刀捅进你的心窝子。"说罢,她快步走到余不扬身边,拔出刀抵在余不扬的心口上。余端礼见状赶忙伸手劝阻,不过还没等余端礼开口,余在水的刀又放下了。

"我真的恨死你了,恨不得将你千刀万剐!不过,我狠不下那个心。"余在水的语气悲哀起来,"但我不会这么快原谅你……你害我孩子没了爹,我永远也不会原谅你!"

"在水……"余不扬已经泣不成声了。

"你什么都别说了,节度使怎么突然就成了反贼?怪就怪我余在水没有这个命。我算是看透了,其实不管是节度使还是反贼的遗孀,临安终究不是我的家。只有在衢州,我待着才踏实,我要回家,明天就走。"

"在水……"余不扬趴在地上,眼泪鼻涕和黄泥土混合在一起,任由泥水糊满整张脸。

"在水……"在一旁静看了半天的余端礼终于开口说话了,"你现在要保全自己和孩子,最好的办法就是和李家断了关系,我派人送你回衢州好不好?"由余端礼送余在水回衢州是最好的办法，余不扬感激地磕起了头。

余在水看了一眼余端礼，点点头，又马上把头别到一边去了。余端礼见余在水同意，赶忙叫随从将她扶上自己身后的马车。

夕阳西下，大地仿佛一片死海，波澜不惊。余不扬不清楚过了多久，当他抬起头的时候，脸上满是结块的泥巴，仿佛一张冰冷而又粗糙的面具。

不知什么时候，余端礼坐在了余不扬的面前。

"李孝友的那封遗书，你是怎么做到以假乱真的？"

"你怎么知道是假的？"

"李家的人有皇后那个大靠山又怎么会畏罪呢？李孝友是你杀的。"

"没错儿，是我杀的。杀了他以后，只是在书房案台上随手拿了一封他的亲笔信而已。"余不扬缓了好一会儿才开口回答。

余端礼嘴角露出一丝笑意："恭喜，你的计划到目前来看相当成功。"

余不扬用指甲抠下黏在脸上的土块，因为土块与皮肤撕离的痛觉，他表情狰狞，分不清是哭还是笑。

"我现在终于明白你昨天为什么突然找到我，让我在那个时候出现在这里，提议将遗书付之一炬了。凭赵汝愚的性子，李孝友死后，他势必会借势为自己洗清罪名，而李孝友是北上联系陈应祥之人，赵汝愚自然会从跟着李孝友一同北上的余在水身上下手，余在水肯定受不了赵汝愚的手段，最终只有一死。而有了遗书，就给了赵汝愚扳倒李家的希望，找不到遗书他肯定舍不得杀了余在水。而当李家人知道有遗书这回事的时候，也一定会拼尽全力保护在水，毕竟她是最有可能得到李孝友遗书的人。这么一来，赵汝愚和李道都想得到余在水，那么余在水的命肯定就能保住了。至于，为什么要让我说服双方烧掉遗书，那是因为遗书是假的，必须烧掉。不知道我猜得对不对？"余端礼说完，眼睛往身后的马车瞟了一眼，马车帘子随之一抖重新垂了下来。刚才的那番话余在水已经听见了。

"其实你这么做不光保住了余在水的命，还解救了赵汝愚，让内禅得以顺利进行，着实是大功一件啊！"

"余大人何必说这么多，真假对错有那么重要吗？"

"真假对错，哦，还有黑白，这些当然重要。你要记住，也许有些人能左右利益、左右局势甚至左右他人的命运，但永远左右不了真假对错，左右不了是非黑白。"

二十七天，来临安整整二十七天。一张张脸孔在余不扬的脑海快速地浮掠而过，有些人笑着笑着哭了，有些人哭着哭着笑了，有些人享受着荣华富贵实则内心凄惨，有些人看着冠冕堂皇实则偏重私欲。天下大势会变，时运会变，人心会变。

"当然，余大人说得对，可左右不了的东西本身也会变化，有些人可能到死都不会明白什么是黑、什么是白。"

"那是因为人心变了，也许这些人太过于追求利益，抑或太过于附和趋势。"

余不扬似懂非懂地点点头。

"你记着就好,来,这是你要的度牒。"余不扬从余端礼手里接过度牒,像当初保管余端礼写给他的举荐信一样,放进衣襟里,用手轻轻地拍了拍。

"你要去哪里?"

余不扬没有回答,只是后退一步,朝余端礼叉手道别。而后消失在无边的黑夜之中。

大宋绍熙五年七月二十四日晨,在凤凰山南麓专为祭奠大行皇帝搭建的明堂外面,郭杲有序地安排着禫祭和内禅的防务。大明堂内,太上皇的棺椁在中间摆着。棺椁正对着一座高台,高台上架着淡青色的帷帐,历经三朝的太皇太后吴氏端坐在帷帐之内。帷帐之外,当今皇帝没有来,李皇后也不在场,离棺椁最近的是太子赵扩,文武百官在他身后跪着。高台之上还有一人,那便是韩侂胄。他趴跪在地,即使是趴着,也比在场的文武百官高出好多。

枢密使赵汝愚起身站在大行皇帝的棺椁前,向坐在帘后的太皇太后平静地述说过往各种事情,请吴氏定夺。

"皇帝因病,于今不能执丧,更无法上朝,又御笔亲写'历事岁久,念欲退闲'八个字。可喜的是,皇帝依旧心系天下,以苍生为重,全力支持立储事宜,如今皇太子赵扩已入主东宫。太皇太后,现今要怎么办?"赵汝愚面颊微紧,他并不想把赵扩说得那么好。

吴氏回答:"皇帝既有成命,相公自当奉行。"

赵汝愚轻道一声"喏",便命人拿出事先拟好的诏书和衮冕来。在文武百官齐声高唱贺词的声浪中,赵汝愚扶起哆哆嗦嗦的赵扩。

"恭请新皇登基!"赵汝愚大声唱道。

"吾皇万岁万岁万万岁!"群臣附和道。

似乎只是几个弹指的时间,经世甚久的太皇太后和位高权重的赵汝愚就越过了皇帝,将大宋的皇权顺利转移到了赵扩的手里。

期待已久的时刻终于到来,可赵扩怯场了。

"怎么是我?"

他感觉身后有千万束炙热的目光盯着自己,既害怕又不自在,他的眼神飘忽不定,最终瞥向高台。此时,高台上的太皇太后已为新皇让位,青色的帷帐不知何时被换成了金色的华盖。一切就是这么不可思议。赵扩的眼前出现父亲疯疯癫癫的样子和母亲的厉声警告,他甩甩头,担心这是不是多疑的父亲为了试探自己才设的局。

所以,当宫女要为他释服并换上礼服的时候,赵扩说什么都不同意,他绕着柱子躲避,一心想着逃跑,多少内侍阻拦都不管用。老谋深算的枢密使没有想到会有这一出,一时不知所措,只能在一旁以人臣的姿态劝说:"天子当以安社稷、定国家为孝,今中外忧乱,万一生变,将置太上皇于何地?"可赵汝愚掷地有声的话还没说完,一个人影冲了上去,韩国戚抢在所有人之前抓住了新皇帝的胳膊,和他一起在柱子边乱转。内禅已经成功,他再也不必躲藏起来,为新皇更衣,没有谁比他这个阁门知事更合适的了。赵汝愚看着拉在一起转圈的二人，既像韩侂胄在拉扯帮衬着新皇帝，更像无助的新皇帝拉扯求助着韩侂胄。赵汝愚心里"咯噔"一下，因内禅成功的喜悦一扫而光，笑容逐渐消失。虽然在场没有一个人说话，但赵汝愚清晰地听到有人轻声地告诉他丢了什么东西。打从新皇登基一开始，小小的阁门知事就抢在了枢密使的前面，赵汝愚心里泛起一阵不安的涟漪。

最终，混乱被太皇太后的一声断喝结束。她命人取过礼服，喝道："我来给他穿上！"

赵扩仍然不停地躲藏，韩侂胄的身体成了他新的柱子，他绕着韩侂胄喊着："告大妈妈，臣做不得，做不得！"

太皇太后大声喝令他站定，取过龙袍，亲手为他穿上。她看着这位新皇帝，突然间流下了眼泪："我见你公公，又见你大爹爹，见你爷，今天却见你这模样。站直来，要有点皇帝的样子！"群臣见老迈的太皇太后流下眼泪，纷纷侧目，不忍直视，有些老臣甚至啼哭起来，赵汝愚的心也凉了半截。

新皇帝登基的过程似乎非常缓慢。在仪式开始的时候，阳光从明堂的东侧大门照射进来，仪式结束的时候，阳光已经变为从西侧大门照射进来。原来明亮温暖的东侧一片阴暗，原本一片阴暗的西侧则明亮温暖。内禅闹剧的收尾就是登基闹剧的开始，在场的所有人，谁又能说得清楚自己做得到底是对是错，是黑是白？

太上皇下葬，新皇登基，疯皇悍后移驾重华宫，这一切有条不素，就像内禅一样迅速异常地进行着。当禁军带着内官向皇后问起一直由她代管的传国玉玺的时候，李凤娘惊讶又愤怒："新皇帝是谁？"当得知是自己的儿子坐上了皇位，她越发惊讶，愤怒却变成了毫无掩饰的喜悦。她虽然不明就里，但干脆地交出了玉玺。于是，在夜色给凤凰山拉上帷幕之前，皇权变更的所有事项都已完成。疯皇被内侍从龙榻上抬起，又在重华宫冰冷的龙榻上放下，也未改侧卧的姿势。李凤娘忽然发现，没有玉玺傍身，身旁这位被自己逼疯的官人才是依靠。在李凤娘触到自己身体的那一刹那，疯皇突然转过身来，抡起手臂，一个巴掌将她打倒在地。李凤娘抬起头，看着以前那个一直对自己百依百顺的皇上，似乎换了一个人似地盯着她。眼神对视中，很快败下阵来的是李凤娘，跪在地上，膝行至疯皇的龙榻前，抱着他的手臂将头埋了进去。疯皇伸出手轻轻地爱抚着李凤娘红肿的脸颊，轻声细语地安慰道："好啊，好啊，是吾儿，吾儿是皇帝了。"李凤娘抬起头看着疯皇，疯皇正看着房间内还来不及撤走的太上皇画像，脸上苦笑的表情交替着，最终寂寥地望向南内的方向。

临安的夏天是多雨的季节。轻绵的细雨再一次湿润了整个临安。西湖宽容地接纳了所有投怀送抱的雨滴，正如被迫退位的太上皇宽容地接待了过宫前来探望的新皇帝。当新皇的帝辇从御街上经过的时候，街两旁的人都忍不住偷偷打开了格子窗，窥视着新皇帝的队伍。在一处沿街的宅子酒店里，曾经拿着小报痛哭的老士大夫看着过宫的队伍,心满意足地自言自语:"今天比昨天好,将来肯定能比现在好。"欣喜和安心的议论声和雨声一起交织着传到了新皇帝的耳朵里。

赵扩即位后,改年号为"庆元"。赵汝愚、余端礼、韩侂胄等有翼戴之功的大臣皆有拔擢。赵汝愚升为丞相后,请旨召回留正,与其同心辅政,又建议重用朱熹、彭龟年等怀才者,以安定朝政。

韩侂胄本欲借此功获取节度使之职,但赵汝愚与韩侂胄二人关系在内禅前夕因为立储的事已出现嫌隙,赵汝愚认为"外戚不可言功",只升了韩侂胄一阶官职,授为宜州观察使。韩侂胄大失所望,对赵汝愚怀恨在心,并暗地培植势力。朱熹多次向赵汝愚进言,认为韩侂胄不能得罪,应该厚赏而不让其参与朝政,可赵汝愚却不以为意。

事实证明朱熹是对的。赵汝愚小看了韩侂胄的能量,从他拉着赵扩绕着柱子跑的那一刻起,韩侂胄就得到了赵扩的绝对信任。果不其然,在日后的党争中,韩侂胄渐渐胜出,最终以一句"同姓居相位,将不利于社稷"说服赵扩贬谪赵汝愚,还禁止朱熹等人担任官职,参加科举,史称"庆元党禁"。

韩侂胄虽为了权谋不择手段,但登上相位后追封岳飞为鄂王,追削秦桧官爵,力主北伐金国,史称"开禧北伐"。此举一改国内惧金投降的风气,但因为韩侂胄任人唯亲,朝中缺乏将帅之才,最终导致北伐失败。譬如,吴曦在韩侂胄的推荐下开始执掌兵权,升为参知政事的余端礼多次表达"吴氏世握蜀兵,今若复令承袭,将为后患"的忧虑,可这样的忧虑并没有得到朝廷的重视。后来,吴曦任四川宣抚使,兼任陕西、河东招抚使,至此手执西南兵权,回到了朝思暮想的蜀地。朝廷对吴曦委以重任,而回到蜀地的吴曦一扫在临安被压制多年的阴霾,决心报复朝廷,叛宋投金,接受金国蜀王的诏封,不幸被余端礼言中。幸运的是吴曦称王仅四十一天就被诛杀。

投敌的吴曦死于正义之士的诛杀,心醉权谋的韩侂胄也将会在另一场权谋中死去。而赵汝愚和余端礼虽被贬,但一直兢兢业业,最终病死于任上。余端礼被追授少保、郇国公。赵汝愚被追赠太师、沂国公,后又追封福王,进封周王,为昭勋阁二十四功臣之一。历史分得清黑白,那些心怀天下的人最终会被天下人记住。

九溪杨梅坞,杨小眉和陈韶仪早早地起了床。小眉站在门口朝天上看了一会儿,对陈韶仪说:"今天会有好日头呢,酒窖里的酒糟可以拉出来晒,这样又能腾出地方酿新酒了!"于是二人开始生火烧水,将上好的杂粮倒进蒸屉。以酿酒为业的杨梅坞家家户户飘起了炊烟,粮食的香味弥漫在乡间。

"四郎真心狠啊,说走就走了。"陈韶仪一边拌着杂粮一边说,表情却是轻松的。

小眉将酒糟撒到竹晒垫上回答道:"可不是嘛,我们亲姐妹十几年来都没在一起生活过,好不容易能安心过日子了,结果她又走了。"

姜夔早早地叩开了残醉酒肆的木门，一大早就喝了起来。内禅结束以后，黑白司便解散了，赵旯因此也不太与他联系。还有吴曦，换了一个皇帝他的心思也跟着换了，以前只顾着低调的他如今也把心思都放在干事业上，一副兢兢业业的样子。姜夔还听说新皇帝对韩侂胄相当倚重，而韩侂胄和吴曦的这层关系也让人们纷纷猜测：这位信王吴璘之孙、定江军节度使吴挺之子回西蜀的时日已经不远了。

姜夔猛灌了一口酒，感觉这些事情这些人曾经离自己很近，现在又离得很远，说不清道不明，不如酒实在。

正在姜夔喝酒臆想的时候，一位高瘦的姑娘牵着一匹老马出现在酒肆的门口。

"店家，给我备一些赶路的干粮。"

"要酒吗？"

"酒有！"姑娘拍了拍挂在马背上的葫芦，贴着"舒眉露"标签的葫芦直晃荡。

姜夔摇摇晃晃地凑到葫芦前闻了闻，嘿嘿一笑："这是好酒啊！哎？姑娘，我看着你像一个人。"

"像谁？"

姜夔看着姑娘，只顾着嘿嘿笑，而后突然转头对店家说："店家，给这姑娘再包上两斤东坡脯和炙鳗，我请客。"姑娘也不推辞，爽快地收下，跨上老马就准备走。

"姑娘，斗胆再问一句，你这是要去哪儿？"

"去西蜀。"

姜夔沉沉地"哦"了一声，眼神略带着孤寂。"到西蜀去了。故人何处去？从此山高水长不相见……"姜夔自顾自地念叨起来。

姑娘奇怪地看着这位洒脱的白袍醉士，他的话相当莫名其妙，她听得云里雾里。要在以前，她肯定会好奇地问上两句，不过今天她只是稍稍地皱了皱眉头而已。临安去西蜀，长路漫漫，她必须快马加鞭。

"驾！"老马迈开了步子。

姑娘拿起葫芦灌了一口酒，也唱了起来：小楼昨夜又东风……唱着唱着，之前她和余不扬交心的场面又浮现在眼前。

"去西蜀？"

"西蜀从军！你还记得我们第一次见面说的话吗？"

"第一次见面……在北瓦？你让我说出在水的下落。"

"那个时候，我悄悄潜到你身后，你唱完了词就说，偏安江南，纵使有万般美景良辰，也是虚设，好儿女就该投军成边，马革裹尸。不知道为什么，这几日我脑子里一直重复着你说的这句话。"

"我忘记了，你当真？"

"我要让自己所做的一切都有意义，我要让这一个月来发生的

393

一切都有意义！我看到御街上处处都是西蜀招募士兵的告示，看到那些告示还有激奋的太学生们，我的心好像就被点燃了。"

"唔……"张本笑着呼了一口气，"话本里说，戈甲从军易，风云识阵难，你啊，破不了临安的风云阵，倒还真的不如……戈甲从军去西蜀。"

[全书完]